MARTHA SOPHIE MARCUS

Kaffeeklatsch mit Goldfisch

GOLDMANN
Lesen erleben

Buch

Ein Augusttag im hübschen Jeetzeburg an der Elbe: Die 42-jährige Apothekerin Antonia liebt ihre Arbeit, ihre beiden Töchter und ihren Mann Monty. Und doch plagt sie die Midlife-Crisis: Das Privatleben kommt zu kurz, die pubertierenden Töchter nerven, und Monty scheint jegliches erotische Interesse an ihr verloren zu haben. Als nach einem Unwetter der Fluss über die Ufer tritt und halb Jeetzeburg unter Wasser setzt, räumen die Einwohner die Untergeschosse leer, dichten Türen und Fenster ab und stapeln Sandsäcke. Doch Antonia hat Glück, ihre Apotheke ist nicht gefährdet. Gerade will sie ihre Erleichterung mit ihrer besten Freundin Helen, der Stammkundin Petra und ihrer Angestellten Carolin teilen, da ruft die verzweifelte alte Frau Lilienthal an: Bei ihr fließe das Wasser schon ins Wohnzimmer und sie wisse nicht, wie sie ihre Sachen retten könne. Kurzentschlossen beschließen die Frauen, der alten Dame zu Hilfe zu eilen. Bei der gemeinsamen Hochwasser-Rettungsaktion kommen sich die sehr unterschiedlichen Frauen näher. Und endlich machen sie ihren Problemen Luft. Als die Frauen schließlich erschöpft, aber auch erleichtert bei einem humorvoll improvisierten Kaffeekränzchen in Frau Lilienthals wasserdurchflutetem Haus zusammensitzen, sieht jede von ihnen die Lösung für die eigenen Sorgen klarer.

Informationen zu Martha Sophie Marcus
sowie zu lieferbaren Titeln der Autorin
finden Sie am Ende des Buches.

Martha Sophie
Marcus

Kaffeeklatsch mit Goldfisch

Roman

GOLDMANN

Dieses Buch ist auch als E-Book erhältlich.

MIX
Papier aus verantwortungsvollen Quellen
FSC® C014496

Verlagsgruppe Random House FSC® N001967
Das FSC®-zertifizierte Papier *Pamo House* für dieses Buch
liefert Arctic Paper Mochenwangen GmbH.

1. Auflage
Originalausgabe März 2015

Die Veröffentlichung dieses Werkes erfolgt auf Vermittlung
der Autoren- und Verlagsagentur Peter Molden, Köln.
Gestaltung des Umschlags: UNO Werbeagentur, München
Umschlagfoto: © GettyImages/sudo takeshi; FinePic®, München
Redaktion: Eva Wagner
BH · Herstellung: Str.
Satz: omnisatz GmbH, Berlin
Druck und Bindung: GGP Media GmbH, Pößneck
Printed in Germany
ISBN: 978-3-442-48105-7
www.goldmann-verlag.de

Besuchen Sie den Goldmann Verlag im Netz:

Antonia

Draußen vor dem Haus hupte jemand zweimal kurz. Antonia schob die Gardinen zur Seite, um besser aus dem kleinen Fenster ihrer Gästetoilette sehen zu können.

Ein mattschwarzer Leichenwagen mit lilafarbenen Vorhängen parkte quer vor dem Carport ein. Der Wagen war ein älteres Modell, und er hatte ein paar Beulen. Außerdem waren die Vorhänge nicht zugezogen, und sie konnte sehen, dass kein Sarg auf der Ladefläche stand. Deshalb machte Antonia sich keine Gedanken über mögliche Todesfälle unter ihren Nachbarn.

Mit einem Seufzen verließ sie die Toilette, um die Haustür zu öffnen. Antonia wusste, wie es war, eine Mutter zu haben, die einem nichts anderes übrigließ, als gegen sie aufzubegehren. Deshalb hatte sie sich Mühe gegeben, ihre Töchter nicht auf dieselbe Weise in die Enge zu treiben.

An diesem Morgen zeigte sich wieder einmal, dass sie damit gescheitert war.

Ein weißblond gefärbter Igelhaarschnitt zu schwarz geschminkten Augen, Tüllröcke über zerrissenen Netzstrümpfen, Nasenring, schwarz lackierte Fingernägel und düstere Musik – das war alles nicht neu, und es war auszuhalten. Wegen solcher Kleinigkeiten fing sie keinen Streit mit ihrer Großen an. Auch hatte sie weder erwartet noch es sich gewünscht, dass Mickies erster Freund sich im fleckenlosen Poloshirt und mit höflichem Handschlag vorstellen würde. Dass er sich als fünf Jahre älter erwies und zwei Schuljahre wiederholt hatte, machte sie allerdings doch nervös.

Sie öffnete die Tür und verschärfte ihr Urteil noch einmal. Am ersten Morgen nach den Sommerferien nach Alkohol und Zigaretten stinkend an ihre Haustür zu kommen, um ihre Tochter mit einem ausrangierten Leichenwagen zur Schule abzuholen – das ging entschieden zu weit.

»Morg'n. Mickie schon fertig?« Das war alles, was der Typ herausbrachte, als er ihr gegenüberstand. Sein dunkelgraues T-Shirt hing traurig an seiner schlaksigen Gestalt, seine schwarzen Locken wirkten fettig. Durch die mit Nieselregen besprenkelten Gläser der Nickelbrille waren seine Augen nicht deutlich zu erkennen.

Ja, Mickie war schon fertig, und sie wäre wieselflink an Antonia vorbei aus dem Haus geschlüpft, wenn die nicht ihren eisenharten Arm hätte vorschnellen lassen, um ihr den Weg zu versperren. »Geh schon mal vor, Felix. Ich muss noch etwas mit Mickie besprechen.«

Antonias Tonfall ließ Felix nur übrig, einen Blick mit seiner Angebeteten zu tauschen und dann schulterzuckend zu gehorchen. Krampfhaft lächelnd schloss Antonia die Haustür von innen und wandte sich ihrer Tochter zu.

Mickie verengte die Augen und kniff den Mund zu einer Linie zusammen, die besagte, dass sie alles, was Antonia sagen wollte, bereits wusste und im Voraus genervt davon war. Also reduzierte Antonia den Wortschwall, der aus ihr hervordrängte, vorerst auf das Nötigste. »Ist er betrunken? Er riecht danach. Du hast mir versprochen, zu niemandem ins Auto zu steigen, der getrunken hat.«

Die eine Hand hatte Mickie in den Schultergurt ihres Rucksacks gehakt, den anderen Unterarm legte sie sich quer vor den Bauch. »Felix säuft sich doch keinen an, bevor er in die Schule geht.«

»Woher weißt du das so sicher? Du kennst ihn erst seit zwei Wochen näher, wenn ich es richtig verstanden habe.«

»Stell dir vor, er und ich reden miteinander. Kann ich jetzt los?«

Antonia biss die Zähne zusammen. Mickie hätte jeden Außerirdischen die Bedeutung des Wortes »schnippisch« an einem einzigen Beispiel lehren können. »Dass ihr miteinander redet, freut mich«, log sie in ihrem sanftesten Tonfall, obwohl sie sich weit mehr gefreut hätte, wenn ihre Tochter Felix weder gesprochen noch gesehen hätte. »Dann möchte ich dich bitten, ihn jetzt gleich zu fragen, ob er heute Morgen schon Alkohol getrunken hat oder nicht. Und wenn die Antwort ›Ja‹ ist, dann kommst du wieder her und lässt dich ausnahmsweise von deinem Vater zur Schule fahren, damit du nicht zu spät kommst.«

Mickie starrte sie mit fassungsloser Miene an, ihre Wangen wurden rosig. »Du kannst doch nicht im Ernst so peinlich sein.«

Antonia spürte, wie ihr eigenes Gesicht heiß wurde. Hatte sie in Mickies Alter irgendwann einmal denselben Satz zu ihrer Mutter gesagt? Und was hatte die geantwortet?

Das Telefon blökte seine aggressive Dreitonmelodie, der Geruch von verbranntem Toast stieg ihr in die Nase, ihre jüngere Tochter Annika stieß in der Küche ein lautes »Ach, verdammt!« aus. Das Telefon klingelte weiter. Mickie starrte Antonia an, den Mund verkniffen.

»Oh doch, ich kann«, brachte Antonia hervor und erkannte im selben Augenblick, dass sie damit die Worte ihrer eigenen Mutter genau wiedergegeben hatte.

Mickie riss die Tür auf und stampfte nach draußen, wo die Beifahrertür des schwarzen Mercedes für sie offen stand. Sie legte die Hand aufs Autodach und beugte sich hinunter. Ihre fransigen Ponyhaare fielen ihr vors Gesicht, schon nach Sekunden feucht vom stetigen Nieselregen. »Meine Mutter will wissen, warum du nach Alkohol stinkst«, fragte sie extra laut.

Antonia zuckte peinlich berührt zusammen. Aber was hatte sie erwartet? Diplomatie?

Aus dem Inneren des Autos kam eine Antwort in gedämpfter Lautstärke, die nicht bis an Antonias Ohr drang. Mickie machte eine schwungvolle Kehrtwende und marschierte mit undurchdringlicher Miene zurück zum Haus, auf Antonia zu. »Kannst Papi sagen, dass ich mit ihm fahre«, sagte sie.

Antonia blieb vor Verblüffung der Mund offen stehen.

Mickies linker Mundwinkel verzog sich verächtlich. »War 'n Scherz. Felix hat die Autoscheiben geputzt und seine Hose mit Glasreiniger bekleckert. Der riecht so. Zufrieden? Darf ich jetzt endlich in die Schule?«

Womit ihre sechzehnjährige Kratzbürste sie entwaffnete. Antonia zog die widerstrebende Gothic Queen zu sich heran, um ihr einen Kuss auf die Wange zu geben. »Pass auf dich auf.«

Mickie war schon wieder auf dem Weg zum Leichenwagen, als sie antwortete: »Klar doch. Übrigens sehen deine Haare scheiße aus, Muttchen. Dagegen solltest du mal was tun.«

Antonia holte Luft zu einer erbosten Antwort und schloss dann doch nur kopfschüttelnd die Tür. Über diese Frechheit und über ihr Verhältnis zu Felix würde sie später noch mit ihrer Tochter sprechen. Für den Moment war es wichtiger, dass Mickie pünktlich zur Schule kam.

Sie warf einen Blick in den Garderobenspiegel, vergaß das Ergebnis jedoch gleich wieder, denn ihre jüngere Tochter Annika kam aus der Küche auf den Flur. In der einen Hand hielt sie ein angebissenes Toastbrot mit Tofuwurst, mit der anderen streckte sie Antonia das Telefon entgegen. »Oma Inge.«

Wenn das nicht der passende Augenblick war! Stirnrunzelnd übernahm Antonia das Telefon. Was wollte ihre Mutter um diese ungewöhnliche Zeit? »Guten Morgen, Inge. Ist etwas nicht in Ordnung?«

Die Stimme ihrer Mutter klang gleichzeitig verschlafen und aufgeregt. »Nein, nein. Mir geht's gut. Ich wollte nur fragen ... Toni, wann war doch gleich euer Hochzeitstag? Nicht morgen, oder?«

So simpel die Frage schien, beschleunigte sie doch Antonias Puls. »Dasselbe hast du mich letzten Donnerstag schon gefragt. Er ist am Freitag in zwei Wochen. Am Sechzehnten. Und am Sonntag, dem achtzehnten August, feiern wir. Kannst du dir das nicht aufschreiben?«

Das Schweigen am anderen Ende der Leitung ließ sie ihre Ruppigkeit gleich wieder bereuen.

»Toni, wie du weißt, halte ich die Ehe für ein schreckliches Konzept. Wäre es nicht so, stünde dein Hochzeitstag natürlich seit zwanzig Jahren rot in meinem Kalender, und ich hätte nie vergessen, dir zu gratulieren. Da es aber nicht so ist, hat sich mir das Datum eben nicht eingeprägt. Meinst du nicht, dass es nach zwanzig Jahren ein wenig zu spät ist, deshalb auf einmal beleidigt zu sein? Das warst du doch früher auch nicht.«

Während ihre Mutter sprach, war Antonia in die Küche zurückgekehrt und hatte den lauwarmen Kaffeerest aus ihrem Becher in den Ausguss gekippt. Ein Foto von ihren Töchtern im Alter von vier und sechs Jahren war auf den Becher aufgedruckt, vom häufigen Spülen so ausgeblichen, dass die beiden darauf geisterhaft durchscheinend wirkten. Entzückende kleine, in Blümchenshirts gekleidete Mädchen, die es nicht mehr gab. Bei aller Liebe zu den beinah ausgewachsenen Versionen ihrer Töchter bedauerte Antonia das manchmal. Ebenso, wie es sie bei aller Liebe zu der bald siebzigjährigen Frau am Telefon zunehmend beunruhigte, dass die patente Person zu verschwinden schien, die ihre Mutter einmal gewesen war.

»Inge –«, versuchte sie sie zu unterbrechen.

»Nein, lass mich ausreden! Ich habe mich immer bemüht, Toleranz für deine seltsam konservative Lebenseinstellung aufzubringen, auch wenn es mir nicht leichtfiel. Ich dachte –«

»Mutti! Darum geht es doch gar nicht. Ich bin nicht beleidigt. Hör zu, ich muss jetzt zur Arbeit. Wir sprechen später darüber. Notier dir einfach den Achtzehnten für die Feier, ja?«

Wenigstens was Zeitnot betraf, war ihre Mutter einsichtig.

Als Antonia auflegte, hörte Annika auf, angebrannte Krümel von einem zweiten Toast auf den Tisch zu schaben, und sah sie nachdenklich an.

Antonia setzte sich nicht wieder, sondern goss sich einen letzten frischen Schluck Kaffee ein. »Was ist?«, fragte sie.

Ihre Tochter fegte die schwarzen Krümel von ihrer rosa Jeans auf den Boden und strich sich dann auf irritierend langsame Art die Haare hinter das Ohr. Ihr ganzer Stolz auf die lange, blonde Pracht lag in der Geste. »Oma sagt, ich soll mich auf keinen Fall darauf einlassen, künstliche Vitaminpräparate zu nehmen, auch wenn du die über die Apotheke günstig bekommst. Es gäbe da ausgezeichnete natürliche Alternativen. Was meint sie denn damit? Muss ich als Vegetarierin irgendwelche Vitamine schlucken?«

Antonia hörte, wie ihr Ehegatte aus dem Fitnesskeller kam und direkt ins Bad verschwand. Einen Moment später rauschte schon die Dusche. Also wieder kein Abschiedskuss.

»Hast du mir zugehört, Mama?«, fragte ihre Tochter.

Antonia stellte ihren Becher in die Spülmaschine. »Aber ja. Und: nein. Du brauchst keine extra Vitamine, solange du isst, was Papi oder ich kochen. Wir sprechen später darüber. Ich muss los.«

Ihr riesiger weißer Regenschirm trug auf seinen Flächen abwechselnd das rote Apothekenlogo mit der um einen Kelch gewundenen Äskulapnatter und die grüne Werbung eines Pharmakonzerns. Sie hatte ihn von einem Vertreter geschenkt bekommen – das ideale Werbegeschenk für diesen Sommer.

Fein und weich fielen die Regentropfen, als Antonia aus der Tür trat. Später am Tag sollte es trotz des Regens warm werden, hatte der Wetterbericht angekündigt. Antonia klebte ihre weiße Bluse schon nach den zehn Minuten Fußmarsch zur Arbeit am Rücken, obwohl der Riesenschirm den Regen nicht durchgelassen hatte.

Als sie ihr Ziel erreichte, hielt sie inne und warf einen Blick auf Fassade und Schaufenster ihres Arbeitsplatzes. Das Hübscheste an der Weinberg-Apotheke waren die alte Weinrebe und die rote Kletterrose, die sich links und rechts vom Schaufenster und von der davor stehenden Sitzbank an der cremefarben verputzten Wand festhielten. Sie wuchsen unbeirrt seit der Erbauung des Hauses. Die Rose blühte jedes Jahr, obwohl sie wechselnd unter allen erdenklichen Rosenkrankheiten litt, und die Rebe trug gelegentlich kleine, blaue Trauben. Als Kind hatte Antonia sie manchmal gepflückt und sich vorgestellt, dass sie eine besondere Art von Medizin wären – lange bevor sie geahnt hatte, dass die Apotheke einmal ihr gehören würde. Sie lächelte wehmütig, als sie vor dem Seiteneingang ihren nassen Schirm ausschüttelte. Nicht ganz zwei Jahre führte sie die Apotheke jetzt. Eine lächerliche Zeit im Vergleich zu den vierzig Jahren, die der Vorbesitzer geschafft hatte.

Das Lächeln verging ihr schlagartig, als Dr. Elke Kosewitz ihr im Vorübergehen kühl einen guten Morgen wünschte. Die Allgemeinmedizinerin stolzierte mit zackigen Bewegungen, die zu ihrer kantigen Körperform passten, über die zur Straße hin gelegenen Parkplätze zu ihrem Praxiseingang auf der anderen Seite des Hauses.

Für Doktor Kosewitz stand Antonia mit ihren Mitarbeiterinnen nur knapp auf der Stufe über Analphabeten. Ihre Arroganz wäre vielleicht dennoch zu ertragen gewesen, wenn sie nicht außerdem noch die Eigentümerin des Apothekengebäudes gewesen wäre. Antonia hatte reichlich Grund, sich über sie zu ärgern, beschloss aber, sich nicht gleich ihren ersten Arbeitstag nach dem Urlaub davon verderben zu lassen.

Genießerisch sog sie den Duft ihrer Apotheke ein. An diesem Morgen hatte das Aroma von Menthol, Kamille, Fenchel, Desinfektionsmittel, Alkohol und Salbengrundlagen eine starke Note von Süßholz. Offenbar hatte jemand Lakritztaler abgepackt.

Ihre Mitarbeiterinnen Beate und Ulrike, die während ihrer Urlaubswoche für sie eingesprungen waren, hatten ihr im Büro eine Liste von Dingen hinterlassen, die sie persönlich erledigen musste. Außerdem stapelte sich die Post von den Krankenkassen, die oft für unangenehme Überraschungen sorgte. Von den Rechnungen ganz zu schweigen.

Nur der letzte Punkt auf der Liste war ungewöhnlich. Der Enkelsohn einer ihrer Stammkundinnen bat um ein Gespräch. Sie war gespannt, was er von ihr wollte.

Noch ehe Antonia die üblichen morgendlichen Handgriffe erledigt hatte, hörte sie jemanden zur Vordertür hereinkommen. Der Türgong war ein Geschenk ihrer Mutter zu ihrem Eröffnungstag gewesen. Er sollte klingen wie eine sanft angeschlagene tibetische Klangschale, war jedoch defekt und unterbrach seinen Wohlklang häufig mit dem knarzenden Störgeräusch eines schlecht eingestellten Radiosenders. Antonia hätte ihn gern ersetzt, konnte sich aber noch nicht dazu durchringen.

An diesem Morgen bedeutete der knarzende Gong, dass der erste Kunde wieder einmal vor ihrer neuen Mitarbeiterin Carolin eintraf. Zwei Monate lang sah sie das schon mit an und ließ Entschuldigungen gelten. So gern sie die junge PTA hatte – nun wurde es doch Zeit, dass sie ein ernstes Wort mit ihr sprach.

Mit diesem unerfreulichen Gedanken im Sinn trat sie ihrem ersten Kunden entgegen. Walter Hartmann war fünfundsechzig, seit dem zwei Jahre zurückliegenden Tod seiner Frau Stammkunde in der Apotheke und seit vier Monaten in Rente. Mittlerweile kam er zwei-, manchmal dreimal in der Woche. Hätte Antonia nicht bereits geschlussfolgert, dass es ihm dabei nicht nur um die Teststreifen für sein Blutzuckermessgerät, ABC-Pflaster oder Hühneraugentinktur ging, hätte sie es spätestens an diesem Tag erkannt.

Herr Hartmann trug dasselbe graue Jackett, das er außer im kältesten Winter immer trug, hatte seine weißen Haare sorgfältig frisiert und hielt sich mit beiden Händen einen Strauß kleiner Sonnenblumen vor die Brust.

»Guten Morgen, Herr Hartmann.«

Bevor Antonia mehr sagen konnte, präsentierte er ihr mit einer eleganten Bewegung die Blumen. Seine Lippen lächelten nicht, doch in seinen Augen blitzte ein Funkeln auf, das sie davon abhielt, ihn allzu ernst zu nehmen.

»Liebe Frau Kronenberg, ich freue mich, dass Sie aus

dem Urlaub zurück sind. Zwar beherrschen auch Ihre Mitarbeiterinnen zweifellos ihr Handwerk, aber diese besondere … Ich habe darüber nachgedacht, wie ich es nennen will: Diese besondere heilende Zuversicht, die verbreiten nur Sie. Wissen Sie, warum ich Ihnen diese Sonnenblumen schenken möchte? Weil Sonnenblumen ihre Blüten und Blätter der Sonne folgen lassen. Diese Blumen wenden sich bewusst dem Hellen und Schönen im Leben zu, so wie Sie es Ihren Kunden raten. Deshalb erinnern sie mich an Sie. Allerdings endet da der Vergleich, denn so schön wie Sie sind diese Pflanzen nicht.«

Nun lächelte er flüchtig und streckte ihr den Strauß so entgegen, dass sie ihn annehmen musste.

Obwohl sie überzeugt war, dass der Flirt mit ihr für den frischgebackenen Rentner nur ein Zeitvertreib war, fühlte sie sich berührt und geschmeichelt.

Sie verbarg ihre Verlegenheit hinter einem Lachen. »Na, Sie verstehen es ja, eine Frau glücklich zu machen. So etwas Nettes hat mir schon lange kein Mann mehr gesagt.«

»Was denn! Auch nicht Ihr Gatte?«

Antonia lachte wieder, dieses Mal weniger fröhlich. »Ach, Sie wissen doch, wie das ist. Wir feiern am Sechzehnten dieses Monats unser zwanzigjähriges Jubiläum. Da hat man die Liebesschwüre schon eine Weile hinter sich gelassen.«

Er zeigte ihr seinen warnend wackelnden Zeigefinger. »So sollte es aber nicht sein. Glauben Sie mir das. Ich weiß Bescheid. Aber je nun.«

Aber-je-nun bedeutete, dass er das Thema wechseln wollte – so gut kannte Antonia ihn. Und richtig: »Warum ich eigentlich komme … Ich habe da etwas in der Apotheken-Rundschau gelesen. Und zwar stand da, dass es ein Blutzuckermessgerät gibt, für das die Teststreifen viel billiger sind. Warten Sie, ich habe den Artikel mitgebracht. Hier …«

Die nächsten zehn Minuten diskutierte Antonia mit Herrn Hartmann über Blutzuckermessgeräte. Dann musste sie rasch seine Tube Handcreme abrechnen, um sich einer neuen Kundin widmen zu können.

Inzwischen war der Himmel dunkler geworden und der Sprühregen in einen Wolkenbruch übergegangen. Carolin hatte noch immer nichts von sich hören lassen. Doch trotz ihrer Verspätung hoffte Antonia nun, dass sie sich mit ihrem Fahrrad irgendwo untergestellt hatte und nicht völlig durchnässt wurde.

Helen

Helen Arnold stand mit dem Telefon in der Hand im Flur und blickte die Treppe ins Obergeschoss ihres gepflegten Landhauses hinauf, als könne noch ein Wunder geschehen und ihr den Anruf ersparen. Halbherzig legte sie sich die richtigen Worte zurecht, damit sie nicht ins Stottern geriet, wenn sie schließlich sprechen musste.

Ihr älterer Sohn Sebastian kam oben aus seinem Zimmer und auf eine Art die Treppe heruntergeschlurft, die jeden Beobachter über seine Sportlichkeit hinweggetäuscht hätte.

Helen verschob es noch einmal, die Telefonnummer zu wählen. »Morgen, Basti. Willst du nicht lieber ein sauberes T-Shirt anziehen?«

»Morgen. Hab keins mehr.«

»In der Jackenschleuse im Wäschekorb.«

»M-hm.«

Er schlurfte in die Küche und weiter zur Waschmaschine. Helen warf einen letzten Blick nach oben und gab die Hoffnung auf ein Wunder auf. Sie wählte und zog sich mit dem Telefon ins Wohnzimmer zurück, wo ihre Söhne sie nicht hören konnten.

»Spedition Bäumler, Abteilung Qualität, Tracking und Tracing. Maibach. Guten Morgen, wie kann ich Ihnen helfen?«

»Guten Morgen, Frau Maibach. Arnold hier. Ich rufe für meinen Mann an. Er hat leider wieder seine Migräne und musste starke Medikamente nehmen. Ich fürchte, er wird heute nicht ins Büro kommen können.«

Frau Maibach schwieg. Eine Stubenfliege krabbelte über die Fensterscheibe, stieß auf den Rahmen, kehrte um. Warum schwieg Frau Maibach so lange? Helen lockerte ihre verspannten Schultern und holte Luft, um eine weitere Erklärung oder Entschuldigung nachzuschicken.

Glücklicherweise kam Frau Maibach ihr doch noch zuvor. »Ist gut, Frau Arnold, danke für Ihren Anruf. Ich habe gerade einen Blick in den Terminkalender geworfen. Da ist nur eine Besprechung heute Nachmittag eingetragen. Ich gebe den Herren Bescheid, und die werden dann entscheiden, ob sie allein zurechtkommen oder den Termin verschieben. Bestellen Sie Ihrem Mann gute Besserung von mir.«

Als Helen auflegte, waren ihre Handflächen feucht, und ihr Herz hämmerte. Erst jetzt nahm sie wahr, dass einer der Stühle am Esstisch umgefallen war und die zerknautschte Hose ihres Mannes auf dem Boden lag. Sie richtete den Stuhl auf und ging nach einem prüfenden Blick auf den Rest des Zimmers mit der Hose in die Küche zu ihren Söhnen.

Sebastian hatte sein T-Shirt gewechselt und beugte sich mit dem Sportteil der Zeitung vor der Nase über eine Schüssel Cornflakes. Sein kleiner Bruder Sid war gerade damit fertig, die dezent bunt gestreifte Wachstuchtischdecke abzuwischen, und brachte den Lappen zur Spüle. Die offene Spülmaschine zeigte Helen, dass er vorher das saubere Geschirr weggeräumt hatte. Im Vorübergehen nahm sie ihren Elfjährigen in den Arm, was er sich bisher noch gern gefallen ließ. »Bist ein Schatz, Siddie. Danke schön.«

Ihrem Blick ausweichend, hängte er den Lappen weg. »Was ist mit Papa?«

Sie zuckte mit den Schultern, ging in ihren »Jackenschleuse« genannten Hauswirtschaftsraum und warf Toms Hose zur schmutzigen Wäsche. Als sie die Küche wieder betrat, war Sid dabei, sich seine Trinkflasche mit Wasser aus der Leitung zu füllen. Sebastian musterte sie ausdruckslos und wandte sich wieder seiner Lektüre zu.

Helen packte Sids gefüllte Brotdose in seinen Star-Wars-Ranzen. »Können wir los?«

Sid verstaute die Wasserflasche. »Yep.«

Obwohl sie wusste, dass ihr sechzehnjähriger Großer im Gegensatz zu Sid mütterliche Zärtlichkeiten nicht mehr schätzte, fuhr sie ihm noch schnell mit den Fingern durch die ungekämmten Haare. »Sieh zu, dass du nicht zu spät loskommst. Und fahr vorsichtig.«

Sebastian blickte nicht einmal auf. »M-hm. Tschüss.«

Nur ein Gemurmel und ein Wort, und doch klang beides feindselig. Ein ungutes Gefühl schnürte ihr die Kehle zu, und sie räusperte sich. »Ist irgendetwas?«

Sein Blick blieb auf die Zeitung geheftet. »Was soll schon sein? Ist doch alles wie immer. Ich frage mich nur, warum es dich nicht stört, dauernd für ihn zu lügen.« Er zeigte mit dem Finger nach oben, um deutlich zu machen, um wen es ging.

Helen nahm den Autoschlüssel von ihrem liebevoll restaurierten, weiß gestrichenen Küchenschrank. Sie zeigte nicht, dass sie betroffen war, obwohl sie innerlich zitterte. Mit einem solchen Vorwurf von seiner Seite hatte sie nicht gerechnet. Waren sie sich nicht stillschweigend einig gewesen, wie man mit der Lage umging? Warum griff ihr Sohn sie plötzlich deshalb an? Als könne er überhaupt darüber urteilen, was sie tat!

»Das ist meine Sache, Basti. Ich glaube, das verstehst du noch nicht.«

»Das muss man nicht verstehen«, murmelte er zwischen geschlossenen Zähnen hindurch, ohne sie anzusehen.

Sie tat, als hätte sie es nicht gehört, und folgte Sid aus der Hintertür zum Auto. Mit der freien Hand rieb sie sich den Nacken. Sie musste in der Apotheke vorbeifahren und sich Salbe holen, sonst würden ihre schmerzenden Schultern sie verrückt machen.

Wortlos stiegen sie ein. Im Rückspiegel konnte Helen sehen, wie Sid sie von hinten beobachtete.

»Weißt du, was mit Basti los ist?«, fragte sie.

Sid blickte aus dem Fenster. »Nö. Aber ich glaube, er hat 'ne neue Freundin. Eine richtige.«

»Ach so. Na dann.« Diese Neuigkeit von Sid zu erfahren statt von Sebastian selbst verbesserte ihre Laune nicht. Sie fühlte sich wie eine Versagerin, wenn ihre Söhne ihr solche wichtigen Neuigkeiten nicht anvertrauten.

»Wann kommst du heute von der Arbeit?«, wollte Sid wissen.

»Ich mache um halb zwei Schluss, fahre aber noch bei Antonia in der Apotheke vorbei. Gegen drei Uhr müsste ich zu Hause sein.«

Sid schwieg. Schon wieder dieses Schweigen. Als würden alle ständig Dinge über sie denken, die sie ihr nicht ins Gesicht sagen wollten. War Sid der Meinung, dass sie zu spät nach Hause kommen würde? Sollte sie lieber doch nicht bei Antonia vorbeifahren, sondern direkt nach Hause, damit sie mehr Zeit für ihn hatte?

Sie wollte es ihrem Sohn gerade vorschlagen, da rückte er mit seinem eigenen Plan heraus.

»Kann ich nach der Schule mit zu Timo, falls er Zeit hat? Könntest du mich heute Abend abholen?«

Wie zaghaft er fragte. Auch das tat ihr weh. »Na klar. Entweder ich oder Papi.«

Der Scheibenwischer quietschte über die nur feuchte Scheibe. Schweigen. Sids Blick schweifte durchs Seitenfenster ins Leere.

»M-hm. Prima«, sagte er schließlich. Doch Freude hätte anders geklungen.

Petra

Petra Ziegler hatte schon vor langer Zeit entdeckt, dass jede noch so lästige Arbeit auch eine Seite hatte, die Spaß machen konnte. Was die Reparaturen an dem baufälligen Haus anging, das sie mit ihren Kindern zur Miete bewohnte, machten sie ihr besonders viel Freude, wenn das Material dafür sie nichts gekostet hatte.

Sie setzte sich auf ihre Fersen zurück und betrachtete zufrieden die neue Türschwelle ihres Wohn- und Schlafzimmers, die einmal eine Tischplatte vom Sperrmüll gewesen war.

»Mamili, kommst du jetzt?«, fragte Isabell, ihre Jüngste. Ganz leise fragte sie, weil sie hoffte, so weniger zu stören. Alle fünf Minuten war sie angehüpft gekommen, um nachzusehen, welche Fortschritte Petra machte.

»Ja, jetzt komme ich.« Petra packte Schraubendreher und Schleifpapier in ihre Werkzeugkiste zurück.

Teil für Teil hatte sie das Werkzeug von dem Geld angeschafft, das sie einsparte, weil sie keinen Kaffee mehr trank. Sie liebte ihre Werkzeugkiste, und sie war stolz darauf, dass sie alle kleinen Reparaturen im Haus selbst erledigen konnte. Manchmal musste sie in die Stadtbücherei gehen und nachlesen, wie man etwas machte, aber dann bekam sie es hin. Fragen tat sie ungern, denn meistens waren es Männer, die sich mit Reparaturen auskannten, und die wollten es entweder gleich selbst machen oder erklärten es so, dass sie es nicht verstand.

Isabell hatte sich ein ausgeblichenes gelbes Trägerkleidchen angezogen, das auch ihre ältere Schwester schon gern und viel getragen hatte. Für die Kinder war es Sommer, ganz gleich, wie viel es regnete.

Petra warf einen Blick aus dem Fenster und stellte fest, dass es gerade wenigstens nicht wie aus Kübeln schüttete. In der kleinen Abstellkammer suchte sie nach dem Körbchen mit Wurzelstöcken, die sie gegen Ableger von ihren Stauden eingetauscht hatte. Es waren verschiedene Sorten von Schwertlilien, deren rüschige, rosa- und lilafarbene Blüten ihre Jüngste besonders mochte. Petra hatte ihr versprochen, sie mit ihr zusammen einzupflanzen. Isabell hatte aus Eisstielen Schildchen für jede Sorte gebastelt.

Der Garten war klein – eigentlich zu klein, um als Spielplatz für sechs Kinder und gleichzeitig als Revier für eine leidenschaftliche Gärtnerin zu dienen. Petra hatte sich immer wieder etwas einfallen lassen müssen, um den einen oder anderen Winkel dennoch zur Blumenschutzzone zu erklären. Allerdings spielten inzwischen ohnehin nur noch ihre beiden Jüngsten im Garten.

Kurze Zeit später kniete Isabell in dem Beet, das sie gemeinsam vorbereitet hatten, und versenkte hingebungsvoll die Wurzelstöcke samt zugehörigen Schildchen im Boden. An ihrer Seite rekelte sich – lang auf dem Bauch ausgestreckt – der rot-weiß getigerte Kater, der ihnen einige Monate zuvor zugelaufen war. Petra hatte im Tierheim angerufen und wochenlang die Suchanzeigen der Wochenzeitung gelesen, doch niemand schien das Tier zu vermissen. Inzwischen hieß der Kater Konrad, und Petra brachte es nicht übers Herz, ihn wieder fortzugeben, obwohl sie sich ein Haustier eigentlich nicht leisten konnte. Wenn nicht ein unbekannter, großzügiger Spender alle zwei Wochen eine Plastiktüte voll Katzenfutter an ihre Gartenpforte gehängt hätte, dann hätte sie die Kosten für den Kater an anderer Stelle wieder einsparen müssen. Und weil sie diese Rechnung schon oft durchgegangen war, konnte sie damit nicht mehr viel herausholen.

Da Isabell mit den Iriswurzeln beschäftigt war, widmete Petra sich ihrem Staudenbeet. Sie lockerte den Boden und sog den Geruch der nassen, warmen Erde ein. Lange hatte sie in ihrem erlernten Beruf nicht gearbeitet, bevor sie Kinder bekam und zu Hause blieb, doch sie wusste noch genau, warum sie sich für die Gärtnerlehre entschieden hatte. Dreck unter den Fingernägeln und schmerzende Knie störten sie nicht, solange sie etwas zum Wachsen und Blühen brachte.

Die Weinbergstraße herauf kamen auf dem Bürgersteig Schritte näher, begleitet vom regelmäßigen Klacken eines Gehstocks. Petra strich mit dem Handrücken den Nieselregen aus ihrem Gesicht und blickte auf. »Guten Morgen, Frau Lilienthal«, sagte sie.

Ihre alte Lehrerin kam noch ein Stück näher und blieb dann vor der Gartenpforte stehen. »Guten Morgen, Frau Ziegler.«

Bis Petra achtzehn wurde, hatte Frau Lilienthal sie geduzt, dann war sie zum »Sie« übergegangen. Petra stand auf, wischte sich die Hände an der Hose ab und trat ebenfalls zur Pforte. Frau Lilienthal drückte ihre Hand nur kurz und sanft, aber mit der Bestimmtheit, die sie auch früher im Unterricht bewiesen hatte.

Sie war immer noch größer als Petra, wirkte aber zerbrechlicher als zu ihrer Grundschulzeit. Die zartblau und indigo gemusterte Wollfilzweste, die sie trug, war eines ihrer Lieblingsstücke. Doch die alte Dame wirkte zunehmend verloren darin, als würde sie aus dem Kleidungsstück herausschrumpfen, so wie umgekehrt Kinder in ihre hineinwuchsen. Auch die Einkaufstasche, die an ihrem Arm baumelte, wirkte zu groß für sie.

Ihr ungleichmäßig gewelltes dunkles Haar stand um einen Wirbel herum lustig zu Berge, und der graue Ansatz verriet, dass sie es lange nicht mehr hatte färben lassen.

»Wie geht es Ihnen? Nutzen Sie die Regenpause für einen Spaziergang?«, fragte Petra.

»Mir geht es gut. Ganz gut. Ja, der Regen. Ist es nicht, als hätten wir den ganzen Sommer lang April gehabt? Aber Ihre Rosen blühen wunderbar.«

Petra musste kurz überlegen, um zu verstehen, welche Blüten Frau Lilienthal meinte. Wohin ihre alte Lehrerin blickte, blühten keine Rosen, sondern Dahlien. Aber sie hatte schon bei einer früheren Begegnung vermutet, dass Frau Lilienthals Sehkraft nachließ, und beharrte deshalb nicht darauf. »Ja, die sind gut gediehen.«

»Ist das Ihre kleine Isabell, die da so fleißig ist? Isabell, komm doch mal her.«

Isa vergewisserte sich mit einem raschen Blick, ob ihre Mutter wollte, dass sie auf die alte Frau hörte. Dann kam sie heran und schmiegte sich an Petras Seite.

»Guten Tag, junge Dame. Deine Mutter hat mir letzte Woche erzählt, dass du am Samstag eingeschult wirst. Ist das wahr?«

Nun leuchteten Isabells Augen, und sie nickte eifrig. »Ich habe einen eigenen Ranzen. Der ist neu gekauft. Mit Katzen drauf.«

»Das ist gut. Du musst ja jeden Tag eine Menge Pausenbrote mitnehmen. Wer hat ihn dir denn ausgesucht?«

»Das war ich selber.«

»Na, so was! Magst du Katzen?«

»Na klar! Ich mag alle Tiere. Und alle Blumen. Wie Mami.«

Frau Lilienthal lächelte. »Deine Lehrerin wird bestimmt ihre Freude an dir haben. Warte, ich habe dir etwas für deinen ersten Schultag mitgebracht.«

Sie lehnte ihren Gehstock aus knotigem Holz an die Hecke, nahm eine Mini-Schultüte aus ihrer Einkaufstasche und reichte sie Isabell über den gemauerten Torpfosten hinweg.

Petras Tochter strahlte. »Danke schön. Muss ich sie bis Samstag aufbewahren? Oder darf ich schon reingucken?«

Frau Lilienthal nahm ihren Stock wieder an sich und wandte sich zum Gehen. »Das entscheidet deine Mami. Ich wünsche dir viel Spaß in der Schule. Wenn ich nächste Woche hier vorbeikomme, frage ich dich, was du schon gelernt hast.«

»Lesen lerne ich bestimmt ganz schnell. Sagt Mami. Ein bisschen kann ich's schon. Jenni und Nadine haben es mir beigebracht.«

Frau Lilienthal hielt inne. »Wirklich? Das heißt, es ist zu etwas gut, wenn man große Geschwister hat? Möchtest du mir erzählen, wie gut du schon lesen kannst? Ich gehe zur Apotheke. Vielleicht erlaubt Mami, dass du ein Stück mitgehst?«

Isa holte Petras Erlaubnis mit einem fragenden Blick ein. Gleich darauf spazierte sie plappernd mit Frau Lilienthal in Richtung Apotheke, wo sie – darauf wollte Petra wetten – von Antonia Kronenberg einen Traubenzucker und das neueste »Junior«-Heft bekommen würde.

Bevor Petra sich wieder ihren Beeten zuwenden konnte, hielt das Postauto an ihrer Pforte. Sie kniff beim Anblick des gelben VW angewidert die Lippen zusammen. Post bedeutete selten etwas Gutes, und mit Papierkram tat sie sich allgemein schwer.

Die Zustellerin drückte ihr neben einem Bündel überflüssiger Werbeprospekte einen von den weißen Umschlägen mit Sichtfenster in die Hand, die Petra am meisten fürchtete, weil sie am häufigsten Ärger mit sich brachten. Die Prospekte warf sie gleich in die Altpapiertonne, den Brief steckte sie in die Tasche ihrer Sweatjacke, um den Ärger noch ein wenig aufzuschieben.

Solange Petra im stärker werdenden Nieselregen ihr Staudenbeet jätete, weißen Phlox und lila Glockenblumen abstützte und die Ranken ihrer Kletterrose neu befestigte, konnte sie den Brief tatsächlich für eine Weile vergessen. Doch als Isabell zur Pforte hereintänzelte, ein von der Feuchtigkeit gewelltes »Junior«-Heft schwenkte und fragte, ob sie ihr etwas daraus vorlesen würde, fiel er ihr wieder ein.

Mit einem Seufzer vertröstete sie ihre Tochter auf später, setzte sich auf die Eingangstreppe, die sie im Frühjahr neu gepflastert hatte, und öffnete den Umschlag.

Das Schreiben kam vom Eigentümer ihres Hauses. Winzige Regentröpfchen fielen auf das Papier und ließen es aussehen wie die gesprenkelte Schale eines Vogeleis. Grundsätzlich hatte Petra kein Problem mit dem Lesen. Nur bei offiziellen Briefen, Formularen und Anträgen begann ihr Puls zu rasen, und sie musste all ihre Konzentration zusammennehmen, damit die Wörter einen Sinn ergaben.

Sehr geehrte Frau Ziegler,
hiermit kündigen wir Ihnen das Mietverhältnis im Haus Weinbergstraße 12 fristgemäß zum 01. 10. dieses Jahres aus Gründen des Eigenbedarfs nach § 573 (2). Wir weisen Sie darauf hin, dass Sie vertraglich zur Übergabe des besenreinen Hauses in raufaserweiß

tapeziertem Zustand verpflichtet sind und zur Schadensbegleichung herangezogen werden, falls die Räumung des Gebäudes und aller Nebengebäude Ihrerseits nicht pünktlich erfolgen und die anstehenden notwendigen Sanierungsmaßnahmen dadurch behindert werden sollten.

Mit freundlichen Grüßen …

»Was ist denn, Mamili?« Isabell hockte sich vor sie und hielt sich an ihrem Hosenbein fest, damit sie nicht umfiel.

Zweimal hatte Petra den Brief nun gelesen. Verstanden hatte sie den Inhalt, doch fassen konnte sie ihn nicht.

Seit zwölf Jahren wohnte sie mit ihren Kindern in dem Häuschen, seit drei Jahren ohne Mann. Sie hatte jeden Cent dreimal umgedreht und jeden erdenklichen Spartipp ausprobiert, um hier wohnen bleiben zu können. Die Miete war gerade so hoch, dass das Amt sie ihr noch zugestand. Etwas Ähnliches, was sie sich leisten konnte, würde sie nicht wieder finden. Sie würde mit den Kindern in einen der Häuserblocks am Stadtrand ziehen müssen. Falls es für sechs Personen überhaupt etwas Passendes gab. So gesehen war es gut, dass sie keinen Mann mehr im Haus hatte und dass ihr Ältester schon ausgezogen war. Billige Mietwohnungen für acht Personen wurden ihres Wissens gar nicht gebaut.

»Sag doch was«, drängelte Isa.

Petra faltete den Brief zusammen, und dann faltete sie ihn noch kleiner, bis er völlig in ihrer Jackentasche verschwand. »Ist schon gut, mein Schatz. Ich musste das nur erst mal lesen. Ist nicht wichtig.«

»Guckst du dann jetzt, wie ich die Iris eingepflanzt habe? Dann können wir sie zudecken und gießen. Wann bekommen sie Blüten?« Isabell zwirbelte einen losen Faden ihres Kleidchens zwischen den Fingern und sah sie mit erwartungsvoller Miene an.

Petra wurde das Herz noch schwerer. »Erst im nächsten Jahr, Isa. So lange dauert das.«

Carolin

Seine Lippen waren so heiß, so aufregend, dass Carolin Pfeiffer beinah gegen ein parkendes Auto fuhr. In letzter Sekunde riss sie den Lenker herum. Zu ihrem Glück hatte der Radfahrer hinter ihr die Bewegung vorausgeahnt und konnte ausweichen.

»Pass doch auf, du Tusse! Penn zu Hause!«, maulte er sie an.

Carolin wurde heiß vor Scham, und Tränen traten ihr in die Augen. Der Typ hatte ja recht, sie hatte geträumt. Aber mussten immer alle gleich so unfreundlich werden? Und mussten überall Autos an den Straßenrändern stehen?

Obwohl ihr die Stimmung verdorben war, bog sie in die Meistergasse ab und ließ ihr Rad rollen. Ein Stück voraus stand Stefans Haus. Oder zumindest das Haus, in dem er wohnte.

Sie hatte ihn morgens schon einmal von Weitem mit dem Fahrrad aus der Ausfahrt kommen sehen und war ihm dann hinterhergeradelt. Doch er fuhr schneller als sie und hatte sich nicht umgedreht. Schließlich bog er in eine Einfahrt ab.

Obwohl es in Strömen geregnet hatte, war sie ganz langsam an dem Bürogebäude vorbeigefahren, in der Hoffnung, er würde zu Fuß wieder zum Vorschein kommen. Dabei hatte sie die Firmenschilder mit ihren nüchternen Aufschriften studiert und überlegt, wo er wohl arbeitete. An dem Tag war sie durchnässt und so spät in die Apotheke gekommen, dass Antonia sich richtig aufgeregt und sie zu einem peinlichen Gespräch ins Büro gebeten hatte. Carolin hatte ihr danach versprochen, in Zukunft morgens besser auf die Zeit zu achten. Und dieses Versprechen wollte sie halten.

Heute war sie extra früh losgefahren. Schließlich würde sie auf die Art womöglich auch zur Stelle sein, wenn Stefan losfuhr, und ihn direkt vor seinem Haus treffen. Dann würde er sie wiedererkennen, sie konnten sich begrüßen, und sie würde ihm erzählen, dass sie zufällig auch in Jeetzeburg Arbeit gefunden hatte. Sie würden ins Gespräch kommen, und vielleicht ergab es sich, dass er Lust bekam, sich mit ihr auf einen Kaffee zu treffen. Wo sie doch beide fremd in der Stadt waren. Sie hatte sich schon ausgedacht, wie sie ihm das *Café Elbufer* vorschlagen würde.

Beim Kaffeetrinken konnten sie von der Terrasse aus die Binnenschiffe und Motorboote beobachten. Ihr war die Vorstellung von Bootsfahrten zwar eher unheimlich, weil sie nicht gut schwimmen konnte, aber ihm gefiel das sicher. Und später würden sie einen Spaziergang am idyllischen Flussufer machen. Er würde ihre Hand nehmen. *»Ich mochte dich schon die ganze Schulzeit über.«* So oft hatte sie sich diese Szene vorgestellt, dass sie genau seine Stimme und die Betonung der Worte im Ohr hatte.

Mit einem glückseligen Lächeln auf den Lippen stellte sie fest, dass der nächste Pedalentritt sie an seinem Haus vorbeibefördern würde. Ohne diese Pedalumdrehung blieb ihr allerdings nur die Wahl, umzufallen oder anzuhalten, denn langsamer konnte man mit einem Fahrrad beim besten Willen nicht fahren.

Mit klopfendem Herzen hielt sie an, schob ihr Rad auf den Bürgersteig und drehte das Ventil des Vorderrads heraus.

Was für ein unglaublicher Zufall, dass sie gerade vor seiner Wohnung einen Platten hatte!

Umständlich schraubte sie das Ventil wieder in die Hülse und löste ihre Pumpe aus der Halterung.

Sie hatte noch nicht angefangen zu pumpen, da erschien Stefan. Dieses Mal ohne Fahrradhelm. Ihr Herz machte einen Satz und fing an zu rasen. Gott, sah er gut aus – noch besser, als sie ihn in Erinnerung hatte.

Einen Schritt hinter ihm trat eine junge Frau aus der Haustür. Erschrocken senkte Carolin den Kopf und fummelte die Pumpe aufs Ventil. Die Frau war blond und extrem hübsch.

»Neunzehn Uhr, habe ich meiner Mutter gesagt. Also muss ich dich um achtzehn Uhr abholen«, sagte sie zu Stefan.

Er antwortete mit einem Murmeln, das Carolin nicht verstand, und stieg auf der Beifahrerseite in den blauen Golf, der vor dem Carport stand.

Die Frau schritt auf ihren hohen Absätzen ums Auto herum zur Fahrertür und entdeckte Carolin auf dem Gehweg. »Guten Morgen. Alles in Ordnung? Können wir Ihnen helfen?«, fragte sie.

Carolin spürte, wie ihre Wangen glühten. Wahrscheinlich hätte sie Berufsaussichten als Warnboje gehabt. Hektisch winkte sie ab und starrte dabei auf die hässlichen rauen Betonplatten zu ihren Füßen, statt die Frau anzusehen. »Nein, nein, geht schon«, sagte sie.

»Na dann.«

Die Autotür knallte zu, der Golf fuhr an, und Carolin pumpte nun ernsthaft.

Der Reifen füllte sich nicht. Sie drehte das Ventil fester, pumpte, was das Zeug hielt, und erntete nur ein Zischen an der Stelle, wo Ventil und Pumpe zusammentrafen. Ein

Blick auf die Uhr ließ sie zusammenzucken. Ihr kamen die Tränen. Was hatte sie sich nur dabei gedacht, die Luft aus dem Reifen zu lassen?

Lieber Himmel, wenn Stefan sie gerade gesehen hätte! Nichts hätte peinlicher sein können. Hektisch drehte sie das Ventil noch einmal heraus, reinigte es, fing von vorne an.

Ihre Hände waren schmutzig und ein Fingernagel abgebrochen, als ihr Rad endlich wieder fahrbereit war. Vor Ärger über sich selbst, aber auch vor Enttäuschung, hatte sie die ganze Zeit über weinen müssen. Nun wischte sie sich mit einem alten Taschentuch sauber – dem einzigen, das sie bei sich trug – und trat schniefend in die Pedale, als hätte es noch Sinn, sich zu beeilen. Dabei würde sie so viel zu spät kommen, dass Antonia sie nur feuern konnte.

Durchs Schaufenster der Apotheke sah Carolin, dass bereits Kunden warteten, weil ihre Chefin allein bedienen musste. In aller Eile stellte sie ihr Rad ab und stürzte zum Seiteneingang hinein. Selbst wenn sie am Ende des Tages entlassen wurde, wollte sie den Ärger jetzt nicht noch schlimmer machen. Denn das hatte ihre Chefin nicht verdient.

Kurz darauf zog sie ihren weißen Kittel zurecht, der ihr in der Regel etwas mehr Selbstvertrauen verlieh, und betrat den Verkaufsraum. Antonia befand sich im Beratungsgespräch und beachtete sie nicht, daher wandte sie sich sofort dem nächsten wartenden Kunden zu.

»Guten Tag. Was –« *… kann ich für Sie tun?*, wollte sie fragen, doch es blieb ihr im Hals stecken. Vor ihr stand ein junger Mann, was schon schlimm genug war. Aber er hatte auch noch Ähnlichkeit mit Stefan, sodass sie die Erinnerung an die morgendliche Katastrophe nicht verdrängen konnte.

Außerdem hatte sie für einen Augenblick gedacht, eine höhere Macht hätte eingegriffen und ihre große Liebe zu ihr in die Apotheke geschickt.

Auch in dem Fall wäre sie verloren gewesen.

Nicht, dass sie sich diese Situation noch nie ausgemalt hätte – im Gegenteil, sie hatte Stefan schon vor schlimmen medizinischen Fehlern bewahrt, indem sie ihn in letzter Minute davon abhielt, das falsche Medikament zu nehmen. Bei diesen Träumereien hatte sie es allerdings versäumt, sich eine gewöhnliche Begrüßung zurechtzulegen.

Und wer wusste, was sie gerade an diesem Morgen für Blödsinn von sich gegeben hätte? *Hallo, Stefan, tut mir leid, dass ich zu spät zur Arbeit gekommen bin und du warten musstest, aber ich habe zu lange vor deinem Haus herumgetrödelt, um dich zu sehen, und dann …*

Aber es war ja nicht Stefan, sondern ein Unbekannter.

Lieber Himmel, wie wohl ihr Gesicht aussah? Wahrscheinlich war sie total verheult. Sie fühlte, wie sie rot wurde, und zwang sich, es noch einmal zu versuchen: »Was kann ich –« Ihre Stimme brach. Lächerlich! Schon wieder kamen ihr die Tränen. Am liebsten wäre sie ins Büro geflüchtet und hätte sich unter dem Tisch versteckt.

»Patrick Lilienthal«, sagte der Kunde. »Ich wollte etwas für meine Oma abholen. Waltraud Lilienthal.«

Erleichtert nickte Carolin und wandte sich der Schublade mit den Bestellungen zu.

Antonia

Antonia war in der Laune gewesen, Carolin den Hals umzudrehen, als sie die Schlafmütze durchs Schaufenster auf dem Fahrrad heranstrampeln sah. Offenbar hatten ihre scharfen Worte so wenig Eindruck auf die junge PTA gemacht, dass sie nach weniger als einer Woche trotz aller Versprechungen schon wieder alles vergessen hatte.

Aus dem Augenwinkel beobachtete sie Carolins erste Kundenbegegnung des Tages, während sie selbst die Unterschiede zwischen verschiedenen rezeptfreien Schmerzmitteln darlegte. Ihr Zorn verrauchte ein wenig. Jungen Männern gegenüber war Carolin so gehemmt, dass sich Antonia manchmal vor lauter Mitschämen die Fußnägel einrollten. Aber so aufgelöst und verwirrt wie an diesem Morgen hatte sie das Mädchen noch nie erlebt. Vielleicht war doch etwas vorgefallen, das als guter Grund für ihre Verspätung gelten konnte.

Seiner Miene nach hatte Frau Lilienthals Enkelsohn ebenfalls bemerkt, dass mit Carolin etwas nicht stimmte. Er beobachtete sie mit gefurchter Stirn.

Antonia fertigte ihre Kundin ab und wandte sich Patrick Lilienthal kurz zu, bevor sie die nächste Frau begrüßte. »Ich habe gleich Zeit für dich, Patrick.«

Sie hatte Patricks vor vier Jahren verstorbenen Vater gut gekannt, und sie war dem Jungen in seiner Kindheit oft genug begegnet, um ihn weiterhin duzen zu dürfen.

Nachdem Carolin ihm mit zittrigen Händen die bestellten Medikamente für seine Oma überreicht hatte, wartete er in einem der beiden Korbsessel, die vor den Regalen mit Hautpflegecremes und Sonnenmilch standen, und spielte an seinem Handy herum. Sein weich geschnittenes Profil war nicht Antonias Fall, doch sie konnte sich vorstellen, dass viele junge Frauen ihn gutaussehend fanden. Außerdem war er auffallend schlank – wie Mickies Felix. Was bei Felix einen schlaksigen und hageren Eindruck machte, wirkte bei Patrick allerdings sportlich. Antonia setzte sich zu ihm und überließ den letzten wartenden Kunden Carolin.

»Hallo, Patrick. Wie geht es deiner Oma?«

Er kratzte sich im Nacken, lockerte sich mit einem Finger seinen Sweatshirt-Kragen und blickte zu Boden.

»Darüber wollte ich mit Ihnen sprechen. Ich war eine Weile nicht bei ihr, weil ich meine Zwischenprüfungen geschrieben habe. Und als ich danach wieder herkam, sah es bei Oma unfassbar aus. Ich meine, jeder ist mal unordentlich, aber ich glaube, sie schafft es nicht mehr, Ordnung zu halten. Sie wirkt manchmal total verwirrt.«

Er wich Antonias Blick aus und biss sich auf die Lippen.

Sie konnte ihm seinen Kummer nachfühlen. Hatte sie doch vor Kurzem etwas Ähnliches über ihre Mutter gedacht.

Patrick tat ihr doppelt leid, denn außer seiner Oma hatte er keine nahestehenden Familienangehörigen mehr. Und seine Oma hatte nur ihn. Für einen Zweiundzwanzigjährigen schien ihr das eine unfaire Last zu sein.

»Du könntest sie überreden, für zweimal in der Woche eine Haushaltshilfe anzustellen«, schlug sie vor. Finanziell dürfte das keine Schwierigkeit sein, wusste sie. Sowohl Patrick als auch seine Großmutter waren durch Erbschaften und Renten so gut abgesichert, dass man neidisch hätte sein können, wenn der Grund dafür nicht so traurig gewesen wäre.

»Das versuche ich schon seit einer Weile, aber sie lässt sich nicht darauf ein. Außerdem würde das nicht das Problem lösen, das mir am meisten Angst macht. Deshalb bin ich zu Ihnen gekommen. Oma hat diese Schachtel mit Fächern für jeden Wochentag, in die sie ihre Pillen einsortiert. Vorgestern habe ich mir das Ding mal genauer angesehen. In jedem Fach hatte Oma eine Kapsel und eine Tablette. Und als ich sie fragte, welches die neuen Herzpillen wären, die sie gerade vom Arzt bekommen hat, hat sie auf die Tabletten gezeigt. Ich wollte mir mal durchlesen, was bei den Nebenwirkungen steht, und habe sie um die Schachtel gebeten. Da hat sie mir eine Schachtel Schmerztabletten gebracht.« Er warf ihr einen bedeutsamen Blick zu.

»Vielleicht hat sie sich in ihrem Medizinschrank nur vergriffen?«, fragte Antonia, obwohl ihr Gefühl ihr längst das Gegenteil verraten hatte.

»Schön wär's. Nein, sie hat wirklich geglaubt, dass das ihr Herzmedikament ist. Die richtige Schachtel habe ich später gefunden. Sie war ungeöffnet hinter die Schublade gefallen.«

Antonia schlug sich gegen die Stirn. »Ich hätte ihr deutlicher erklären sollen, was in den Schachteln ist.«

»Vielleicht hätte Oma nicht mal zugehört. Sie will nicht wahrhaben, dass sie tüdelig wird. Oft ist sie ja auch klar im Kopf. Aber die Sache mit den Medikamenten finde ich gefährlich. Deshalb wollte ich fragen … Wenn ich noch ein paar von diesen Sortierschachteln besorge, könnten Sie ihr die nicht für ein paar Wochen im Voraus füllen? Ich bin ja nicht immer hier, wenn sie Nachschub holt oder der Arzt ihr etwas Neues verschreibt.«

Antonia wusste, was ihr alter Lehrherr Uhlenhop dazu gesagt hätte. *Bist du verrückt, Mädel? In Teufels Küche kann dich so was bringen. Und auszahlen tut es sich auch nicht.*

Trotz Uhlenhops mahnender Stimme in ihrem Kopf war die Entscheidung für sie einfach. »Ich kann nicht die Verantwortung dafür übernehmen, dass sie alles richtig einnimmt. Aber die Kästchen kann ich für sie vorbereiten. Sie ist ja Stammkundin und holt all ihre Medikamente bei uns. Du wirst sie nur von der Idee überzeugen müssen.«

Unglücklich sah er sie an. »Können Sie das nicht übernehmen?«

Antonia dachte einen Moment darüber nach, ob sie eine Chance hatte, zu Frau Lilienthal durchzudringen, und nickte dann.

Patrick seufzte und sank in sich zusammen. »Ewig kann es so trotzdem nicht weitergehen. Man kann die schmale Treppe und die Türen in Omas Haus nicht behindertengerecht umbauen. Um den Garten kann sie sich auch nicht mehr kümmern, der verkommt. Aber das sieht sie alles nicht so.«

»Ich kann verstehen, dass sie sich nicht von ihrem Fachwerkhäuschen trennen möchte. Es ist ein Schmuckstück. Deine Oma war immer stolz darauf. Was ist mit dir? Glaubst du nicht, dass du es eines Tages haben möchtest?«

Er zuckte mit den Schultern. »Ich will mich nicht darauf festlegen, dass ich irgendwann hier wohne. Und das Haus … Ganz ehrlich, mir wäre es lieber, wenn Oma in eine kleine Wohnung ziehen würde. Am besten in so eine, wo es auch Betreuungsmöglichkeiten gibt. Dann hätte ich nicht jedes Mal, wenn ich sie besuche, das Gefühl, zuerst den Rasen mähen, das Laub harken oder den Zaun streichen zu müssen.«

Antonias Mutter hatte ihr Haus verkauft, als ihre Enkeltöchter aus dem Alter herausgewachsen waren, dass sie gern die Omi besuchten und tagelang bei ihr blieben. Sich von ihrem Elternhaus trennen zu müssen hatte Antonia zwar traurig gefunden, trotzdem war sie ihrer Mutter dankbar für die Entscheidung gewesen.

Inge hatte zusammen mit drei anderen Frauen eine alte Villa am Stadtrand gekauft und umgebaut, in der sie nun als Senioren-Wohngemeinschaft lebten. Hilfe von ihrer jüngeren Verwandtschaft brauchten sie so gut wie nie. »Villa Eule« nannten sie das Haus, weil bei ihrem Einzug Schleiereulen auf dem Dachboden gelebt hatten und weil die Eule der Vogel von Göttin Athene war. Die alten Damen waren alle klassisch gebildet – einschließlich ihrer Mutter Inge. Für sie war es eine gute Lösung, doch gewiss nicht für jeden. Antonia staunte immer wieder, dass jemand es in einer Wohngemeinschaft mit ihrer Mutter aushielt.

Sie vereinbarte mit Patrick, dass er in den nächsten Tagen in Begleitung seiner Oma und mit allen Medikamentenschachteln, die er im Haus fand, wiederkommen würde. Dann wollten sie der alten Dame gemeinsam diplomatisch nahelegen, die kleine Hilfestellung mit den Pillendosen anzunehmen.

Sich länger mit Patrick zu unterhalten, konnte Antonia sich nicht erlauben. Wie so oft nach dem Wochenende, herrschte in den Arztpraxen Hochbetrieb. Ein großer Teil der Patienten kam nach dem Besuch der Sprechstunde gleich in die Apotheke, um sich die verschriebenen Medikamente zu holen.

Carolin blieb den ganzen Vormittag über fahrig, wirkte unglücklich und sprach nur das Nötigste. Antonia hätte sie gern gefragt, was ihr auf der Seele lag, doch dazu gab es keine Gelegenheit. Erst gegen halb eins kehrte Ruhe ein, sodass sich eine gemeinsame Mittagspause anbot.

»Komm, wir setzen uns in die Küche«, schlug sie Carolin vor.

Zu ihrem Erstaunen zuckte die junge PTA zusammen und sah auf einmal noch viel unglücklicher aus. Wie ein eingeschüchterter Hund schlich sie in die Teeküche und half Antonia dabei, den Tisch freizuräumen. Antonia packte ihren Curry-Ananas-Reissalat aus und ließ sich am Tisch nieder. Carolin setzte sich mit ängstlich aufgerissenen Augen steif auf ihren Platz gegenüber und klemmte die Hände zwischen ihre Knie.

»Hast du dir heute nichts zu essen mitgebracht?«, fragte Antonia.

Wenn Carolin errötete, zeigte sich das nicht als zartrosafarbener Hauch auf ihren Wangen. Sie bekam von einer Sekunde auf die andere einen violettroten Kopf im Ton von Brombeersaft. Sogar die Ohren glühten.

»Doch. Aber ich …« Die Stimme brach, und sie begann zu weinen. »Es tut mir leid«, quetschte sie heraus und wühlte ein altes Taschentuch aus der Hosentasche.

Nachdem sie sich Augen und Nase damit abgewischt hatte, zierten schwarze Streifen ihr brombeerrotes Gesicht.

Antonia seufzte und ließ ihre Hand mit der Gabel auf den Tisch sinken. »Was ist denn los? Ist etwas Schlimmes passiert?«

Carolin warf ihr einen von Tränen verschleierten Blick zu. »Ich bin wieder zu spät gekommen!«

Schluchzend sank sie in sich zusammen, und alle Dämme brachen. Antonia konnte zusehen, wie der weiße Kittelkragen von der Tränenflut durchnässt wurde. Sie war perplex. Natürlich hatte sie sich gewünscht, dass ihre tadelnden Worte Eindruck auf Carolin machen würden. In tiefste Verzweiflung hatte sie das Mädchen allerdings nicht stürzen wollen. Andererseits war sie morgens wegen Carolins erneuter Verspätung wirklich wütend gewesen und wollte nun auch nicht so tun, als ob das keine Rolle spielte.

»Woran lag es denn dieses Mal? Hast du verschlafen? War dein Fahrrad kaputt?«

Carolin nickte und tupfte weiter mit dem schmutzigen Taschentuch an ihrer Nase herum. »Ja. Das heißt: nein. Ich habe … Ich war selbst schuld. Und es tut mir leid. Ich bin so dumm!«

Mit gerunzelter Stirn stand Antonia auf, holte eine Packung Taschentücher aus dem Schrank und legte sie vor Carolin auf den Tisch. »Erzähl mal. Aber die ganze Wahrheit.«

Carolin stöhnte gequält. »Das ist so peinlich.«

Doch anschließend legte sie ein volles Geständnis ab und machte Antonia damit fassungslos. Sie wusste nicht, ob sie lachen oder gleich die Telefonnummer eines Therapeuten heraussuchen sollte. Vorsichtig entschied sie sich für einen Mittelweg. »Und woher kennst du diesen Stefan?«

»Aus der Schule.« Carolin schniefte und zog das nächste Taschentuch aus der Packung. »Ich war schon in der Grundschule in ihn verliebt.«

»Und du hast es ihm nie gesagt?«

Carolin schüttelte den Kopf.

Antonia versuchte sich daran zu erinnern, wie es sich zur Grundschulzeit angefühlt hatte, in einen Jungen verliebt zu sein. Sie kam zu dem Schluss, dass es jedenfalls nie länger als ein paar Wochen gedauert hatte. »Herrje, was für eine Geschichte. Und nun seid ihr wieder in derselben Stadt gelandet! Da gibt es jetzt zwei Möglichkeiten: Entweder du gehst davon aus, dass er in einer glücklichen Beziehung lebt, und schlägst ihn dir aus dem Kopf. Oder du schreibst ihm eine Karte, auf der du ihm mitteilst, dass du ihn zufällig gesehen hast und ihn fragst, ob er Lust hat, dich auf einen Kaffee zu treffen. Wenn du ihm deine Adresse aufschreibst, kann er dich ja jederzeit erreichen, wenn er es will. Oder du schreibst, dass du hier arbeitest, dann kann er unverfänglich vorbeikommen, ohne sich zu etwas verpflichtet zu fühlen. Auf keinen Fall wirst du aber weiter morgens vor seinem Haus herumlungern. Sonst muss ich dir am Ende wirklich kündigen.«

Carolin sah sie mit offenem Mund an. Antonia konnte nicht erkennen, ob in ihrer Miene Entsetzen oder Verblüffung überwog. »Du kündigst mir jetzt noch nicht?«

Nun konnte Antonia zumindest sicher sein, dass ihre scharfen Worte beim vorherigen Gespräch erheblichen Eindruck auf Carolin gemacht hatten. »Nein. Wir versuchen es noch einmal. Wenn du mir versprichst, dass du in Zukunft auf dem geraden Weg herkommst.«

Einen Augenblick lang schwieg Carolin. »Ich kann ihm nicht schreiben, dass ich hier arbeite. Auch nicht meine Adresse. Sonst könnte er plötzlich vor mir stehen. Ich brächte kein Wort heraus, und das wär's dann.« Sie klang so kummervoll, dass es sogar einen Fisch zu Tränen gerührt hätte. Antonia wurde allerdings nicht nur von Mitgefühl ergriffen, sondern auch von dem Drang, Carolin kräftig zu schütteln. »Du meinst, so wie vorhin bei Patrick? Oder wie meistens, wenn ein Mann von unter vierzig zur Tür hereinkommt? Was hast du denn eigentlich für ein Problem mit Männern?«

Carolin hörte nicht auf zu schniefen. »Ich kann nichts dafür. Mit Jungs konnte ich noch nie umgehen. Immer fange ich sofort an, darüber nachzudenken, wie die mich sehen. Und dann fällt mir alles ein, was blöd an mir ist, und ich fühle mich total unwohl. Die müssen sich doch heimlich über mich totlachen.« Mit jedem Wort wurde sie mehr zum Häuflein Elend.

Antonia war es mit vierzehn oder fünfzehn für eine Weile ähnlich gegangen, wie auch vielen ihrer Freundinnen. Sie hatte allerdings gedacht, dass diese extreme Verlegenheit bei allen nur eine kurze Phase war. »Warst du noch nie mit einem Jungen befreundet?«

Als Antwort bekam sie ein niedergeschlagenes Kopfschütteln. Antonia hätte gern den Grund dafür gewusst, doch für den Moment wollte sie Carolin nicht noch weiter bedrängen.

»Das müssen wir ändern. Wir suchen dir jemanden zum Üben. Und wenn du anfängst, darüber nachzudenken, wie er dich sieht, erzählst du ihm einfach einen Witz oder so.«

Als Antonia um neunzehn Uhr die Apothekentür abschloss und nach Hause ging, fühlte sie sich unbeschwerter als seit Langem, obwohl ihre Sorgen nicht kleiner geworden waren. Aber immerhin hatte Carolin ihr ihr Herz ausgeschüttet, sodass sie ihr vielleicht helfen konnte, über ihre Probleme hinwegzukommen.

Außerdem waren die Kunden trotz des unbeliebten Montags nett gewesen. Was daran liegen mochte, dass seit den frühen Morgenstunden kein Tropfen Regen mehr gefallen war.

Dennoch war die Luft feucht und duftete besonders gut nach Blüten, Obst und Grillfeuer. Auf dem unebenen alten Pflaster des Bürgersteigs standen hier und da noch Pfützen, während die meisten der Steinplatten schon getrocknet waren. Als Kind hätte Antonia die Schuhe ausgezogen, um barfuß durchs Wasser zu laufen und Abdrücke ihrer nassen Füße auf den sonnenwarmen Steinen zu hinterlassen.

Den ganzen Sommer über war sie noch nicht ein einziges Mal barfuß gelaufen, nicht einmal im Garten. Dabei hatte sie das Gefühl immer genossen. Hatte sie es im Jahr davor getan? Sie konnte sich nicht erinnern. Es war der erste Sommer mit ihrer eigenen Apotheke gewesen, und sie konnte sich im Nachhinein nie erklären, wie sie all die Arbeit bewältigt hatte, wenn sie darüber nachdachte.

Zum Barfußlaufen war bestimmt keine Gelegenheit gewesen. So wenig wie in den vorausgegangenen Studienjahren – der anstrengendsten Zeit ihres Lebens. Dieser Ausnahmezustand hätte allerdings nun vorbei sein sollen. So hatte sie es sich jedenfalls vorgestellt.

Kurz überlegte sie, ob sie die Schuhe doch noch ausziehen sollte, entschied sich aber dafür, lieber etwas schneller nach Hause zu gehen.

Denn es gab noch etwas, das sie den ganzen Sommer über nicht getan hatte und vermisste. Seit ihrem siebzehnten Lebensjahr hatte sie geglaubt, dass sie nie lange darauf würde verzichten müssen.

Sie überlegte, wann ihr Mann sie zum letzten Mal in den Arm genommen hatte, um sie ausgiebig zu küssen. Dass man sich nach zwanzig Jahren Ehe nicht mehr für einen Quickie im Stehen in einer Kaufhaus-Toilette einschloss, akzeptierte sie gern. Auch dass jeder mal für eine Weile weniger interessiert an Liebesspielen war, hielt sie für normal. Doch nachdem monatelang auch in ihrem Ehebett nichts Gemeinsames mehr stattgefunden hatte, außer gegenseitiger Beratung beim Lösen von Sudokus und Kreuzworträtseln, fühlte sie sich für ihre 42 Jahre entschieden zu alt.

Da sie sich Monty auf keinen Fall aufdrängen wollte, hatte sie bisher nichts dazu gesagt, doch das Gespräch mit der schüchternen Carolin hatte sie nachdenklich gestimmt. Wollte sie selbst etwa auch so viele Gelegenheiten zum Glücklichsein an sich vorbeiziehen lassen, nur weil sie ihrem eigenen Mann gegenüber schüchtern war?

Mit frohem Herzklopfen beschloss sie, an diesem Abend die Initiative zu ergreifen und Monty zu verführen.

Ihr Mann war noch nicht zu Hause, als sie ankam.

Auf dem Küchentisch neben der Vase mit dem angewelkten Sonnenblumenstrauß von Herrn Hartmann lagen die Post, ein Mitteilungsblatt aus Annikas Schule und ein handgeschriebener Zettel von Mickie.

Antonia blätterte zuerst die Briefe durch. Ihr Puls beschleunigte sich, als sie den Briefkopf des Immobilienmaklers sah, der das Apothekengebäude für Doktor Kosewitz verwaltete. Was fiel der Frau ein, wieder einen Brief an ihre Privatadresse schicken zu lassen? Sie hatte extra in der Praxis angerufen und darum gebeten, das nicht zu tun.

Mit dem Daumen öffnete sie den Umschlag und zerfetzte ihn dabei, was ihr wenigstens eine winzige Genugtuung verschaffte. Innen lag eine Rechnung über die letzte Juliwoche und den laufenden Monat. Für den neu eingestellten Hausmeister.

Antonias Hand krampfte sich unwillkürlich zusammen, sodass sie das Blatt zerknitterte. Sie hatte es zuerst für eine leere Drohung gehalten, doch Doktor Kosewitz hatte ihre Ankündigung wahr gemacht. Die arrogante Medizinerin war wirklich ein Ausbund an Rücksichtslosigkeit. Als würde die unverschämte Mieterhöhung nicht ausreichen, sollte sie nun auch noch die Hälfte der Kosten für einen überteuerten Hausmeister zahlen, der für sie nichts tat, außer die Parkplätze und Wege ums Haus zu kehren. Was er zu allem Überfluss unfreundlich und mit Hilfe einer höllenlauten, benzinmotorbetriebenen Kehrmaschine erledigte, gegen die mancher Kunde anbrüllen musste, wenn er zur falschen Zeit in die Apotheke kam. Und alles nur, weil Doktor Kosewitz der Ansicht war, die Parkplätze müssten staubfrei sein. Dabei hatte sich noch keiner von Antonias Kunden darüber beschwert, dass gelegentlich eine Handvoll Laub vor ihrer Tür lag, wenn sie noch nicht zum Fegen gekommen war.

Sie schnaubte und steckte den Brief nach hinten. Doch ihre Unbeschwertheit war dahin – zumal der nächste Umschlag den Kostenvoranschlag des italienischen Partyservice für das Buffet ihrer Porzellanhochzeit enthielt. Beim Anblick der Summe musste sie schlucken. Zusammen mit der Hausmeisterrechnung schob sie den Brief in ihre Handtasche, um sich später in Ruhe darum zu kümmern.

Die unwichtige Werbepost warf sie ungeöffnet zurück auf den Tisch und nahm das Mitteilungsblatt der Schule zur Hand. Annikas Lehrerin kündigte den endgültigen Termin für die Klassenreise an und die Summe, die baldmöglichst zu überweisen wäre. Zusätzlich zu dem halbjährlich fälligen Kopiergeld und dem Betrag für den von der Schule für alle Schüler des Jahrgangs bestellten neuen Taschenrechner.

Warum gönnte ihr das Schicksal nicht eine kleine Atempause? Warum hatte der verdammte Gott der Banken und Sparkassen es auf sie abgesehen und versetzte ihr einen Hieb nach dem anderen?

Von der Haustür aus rief Monty sein dröhnendes »Hallo, meine Frauen!« in den Flur.

Schon in der Schulzeit hatten alle das »Joachim« ignoriert und ihn nur Monty genannt. Damals war es nur ein

Wortspiel auf das »Berg« in seinem Nachnamen gewesen, doch in den folgenden Jahren hatte er dem Namen durch sein Wachstum Ehre gemacht. Er war ein Berg von einem Kerl, ihr Mann, und er konnte mit seiner Stimme mühelos jeden Raum ihres Hauses erreichen.

Antonia erinnerte sich daran, dass sie an diesem Abend besondere Pläne mit ihm hatte, denen Apotheken- und sonstiger Finanzärger nicht guttun würden.

Montys Schuhe polterten einer nach dem anderen neben das Schuhregal auf den Boden. Rasch schob sie die Mitteilung von der Schule unter die Werbepost und empfing ihren Mann mit einem fröhlichen Lächeln.

Den Begrüßungskuss länger auszudehnen als üblich gelang ihr nicht, denn Monty wandte sich eilig dem Kühlschrank zu.

»Kaum hört es auf zu regnen, gehe ich gleich ein vor Durst. Willst du auch ein Bier?«

Eigentlich hatte sie Lust auf ein Bier, aber sie plante, später eine gute Flasche Wein zu öffnen. Beides zu mischen, vertrug sie nicht. »Danke, nein.«

Ihre jüngere Tochter hatte sich von der Stimme ihres Vaters aus ihrem Zimmer locken lassen und kam in die Küche geschlendert. »Gibt es etwas zu essen?«

»Ich mache einen schönen Salat«, schlug Antonia vor.

Die Gesichter ihrer beiden Lieben verrieten deutlich ihre mangelnde Begeisterung. Doch sie hatte die Zutaten für den Salat im Kühlschrank und an diesem Abend weder Lust noch Energie, etwas Aufwendigeres zu kochen.

»Ich würde mir lieber eine Pizza machen«, sagte Annika.

»Können wir nicht mal wieder grillen?«, erkundigte sich Monty.

Während Antonia sich eine gedankliche Notiz dazu machte, beim Hochzeitsjubiläum unbedingt Gegrilltes anzubieten, ging er mit der offenen Bierflasche in der Hand zum Tisch, musterte flüchtig die Sonnenblumen und hob Mickies Zettel auf. Zu spät wurde Antonia bewusst, dass auch sie zuerst nach diesem Zettel hätte greifen sollen, als sie nach Hause gekommen war. Stattdessen hatte sie die Post nach Hiobsbotschaften durchsucht.

Sie sah, wie Monty die Nase rümpfte und den Zettel wieder weglegen wollte. Misstrauisch streckte sie die Hand danach aus und ließ ihn sich geben.

Sie las und sah ihren Mann empört an. »Hast du Mickie das erlaubt?«

Monty nahm ein Bierglas und goss es halb voll. »Nein, aber –«

»Aber das wäre Mickie sowieso egal gewesen«, fiel Annika ihm ins Wort und verließ die Küche in Richtung Kühltruhe, bevor sie dafür selbst ins elterliche Kreuzfeuer geraten konnte.

Antonia marschierte zum Kühlschrank, riss die Tür auf und nahm eine Flasche Wasser an sich. »Weißt du wenigstens, wo er wohnt?«

Er seufzte und kratzte sich den Bart, der einen Formschnitt hätte gebrauchen können. »Ich weiß, wo er wohnt.« Ohne sie anzusehen, nahm er einen tiefen Zug von seinem Bier.

Seine Gelassenheit machte sie rasend. Wie konnte er nur? »Stört es dich etwa nicht, wenn unsere Sechzehnjährige bei einem Typen übernachtet, der sich noch nicht mal richtig bei uns vorgestellt hat? Er ist volljährig, und sie ist es nicht. Das ist eigentlich ein Fall für die Polizei.«

Monty senkte sein Glas. »Ich sage ja nicht, dass es mir gefällt. Aber, meine Güte! Felix ist etwas seltsam und maulfaul. Deshalb ist er nicht gleich kriminell. Denk doch mal an uns früher. Wäre ich zufällig noch ein paar Jahre älter gewesen – würdest du das dann heute auch einen Fall für die Polizei nennen?«

»Du hast nicht zwei Klassen wiederholt, einen Leichenwagen gefahren und ausgesehen wie etwas, das der Hund aus dem Müll gezerrt hat!«

Antonia erinnerte sich gut daran, dass es ihre Mutter nicht davon abgehalten hatte, entgeistert zu reagieren, als sie ihr zum ersten Mal erzählt hatte, sie würde Monty möglicherweise eines Tages heiraten. Doch das war wohl kaum vergleichbar. Sie stieß resigniert die Luft aus. »Ich rufe Mickie sofort an und sage ihr, dass sie nach dem Film nach Hause kommen soll.«

Monty runzelte die Stirn. »Was heißt: ›nach dem Film‹? Muss ich dann um halb zwölf noch mal los, um sie abzuholen? Ich wollte früh schlafen gehen. Morgen Vormittag muss ich Einstellungsgespräche führen. Es wäre peinlich, wenn mir die Augen zufielen, während mir meine zukünftigen Mitarbeiter erzählen, wie hellwach sie sind und was sie schon alles Tolles mit Baggern und Zehntonnern erlebt haben.«

»Falls Felix Mickie nicht nach Hause bringt, werde ich sie eben abholen.«

»Du bist doch auch müde.« Die Feststellung wurde von einem prüfenden Blick in ihr Gesicht begleitet. Sofort fühlte Antonia sich tatsächlich schrecklich müde. Und alt. Wo hatte sie zwei Stunden zuvor nur den Enthusiasmus hergenommen, mit dem sie an diesem Abend neues Feuer in ihrem Mann hatte entfachen wollen? Was sollte denn Aufregendes dabei herauskommen, wenn eine müde Zweiundvierzigjährige sich einem erschöpften Dreiundvierzigjährigen an den Hals warf, dessen Interesse an Sex mit ihr im Tiefschlaf lag? Wenn es nicht schon restlos erstorben war. Und das bei dem ganzen Ärger!

»Warum haben wir so viel Salami-Pizza in der Kühltruhe? Die isst hier doch keine Sau.«

Annika richtete ihre ganze Aufmerksamkeit darauf, ihre Gemüsepizza schon auf dem Weg zum Ofen auszupacken. Antonia sah tiefgefrorene Käsekrümel auf die rotbraunen Terrakottafliesen rieseln.

»Ich habe keine Salami-Pizza gekauft«, sagte sie.

»Also, wenn du sie abholen willst, meinetwegen«, sagte Monty, klemmte sich die Zeitung unter den Arm, nahm mit der freien Hand eine Dose Erdnüsse aus dem Schrank und verschwand ins Wohnzimmer.

»Da sind vier Stück. Papa hat die garantiert nicht gekauft. Diese Salami kommt bestimmt aus ganz furchtbarer Tierhaltung.« Annika schob ihre Pizza in den Ofen. Noch während sie die Ofenklappe schloss, zog sie ihr Handy aus der Hosentasche und checkte ihre Nachrichten. »Und übrigens: Oma hat angerufen. Du sollst zurückrufen. Sie wollte wissen, was für Garderobe du zu eurem Hochzeitsjubiläum erwartest. Ich habe ihr gesagt, dass es eine Gartenparty wird, aber das hat ihr nicht gereicht. Du wärst manchmal so unglaublich konservativ, dass es sie nicht wundern würde, wenn du dir deine Gäste in formeller Abendkleidung wünschen würdest, meinte sie. Falls sie recht hat, muss ich mir noch etwas zum Anziehen kaufen. Das ist dir klar, oder? Hast du eigentlich selbst so was? Und Paps?«

Antonia fragte sich, ob sie vorher schon einmal das Gefühl gehabt hatte, einer anderen Spezies anzugehören als ihre Familie. Warum verstand sie denn niemand?

»Was ist das denn für ein Unsinn? Jeder zieht an, was er anziehen möchte. Ich weiß nicht, wie Oma auf die Idee kommt, dass ich …«

»Sie meint, du wärst neulich so beleidigt gewesen, weil

sie euer Hochzeitsdatum vergessen hatte. Du würdest ihr immer noch nachtragen, dass sie damals nicht begeistert darüber war, als du heiraten wolltest.«

Inzwischen lehnte Annika an der Arbeitsfläche, die Hüfte lässig eingeknickt, Blick aufs Handy-Display, Daumen startklar zum Simsen.

Antonia hätte am liebsten den Kopf auf den Tisch gelegt und die Augen geschlossen, zwang sich aber, sachlich zu bleiben. Auf keinen Fall wollte sie jetzt mit Annika ein Streitgespräch über ihre Lieblingsoma führen. »Das hat sie missverstanden. Sag mal, findest du mich denn auch so konservativ?«

Ihre Tochter sah ihr flüchtig in die Augen. »Geht so. Manche Mütter sind noch spießiger. Und Omas Gründe gegen das Heiraten finde ich schräg. Ich möchte irgendwann auch heiraten. Im weißen Kleid und mit Brautjungfern. Allerdings würde ich mir mein Leben gern so einrichten, dass ich ein bisschen mehr Spaß habe als du.«

Antonia blieb der Mund offen stehen. »Aber ich habe Spaß!«

Annikas Handy klingelte wie ein altes Glockenspiel den Anfang der Papageno-Melodie aus der Zauberflöte. Sie zuckte entschuldigend mit den Schultern und ließ ihre Mutter in der Küche allein.

Antonia blieb auf und wartete auf Mickie. Um halb zwölf lieferte Felix sie vor dem Haus ab.

Durchs Toilettenfenster beobachtete Antonia, wie die beiden sich zum Abschied küssten. Die Art Küssen, bei der man nur schwer ein Ende fand, wenn man verliebt war. Der Anblick störte sie gewaltig. Wahrscheinlich wäre sie nach draußen gegangen, um die beiden zu unterbrechen, wenn Annika und – was noch schlimmer war – ihre eigene Mutter sie nicht kurz zuvor konservativ und spießig genannt hätten.

Je länger die beiden draußen standen, desto schwerer fiel es ihr, sich zurückzuhalten. Ihr Puls hämmerte. Wie hatte sie glauben können, dass sie die ersten Liebeserfahrungen ihrer Töchter wohlwollend und gelassen verfolgen würde? Sie wollte Mickie von Felix wegreißen und ihr sofort einen Vortrag darüber halten, wie leicht sie sich ihr Leben mit dem falschen Partner ruinieren konnte. Wenn Mickie sich absichtlich jemanden wie Felix ausgesucht hätte, nur um sie aus der Fassung zu bringen, wäre sie vielleicht ruhiger geblieben. Die innigen Küsse sprachen jedoch dagegen.

Am Telefon hatte Mickie zu ihrer Erleichterung keine Szene gemacht, weil sie nach Hause kommen musste. Auch als sie nun zur Tür hereinkam, schwieg sie dazu, doch ihre Märtyrermiene und die Wortkargheit verrieten, wie bodenlos bescheuert sie das Verhalten ihrer Mutter fand. Zu bescheuert, als dass sie sich zu einer Entschuldigung für ihr langes Ausbleiben oder auch nur zu ein paar freundlichen Worten hätte herablassen müssen.

Angesichts dieser Kälte blieb Antonia ihre Predigt im Hals stecken. Früher am Abend hätte sie noch die Energie gehabt, auf einem Gespräch zu bestehen, doch mittlerweile fühlte sie sich zu traurig und zu müde für klare Worte.

Mit ihrem Vater hätte Mickie wahrscheinlich gesprochen.

Wie hatte sie zulassen können, dass ihre Töchter ihr so fremd wurden? Hatte sie das Verhältnis zu ihnen dem Eifer geopfert, mit dem sie in den letzten Jahren ihre eigenen Ziele verfolgt hatte?

Sie hätte gerne Montys Meinung dazu gewusst, doch sie scheute davor zurück, ihn zu fragen. Womöglich würde er ihr einfach recht geben. Abgesehen davon schlief er schon fest, als sie ins Schlafzimmer kam.

Bei gedimmtem Licht begutachtete sie das Gesicht ihres leise schnarchenden Mannes und stellte wieder einmal fest, dass er noch gut aussah. Er gefiel ihr trotz des kleinen Bierbauchs nicht schlechter als vor fünfundzwanzig Jahren, als sie zum ersten Mal mit ihm geschlafen hatte. Obwohl die Schmetterlinge im Bauch sich auch bei ihr längst zur Ruhe gesetzt hatten, hatte sie noch Lust auf ihn.

Im Badezimmerspiegel betrachtete sie ihren Körper und versuchte, ihn mit den Augen eines Mannes zu sehen.

Sie war fülliger als vor zwanzig Jahren und konnte ein paar Dehnungsstreifen von den Schwangerschaften vorweisen. An ihren Waden prangten zwei kleine, sehr kleine Krampfadern. Es mochte sein, dass einige Falten und Zeichen von Müdigkeit in ihrem Gesicht auf ihr Alter hinwiesen, doch sonst hatte sie sich gut gehalten. Reizlos war ihr Körper jedenfalls noch lange nicht, fand sie. Ihre Brüste waren so üppig wie eh und je, was Monty immer geliebt hatte.

Der Wagemut, den sie am Nachmittag gespürt hatte, flackerte wieder auf. Gleichzeitig fand sie sich ein wenig albern. Hätte sie früher gezögert, ihn zu wecken, wenn sie Lust auf ihn hatte? Was befürchtete sie?

Kurzerhand zog sie das Nachthemd wieder aus, schlüpfte zu ihrem Mann unter die Decke und schmiegte sich an ihn.

»Hallo, Liebling«, flüsterte sie, küsste ihn unter dem Ohr und ließ ihre Hand langsam zum Schritt seiner Schlafanzughose wandern.

Wenn sein Interesse an Sex im Wachzustand auch erloschen sein mochte – im Traum sah es offenbar anders aus. Seine Erektion sprach Bände.

Antonia kämpfte dagegen an, sich gekränkt zu fühlen. »Wie wär's, wenn du noch mal aufwachst?«, sagte sie leise und streichelte ihn anzüglich.

Sein Schnarchen verstummte. »Hmm?«

Sie ergriff seine Hand und legte sie auf die nackte Haut ihrer Hüfte. »Mm-hmm. Fühlt sich gut an«, murmelte er.

»Könnte sich noch besser anfühlen«, hauchte sie ihm ins Ohr und umfasste zärtlich sein Gemächt.

Er stöhnte. Es klang weniger lustvoll als genervt, daher zog sie die Hand zurück.

Sanft strich er ihr über den Rücken und ließ seine Hand dann wieder neben sich fallen. »Toni, ich bin todmüde. Habe ich dir doch gesagt.«

Die verständnisvolle Gattin und die beleidigte Frau fochten in Antonia einen erbitterten Kampf aus. Keine von beiden siegte eindeutig.

»Schade«, sagte sie daher nur, rückte auf ihre Seite des Ehebetts und angelte sich ihr Nachthemd vom Fußboden.

»Sei nicht beleidigt«, murmelte ihr Gatte, und schon Sekunden später konnte sie wieder seinem gleichmäßigen, leisen Schnarchen lauschen.

Helen

Die Terrasse des *Café Elbufer* lag direkt an Jeetzeburgs kleinem Hafenbecken und war sowohl von einer Einzäunung aus dicken Schiffstauen als auch von einem grauen Gitterzaun umgeben. Das ganze Café war durch solche hilflosen Versuche ausgezeichnet, das billig gemachte Notwendige mit einer maritim wirkenden Dekoration zu versehen. Das war nicht überall misslungen, doch den Gesamteindruck konnte Helens Ansicht nach niemand schön finden. Dennoch waren die Terrasse und die Fensterplätze im Gastraum begehrt.

Nicht nur Touristen liebten es, ihr Stück Käsekuchen und den Kaffee mit Blick auf die Elbe zu genießen, auch Helen ließ sich jedes Mal aufs Neue davon begeistern. Der breite Fluss strahlte Friedlichkeit, aber auch Kraft aus.

Antonia schwärmte weniger für den Blick auf die Natur als für den hausgebackenen Kuchen.

»Apfel kann ich dir anbieten, Donauwellen, Käse-Kirsch und Nusstorte«, zählte die Chefin des *Elbufer* auf, ohne von ihren Notizen aufzublicken.

»Ich nehme von allem etwas. Aber Monty mag eure Marzipan-Sahne-Torte am liebsten. Warum nicht die?«, fragte Antonia.

»Das schaffe ich zeitlich nicht. Meine Küchenhilfe hat Urlaub. Würde auch teurer werden, weil wir nicht diesen billigen Marzipan-Ersatz nehmen.«

Helen beobachtete, wie die Enttäuschung in Antonias

Gesicht neuer Hoffnung wich. »Wenn du mir wenigstens eine halbe Torte abgibst? Dürfte ruhig teurer werden.«

Die Chefin schüttelte den Kopf. »Marzipantorte gibt es immer dienstags, weil Montag Ruhetag ist und wir sie dann machen können. Sonntag geht nicht. Tut mir leid.«

Helen konnte Antonias Kummer nicht mit ansehen. »Wie wäre es, wenn ich sie backe? Würdest du mir vielleicht das Rezept geben?«

Die Chefin des *Elbufer* kannte ihre Stammkundinnen lange genug, um sich darauf einzulassen, und Helen durfte das kopierte Rezept in ihrer Handtasche verstauen.

Antonia leckte sich glücklich Milchschaum von den Lippen. »Danke, Helen. Wenn ausgerechnet an unserem Jubiläum Montys Lieblingstorte auf dem Kuchenbuffet fehlen würde, wäre das eine blöde Panne.«

»Wie viel Mühe du dir gibst, ihm alles recht zu machen! Sein Lieblingsessen, sein Lieblingsbier, seine Lieblingsmusik und die Lieblingstorte. Es klingt, als würdest du seinen Geburtstag ausrichten und nicht eure Porzellanhochzeit. Ich hoffe, du sorgst auch dafür, dass dein eigener Lieblingskuchen auf dem Buffet steht.«

Helen hatte die Bemerkung scherzhaft gemeint, bei ihrer Freundin jedoch offenbar einen Nerv getroffen.

»Monty soll wissen, wie wichtig er mir ist. Im Alltag habe ich so wenig Zeit, ihm das zu zeigen. Wenn man so lange zusammen ist wie wir, dann muss man das natürlich auch nicht dauernd tun. Aber zu so einem besonderen Anlass … Da muss man doch mal die Vorteile daran feiern, dass man sich so lange kennt.«

Das klang, als hätte sie etwas darüber in der *Brigitte* gelesen oder in einem Internetforum für Beziehungsfragen.

Helen fragte sich, ob Antonia mit der Party auf dem richtigen Weg war, Monty ihre Liebe zu zeigen. Aber das Fest bedeutete ihrer Freundin so viel, dass sie nicht an der Idee herumkritteln wollte.

Sie senkte die Stimme und neigte sich über den Tisch. »Sprichst du etwa von dem berühmten Vorteil, dass der Sex besser wird? Davon habe ich auch schon gehört, aber bestätigen kann ich das nicht. Im ersten Jahr ist er noch besser geworden, seitdem ist er gleich geblieben. Ein bisschen öfter wäre auch schön, nicht nur einmal die Woche. Andererseits haben wir ja auch immer so viel anderes zu tun. Oder wir werden von den Jungs belagert. Wobei das nur noch für Sid gilt. Basti ist kaum noch zu Hause, seit er Motorroller fährt. Außerdem hat er eine neue Freundin. Gesehen habe ich sie allerdings noch nicht.«

Antonia schien zwar zuzuhören, wirkte auf Helen aber geistesabwesend. Sie verstummte und trank einen Schluck von ihrem Cappuccino. »Wie geht es Sid?«, fragte sie schließlich.

Helen nahm eine Gabel voll Käsekuchen und sagte nichts, bevor sie geschluckt hatte. Sie sah ihren Sohn vor ihrem inneren Auge allein in seinem Zimmer hocken. Wie ging es ihm? Oberflächlich war die Frage leicht zu beantworten. »Mit Sid ist alles wunderbar. Er hat nicht einmal gemault, als die Ferien zu Ende waren. Ein Glück, dass er wieder mit seinem Freund Timo in eine Klasse gekommen ist. Freunde zu finden fällt ihm schwer.«

Antonia nickte und blies in ihren Milchkaffee. »Ich hatte mit Mickie einen bösen Streit wegen Felix. Sie wollte neulich bei ihm übernachten, und ich habe es verboten. Am nächsten Tag wollte ich ihr erklären, warum ich Felix für nicht vertrauenswürdig halte. Sie meinte, ich würde in Wahrheit ihr nicht vertrauen, und ist ausgerastet. Kannst dir vorstellen, wie die Türen geknallt haben?«

Das konnte Helen. Sie erinnerte sich noch deutlich an

die Wutausbrüche der fünfjährigen Maike, die ihr Micky-Maus-Kostüm nicht ausziehen wollte. Wenn die Wut entsprechend mitgewachsen war, musste so ein Ausbruch einer Naturkatastrophe gleichen. »Findest du Felix wirklich so schlimm?«

Antonia zuckte mit den Schultern. »Er hat mir keine Gelegenheit gegeben, ihn anders kennenzulernen. Ich hätte es schön gefunden, wenn er sich vorgestellt hätte. Er sieht aus, als ob er trinkt und Drogen nimmt. Das ist für mich ein guter Grund, Mickie von ihm fernzuhalten.«

Natürlich hatte Antonia damit recht. Und wahrscheinlich hatte sie es ohne Hintergedanken gesagt. Trotzdem fühlte Helen sich angegriffen und zog sich innerlich ein Stück von ihrer Freundin zurück.

»Glaubst du nicht, dass Mickie intelligent genug ist, das selbst zu beurteilen?«

»Intelligenz und Weitsicht sind ja nicht dasselbe. Als Außenstehender sieht man eine Situation oft klarer als diejenigen, die drinstecken.«

Dieses Mal sah Antonia sie so vielsagend, ja fast herausfordernd an, dass kein Zweifel blieb, worauf sie anspielte.

Helen erwiderte ihren Blick fest. »Und ich denke, dass Außenstehende oft nur glauben, eine Situation besser einschätzen zu können, weil sie die Hintergründe nicht richtig kennen und verstehen.«

»Aber eine Sache zu vereinfachen kann auch die Wahrheit ans Licht bringen«, sagte Antonia.

Helen fühlte ihre Hände vor Ärger zittrig werden. »Würdest du selbst so ein vereinfachtes Urteil über dein eigenes Leben hören wollen?«

Antonia ordnete sich mit einer Hand die Haare. Als würde das bei ihrer ewig gleichen, ungestylten Kurzhaarfrisur einen Unterschied machen. »Warum nicht?«

Helen holte Luft und presste auf dem Tisch ihre beiden geballten Fäuste gegeneinander. Offenbar wollte Antonia es nicht anders. »Also gut. Dann sage ich dir jetzt mal, wie ich dein Verhältnis zu Monty zurzeit einschätze. Du reißt dir mit dieser Feier ein Bein aus, um zu zeigen, wie wichtig er dir ist. Monty tut nichts. Er wäre vielleicht nicht einmal auf die Idee gekommen, euer Ehejubiläum zu feiern. Das verletzt dich, aber du treibst umso größeren Aufwand, damit es niemandem auffällt. Ich glaube, ihr habt ein Problem und solltet mal darüber sprechen.«

Mit verschränkten Armen lehnte Antonia sich zurück. »Was für ein guter Rat. Den solltest du dir selbst mal zu Herzen nehmen. Findest du nicht?«

Unwillig schüttelte Helen den Kopf. »Was auch immer Tom und ich für Probleme haben, er macht jedenfalls nie einen Hehl daraus, dass er mich liebt. Wenn bei uns ein Jubiläum anstünde, wäre er derjenige, der sich ein Bein ausreißt.«

»Wenn er mal nüchtern wäre, meinst du.«

Diese Worte brachten ihr Gespräch zum Absturz. Man hörte förmlich das zerschlagene Geschirr klirren.

Eine Weile schwiegen sie. Helen spürte ihren schmerzenden Nacken und seufzte. »Warum fängst du immer wieder davon an?«

»Weil ich dir etwas Besseres wünsche.«

»Mir fehlt doch nichts.«

Antonia schnaubte verächtlich, zuckte dann aber mit den Schultern. »Entschuldige. Lass uns über etwas anderes reden. Wie geht es deinem neuen Traum-Möbelstück?«

Helen beschloss, die Frage als Friedensangebot zu verstehen, und rang sich ein Lächeln ab. »Es ist fertig, stell dir vor. Samstag können wir den Sekretär bei Timme abholen. Ich habe ihn mir schon angesehen. Hundert kleine

Fächer und Schubladen! Die Tischler haben jedes Teilchen einzeln restauriert. Nun ist das Holz matt. Die Farbe von Tannenhonig, herrlich! Der schönste alte Sekretär, den er je gesehen hätte, sagt Timme.«

»Hast du dich entschieden, wo er stehen soll?«

»Im Wohnzimmer. Ein Teil der alten Schrankwand kommt dafür raus, vielleicht auch die ganze. Der Fernseher kann erst mal auf einem Tischchen stehen, und den restlichen Kram aus den Schränken packe ich in Kartons, bis ich mir etwas Neues überlegt habe.«

Sie besprachen noch ein paar Einzelheiten für Antonias Porzellanhochzeit. Dann musste Helen los, um Sid bei Timo abzuholen. Tom hatte versprochen, Bratkartoffeln, Schnitzel und Tomatensalat vorzubereiten – ein Abendessen, wie sie es alle liebten.

Bei Timo gab es Pommes und Frikadellen, und seine Eltern hatten Sid gerade eingeladen, mit ihnen zu essen, als Helen ankam.

»Hallo, Helen! Du kannst auch gern mitessen, wenn du möchtest. Es ist genug da«, empfing Timos Mutter sie.

»Nein, vielen Dank. Tom kocht heute, und er wartet sicher schon auf uns. Sid, holst du bitte deinen Ranzen?«

Sid war folgsam wie immer, und kurz darauf setzte Helen ihren kleinen Peugeot rückwärts aus der Einfahrt. Mit quietschenden Reifen kam ein blauer Golf nur Zentimeter von ihrem Heck zum Stehen, während auf der Gegenfahrbahn ein Kleinlaster vorüberschoss. Der Fahrer des Golfs hupte wütend, fuhr dann in einem Bogen um Helens Auto herum und trat wieder aufs Gas.

Zusätzlich zu ihrem vor Schreck rasenden Herzen bekam Helen einen einseitigen Krampf in der Nackenmuskulatur. Vor Schmerzen traten ihr die Tränen in die Augen, aber um Sid nicht weiter zu beunruhigen, biss sie die Zähne zusammen. Ihr Kleiner saß genau da, wo der Golf mit ihnen zusammengeprallt wäre, wenn der Fahrer nicht besser aufgepasst hätte. Wie hatte sie so unaufmerksam sein können?

»Das war knapp«, sagte Sid und klang dabei sehr jung.

Sie konnte nur nicken und dann mit äußerster Vorsicht weiter zurücksetzen. Einige Minuten fuhren sie anschließend schweigend weiter, und Helens Herz beruhigte sich langsam.

»Kocht Papa wirklich? Oder hast du das nur so gesagt?«

Helen suchte das Gesicht ihres Sohnes im Rückspiegel, musste sich jedoch gleich wieder auf die Straße konzentrieren. »Er kocht wirklich«, sagte sie.

»Prima, ich habe nämlich schon Bauchweh vor Hunger. Was gibt's denn?«

Noch während sie es aussprach, flehte sie zum Himmel, dass Tom dieses Mal nicht von seinem Plan abgekommen war. »Papis Spezial-Bratkartoffeln und Schnitzel.«

Sid seufzte tief und zufrieden. »Das hatten wir schon lange nicht mehr.«

Er schwieg gerade so lange, dass Helen sich in Sicherheit wähnte. Dann fuhr er mit leiser Stimme fort: »Vielleicht wird es ja jetzt besser.«

Helens Kehle schnürte sich zu, und sie verstärkte ihr stummes Flehen. Doch es half nicht. Als sie zu Hause ankamen, war Tom nicht da, und von dem versprochenen Essen fehlte jede Spur.

Antonia

Petra Ziegler war vier Jahre jünger als Antonia. Antonia kannte sie schon ihr Leben lang, hatte allerdings nie viel mit ihr zu tun gehabt. Nach der Schulzeit hatten sie einander für einige Jahre aus den Augen verloren, doch seit Petra in der Weinbergstraße wohnte, begegneten sie sich häufig.

Antonia hatte immer gewusst, dass Petra nicht zu den klügsten Köpfen gehörte, sondern zu den Kindern, die zum Leseförderunterricht gehen mussten. Trotzdem war sie mit jeder von Petras sechs Schwangerschaften fassungsloser darüber geworden, dass die ein Kind nach dem anderen in die Welt setzte, obwohl es ihr offensichtlich schon schwerfiel, die bereits vorhandenen zu versorgen, und die jeweiligen Väter ihr keine Hilfe waren.

Von Jahr zu Jahr hatte Petras Äußeres ihre ärmlichen Verhältnisse deutlicher verraten. Sie trug nur die billigste Kleidung und die so lange, bis sie formlos geworden war. Ausgebeulte Sweatshirts und schlecht geschnittene Jeans ohne Markennamen waren ihr übliches Outfit. Weil sie klein war und die üblichen Hosengrößen zu lang für sie, waren ihre Hosenbeine meist umgekrempelt. Ihre dunklen Haare band sie zu einem schulterlangen Zopf zusammen. Sie hatten ganz gewiss seit Jahren keinen Friseur mehr gesehen. Oft glänzten sie fettig, so als wäre auch das Haarewaschen ein Luxus von vielen, die Petra sich nicht immer leisten konnte.

Doch trotz aller Sorgen, die mit ihrer Armut zusammenhängen mussten, strahlte sie stets eine verblüffende Zufriedenheit aus. Eilig hatte Petra es nur, wenn zu Hause gerade ein krankes Kind auf sie wartete. Wenn sie etwas kaufte, was nicht vom Kassenrezept abgedeckt wurde, breitete sie das Wechselgeld auf ihrem Handteller aus und zählte mit dem Zeigefinger der anderen Hand Münze für Münze nach. Anschließend entschuldigte sie sich lächelnd dafür. »Ich muss ja wissen, was ich jetzt in der Tasche habe.«

Als Petra an diesem Tag in die Apotheke kam, wirkte sie unüblich bedrückt. Antonia machte sich sofort Sorgen um ihre Kinder. Sie hätte sich gleich nach ihnen erkundigt, doch gerade eine Minute vor Petra waren Patrick Lilienthal und seine Oma hereingekommen. Daher musste sie Petra Carolin überlassen.

Sie rückte einen ihrer Besuchersessel für Frau Lilienthal zurecht. Ihre alte Lehrerin nahm das Angebot an. Sie hielt sich ein wenig an Patricks Arm fest, als sie sich setzte. »Wenn man doch nur für ein paar neue Knie nicht so viel Zeit im Krankenhaus verschwenden müsste«, sagte sie.

Antonia lächelte. »Wer weiß, vielleicht würde es sich trotzdem lohnen? Möchten Sie Kaffee oder Tee?«

»Gerne Kaffee«, sagte Patrick, während seine Oma beides dankend ablehnte.

Antonia ging in die Teeküche und hörte durch die offenen Türen, wie Frau Lilienthal sich an Petra wandte. »Gefällt Ihrer Jüngsten die Schule, Frau Ziegler?«

»Leider habe ich Isabell und Marvin mit Husten und Halsweh zu Hause. Isabell hatte sich so auf die Schule gefreut. Nun verpasst sie gleich eine ganze Woche. Hoffentlich kann sie danach noch mit den anderen mithalten.«

Antonia fragte sich, ob das Petras große Sorge war oder

ob noch mehr hinter ihrer Niedergeschlagenheit steckte. Einen der Küchenstühle vor sich hertragend, kehrte sie in den Verkaufsraum zurück.

Frau Lilienthal winkte eben ab. »Keine Angst. Ihre Isabell ist doch ein aufgewecktes Küken. Wenn es mal nicht vorangehen sollte, dann schicken Sie sie zu mir. Ich glaube, dass ich noch weiß, wie man Kindern Lesen und Schreiben beibringt.«

»Da bin ich mir sicher«, warf Antonia ein.

Petra öffnete den Mund, als ob sie etwas sagen wollte, und schloss ihn wieder. Tränen standen ihr in den Augen.

Antonia hielt inne. »Petra? Geht es dir nicht gut?«

Petra senkte den Kopf. Mit beiden Händen hielt sie ihren Baumwollbeutel umschlungen wie ein Rettungsseil. Kurzentschlossen stellte Antonia den Stuhl ab, ging zu ihr hinüber und berührte ihren Arm. »Ist etwas Schlimmes passiert?«

Nun rollte Petra die erste Träne übers Gesicht. Mit sanftem Druck schob Antonia sie zu dem Bürostuhl und brachte sie dazu, sich hinzusetzen. Petra wich ihrem Blick aus und wischte sich mit dem Handrücken die Tränen aus dem Gesicht.

Antonia ließ ihre Hand auf ihrem Oberarm liegen und beugte sich ein wenig zu ihr herab. »Kann ich dir etwas zu trinken holen?«

Petra wehrte ab. »Es geht gleich wieder. Eigentlich ist es nicht schlimm. Nur heute … Heute sieht es so aus, als ob alles schiefgeht.«

Frau Lilienthal tadelte sie mit einem von bräunlichen Altersflecken bedeckten Zeigefinger. »So eine starke Frau wie Sie wird doch nicht verzweifeln. Wo drückt denn der Schuh?«

Antonia sah, wie Petra sich ein wenig aufrichtete und

sich zusammenriss, um den Worten ihrer alten Lehrerin zu genügen. »Man hat mir das Haus gekündigt.«

Antonia entfuhr ein »Oh nein! Das dürfen die doch nicht. Aus welchem Grund?«

»Eigenbedarf, stand in dem Brief. Aber das ist egal. Ich möchte mich nicht mit dem Vermieter streiten. Wenn er nicht will, dass ich in seinem Haus wohne, ziehe ich lieber aus. Es gibt sonst nur immer mehr Ärger – das kenne ich schon.«

Antonia vermutete, dass Petras Vermieter angesichts ihrer Fügsamkeit die Sektkorken knallen ließ. »Die Sache mit dem Eigenbedarf ist streng geregelt. Du solltest –« Sie unterbrach sich selbst gleich wieder, weil Frau Lilienthal sich ebenfalls zu Wort meldete.

»Sie werden etwas anderes finden, Frau Ziegler. Und vielleicht freuen Sie sich am Ende, dass es so gekommen ist. Seien Sie zuversichtlich.«

Petra musste sich erneut Tränen von den Wangen wischen. »Das will ich ja sein. Ich habe auch schon angefangen zu suchen. Das ist es ja gerade. Heute könnte ich eine Wohnung ansehen. Ich habe gestern angerufen und einen Besichtigungstermin bekommen. Heute Morgen wollte ich mir die Busverbindung heraussuchen. Aber dann waren Isabell und Marvin krank, und ich bin nicht gleich dazu gekommen. Und nun … Die Busse fahren so blöd, dass ich viel zu spät käme. Ein Taxi ist aber zu teuer. Und der Termin lässt sich nicht verschieben, weil der Mann nur heute da ist und viele Interessenten hat.«

»Geht es nicht mit dem Fahrrad?«, fragte Patrick.

Petra schüttelte den Kopf. »Ich habe keins. Das von meiner Ältesten ließ sich nicht mehr reparieren. Da hat sie meins bekommen. Sie braucht doch eins für den Schulweg.«

Antonia hörte sich in Gedanken schon den nächsten motorisierten Kunden bitten, Petra zu der Wohnung zu fahren. »Kannst du deine Kinder denn überhaupt so lange allein lassen?«

»Ich hatte den Kleinen schon alles hingestellt, was sie vielleicht brauchen. Und sie wären nicht lange allein, weil Benjamin heute früh aus der Schule kommt.«

Carolin, die bisher schweigend hinter dem Verkaufstisch gewartet hatte, kam ein wenig näher. Mit einer Hand hielt sie sich an der Tischkante fest, als müsse sie sich davon abhalten wegzulaufen. Antonia erkannte am Farbton ihres Gesichts, wie viel Überwindung es sie kostete, etwas zu sagen. Doch Carolin schaffte es, indem sie an Petra vorbei das Regal mit Mückensprays ansprach.

»Ich könnte Ihnen mein Fahrrad leihen, wenn Sie möchten«, sagte sie.

Antonia war baff. Carolins Geste war so großzügig, dass sie selbst nicht gewagt hätte, den Vorschlag zu machen. »Das ist eine tolle Idee. Wann ist denn der Termin? Kannst du es mit dem Rad noch schaffen, Petra?«

Petra warf einen Blick auf ihre zerkratzte grüne Plastikuhr. »Um halb zwölf. Das ginge noch, wenn ich jetzt gleich fahre. Würden Sie das wirklich tun?«, wandte sie sich an Carolin.

Die war inzwischen mal wieder brombeerrot und nickte bloß – wenn auch eifrig.

»Na dann, viel Glück«, sagte Antonia und drückte zum Abschied Petras Hand.

Kurz darauf konnte Antonia sich zu Frau Lilienthal und Patrick setzen, während Carolin eine neue Kundin bediente.

»Schrecklich, allein für so viele Kinder verantwortlich zu sein«, sagte Frau Lilienthal.

»Warum hat sie denn so viele? So was kann man heute planen. Richtig Mitleid kann man da doch nicht haben«, meinte Patrick.

Seine Großmutter sah ihn missbilligend an. »Ich habe nicht gesagt, dass es schrecklich ist, viele Kinder zu *haben*.«

Antonia, die innerlich eher Patrick zustimmte, seine Oma aber nicht verärgern wollte, setzte sich auf den frei gewordenen Stuhl und goss sich einen Orangensaft ein. »Sie gibt sich viel Mühe mit ihren Kindern. Und bisher scheinen alle ganz gut zu geraten. Der Älteste ist gerade mit seiner Ausbildung fertig geworden, soviel ich weiß.«

Patrick nickte. »Dennis. Ein Vollidiot. Hat uns früher beim Fußballspielen immer mit Tannenzapfen beworfen.«

»Ich nehme an, aus dieser schlechten Angewohnheit wird er herausgewachsen sein«, sagte Frau Lilienthal.

»Das nehme ich auch an«, sagte Antonia. »Aber nun zu uns, Frau Lilienthal!«

Sie lächelte so einnehmend, wie es ihr möglich war, was nicht verhinderte, dass Frau Lilienthal sie misstrauisch musterte.

»Wollen Sie mir eine Knie-Operation aufschwatzen? Die Mühe müssen Sie sich nicht machen. Darauf lasse ich mich erst ein, wenn ich die Treppe in meinem Haus nicht mehr bewältigen kann.«

Antonia schüttelte den Kopf. »Nein, um Ihre Knie geht es mir nicht, sondern um Ihre Medikamente. Ich biete für meine Stammkunden einen besonderen Service an und hoffe, dass ich Sie dafür gewinnen kann. Wenn Sie all Ihre Medikamente bei mir beziehen, prüfe ich für Sie die Wechselwirkungen und packe Ihnen die Dosierkästchen für einen Monat im Voraus. Ohne zusätzliche Kosten natürlich. Dann müssen Sie sich nicht mit den Beipackzetteln herumärgern und können beruhigt sein, dass Sie immer die richtigen Tabletten nehmen.«

Frau Lilienthal sah zu Boden und schwieg eine Weile, als würde sie über den Vorschlag nachdenken.

»Das ist ein super Angebot, Oma. Ich weiß gar nicht, warum du darüber so lange nachdenkst«, warf Patrick ein.

Antonia beobachtete Frau Lilienthal gespannt. Der Türgong dröhnte los und endete mit dem üblichen Knarzen, doch Antonia wandte sich nicht um. Sie ärgerte sich nur wieder einmal, dass sie das nervtötende Ding nicht längst ersetzt hatte.

Frau Lilienthal räusperte sich und legte die Hand beruhigend auf Patricks wippendes Bein. »Ich weiß, dass Sie das gut meinen. Aber ich habe zum Glück kein Alzheimer. Es ist mir lieber, die Kontrolle über meine Medikamente selbst zu behalten. Schließlich hält man das Gehirn fit, wenn man es trainiert. Patrick hat mir vor zwei Jahren so einen kleinen Gameboy geschenkt, wie ihn heute alle Kinder zum Spielen haben. Damit mache ich Gehirnjogging-Übungen. Sie ahnen nicht, wie viel besser ich darin im Laufe der Zeit geworden bin.«

Patrick seufzte tief. »Deine Herzmedikamente sind aber nichts, womit du Gedächtnisübungen machen sollst. Außerdem hast du mir vor ein paar Wochen gesagt, du hättest keine Lust mehr auf diese Spielchen. Hast du es dir anders überlegt?«

Antonia hatte den Eindruck, dass Frau Lilienthal sich Mühe gab, geduldig zu bleiben. Die alte Frau griff nach der Hand ihres Enkels und drückte sie fest. »Nein. Das heißt, eigentlich …« Sie setzte den Satz nicht fort, sondern ließ ihren Blick mit zusammengekniffenen Augen nachdenklich über die Warenständer auf dem Verkaufstisch schweifen.

Antonia beugte sich vor, um ihren Orangensaft abzustellen. »Ich möchte Ihnen auf keinen Fall die Kontrolle über die Medikamente entziehen. Was halten Sie denn davon, wenn wir die Kästchen einmal im Monat gemeinsam hier füllen? Dann behalten wir beide den Überblick, und Sie und Patrick haben die Gewissheit, dass Sie sich nicht durch falsche Dosierungen in Gefahr bringen.«

Frau Lilienthal strich sich ihre kastanienbraunen Hosenbeine glatt, auf denen sich Flecken verschiedener Farben und Größen abzeichneten. »Liebe Frau Kronenberg, ich weiß Ihre Hilfsbereitschaft zu schätzen. Aber es tut mir leid, ich käme mir vor wie ein Kind.«

Ein Mal würde sie sich noch ins Zeug legen, beschloss Antonia. »Frau Lilienthal, niemand will Sie bevormunden. Bei den Beipackzetteln heute geraten auch jugendliche Medizinstudenten ins Schleudern. Da den Überblick zu behalten, müssen Sie nicht allein schaffen. Es ist keine Schwäche, dafür Hilfe anzunehmen.«

Patrick entzog seiner Oma die Hand und gestikulierte verärgert. »Da hörst du es. Es ist nur vernünftig, sich kompetente Unterstützung zu holen. Das Gleiche hätte Papa dir auch gesagt. Und auf den hättest du gehört!«

Wieder ging der Türgong, und Antonia wurde langsam nervös. Der Streit zwischen Patrick und seiner Oma konnte sich leicht noch eine Weile hinziehen. Ohne allzu viel Hektik zu zeigen, blickte sie sich über die Schulter um und atmete erleichtert auf. Carolin bediente eben eine der Sprechstundenhilfen von Doktor Kosewitz, die wahrscheinlich schon wieder Schmerztabletten für ihre Chefin holte. Die zweite Kundin war Helen, die gelassen am Verkaufstisch eine Apotheken-Rundschau durchblätterte.

Sie wandte sich wieder Frau Lilienthal zu, die mit verschlossener Miene auf das Tischchen mit den Getränken starrte.

»Lassen Sie es uns doch einfach ausprobieren. Ich packe Ihnen die Kästchen für einen Monat. Sie bekommen die angefangenen Verpackungen dazu und können sich zu Hause dann trotzdem alle Zettel in Ruhe durchlesen und die Pillen genau ansehen. Wenn Sie zufrieden damit sind, machen wir weiter, wenn nicht, machen Sie es wie vorher. Übrigens können Sie mich jederzeit gern anrufen, wenn Sie ein Problem haben.«

Patrick sah seine Oma hoffnungsvoll von der Seite an, bis die endlich seufzte. »Na meinetwegen.«

Als Antonia Frau Lilienthal und ihren Enkel nach draußen begleitete, gesellte sich Helen zu ihnen. Sie kannte die alte Dame oberflächlich durch ihre Begegnungen in der Apotheke und plauderte gern mit ihr.

Antonia nutzte die Gelegenheit, noch ein paar Worte mit Patrick zu wechseln.

»Würdest du mir einen Gefallen tun?«

Patrick sah sie erstaunt an. »Wenn ich kann.«

»Gut. Es geht um Carolin, meine PTA. Sie hat ein Problem mit ihrer Schüchternheit. Vor allem jungen Männern gegenüber. Könntest du mir helfen, sie ein bisschen aufzubauen? Du wärst bestimmt der Richtige dafür.«

Er kratzte sich ratlos im Nacken. »Wie soll ich das denn anstellen?«

»Du könntest dich ein bisschen mit ihr unterhalten, wenn du vorbeikommst. Es würde ihrem Selbstbewusstsein sicher guttun, wenn sie merkt, dass jemand wie du Interesse an ihr zeigt und freundlich ist.«

Patrick sah skeptisch aus, willigte zu Antonias Zufriedenheit aber ein.

Als einen Moment später auch noch Helen ihr erklärte, dass sie vor allem gekommen war, weil es ihr wegen ihres Streits im *Café Elbufer* leidtat, fehlte ihr zu ihrem Glück für den Augenblick nur noch ein liebevoller Anruf von ihrem Mann.

Doch der kam nicht.

Helen

Tom war als Teenager ein regionaler Handballstar gewesen. Er hatte mit großem Tamtam Abschied von seinem Verein genommen, als er der Firma, bei der er damals gerade seine Ausbildung beendet hatte, einen dreijährigen Auslandsaufenthalt in Indonesien zugesagt hatte. Nach einem halben Jahr in Jakarta war er zu einem kurzen Besuch nach Deutschland gekommen, um die Hochzeit seines Cousins mitzufeiern, auf der Helen ihm begegnete.

Bei dieser ersten Begegnung gestand er nur ihr allein, wie unzufrieden er in seiner neuen asiatischen Heimat war. Einige Wochen später flog Helen unternehmungslustig zu ihm nach Jakarta, um ihn zu trösten. Innerhalb von zwei Wochen wurde sie schwanger. Ein weiteres halbes Jahr darauf einigte Tom sich mit seinem Arbeitgeber auf seine vorzeitige Rückkehr nach Deutschland.

Helen war zu der Zeit bereits auf der Suche nach einem Hochzeitskleid, in dem sie mit ihrem hochschwangeren Kugelbauch nicht lächerlich wirken würde.

»Du könntest auch den Putzkittel deiner Oma tragen und wärst immer noch die schönste Frau des Planeten«, sagte Tom, als sie ihn zum letzten Mal vor ihrer Hochzeit vom Hamburger Flughafen abholte.

Sie fuhren durch die sommerliche Elblandschaft zum Haus ihrer Eltern, wo sie damals noch wohnte. Er hielt das Steuer mit links und legte ihr die rechte Hand auf ihren gewölbten Bauch. Ein Storch stakste über eine Wiese am

Wegesrand, und sie lachten, als er aufflog und über ihrem Auto dahinsegelte.

Tom hatte niemals behauptet, dass er ihretwegen und wegen des Kindes frühzeitig nach Deutschland zurückgekehrt war. Doch als ihn auf ihrer Hochzeit einige Freunde und Bekannte für seine verantwortungsvolle Entscheidung bewunderten und ihn schulterklopfend trösteten, dass sich viele andere Dinge ja später nachholen ließen, widersprach er nicht.

Obwohl Helen wusste, dass sein Job in Indonesien für ihn nicht so traumhaft gewesen war, wie alle zu glauben schienen, verspürte sie von da an eine gewisse Demut. Da sie tatsächlich nicht gern mit ihm und ihrem Kind in Jakarta gelebt hätte, verankerte sich in ihrem Unterbewusstsein, dass Tom ein Opfer für sie gebracht hatte, wofür sie ihn umso mehr liebte.

In den ersten beiden Jahren, als Sebastian noch ganz klein war, wies nichts darauf hin, dass Tom etwas bereute. Er konzentrierte sich darauf, seine Stellung im deutschen Stammsitz der Firma zu festigen und auszubauen. Das gelang ihm ganz gut, doch bald gab es keinen Spielraum mehr für seine Entwicklung, und er begann, sich bei Helen über seine Arbeit zu beklagen.

Zu dieser Zeit schlug Helens Demut in Schuldgefühle um. Was hätte Tom nicht alles für Möglichkeiten gehabt, wenn er sich nicht für sie und das Kind entschieden hätte? Sie ermutigte ihn, wenigstens wieder Handball zu spielen, um einen Ausgleich zu seiner frustrierenden Arbeit zu finden.

Für kurze Zeit schien es, als wäre das die rettende Idee gewesen. Alte Freundschaften wurden wiederbelebt und der matt gewordene Ruhm bei gemeinsamen Feiern aufpoliert. Das Training begeisterte Tom. Er empfand es als tolle Herausforderung, zu seiner alten Form zurückzufinden.

Nur kam es nicht dazu. Die Mannschaft war erfolglos, und lange bevor Tom wieder so fit war wie früher, verlor er den Spaß an der Sache. Was er beibehielt, waren die feuchtfröhlichen Feiern mit seinen alten Freunden.

Nach einer Weile fühlte sich Helen auch dafür schuldig, dass sie ihn wieder mit diesen Männern zusammengebracht hatte.

An diesem Freitagabend hatte Tom auf den Handball-Stammtisch verzichtet, um mit Helen zu Hause eine Flasche Wein zu trinken. Sid übernachtete bei seinem Freund Timo, Sebastian war mit seiner neuen Freundin unterwegs, die Helen noch immer nicht zu Gesicht bekommen hatte, aber von der sie nun wenigstens wusste, dass sie Nelly hieß.

Nach Helens zweitem Glas Wein gingen Tom und sie ins Bett, und er bewies seine Meisterschaft als zärtlicher und verspielter Liebhaber. Dass seine Erektion nicht mehr ganz so standhaft war wie in ihren ersten gemeinsamen Jahren, ließ sich nicht leugnen, aber er brauchte sie nicht, um Helen zum Höhepunkt zu bringen.

Träge und zufrieden setzten sie sich anschließend halb nackt auf den vor Blicken von außen geschützten Balkon und teilten sich eine Zigarette. Nur bei diesen Gelegenheiten rauchte Helen, doch dann genoss sie jeden Zug.

»Dass du mich immer noch so verrückt machst. Du bist so heiß, da können alle Filmsternchen sich eine Scheibe abschneiden«, sagte Tom in der rauen, tiefen Tonlage, die für sie der Urklang der Erotik war.

Sie rekelte sich im Korbsessel, die offene Bluse fiel auseinander und gab ihre nackten Brüste frei. Sie genoss das wollüstige Brummen, das Tom von sich gab, als sein Blick darauf fiel. Im Hintergrund brachte der Radiosender einen alten, sinnlichen Jazz-Song, den sie aus einem Werbespot kannte.

Tom stand auf, beugte sich über sie und legte eine Spur von Küssen von ihrem Schlüsselbein bis zum Nabel. »Ich liebe dich. Lass uns noch einen Wein aufmachen.«

Ein kleiner Kloß bildete sich in Helens Kehle. Sie sollte jetzt etwas dazu sagen. Wieder einmal. *Du solltest weniger trinken.* Schon als er die erste Flasche fast allein geleert hatte, schon als er das zweite Glas Wein eher heruntergestürzt als genossen hatte, hätte sie etwas sagen sollen. Sie schluckte. »Eigentlich hatte ich genug.«

»Ach, Unsinn. Solche Abende haben wir viel zu selten. Und die Nacht hat doch gerade erst angefangen. Ich hole noch eine Flasche. Welchen möchtest du?«

Er stand schon im Rahmen der Balkontür, halb zu ihr umgewandt. Obwohl er seinen Sport wieder aufgegeben hatte, wirkte er, abgesehen vom Bauchansatz, immer noch athletisch. Sein Gesicht hatte Fältchen bekommen, seit sie ihn kennengelernt hatte, doch er konnte bei Bedarf noch denselben jungenhaften Blick aufsetzen, mit dem er damals ihr Herz zum Schmelzen gebracht hatte.

Gerade jetzt sah er sie wieder so an – ein treuherziger Augenaufschlag, gepaart mit einem Funkeln, das sie herausforderte, ein bisschen übermütig zu sein. Jahrelang hatte er sie damit entwaffnen und alle möglichen Bedenken zumindest vorübergehend verpuffen lassen können. Doch an diesem Tag verlor der Blick seine Wirkung.

»Du solltest nicht so viel trinken«, sagte sie und staunte, dass es ihr am Ende doch so leicht über die Lippen kam.

Die Veränderung in seiner Miene wäre einem Fremden vielleicht entgangen, doch Helen kannte sie gut. Es war eine minimale Verhärtung der Gesichtszüge, die bedeutete, dass er ihre Worte nicht an sich heranlassen würde.

»Jetzt tu nicht so, als hätte ich das Trinken nicht im Griff. Ein paar Gläser Wein am Freitagabend haben wir uns nach einer Arbeitswoche verdient. Entspann dich.«

Er wandte sich ab und trat ins Haus, um die Weinflasche zu holen, nach der er sich sehnte.

»Du hast es aber nicht im Griff«, sagte Helen leise, halb hoffend, dass er es nicht hören würde.

Sie sah durch die Bastkordeln des Fliegenvorhangs, wie Tom stehen blieb, ohne sich zu ihr umzudrehen. Jeden Moment würde er weitergehen und so tun, als hätte er sie tatsächlich nicht gehört.

Doch er überraschte sie.

Langsam kam er zurück und setzte sich wieder. »Bist du sauer wegen neulich?«, fragte er.

Neulich überließ ihr die Wahl, welchen Anlass sie ihm vorwerfen wollte. Sie nickte einfach nur, ein wenig neugierig, ob er denselben Tag wie sie als den schlimmsten der letzten Wochen betrachtete.

»Das tut mir leid, mein Schatz, ehrlich. Aber ich hatte ja keine Ahnung, dass da Junggesellenabschied gefeiert wird. Da kann man nicht einfach gleich wieder gehen, das weißt du doch. Trotzdem hätte ich es nicht so weit kommen lassen dürfen, dass wir es nicht mehr zum Tischler schaffen. Da hast du natürlich recht. Ich wusste ja, dass dir das wichtig war.«

Helen schloss zwei Knöpfe ihrer Bluse und musterte den zartblau gestreiften Leinenstoff. »Den Tag meine ich nicht.«

Tom machte ein verblüfftes Gesicht. War er wirklich überrascht, oder spielte er es nur?

»Was meinst du denn dann?«, fragte er.

»Den Tag, als du kochen wolltest und uns stattdessen nicht einmal eine Nachricht hinterlassen hast.« Sie ließ ihren Blick über sein Gesicht huschen, betrachtete dann jedoch eingehend die orange blühenden Gerbera in ihren lichtgrünen Hängekästen am Balkongeländer. Sie musste ihm nicht lange in die Augen sehen, um zu wissen, dass er an diesen Anlass tatsächlich nicht gedacht hatte. »Die Jungen waren enttäuscht«, fügte sie leise hinzu, obwohl es eigentlich nur Sid gewesen war. Sebastian hatte sie zynisch ausgelacht, als sie ihn nach seinem Vater gefragt und dessen Kochvorhaben erwähnt hatte. *Der kocht Darts im Irish Pub,* hatte er gesagt.

Tom räusperte sich. Schon dem Räuspern konnte sie entnehmen, dass er auf Abwehr umschaltete. »Jetzt übertreibst du aber. Die Jungs mussten deshalb ja wohl kaum hungern. Sind sowieso verwöhnt, weil sie ständig bekocht und betüddelt werden. Vor allem Basti soll erst mal seine eigenen Pflichten erledigen. Seit zwei Wochen sage ich ihm schon, dass er endlich den Rasen mähen soll. Kümmert ihn einen Dreck. Der hat nur noch seinen Roller und Mädchen im Kopp. Würde mich wundern, wenn er dieses Jahr mit der Schule nicht auch noch Schwierigkeiten kriegt. Nein, mein Schatz: Du weißt, dass ich alles für dich tun würde, aber wegen der Jungen machst du dir zu viele Sorgen. Die müssen auch mal was wegstecken können.«

Helen wusste nicht, wie sie es hätte anfangen sollen, ihn wieder auf das eigentliche Thema zurückzubringen. Es noch einmal in andere Worte zu fassen, noch einmal auszusprechen erschien ihr maßlos anstrengend, deshalb schwieg sie.

Der Radiosender brachte inzwischen die Nachrichten. Sintflutartige Regenfälle sorgten in Süddeutschland, Thüringen und Sachsen für Überschwemmungen.

»Nun komm, schmoll nicht mehr. Kommt in Zukunft nicht mehr vor, versprochen. Ich liebe dich doch«, sagte Tom.

Da war er wieder, der treuherzige Blick. Sie lächelte automatisch, ohne das Lächeln zu spüren, und nickte. Flüchtig versuchte sie sich daran zu erinnern, wann genau sie aufgehört hatte, an seine Versprechen zu glauben.

Petra

Kater Konrad hatte eine einzige schlechte Angewohnheit, die Petra ihm noch nicht hatte austreiben können. Er liebte es, seine Krallen im Wohnzimmer an einer für ihn besonders interessanten Stelle der Tapete zu schärfen. Das tat er nur, wenn kein Mensch im Raum war, denn eigentlich wusste er genau, dass er es nicht durfte. Deshalb sperrte Petra ihn in der Regel aus dem Wohnzimmer aus, wenn niemand bei ihm war. Bei fünf Kindern, die ein und aus gingen, gelang es ihm jedoch immer wieder, unbemerkt hineinzuschlüpfen.

Petra hatte gerade die Hitze unter dem kochenden Milchreis heruntergeregelt und den Anzeigenteil des Käseblatts auf der Küchenarbeitsfläche ausgebreitet, als sie das typische Geräusch von Konrads Krallenwetzen hörte.

Sofort flitzte sie ins Wohnzimmer, wo der Kater umgehend von seiner Untat abließ und ihr schnurrend um die Beine strich. Kopfschüttelnd nahm sie ihn auf den Arm, um ihn zur Strafe eine Weile nach draußen in den Garten zu verbannen. Er sträubte sich, weshalb sie sich Mühe geben musste, ihn festzuhalten, was bei Katzen nie eine einfache Aufgabe war.

Ihr Zweitältester, der fünfzehnjährige Benjamin, kam die Treppe herunter und fragte, was der Kater angestellt hätte.

Sie hatte ihm noch nicht geantwortet und die Haustür noch nicht erreicht, da ertönte aus der Gästetoilette im Erdgeschoss ein berstendes Krachen und Klirren, gefolgt von den markerschütternden Schreien ihrer beiden Jüngsten.

Kater Konrad wand sich aus ihrem Griff und riss ihr dabei ein Loch ins Shirt und Schrammen in die Haut. Er raste panisch die Treppe hinauf und brachte Benjamin zum Stolpern, der sich an der Wand abstützte und dabei ein Bild zum Absturz brachte.

Petra sah den Glasrahmen zerspringen. Ohne den brennenden Schmerz ihrer Katzenschrammen zu beachten, machte sie ein paar Schritte in Richtung Toilette, aus der ihr Isabell und Marvin entgegengeplantscht kamen. Das Waschbecken lag zerbrochen auf dem Boden, und aus den beschädigten Rohren sprudelte Wasser.

Fassungslos starrte Petra auf die Katastrophe. Sie versuchte darauf zu kommen, was sie zuerst tun musste, doch ihr Verstand hatte ausgesetzt.

»Wir müssen das Wasser ausstellen, Mami!«, schrie Benjamin ihr ins Ohr.

Doch auch das rüttelte sie nicht richtig wach. Sie konnte sich partout nicht daran erinnern, wie man das Wasser abstellte. Erst als Benjamin sie am Arm packte und aufgeregt an ihr zerrte, kam ihr Reaktionsvermögen wieder in Schwung.

»Du musst in den Keller!«, schrie er.

Durch die inzwischen bis zur neuen Türschwelle des Wohnzimmers reichende Wasserlache lief sie zur Kellertür.

Als sie wieder heraufkam, hatten ihre Kinder schon begonnen, mit Putzlappen und Handtüchern die Flut einzudämmen. Isabell schluchzte dabei, und Benjamin wiederholte immer wieder: »Scheißdreck. So ein Scheißdreck.«

Marvin, ihren Achtjährigen, dem die Nase nicht vor Kummer, sondern wegen seiner Erkältung lief, konnte sie gerade noch davon abhalten, Klopapierrollen in die Seenlandschaft zu werfen.

»Ist doch nicht so schlimm, Isa, warum weinst du denn?«, tröstete Petra automatisch, obwohl sie selbst so entsetzt war, dass ihr nur Gedankenfetzen durch den Sinn schossen. *Neues Waschbecken*, dachte sie. *Klempner. Die Rohre. Das Wasser …*

»Weil sie schuld ist«, sagte Marvin. »Sie hat es von der Wand abgebrochen.«

Petra konnte sich denken, wie das passiert war. Obwohl sie es verboten hatte, stützten sich die Kinder gern immer wieder mit ihrem ganzen Gewicht aufs Waschbecken, um beim Fratzenschneiden besser in den Spiegel sehen zu können. Der Last hatte die alte Aufhängung nicht standgehalten.

Sie sah ihre weinende Tochter und fand, dass es nichts brachte, jetzt noch zu schimpfen. »Dann versteht ihr jetzt, warum ich euch die Turnerei im Bad verboten hatte.«

Nachdem sie hastig gemeinsam den drohenden Wasserschaden eingedämmt hatten, fegte Petra die Glasscherben auf den Treppenstufen zusammen und begutachtete das abgestürzte Bild. Zu ihrer Freude war nur der Rahmen hinüber.

Der beißende Geruch von verbrennender Milch stieg ihr in die Nase. Mit dem Bild in der Hand rannte sie in die Küche und riss den Topf von der heißen Herdplatte. Sie versuchte gar nicht erst, den Reis umzurühren. Der Bodensatz würde schwarz und bitter sein.

Tief durchatmend, löffelte sie den Milchreis aus den oberen Schichten behutsam in einen anderen Topf. Es war weniger verdorben, als sie im ersten Augenblick befürchtet hatte. Dennoch blieb weniger übrig, als sie brauchten, um satt zu werden. Sie spürte, wie ihr die Tränen in die Augen stiegen, doch dann fiel ihr Blick auf das Bild in seinem zerbrochenen Rahmen.

Das zwei Jahre alte Foto war das einzige, auf dem sie mit all ihren Kindern zusammen zu sehen war. Eine Bekannte hatte es bei Marvins Einschulung geknipst und ihr den vergrößerten Abzug geschenkt. Alle lachten darauf. Alle waren gesund.

Sie lächelte und drängte die Tränen damit zurück.

Die erste Wohnungsbesichtigung, zu der sie mit dem geliehenen Fahrrad noch pünktlich gekommen war, hatte sie nicht weitergebracht. Sie hatte erst vor Ort begriffen, dass es sich um ein Haus mit zwei Wohnungen handelte, das der Besitzer nur als Ganzes vermieten wollte. Womit die Höhe der Miete für sie unerschwinglich wurde. Sie war nur deshalb nicht maßlos enttäuscht gewesen, weil sie gleich einen Haken an der Sache vermutet hatte. Das Haus und der Garten waren für ihre Umstände viel zu schön gewesen.

Trotz des Misserfolgs war sie nicht niedergeschlagen von dem Termin zurückgekehrt. Das lag an der schüchternen jungen Apothekenangestellten, die so spontan etwas Freundliches für sie getan hatte. Gleich am frühen Nachmittag hatte sie Carolin Pfeiffer ihr Fahrrad zusammen mit einem Blumenstrauß zurückgebracht. Und ihre Retterin hatte sich über die Blumen richtig herzlich gefreut.

Antonia hatte bedauert, dass es mit der Wohnung nicht geklappt hatte, und ihr erklärt, dass sie die Kündigung des Mietvertrags für ihr Haus wahrscheinlich anfechten konnte.

Auch diese Anteilnahme hatte Petra gutgetan, unabhängig davon, dass sie den Rat ausschlagen würde. Sie wusste, dass sie nicht klug genug war, um sich mit einem Hausbesitzer zu streiten, dem es nicht schwerfiel, Gesetzestexte zu lesen und Anwälte zu bezahlen.

Da hielt sie sich lieber an den Rat von Frau Lilienthal

und setzte ihre Hoffnung auf eine neue Wohnung. Sie hatte schließlich noch anderthalb Monate Zeit.

Benjamin kam zu Petra in die Küche und warf einen Blick auf den Milchreis. »Ich habe solche Lust auf Pommes. Hab auch noch zwei Euro. Gibst du mir den Rest dazu? Dann fahre ich zum Dönergrill und hole mir welche.«

Petra wusste, worum es ihm ging: ein Milchreis-Esser weniger zum Preis von fünfzig Cent. Manchmal wusste sie nicht, womit sie diesen rücksichtsvollen Sohn verdient hatte. Er war das glatte Gegenteil von seinem Vater.

Während sie für ihn die kleinen Münzen aus ihrem Portemonnaie klaubte, ließ er seinen Blick über die Zeitungsanzeigen schweifen.

Dann stutzte er und sah sie an. »Sag mal, wie geht das eigentlich: Wenn wir zum ersten Oktober mit all unserem Mist hier ausgezogen sein müssen, und der alte Mieter aus unserer neuen Wohnung zieht auch erst kurz vor dem Ersten aus … Latscht man sich da nicht in den Weg?«

Petra zuckte mit den Schultern. Über solche Einzelheiten konnte sie noch nicht nachdenken. »Da kann man nur hoffen, dass der andere früher auszieht.«

»Und was machen wir, wenn wir bis dahin keine neue Wohnung haben?« Ihr Sohn wirkte nicht sonderlich besorgt, eher neugierig.

Petra legte den Finger auf die Lippen, doch zu spät. Auf einmal stand Isabell in der Tür. Ihrer Jüngsten und Benjamins anderen jüngeren Geschwistern hatte Petra von der Kündigung nichts erzählt.

Isabell machte ein entsetztes Gesicht. »Warum brauchen wir denn eine neue Wohnung? Ist das so schlimm, was ich gemacht habe? Wir haben das ganze Wasser doch schon fast wieder aufgewischt.«

Eilig winkte Petra ab. »Nein, nein, Isa. Das hat nichts damit zu tun. Sei ein Schatz, geh ins Wohnzimmer und jag den Kater von der Tapete weg, ja?«

Ihre Kleine verschwand gehorsam, und Petra wandte sich wieder Benjamin zu, der nur einen Hauch zerknirscht aussah. »Ich habe keine Ahnung, was wir dann machen«, sagte sie.

Benjamin schnalzte mit der Zunge und blickte aus dem Küchenfenster. »Alleinerziehende Mutter mit fünf Kindern schläft in Bushaltestelle«, titelte er und lachte über seinen eigenen Scherz.

Petra schickte ihn mit einem zärtlichen Klaps gegen den Hinterkopf nach draußen und zum Dönergrill, bevor sie selbst die Wohnungsanzeigen überflog. Es war nicht eine einzige dabei, die infrage kam.

Nachdem sie mit leerem Kopf den Milchreis auf fünf Teller verteilt hatte, fiel ihr Blick auf den angebrannten Topf, der eingeweicht werden musste. Unmöglich, solange das Wasser abgestellt blieb. Wenn sie nicht gleich einen Klempner anrief, würde sie es nicht wieder aufdrehen können, denn Wasserrohre konnte sie nicht reparieren.

»Maamii!«, hörte sie Marvins Stimme aus dem Obergeschoss.

»Ja?«, rief sie zurück.

»Es kommt kein Wasser mehr aus dem Spülkasten, und es ist noch gar nicht richtig gespült.«

Mit einem Teller voll Milchreis in jeder Hand blieb Petra zwischen Herd und Esstisch stehen und konnte sich nun doch nicht mehr gegen die Verzweiflung wehren. »Wird schon wieder. Das wird schon wieder«, murmelte sie vor sich hin, doch auf einmal fühlte sie sich schrecklich erschöpft.

Carolin

Carolin hasste Sonntage.

An jedem Tag der Woche war sie morgens müde, wenn der Wecker piepte, und wünschte sich, ausschlafen zu können. Doch sonntags, wenn sie hätte ausschlafen dürfen, war sie zur Weckerpiepzeit hellwach.

Dann holte sie ihren Laptop zu sich ins Bett und klapperte ihre Frag-dich-gesund-Foren ab. Wo immer sie eine offene Frage zum Thema Arzneimittel entdeckte, schaltete sie sich unter dem Namen *pharma-caro* ein.

Sie machte es sich mit den Antworten nicht leicht, sondern schlug in ihren Fachbüchern oder auf zuverlässigen Internetseiten nach, wenn sie etwas nicht ganz genau wusste. Manchmal brauchte sie für eine einzige Antwort, die vielleicht nur aus drei Sätzen bestand, eine halbe Stunde. Oder länger. Aber dafür waren die drei Sätze exakt, und die Fragesteller dankten ihr dafür, dass sie sich so klar und verständlich ausdrückte.

In einigen Foren galt sie als anerkannte Sachverständige, an die man sogar Fragesteller verwies. Bei allem Stolz darauf ließ sie sich nie verleiten, für Symptome, die jemand schilderte, die Krankheit zu nennen, auch wenn sie meist ahnte, worum es sich handelte. *Such bitte einen Arzt auf. Diagnosen sollten nur nachweislich ausgebildete Mediziner stellen*, schrieb sie dann.

Dreimal hatte sie das an diesem Morgen schon geschrieben. Und gewissenhaft eine Frage zur korrekten Einnahme von Antibiotika beantwortet sowie im Apothekerforum eine Diskussion zu Sinn und Unsinn der Rabattverträge verschiedener Krankenkassen weitergeführt. Dann hatte sie albernerweise nach Witzen gegoogelt, um ein paar davon auswendig zu lernen. Obwohl sie wusste, dass sie doch nie den Mut haben würde, einen zu erzählen.

Trotz all ihrer Internet-Aktivitäten war es noch immer Vormittag, als sie den Laptop ausschaltete und wieder mit ihrem verhassten Sonntag allein war. Unvermeidlich kreisten ihre Gedanken um ihre verkorkste Lage.

Sie machte sich in der Mikrowelle einen Frühstückskakao heiß und setzte sich in ihrem Snoopy-Schlafanzug an ihren kleinen Schreibtisch.

Vor ihr lag eine leere Postkarte. Sie starrte darauf, war aber noch weit davon entfernt, über einen Text nachzudenken. Ihr Lieblingskuli hatte am hinteren Ende einen Puschel aus babyblauen Flaumfedern, mit denen sie sich versonnen im Gesicht kitzelte.

Abschicken oder nicht abschicken?

Das mit der Postkarte war eine Super-Idee von dir. Aber du hättest auch ruhig mal bei mir klingeln können, wo du meine Adresse doch schon kanntest, sagte Stefan in ihrem Kopf. Dabei legte er den Arm um ihre Schultern.

Und wenn er sich nicht meldete? Würde sie ihn dann aufgeben? Wie würde sie sicher sein können, dass er die Karte bekommen hätte? Womöglich fing seine schicke Freundin sie ab.

Ein glückliches Paar waren die beiden bestimmt nicht. Die Frau hatte so kalt gewirkt und er so genervt, als sie ins Auto stiegen.

Wenn er sich nicht meldet, liegt es daran, dass er sich kaum noch daran erinnert, wer du bist, sagte die höhnische Stimme ihrer Vernunft. Und das, woran er sich erinnerte, fand er vermutlich so fade wie Reiswaffeln. Wie konnten Gefühle nur so schrecklich ungleich auf Menschen verteilt sein?

Sie schob die Karte mit feuchten Fingerspitzen ein wenig hin und her. Wie lange sie allein dafür gebraucht hatte, sie auszusuchen ... Fünfmal hatte sie sich in letzter Minute umentschieden. Noch einmal betrachtete sie das Motiv. Fröhliche Cartoon-Frösche, nichtssagend und so langweilig wie sie selbst. Gott, ging sie sich auf die Nerven. *Blöde, feige Memme*, dachte sie. *Du hast nur Schiss vor dem Moment, in dem du zugeben musst, dass alles umsonst war. Dass du tatsächlich wegen einem Mann allein in diese trostlose kleine Stadt gezogen bist, der wahrscheinlich den abgeschnittenen Zehennagel seiner Freundin interessanter findet als dich. Der an dir vorbeigehen würde, ohne dich zu erkennen, selbst wenn du das alte T-Shirt tragen würdest, das du ihm damals in der Sporthalle heimlich geklaut hast.* Sie spürte, wie sie allein bei dem Gedanken an diese alte Peinlichkeit rot wurde.

Schlag ihn dir aus dem Kopf.

Aber wie sollte sie ohne die winzige, magische Hoffnung auf ihn weiterleben? Dann gab es ja überhaupt nichts Aufregendes mehr in ihrem Leben.

Hör auf deine Chefin! Entweder – oder, hatte sie gesagt.

Mit einem tiefen Atemzug zückte Carolin ihren Puschelkuli und schrieb in ihren präzisen, kleinen Druckbuchstaben Stefans Anschrift auf die Karte.

Antonia

Die Meldungen über bedrohliche Niederschlagsmengen und die Hochwasserwarnungen aus dem Quellgebiet der Elbe hatten sich weiter verschärft. Daher geriet der Landkreis in den oft eingeübten Alarmzustand.

Für Monty, der seit seiner Kindheit Mitglied der Freiwilligen Feuerwehr war und gleichzeitig leitender Angestellter beim örtlichen Kieswerk, stand bereits alles unter dem Zeichen des Sandsacks. Sandsäcke mussten gefüllt, verladen und an die richtigen Orte verteilt werden. Einsatzpläne für alle voraussehbaren Szenarien des Hochwassers wurden besprochen.

Das war alles nicht ungewöhnlich. Ungewöhnlich war, dass gerade jetzt Antonias Vorbereitungen für ihr Hochzeitsjubiläum ebenfalls auf Hochtouren liefen.

Eigentlich hatte Monty an diesem Vormittag mit seinen Feuerwehrfreunden die Partyzelte im Garten aufbauen wollen. Doch die Pegelstände stromaufwärts stiegen schnell, sodass die Schutzmaßnahmen beschleunigt wurden. Was dazu führte, dass Antonia, die sich den Vormittag frei genommen hatte, allein mit großen Bündeln von Zeltplanen und Stangen dastand.

»Warte doch mit den Zelten. Vielleicht musst du das Ganze sowieso absagen«, sagte Monty morgens, als er kurz davor war, aus dem Haus zu gehen.

Sie hatte beide Hände im Spülwasser. *Vielleicht musst du das Ganze absagen?* Wie konnte er das so gelassen aussprechen? All die Mühe, die sie in die Organisation gesteckt hatte. All ihre Vorfreude. Und nun sollte sie ihr Fest absagen? Dabei wurden Hochwasserwarnungen meistens übertrieben. Jeetzeburg war bisher immer glimpflich davongekommen. Warum sollte am Sonntag plötzlich niemand mehr feiern wollen? Sagte er das nicht einfach nur, weil er keine Lust auf die Party hatte?

Ihr Mann hatte sich schon abgewandt, seine tägliche Flasche Cola und den Autoschlüssel in der Hand, als würde ihn die Sache nicht im Geringsten beschäftigen. Sie wünschte sich, dass er zu ihr kam, sie in den Arm nahm und tröstete. Nichts schien ihm fernerzuliegen. Wann war ihm so gleichgültig geworden, was in ihr vorging?

»Absagen kommt nicht infrage. Alles ist bestellt«, hörte sie sich harsch sagen. Dabei war das nicht der Grund, warum sie es unerträglich gefunden hätte, die Sache abzublasen.

Monty zuckte mit den Schultern. »Am Ende sitzt du ohne Gäste da.«

Antonia ballte in ihren giftgrünen Gummihandschuhen die Fäuste. »Warum nur ich? Wo wirst du denn sein?«

»Wer weiß? Vielleicht müssen wir irgendwo Notdeiche aufschütten. Oder Keller leer pumpen. Ich würde natürlich versuchen, hier zu sein. Aber –«

Antonia drehte sich zu ihm um. »Aber nicht allzu eifrig, stimmt's? Warum habe ich das Gefühl, dass dir das egal ist? Wenn du nicht feiern willst, warum hast du das nicht von Anfang an gesagt?« Am liebsten hätte sie ihm mit einer giftgrünen Faust einen Kinnhaken verpasst.

Er schien das zu ahnen, denn er hob schützend Colaflasche und Autoschlüssel zur Abwehr. »So ist das doch gar nicht. Ich habe nichts gegen die Feier. Ist okay, alle mal wieder einzuladen.«

»Es ist okay? Du meinst, der Grund ist dir egal?«

Er ging zwei Schritte rückwärts, ohne seine Deckung herunterzunehmen. »Nein, natürlich nicht. Es ist nur … Der Zeitpunkt ist eben … Du könntest den Termin doch verschieben. *Wir* könnten ihn verschieben. Das ließe sich bestimmt machen.«

Antonia trat zwei Schritte auf ihn zu und zeigte mit einem grünen Finger auf ihn. »Das glaubst du, weil du dich nicht darum gekümmert hast, irgendwas zu organisieren. Es wäre ein Riesenaufwand! Und das alles dafür, dass am Sonntag wahrscheinlich alle seelenruhig auf ihren trockenen Sandsäcken sitzen und sich langweilen – so wie jedes Mal. Ich werde den Termin nicht verschieben!«

»Okay. Dann verschieb ihn halt nicht.«

»Und was mache ich jetzt mit den Zelten?«

»Ralf und Bohni hatten sich angeboten. Die können nachher vielleicht kommen und aufbauen.«

»Was heißt: vielleicht nachher? Kurz bevor ich zur Arbeit muss?«

»Herrgott, Toni, bist du verbissen! Ich rufe sie an und sage ihnen, sie sollen so bald wie möglich hier sein. In Ordnung?«

Verbissen? Es wurde ja immer besser! *Verbissen* war ein hässliches Wort für die Zielstrebigkeit, die er an ihr früher angeblich geliebt hatte. Die er noch immer schätzen sollte, denn ohne ihre »Verbissenheit« hätte sie ihre meisten Ziele nicht erreicht, auch nicht die gemeinsamen.

»Je eher, desto besser«, sagte sie nun wirklich bissig.

»Wir könnten die Zelte auch morgen aufbauen. Vielleicht ist bis dahin schon klar, ob die Lage sich beruhigt.«

»Ich dachte, wir wären uns einig gewesen, dass morgen zu spät dafür ist. Es gibt noch viel zu tun. Außerdem wirst du auch morgen wieder keine Zeit haben.«

»Tu nicht so, als wäre ich derjenige, der nie Zeit hat. Dein Terminplan ist doch immer so eng, dass man mit dem Stemmeisen zwischen die Termine muss. Und wenn du dir etwas vorgenommen hast, glaubst du, alle anderen müssten sich mal eben so darauf einstellen können. Ich kann das aber nun mal nicht immer. Und jetzt muss ich los. Ralf und Bohni rufe ich an. Viel Glück mit den Zelten.«

Er verließ die Küche und danach das Haus, ohne mit einer einzigen Tür zu knallen. Antonia stand da, noch immer in ihren tropfenden Handschuhen, und gestand sich ein, dass ihr das an seiner Stelle nicht gelungen wäre.

Sie hätte wütend auf ihn sein sollen, aber sie fühlte sich nur traurig. Warum hatten sie streiten müssen? Warum war er so stur? Warum konnte sie nicht mehr mit ihm über das sprechen, worum es ihr eigentlich ging? Über ihre Sehnsucht, von ihm in den Arm genommen zu werden. *Klar schaffen wir das, Toni* zu hören – wie früher. Ein Kuss, eine Hand in ihrem Rücken. *Wollen wir noch mal eine Weile zurück ins Bett? Zwanzig Jahre, Toni – sind wir nicht der helle Wahnsinn, wir beide zusammen?*

Sie zog die Handschuhe aus, warf sie halb umgekrempelt ins dreckige Spülwasser und sah zu, wie sie dort versanken. Wie pathetisch, dachte sie. Willst du das Schiff etwa einfach sinken lassen? Verzweifeln, nur weil wir nach zwanzig Jahren auch mal eine schlechte Zeit erleben?

Sie schüttelte den Kopf, trat zur Spüle, fischte die Handschuhe heraus und hängte sie über den Wasserhahn. Wenn Ralf und Bohni kamen, würde sie ruck, zuck die Zelte mit ihnen aufbauen. Und für abends würde sie Grillfleisch besorgen, das würde Monty versöhnlich stimmen und ihnen vielleicht Gelegenheit geben, den Streit zu begraben.

Doch während sie die Küche zu Ende aufräumte, meldete sich hartnäckig die Stimme des Zweifels zu Wort, gegen die sie sich seit Wochen taub stellte.

Was, wenn sie sich die ganze Zeit etwas vormachte und dies in Wirklichkeit keine schlechte Zeit war, sondern einfach das Ende? Wenn Monty sie nicht mehr liebte?

Würde sie dann ihre halbtote Ehe weiterführen, bis er irgendwann entdeckte, dass ihm etwas anderes oder eine andere Frau wichtiger war als seine alten Gewohnheiten und ihre Hilfe beim Sudoku-Lösen? Würde sie sich kränken lassen und bitter werden, bis er sie schließlich verließ?

Energisch wischte sie die Gedanken beiseite und machte sich daran, die Partygläser abzustauben, die seit viel zu langer Zeit in ihrem Karton im Keller gestanden hatten.

Mach nicht so ein Melodram daraus, befahl sie sich. *Es ist eine Krise, weiter nichts. Krisen lassen sich bewältigen.* Man brauchte nur Ausdauer, Hartnäckigkeit und den Willen dazu.

Meistens jedenfalls.

Ihre nächste Aufgabe waren die Zelte.

Zwei Stunden später arbeitete Antonia mit Montys altem Freund Bohni, der eigentlich Jens Bohnkamp hieß, an Aufgabe Nummer eins. Der jüngere Kollege Ralf hatte zu seinem Bedauern absagen müssen, weil seine kleine Tochter krank geworden war und er mit ihr zum Arzt musste.

Mit lahmer werdenden Armen mühte Antonia sich ab, eine der schweren Zeltseitenwände in das Gestänge einzufädeln, als Mickie durch die Gartenpforte kam und lässig winkend über den Rasen zur Hintertür schlenderte. Ihr schwarzer Tüllrock ließ die zerrissenen roten Strümpfe bis zum Oberschenkel sehen.

Antonia ließ die Arme sinken, woraufhin die Plane wieder aus ihrer Befestigungsschiene rutschte und auf den Boden fiel. »Hallo! Warum bist du schon zu Hause?«

»Kunst und Englisch fielen aus.«

»Großartig. Dann kannst du uns ja helfen.«

»Tut mir leid, geht nicht. Bin verabredet.«

»Kannst du die Verabredung nicht verschieben?«

»Nö. Ich habe gesagt, ich ziehe mich nur um und komme dann.«

Antonia sah aus dem Augenwinkel, wie Bohni sich betont auf die Verbindungsösen seiner Zeltseite konzentrierte und dabei die Schultern hochzog, als erwartete er einen kalten Windstoß.

Sie schloss die Augen und atmete tief durch. Als sie sie wieder öffnete, war Mickie im Haus verschwunden.

»Ich komme gleich wieder«, sagte sie zu Bohni.

»Lass sie doch, Toni. Wir schaffen das auch allein«, versuchte er sie zu beschwichtigen.

Wenn Bohni nicht in Feuerwehruniform auftrat, trug er ein kariertes Holzfällerhemd, eine ausgebeulte Cordhose und eine Lederweste. In Kombination mit der Hornbrille, die für seinen recht kleinen Kopf zu groß war, ließ ihn das eigentlich immer fehl am Platz wirken. Er war nie Antonias Typ gewesen, doch an diesem Tag kam er ihr vor wie der einzige liebenswerte Mensch der Stadt.

Sie rang sich ein Lächeln ab. »Ich will nur wissen, was für eine unheimlich wichtige Verabredung das ist«, sagte sie und schob sich die Ärmel ihres Shirts bis über die Ellbogen hoch, während sie zum Haus ging.

Mickie war in der Küche, musterte den Inhalt des offenen Kühlschranks und nestelte gleichzeitig mit beiden Händen hinter ihrem Rücken am Bindeband ihres Röckchens.

Antonia trat näher und öffnete ihr den Knoten. »Mit wem bist du denn verabredet?«

Mickie schubste die Kühlschranktür mit der Schulter zu und sah sich suchend in der Küche um. »Mit Felix und ein paar anderen. Kann ich die Kekse da mitnehmen?«

»Ist diese Verabredung wirklich so wichtig, dass du mir nicht mal eben zwei Stunden helfen kannst?«

»Ich bin den ganzen Samstag hier, um dir zu helfen. Das hatten wir so verabredet. War dein eigener Plan.«

»Mein Plan sah nicht vor, dass ich mich heute um die Zelte kümmern muss.«

»*Mein* Plan sieht das für heute auch nicht vor.«

»Ich scheine ja wirklich die Einzige zu sein, der diese Feier etwas bedeutet. Wie bin ich bloß auf die Idee gekommen, ihr würdet euch auch darauf freuen?«

»Jetzt mach doch keine Tragödie draus. Du siehst immer alles so verkniffen. Als könntest du die ollen Partyzelte nicht auch morgen noch aufbauen. Oder lass sie ganz weg. Regnet ja nicht.«

Offenbar hatte ihre Familie sich gegen sie verschworen. Antonia beschloss, ihre unnütze Tochter keiner weiteren Antwort zu würdigen. Wortlos nahm sie eine Mineralwasserflasche vom Tisch. Vom Hantieren mit den Zeltplanen und Stangen schmerzten nicht nur ihre Arme, sondern sogar ihre Hände. Sie spürte es, als sie den Flaschendeckel aufschraubte. Im Hinausgehen trank sie einen großen Schluck.

»Und? Was ist jetzt mit den Keksen?«, fragte Mickie.

Antonia spürte, wie ihr das Wasser samt Kohlensäure in den falschen Hals geriet und beinah durch die Nase wieder heraussprudelte. Vor lauter Husten konnte sie nicht mehr sprechen, deshalb kehrte sie in der Tür noch einmal um. Wütend riss sie die Kekspackung an sich, warf Mickie einen bösen Blick zu und stapfte, mit dem Hustenreiz kämpfend, hinaus.

»Dann eben nicht«, sagte ihre Tochter und klang dabei doch tatsächlich so, als wäre sie es, die einen Grund hatte, beleidigt zu sein.

Als Antonia um die Mittagszeit in die Apotheke kam, war sie erschöpft, aber auch von einem leisen Triumphgefühl erfüllt. Die verflixten Zelte waren aufgebaut. Sogar Biertische und Bänke waren in Stellung gebracht, und das Partygeschirr poliert.

Ihr gutes Gefühl legte sich, als sie im Büro der Apotheke auf ihre Mitarbeiterinnen Beate und Carolin traf. Die beiden standen vor dem Radio und hörten die Hochwasserwarnungen.

Beate, die Antonia zusammen mit der Apotheke übernommen hatte, war ebenfalls Apothekerin und inzwischen Anfang sechzig. Sie arbeitete nur noch als Vertretung für Antonia.

Im Augenblick waren Beates Sorgenfalten deutlich sichtbar. »Hast du gehört, was stromaufwärts schon alles überflutet ist?«, fragte sie Antonia zur Begrüßung.

»Das ist doch jedes Mal so. Die Leute lernen einfach nichts dazu.« Antonia dachte nicht weiter über das nach, was sie da sagte. Sie blätterte schon die ungeöffnete Post durch. Bitte keine hohen Rechnungen, betete sie stumm.

Beate hängte sich ihre Handtasche um und nahm die Jacke vom Haken, die sie bei der Wärme ganz gewiss nicht brauchte, aber immer dabeihatte. »Das kannst du so doch nicht sagen. Wenn das Wasser höher steigt als sonst, läuft es bei mir vielleicht auch in den Keller. Was sollen wir denn machen? Wir können doch keinen Kran mieten und das Haus versetzen.«

»Bis jetzt ist bei euch doch noch nie etwas passiert.«

»Man sollte auf alles vorbereitet sein. Die Hochwassermarken könnten alles Bisherige übertreffen, sagen sie. Also, ich fahre jetzt los und versuche, noch eine Fuhre Sandsäcke zu ergattern. Weißt du, ob ich sie über Monty direkt im Kieswerk bekommen kann?«

Antonia schüttelte den Kopf. »Soll ich ihn anrufen?«

Beate bat sie darum, doch Antonia erreichte Monty über keine seiner Telefonnummern. Das bedeutete vermutlich nur, dass es im Kieswerk hoch herging. Ein kleiner Stachel des Misstrauens bohrte sich dennoch in ihr Herz. Hatte Monty nach dem Streit am Morgen vielleicht einfach keine Lust, ans Telefon zu gehen und mit ihr zu sprechen? Das würde ihm ähnlich sehen. Auseinandersetzungen am Telefon verabscheute er. Doch er hätte auch wissen sollen, dass sie ihn gut genug kannte, um ihn damit zu verschonen.

Antonia und Carolin sortierten mangels Kundschaft neu gelieferte Ware ein.

»Unten in der Altstadt dichten schon alle ihre Kellerfenster und Türen ab«, sagte Carolin.

»Die Altstadthäuser, die am tiefsten liegen, sind die einzigen in Jeetzeburg, die bei den großen Hochwassern schon mal im Wasser standen. Das ist natürlich ärgerlich, aber die meisten Leute wissen, was sie zu erwarten haben, und sind vorbereitet. Mach dir nicht zu viele Sorgen. Erzähl mir lieber, ob du deinem Schwarm eine Postkarte geschickt hast.«

Da war sie wieder: die Brombeersoßen-Caro. Ihr Gesicht wirkte so heiß, dass jede Träne eigentlich sofort hätte verdampfen müssen.

Sie schüttelte den Kopf, und Antonia seufzte voller Mitgefühl. »Also versuchst du, ihn dir aus dem Kopf zu schlagen?«

Carolin ließ zwei Schwangerschaftstests fallen und

bückte sich so hastig danach, dass sie mit dem Ärmel ihres Kittels ein paar Kondomschachteln hinterherfegte. Mit fahrigen Händen räumte sie alles wieder ins Regal. »Ich hatte eine Postkarte besorgt. Aber …«

Der knarzende Türgong unterbrach sie. Antonia bedauerte die Störung kurz, doch dann beanspruchten die nun stetig eintreffenden Kunden ihre ganze Aufmerksamkeit. Ein rotäugiger, niesender Allergiker, eine Schwangere mit einem Rezept für ein Eisenpräparat und ein Marathonläufer mit einem gezerrten Quadrizeps, gefolgt von einer Frau, die ihre Warzen bekämpfen wollte.

Die Frau trug einen Blazer in schmuddligem Blassrosa und hatte es nicht eilig, wieder zu gehen. Sie sah sich im Verkaufsraum um und las Kosmetiketiketten. Eine Flasche mit Körperlotion rutschte ihr aus der Hand, als sie sie an ihren Platz im Regal zurückstellen wollte.

Es war die einzige Kosmetiksorte in Glasflaschen, die Antonia verkaufte. Ihrer Art gemäß zerbrach sie auf dem gefliesten Boden in hundert Scherben.

Die Frau, die ihre bezahlte Warzentinktur bereits in der Tasche verstaut hatte, entschuldigte sich nicht für das Missgeschick. »Wie können Sie denn diese Glasflaschen so blöd hinstellen, dass man sich den Arm ausrenken muss, um heranzukommen?«, sagte sie. Vor Empörung krampfte sie die Hand um ihre Tasche.

Was regst du dich auf? Ich will dein Geld ja gar nicht, dachte Antonia, obwohl sie sich fragte, warum die Frau nichts Billigeres hatte fallen lassen können.

»Passen Sie auf, dass Sie nicht hineintreten. Das ist sicher rutschig«, sagte sie mit aller Gelassenheit, die sie aufbringen konnte.

»Das fehlte mir noch.« Die Frau bückte sich und wischte sich Spritzer der weißen Lotion von ihren türkisgrünen

Pumps. Die zwei großen Warzen auf ihren Fingern sprangen deutlich hervor.

Carolin, die eben noch mit einem Lieferanten telefoniert hatte, kam mit einer Rolle Küchenpapier und dem Mülleimer in den Verkaufsraum.

»Wenn Sie das nur mit Papier aufwischen, bleibt es rutschig. Da müssen Sie schon mit Scheuertuch und Putzmittel ran. Und was wollen Sie mit den Splittern machen? Sie müssen auf jeden Fall gründlich staubsaugen, wenn alles wieder trocken ist. Sonst holt sich hier bei Ihnen noch ein Kind eine Entzündung oder so was«, sagte die Warzenfrau.

Mit vorsichtigen Schritten stakste sie zur Tür, als könnte jede weitere Berührung mit Lotion oder Scherben ihr Löcher in die Schuhsohlen brennen.

Sie ging ohne Abschiedsgruß.

Seite an Seite standen Antonia und Carolin da und blickten ihr nach.

»Ich hatte auch mal eine Warze«, sagte Carolin und riss mit einer Seelenruhe, die Antonia verblüffte, ein Papiertuch von der Rolle.

Antonia musste lachen. »Lästige Dinger sind das«, bestätigte sie.

Gerade wollten sie sich in wunderbarem Einvernehmen auf den Boden hocken, um die Kosmetiksauerei zu beseitigen, da sahen sie, wie die Warzenfrau draußen auf dem Parkplatz Doktor Kosewitz begegnete. Antonias Ansicht nach passten die beiden bestens zusammen.

Allerdings schienen sie diese Ansicht nicht zu teilen, denn keine von ihnen lächelte. Die Warzenfrau sagte ein paar Sätze, nickte Doktor Kosewitz brüsk zu und marschierte davon.

Die Ärztin wirkte verwirrt, sah ihr zuerst über die Schulter nach, dann zu Boden. Sie legte beide Hände um ihren Kopf, ging ein paar Schritte – und brach ohne Vorwarnung zusammen.

Antonia sah, wie sie auf die Knie sank, und ließ alles fallen, um zu ihr hinauszulaufen. Carolin folgte ihr auf den Fersen.

Als sie bei Elke Kosewitz ankamen, lag sie zusammengekauert wie ein Embryo mit geschlossenen Augen auf der Seite, die Hände schlaff neben ihrem Gesicht. Das Glas ihrer teuren Armbanduhr war staubig.

»Doktor Kosewitz?«

Die Ärztin rührte sich nicht.

Antonia brach der Schweiß aus. »Carolin, ruf …«

Doktor Kosewitz stöhnte und griff nach ihrem Kopf. Ihr Blick fiel auf Antonia, und sofort begann sie, sich aufzurappeln.

Antonia ergriff helfend ihren Arm. »Was ist passiert? Doktor … Können Sie mir Ihren Namen sagen? Wissen Sie, wo Sie sind?«

Die Ärztin erhob sich schwerfällig und stützte sich dabei auf Antonia. Mit Carolins Beistand brachte Antonia sie dazu, sich auf die Bank vor dem Schaufenster zu setzen.

»Kosewitz. Mein Name ist Elke Kosewitz, wie Sie genau wissen. Und natürlich weiß ich auch, wo ich bin. Ich bin nur gestolpert. Meine Migräne macht es mir heute schwer, mich zu konzentrieren.«

Antonia wusste genug über Schlaganfälle aller Art, um sich nicht so leicht abwimmeln zu lassen. Mit Stolpern hatte der Sturz der Ärztin keine Ähnlichkeit gehabt. »Ruf einen Rettungswagen, Carolin«, sprach sie nun endlich aus, was sie gleich hätte sagen sollen.

»Unterstehen Sie sich. Ich brauche keinen Rettungswagen«, sagte Doktor Kosewitz.

Antonia scheuchte Carolin mit der Hand in die Apotheke. »Holst du bitte auch ein Glas Wasser für Doktor Kosewitz?«

»Sie soll keinen Rettungswagen rufen! Haben Sie das verstanden? Die haben mit den echten Notfällen genug zu tun. Ich kann selbst einschätzen, ob ich medizinische Versorgung brauche oder nicht.«

Möglicherweise hatte sie recht, doch Antonia vermutete, dass die Ärztin sich selbst belog.

»Es ist besser, wenn Sie sich in der Klinik durchchecken lassen. In der Ambulanz wird man dafür Verständnis haben, dass Sie nach so einem Erlebnis lieber auf Nummer sicher gehen.«

»Nach so einem Erlebnis? Ich habe Kopfschmerzen, das ist alles. Wenn es danach ginge, müsste ich jeden zweiten Tag in der Notaufnahme sitzen.«

Antonia hoffte, dass der Rettungswagen schnell kommen würde. Der überhebliche Tonfall der Ärztin begann bereits, ihr Mitgefühl zu ersticken. Was war das nur für ein eigenartiger Tag? Warum musste sie jetzt auch noch Ersthelferin für ihre Erzfeindin spielen? Ruhig bleiben, mahnte sie sich.

»Wie lange haben Sie diese Kopfschmerzen denn schon? Ich vermute, dass Sie inzwischen sehr viele starke Schmerzmittel nehmen, oder?«

»Das ist nichts, was Sie etwas angeht. Diese Art Beratung können Sie sich für Kunden aufheben, die selbst nichts von der Materie verstehen. Denen können Sie dann empfehlen, zu einem kompetenten Arzt zu gehen.«

Carolin kam mit einem nassen Lappen und einem Glas Wasser aus der Tür und zeigte Antonia mit dem Daumen nach oben an, dass sie den Rettungsdienst verständigt hatte. Antonia stellte sich genüsslich vor, wie ihre PTA Doktor

Kosewitz das Wasser über den so schmerzenden wie aufgeblähten Kopf goss. Aber selbstverständlich war Carolin vernünftiger als sie, reichte der Ärztin höflich das Glas und bot ihr dann errötend den Lappen für ihre Hände an. Doktor Kosewitz dankte, indem sie die Lippen zu einem halbsekündigen, künstlichen Lächeln verzog.

»Ich wollte mit meiner Frage nur ausschließen helfen, dass Sie eben gerade einen Schlaganfall erlitten haben«, sagte Antonia.

Doktor Kosewitz antwortete nicht gleich, sondern trank etwas Wasser und presste das kühle Glas gegen die tiefen Falten auf ihrer Stirn, die sie normalerweise hinter grauen Ponyfransen versteckte. Schließlich atmete sie tief durch, als müsste sie all ihre Geduld zusammennehmen.

»Es ehrt Sie, dass Sie Ihre Pflicht als Ersthelferin ernst nehmen, aber das ist kompletter Unsinn. Ich bin bei klarem Bewusstsein und habe weder Taubheitsgefühle noch Wahrnehmungsstörungen.«

Antonia nickte. »Das freut mich. Sie müssen aber verstehen, dass ich nicht mitschuldig daran werden möchte, dass Sie womöglich gleich auf dem Heimweg noch einmal zusammenbrechen. Außerdem ist der Rettungswagen jetzt ohnehin schon hierher unterwegs.«

Doktor Kosewitz stöhnte. »Wie deutlich hätte ich es Ihnen denn noch sagen müssen? Das ist wirklich sowohl ärgerlich als auch peinlich.«

Wie konnte eine Ärztin nur so stur sein? Antonia stieß die Luft aus. »Gerade als Ärztin sollten Sie wissen, dass die Scheu vor dem Notruf viele Leben kostet. Es ist doch wirklich klüger, sich einmal zu oft untersuchen zu lassen, als einmal zu wenig.«

»Es gibt schon genug Leute, die sich das viel zu sehr zu Herzen nehmen. Mit denen schlage ich mich jeden Tag in der Praxis herum. Ich habe Besseres zu tun, als Sanitätern und den Klinikmedizinern ihre Zeit zu stehlen.«

Antonia hörte, wie der Rettungswagen sich mit einem einzelnen Aufheulen der Sirene näherte. »Das können Sie ihnen ja jetzt gleich selbst erklären. Ich glaube aber, dass die Sanitäter sich mehr ärgern werden, wenn Sie sie wieder wegschicken, nachdem sie den Weg hierher auf sich genommen haben.«

»Oh nein, nicht ich, sondern Sie sollten es ihnen erklären. Ich habe Sie nicht darum gebeten, den Notruf zu alarmieren!«

Der Rettungswagen hielt quer auf dem Parkplatz, und zwei Sanitäter stiegen aus.

Antonia machte sich bereit, ihre Version des Zusammenbruchs gegen Doktor Kosewitz' eigene ins Feld zu führen, doch so weit kam es nicht. Es stellte sich heraus, dass Carolin am Telefon bereits beschrieben hatte, was geschehen war. Die Sanitäter waren offenbar darauf eingestellt, eine widerstrebende Patientin vorzufinden. Mit sanftem Druck überzeugten sie Doktor Kosewitz, ihr Hilfsangebot anzunehmen.

Wenig später blickten Antonia und Carolin erleichtert dem in Richtung Lüneburg davonfahrenden Rettungswagen nach.

»Das hast du wirklich gut gemacht«, sagte Antonia und tätschelte Carolin den Arm.

Das übliche Brombeersaftrot stieg ihrer PTA in die Wangen. »Ich weiß nicht. Sie wirkte sehr verärgert.«

Antonia zuckte mit den Schultern. »Man kann nur hoffen, dass sie ihren Patienten zu mehr Vernunft rät.«

Carolin

Carolin war stolz darauf, dass sie in Antonias Augen bei Doktor Kosewitz' Zusammenbruch alles richtig gemacht hatte. Doch gleichzeitig fühlte sie sich unwohl, weil die Ärztin darüber so erbost gewesen war. Halb hoffte sie, dass Doktor Kosewitz tatsächlich ein ernsthaftes Gesundheitsproblem hatte und man das im Krankenhaus feststellen würde. Dann würde sie einsehen müssen, dass es richtig gewesen war, den Notruf zu verständigen.

Wenn sie sich das Gegenteil davon vorstellte, beschleunigte sich ihr Puls, und sie spürte ein unangenehmes Drücken in der Magengegend. Sie hatte die Ärztin bereits vorher als furchteinflößend empfunden, ohne je persönlich mit ihr zu tun gehabt zu haben. Wenn diese Frau nun auch noch wütend auf sie war, würde sie versuchen, ihr nicht einmal mehr auf dem Parkplatz zu begegnen.

Die letzte Stunde ihrer Arbeitszeit verlief so ruhig, dass sie allein in der Apotheke blieben. Daher bat Antonia Carolin schon einige Minuten vor dem offiziellen Ladenschluss, sich die tägliche Kassenabrechnung vorzunehmen.

In Gedanken abwechselnd bei Doktor Kosewitz und bei den Hochwassermeldungen, zählte sie das Geld und kam prompt auf eine falsche Summe. Gerade als sie seufzend von vorne begann, ertönte der Türgong, und Patrick Lilienthal kam herein.

Ihre Finger wurden auf einmal ungelenk, sodass es ihr

kaum noch gelang, die gezählten Münzen zu Türmchen aufzuschichten.

Immerhin brachte sie ein verständliches »Guten Abend« hervor.

»Hallo. Ich wollte Frau Kronenberg die Pillen-Sortierkästen für meine Oma bringen. Ist sie noch da?«

Carolin nickte und warf einen suchenden Blick über die Schulter, obwohl sie genau wusste, dass Antonia im Büro saß. Ihre Chefin hatte ihr an ihrem ersten Tag das »Du« angeboten, da sie sich mit all ihren Mitarbeiterinnen duzte. Carolin hatte das zwar nett gefunden, doch es brachte sie auch in Verlegenheit. Wenn sie unter sich waren, hatte sie keine Schwierigkeiten mit dem »Du«. Vor Kunden allerdings empfand sie es als merkwürdig, ihre Vorgesetzte zu duzen und mit »Antonia« anzusprechen. In ihrer Ausbildungsapotheke wäre das undenkbar gewesen. Für gewöhnlich vermied sie es daher. Deshalb mochte sie jetzt nicht laut nach ihr rufen.

Wenn sie in diesem Fall aber nach hinten ginge, um Antonia Bescheid zu geben, würde sie die offene Kasse und die auf dem Verkaufstisch verteilten Münzen aus den Augen lassen müssen.

Frau Lilienthals Enkel beobachtete sie fasziniert, was es nicht besser machte. Sie fühlte sich wie ein ekliges Insekt unter der Lupe. Eins, das die Farbe wechseln konnte, denn garantiert war sie schon wieder rot. Auf der ganzen Welt konnte es nicht noch jemanden geben, der sich so blöd anstellte wie sie. Die Wut auf sich selbst ließ ihr auch gleich wieder die Augen feucht werden. Das fehlte noch, dass sie am Ende dieses Tages vor einem Kunden in Tränen ausbrach. Dann sollte er lieber ein paar Münzen klauen. Hastig schob sie die Schublade der Kasse zu.

»Ich hole sie.«

»Warte mal«, sagte er. »Wir brauchen sie eigentlich gar nicht. Und ich wollte dich sowieso mal was fragen.« Er nahm vier Plastikkästchen aus seiner Umhängetasche und stapelte sie neben der Kasse auf.

Carolin umfasste mit beiden Händen die Kante des Verkaufstisches und zwang sich, ruhig zu atmen und ihn anzusehen. Ihre Knie wurden steif, so verkrampft stand sie da. Was, um Himmels willen, konnte er von ihr wollen? Hatte sie etwas falsch gemacht, als er mit seiner Oma in der Apotheke gewesen war?

Er musterte sie, nickte und schlug mit einer Hand leicht auf den Tisch. »Du machst es schon wieder.«

Sie hörte das Blut in ihrem Kopf rauschen. »Was …«, setzte sie an, musste sich aber erst räuspern, bevor ihre Stimme hörbar wurde. »Was denn?«

»Du siehst mich so entsetzt an, als ob ich etwas Böses getan hätte. Ich denke die ganze Zeit darüber nach, was das gewesen sein kann. Du verunsicherst mich.«

Carolin blieb vor Staunen der Mund offen stehen. Gleichzeitig ließ diese neue Peinlichkeit ihr den Schweiß ausbrechen. Jetzt hatte sie durch ihre Dämlichkeit sogar einen Kunden gekränkt. »Oh Gott, nein. Das wollte ich nicht. Ich meine: Da ist nichts. Sie haben nichts … Du hast nichts … Das bin nur ich.« Sie stammelte, aber immerhin brachte sie verständliche Worte hervor.

»Oh. War das mit dem ›du‹ nicht in Ordnung? Ich dachte nur, weil wir im gleichen Alter sind. Tut mir leid, wenn das zu plump war.«

»Duzen ist okay. Völlig in Ordnung, meine ich«, sagte sie und winkte mit der Rechten ab, während sie sich mit der Linken weiter festhielt.

Einen Augenblick lang sah er sie schweigend an, dann zuckte er mit den Schultern. »Also, das überzeugt mich nicht. Du guckst mich immer noch an, als würde ich mich unmöglich benehmen. Wahrscheinlich hast du recht. Ich hätte die Sache nicht offen ansprechen sollen. War ja klar, dass ich dich damit in Verlegenheit bringe. Ich war nur so verwirrt und dachte, ich muss das jetzt unbedingt herausfinden. Verstehst du?«

Carolin war schwindlig vor Verwirrung. Konnte es diesem Jungen, von dem sie angenommen hätte, dass sein Selbstbewusstsein durch nichts zu erschüttern wäre, tatsächlich ähnlich gehen wie ihr? »Tut mir schrecklich leid, wenn ich so wirke. Das hat gar nichts damit zu tun, wie du dich verhältst. Ich bin einfach selbst etwas … unsicher.«

Er lächelte und zog die Augenbrauen hoch. »Etwas?«

Sie lachte nervös. »Sehr.«

»Warum denn? Hätte nicht gedacht, dass du das nötig hättest.«

»Oh doch. Und wie! Ich habe dauernd das Gefühl, etwas falsch zu machen. Damit kenne ich mich bestens aus.« Sie konnte nicht glauben, dass sie das zu ihm gesagt hatte. Zu einem gleichaltrigen Mann, einem Fremden, einem Kunden! Aber es fühlte sich gut an, es ausgesprochen zu haben. Wenigstens musste er jetzt nicht mehr glauben, dass sie etwas an ihm auszusetzen hatte.

Er schüttelte den Kopf. »Antonia ließe dich bestimmt nicht hier arbeiten, wenn du viel falsch machen würdest. Und neulich, die Geschichte mit der Frau Ziegler, der du dein Fahrrad geliehen hast … Das war eine nette Geste von dir. Hat sie die Wohnung bekommen? Das wird Oma interessieren.«

Carolins Gliedmaßen entspannten sich so weit, dass sie die Tischkante loslassen konnte. Sie erzählte Patrick, was sie über Petra Zieglers erfolglose Wohnungsbesichtigung wusste, ohne ein einziges Mal ins Stocken zu geraten.

Jetzt, da sie ihn noch einmal in Ruhe ganz aus der Nähe betrachtete, bestätigte sich, dass er Stefan ähnlich sah. Haarfarbe, Kopfform und Größe stimmten jedenfalls. Und er hatte eine angenehm weiche Stimme.

Als Antonia aus dem Büro kam und sich in das Gespräch einschaltete, tat es Carolin ein bisschen leid. Andererseits wäre ihr nichts mehr eingefallen, was sie noch zu ihm hätte sagen können, sodass es wohl besser so war. Zügig erledigte sie ihre letzten Pflichten vor Feierabend, während Antonia mit Patrick über die Pillenkästchen sprach.

Sie rechnete nicht damit, dass er sie noch einmal ansprechen würde. Umso heftiger schlug ihr Herz, als er es doch tat.

»Hast du noch ein bisschen Zeit, oder musst du gleich los?«, fragte er.

»Ich habe Zeit. Warum?« Zum ersten Mal spürte sie ihren beschleunigten Puls, die Hitze und die brennenden Wangen ohne die übliche Verzweiflung.

»Hast du Lust auf ein Eis? Ich lade dich ein.«

Wie lange hatte sie davon geträumt, dass einmal ein Junge so etwas zu ihr sagte? Wenn sie dabei auch nicht diesen Jungen im Sinn gehabt hatte und Eis ihr nichts bedeutete.

Davon so lange geträumt zu haben hatte dennoch einen großen Vorteil: Sie wusste genau, was sie erwidern wollte.

»Da kann ich nicht widerstehen.«

Der Weg zur Eisdiele in der Altstadt wurde ihnen durch so viele Hochwasserstege, besorgte Anwohner, Helfer, Sandsäcke und Absperrungen schwergemacht, dass Patrick schließlich Stieleis aus dem Supermarkt holte.

Auf einem menschenleeren Spielplatz besetzten sie eine Bank in der Sonne. Von Carolins Eis brach gleich zu Anfang beim Abbeißen ein größeres Stück ab, als sie jemals freiwillig in den Mund genommen hätte. Die Zähne taten ihr davon so weh, dass sie weder die Schokolade noch das Vanilleeis schmeckte. Sie versuchte nur, so schnell wie möglich zu schlucken, damit der Schmerz nachließ.

Sie musste dabei wohl eine Grimasse geschnitten haben, denn Patrick, der sie beobachtet hatte, lachte.

»Bist du sicher, dass du Eis magst?«

Sie presste sich die Hand an den Mund, gegen ihre schmerzenden Zähne. »Nein. Eigentlich ist es mir zu kalt«, murmelte sie.

»Warum hast du das nicht vorher gesagt?«

Angestrengt betrachtete sie die rot-blauen Klettergerüste mit ihren kahlen Sandflecken darunter. *Warum hatte sie es nicht vorher gesagt?* Weil sie so lange von einem Moment geträumt hatte, in dem sie zu einem Jungen *Da kann ich nicht widerstehen* sagte. Aber das konnte sie ihm nicht erklären.

»Ich hatte es vergessen.«

Er sah sie spöttisch an. »Du hattest vergessen, dass du kein Eis magst? Dieses Mal solltest du es dir merken. Dann kannst du nächstes Mal sagen, dass dir Kaffee und Kuchen lieber wären. Oder 'ne Portion Pommes. Oder … Was magst du denn?«

Nächstes Mal? Wollte er sich noch einmal mit ihr treffen? Zaghaft begannen in ihrem Bauch ein paar Schmetterlinge mit den Flügeln zu schlagen. Sie lächelte und nahm ihren Mut zusammen, um ihm flüchtig in die Augen zu sehen, bevor sie ihren Blick wieder auf das Spielplatzinventar richtete.

»Ich fand es so nett, dass du gefragt hast, und wollte nicht kompliziert sein.«

Patrick hatte sein Eis schon halb aufgegessen. Sie fragte sich, wie er das fertigbrachte. »Frauen dürfen kompliziert sein. Es macht dich interessanter, wenn du weißt, was du willst. Auch wenn es etwas Schräges ist. Gelegentlich mal eine seltsame Meinung zu haben ist besser als gar keine.«

Carolins Eis begann zu schmelzen. Sie ließ es in den Sand neben der Bank tropfen, wo sich kleine Kügelchen aus Vanille und Staub bildeten. *Kinder mit Willen kriegen was auf die Brillen. Wenn du nichts Gescheites zu sagen hast, dann halt die Klappe. Es wird gegessen, was auf den Tisch kommt.* Niemand hatte ihr je gesagt, dass sie kompliziert sein durfte. Und sie glaubte auch nicht daran.

»Das gilt nur für Frauen, die Männer sowieso schon toll finden. Hätte ich gesagt: ›Ich mag kein Eis, ich möchte lieber ein Sardinenbrot‹, hättest du wahrscheinlich die Flucht ergriffen«, sagte sie.

»Sardinenbrot? Ist das wahr?«

Für eine Sekunde hielt er den Stiel mit seinem letzten Rest Eis ganz still und sah sie fasziniert, aber auch leicht angeekelt an.

Sie versuchte, ihr hysterisches Lachen zu unterdrücken, weshalb es wie Grunzen klang. »Nein. Das ist nicht wahr. Fisch mag ich auch nicht besonders. Zu Hause musste ich ihn immer essen. Und wenn mir eine Gräte in den Mund geraten war, durfte ich sie immer nur ganz sauber gelutscht rausnehmen, weil meine Eltern das sonst ekelhaft fanden.«

Warum hatte sie ihm das erzählt? Das war doch nun wirklich peinlich. Nun sah er noch angewiderter aus und leckte seinen Eisstiel sauber, ohne dass es ihm noch zu schmecken schien. »Ich hätte früher sofort aufgehört zu essen, wenn ich eine Gräte auf dem Teller gefunden hätte. Also gut – kein Fisch. Was dann? Soll ich übrigens dein Eis aufessen? Wäre schade drum.«

Sie reichte ihm das tropfende Eis andächtig. So war das

bei Paaren. Da aß schon mal der eine das Eis des anderen auf, wenn der nicht mehr mochte. Das Schmetterlingsgefühl in ihrem Bauch wurde stärker.

Während er sich auf das Eis konzentrierte, musterte sie ihn unauffällig von der Seite. Seine hellbraunen Haare wirkten weich. Eine Strähne fiel ihm ins Gesicht, bis zur Nasenspitze.

Das fand sie unheimlich süß. Sie musste ihm jetzt etwas sagen, was sie mochte. Nicht so furchtbar wie Sardinenbrot und nicht so langweilig wie Kuchen. Worauf sie wirklich Hunger hatte, war ein Vollkornbrötchen mit Käse und Salat – ohne Butter. Aber das war nicht sehr originell.

»Erdnussflips. Die kann ich immer essen«, sagte sie.

Er lächelte, warf auch den zweiten Eisstiel in den Mülleimer und stand auf. »Das ist doch schon besser. Ich hol dir welche.«

Sie merkte, wie sie rot wurde. Meinte er das ernst? Würde er extra wegen ihrer Erdnussflips noch einmal bis zum Supermarkt laufen?

»Das ist nicht nötig. So wichtig ist mir das jetzt nicht.«

Er seufzte und baute sich mit verschränkten Armen vor ihr auf. »Das macht dich schon wieder uninteressant. Warum stehst du nicht zu deinem Wunsch und genießt, dass du ihn erfüllt bekommst? Du wirkst total verkrampft.«

Reflexartig zog sie ihre Schultern hoch. »Tut mir leid.«

»Entschuldige dich nicht auch noch dafür! Möchtest du nun Flips, oder möchtest du keine?«

Wenn seine Stimme nicht immer noch freundlich geklungen hätte, hätte sie spätestens nach diesem Rüffel die Flucht ergriffen. Sie war nun mal keine Frau, die Männern gefiel. Sie wusste einfach nicht, wie das ging. Schon gar nicht, wenn sie vorher keine Zeit hatte, darüber nachzudenken. Da konnte sie noch so viele Filme sehen oder Liebesromane lesen – den Dreh würde sie nie herausbekommen. Schon die Frage »Flips oder nicht?« überforderte sie.

Niedergeschlagen beobachtete sie eine Ameise, die sich an ihren eingestaubten Eistropfen zu schaffen machte.

Patrick seufzte und setzte sich wieder neben sie. »Okay. Entschuldige. Das war blöd. Ich verstehe nur nicht, warum du ... Du bist doch eigentlich eine tolle Frau. Siehst nicht hässlich aus, hast eine Ausbildung in einem ziemlich schwierigen Job und kommst auch mit euren Kunden zurecht. Du hast doch gar keinen Grund, so schüchtern zu sein.«

Er sagte, dass sie keinen Grund hätte, schüchtern zu sein, und fand sie offensichtlich gleichzeitig blöd. Wenn das ihr Problem nicht wunderbar auf den Punkt brachte!

»Ich sehe nicht besonders gut aus, und meine Arbeit interessiert niemanden. Ich bin nicht absichtlich schüchtern. Das kann ich einfach nicht ändern. Und jetzt möchte ich lieber nach Hause.«

Sie stand auf und holte unnötigerweise ihren Fahrradschlüssel schon aus dem Rucksack, obwohl sie das Rad hundert Meter weit weg abgestellt hatte.

»Ach, warte doch! Sei nicht beleidigt. Ich weiß ja, wie das ist, schüchtern zu sein. Klar kannst du nichts dafür. Wie wär's, wenn wir über was anderes reden? Welchen Film hast du zuletzt gesehen?«

Ein Teil von ihr war verletzt und verzweifelt genug, um zu gehen. Doch da waren auch noch dieser Schimmer von Hoffnung und die Erinnerung an die zarten Schmetterlinge im Bauch, wo sonst allenfalls finstere Fledermäuse herumtobten. Patrick hatte seine letzten Sätze sehr schnell herausgebracht, als hätte er sie wirklich aufhalten wollen. Konnte sie gehen, ohne herauszufinden, was er von ihr wollte? Zögerlich setzte sie sich wieder. »Im Fernsehen?«

»Wo auch immer«, sagte er.

Und tatsächlich hörte er ihr zu, als sie von dem Film erzählte und danach von ihrem Lieblingsfilm. Danach fanden sie noch andere Themen, über die sie sich unterhalten konnten. Sie stammelte kaum, auch nicht, als die Schmetterlinge zurückkehrten.

Schließlich lächelte er und sah ihr in die Augen. »Wusste ich doch, dass du in Wirklichkeit nett bist.«

Sie erwiderte sein Lächeln so begeistert, dass ihre Mundwinkel fast ihre Ohren berührten. *Sag ihm, dass du ihn auch nett findest. Los, du Memme*, befahl sie sich. Doch sie brachte es nicht heraus. Ihr Herz schlug ihr schon wieder bis zum Hals.

Er stand auf. »Es ist eine Schande, aber leider muss ich jetzt los. Darf ich dich noch um einen Gefallen bitten?«

»Klar.« Carolin wusste nicht, welchen Gefallen sie ihm in diesem Moment hätte abschlagen können.

»Ich fahre morgen übers Wochenende nach Hamburg, mache mir aber ein bisschen Sorgen wegen dem Hochwasser. Würdest du mich anrufen, falls es richtig schlimm wird? Hier ist meine Karte mit der Nummer. Ich würde gern hier bei Oma bleiben, aber meine Freundin hat Geburtstag, und da will ich auf jeden Fall bei ihr sein. Sie fehlt mir sowieso schon krass.«

Carolin nahm ihm die Karte ab. Ihr Lächeln war erstarrt. »Ja. Klar«, sagte sie.

Antonia

Als Antonia am Freitagmorgen zur Apotheke kam, war Doktor Kosewitz gerade aus ihrer schwarzen Allrad-Sportkarosse gestiegen. Sie parkte immer rechts vom Gebäude, neben dem Seiteneingang der Apotheke, und ging dann über die drei Kundenparkplätze zum Eingang ihrer Praxis.

Sie begegneten sich vor der Apothekentür, und die eisige Miene der Ärztin ließ Antonia vermuten, dass sie an diesem Morgen erst recht wortlos an ihr vorübergehen würde, wenn es vorher schon nicht zu mehr als einem knappen Gruß gereicht hatte. Trotzdem wollte sie wenigstens einen Versuch machen, höflich zu sein.

»Guten Morgen. Geht es Ihnen wieder besser?«

Doktor Kosewitz blieb stehen und sah sie an, wie der Kapitän eines Kreuzfahrtschiffs den Fahrer eines Tretboots betrachten würde, das sich ihm in den Weg stellt.

»Ihnen ist offenbar nicht klar, dass Sie mich in eine der peinlichsten Situationen meines Lebens gebracht haben. Ihre kleine PTA hat dem noch die Krone aufgesetzt, indem sie dem Rettungsdienst eingeredet hat, ich wäre verwirrt und uneinsichtig. Wissen Sie eigentlich, was so etwas für mich als Ärztin bedeutet? Vielleicht können Sie sich vorstellen, dass mir heute Morgen und auch in Zukunft nicht daran gelegen ist, Ihnen über meinen Gesundheitszustand Auskunft zu geben.«

Obwohl Antonia sich schon gedacht hatte, dass die Ärztin sich nicht für ihre Hilfe bedanken würde, hatte sie doch nicht mit einer derartigen Abfuhr gerechnet. Ihr Herz schlug schneller vor Ärger. Doch sie hatte schon so lange geübt, Doktor Kosewitz gegenüber ihre Empörung im Zaum zu halten, dass es ihr auch jetzt gelang.

»Meine Mitarbeiterin hat getan, was ich auch getan hätte. Wir konnten uns bei Ihrem Zustand nicht sicher sein, ob Sie bei klarem Verstand waren. Es tut mir leid, wenn wir uns geirrt und Sie damit in eine unangenehme Situation gebracht haben.«

»Sie sollten sich in Zukunft auf den Umgang mit Ihren Medikamentenschubladen beschränken und keine Diagnosen stellen. Überlassen Sie das denen, die es studiert haben.«

Sie nickte Antonia ruckartig zu und ging weiter, nur um gleich wieder stehen zu bleiben. »Falls ich übrigens eine Rechnung über den unnötigen Krankentransport erhalte, reiche ich sie an Sie weiter.«

Damit drehte sich sich um und marschierte in Richtung Praxis.

Antonia glaubte nicht, dass die Krankenkasse diesen Einsatz des Rettungsdienstes als kostenpflichtig einstufen würde. Dennoch machte Doktor Kosewitz' letzter Satz sie noch wütender. Warum musste diese grauenhafte Person ihre Vermieterin und Inhaberin der Praxis sein, die für die Apotheke so wichtig war? Und warum hatte sie sie nicht einfach auf dem Parkplatz liegen lassen? Hätte sie ihre Kopfschmerzen doch ruhig dort auskurieren sollen.

So schlecht, wie der Tag mit dieser Begegnung begonnen hatte, setzte er sich fort.

Carolin kam zwar pünktlich zur Arbeit, war jedoch blass um die Nase und klagte auf Antonias Nachfrage hin über Magenschmerzen. Gegen Mittag, als eben der neue Hausmeister nach einer Dreiviertelstunde nervenzerrüttendem Lärm seine Kehrmaschine ausstellte und wieder auf den Anhänger verlud, ließ Antonia Carolin nach Hause gehen. Den Nachmittag über hatte sie dann so viel mehr zu tun als erwartet, dass sie kaum eine Atempause bekam.

Erst eine Stunde vor Feierabend verebbte der Strom, und sie kam wieder ein wenig zu sich. Wenig später parkte Helen ihren roten Peugeot vor der Apotheke. Sie fuhr so langsam auf den Parkplatz, dass Antonia ihr Gesicht nicht sehen musste, um zu wissen, wie es ihr ging.

Je niedergeschlagener Helen war, desto langsamer und vorsichtiger fuhr sie. Was bedeutete, dass sie seit Monaten ziemlich langsam fuhr, wenn nicht sogar seit Jahren.

Antonia kannte sie, seitdem sie vor sechzehn Jahren nach Sebastians und Mickies Geburt ein Krankenhauszimmer miteinander geteilt hatten. Und sogar bei ihren ersten Autofahrten allein mit ihrem winzigen Säugling auf dem Beifahrersitz war Helen zügiger und selbstsicherer gefahren.

Ihren fuchsienfarbenen Lieblingsschal hätte Antonia darauf verwettet, dass Tom für Helens Kummer verantwortlich war. Doch das Thema war seit ihrem letzten Zusammenprall im *Café Elbufer* wieder zu einem heißen Eisen geworden, und sie musste sich verkneifen, etwas in der Richtung anzudeuten.

Helen kam herein, lächelte und sah umwerfend feminin und gepflegt aus – Kummer hin oder her. Sie war immer gut angezogen und hatte das richtige Make-up auf ihrem hübschen Gesicht. Keiner ihrer beiden Söhne würde je zu ihr sagen, dass ihre Haare beschissen aussähen. Und ihr versoffener Ehemann hielt sie mit Liebesschwüren und wahrheitsgetreuen Lobliedern auf ihr Aussehen bei der Stange.

Antonia hängte die letzte Handvoll Pinzetten und Nagelknipser an den Verkaufsständer und ging Helen dann um den Verkaufstisch herum entgegen, um sie in die Arme zu schließen.

»Hast du Zeit?«, fragte Helen.

Antonia bejahte, doch eine Dreierkolonne von vorüberfahrenden Sandsacktransportern übertönte ihre Worte mit Motorenlärm. Direkt vor der Apotheke verlor der dritte Traktor einen Teil seiner Ladung. Die oberen zehn Säcke rutschten vom Anhänger und schlugen so unglücklich auf dem Bürgersteig auf, dass einige von ihnen platzten. Der Fahrer des Traktors schien es nicht zu bemerken oder nicht für nötig zu halten, sich darum zu kümmern – er fuhr weiter.

Antonia überlegte einen Augenblick, ob es Sinn hatte, ihm nachzulaufen, seufzte dann aber nur. Fünf Minuten vor Feierabend, die Kassenabrechnung war noch nicht erledigt, Rechnungsbeträge nicht überwiesen, Helen hatte etwas auf dem Herzen, das sie loswerden musste, und der Bürgersteig musste gefegt werden, denn der Hausmeister würde erst nach dem Wochenende wiederkommen. Wo konnte sie den Sand loswerden? Was für ein Glück, dass sie sich nicht darauf eingelassen hatte, die Partyzelte erst heute aufzubauen!

»Ich helfe dir beim Fegen«, sagte Helen, die den Unfall gemeinsam mit ihr beobachtet hatte.

Antonia winkte ab. »Das brauchst du nicht. Lass uns erst einen Kaffee trinken.«

»Wenn wir es jetzt zusammen machen, können wir die Säcke gleich bei mir ins Auto legen. Oder wolltest du sie hier lagern? Die Apotheke wird doch garantiert trocken bleiben.«

»Kannst du mit den Säcken etwas anfangen? Machst du dir Sorgen um euer Haus?«

Helen zuckte mit den Schultern. »Flussaufwärts wird ein Pegelrekord nach dem anderen gebrochen. Ausgeschlossen ist es nicht, dass das Wasser bis zu uns kommt.«

»Also gut, wenn du die Säcke haben möchtest, fegen wir gleich gemeinsam. Aber vorher brauche ich wenigstens ein Glas Wasser.«

Antonia hätte Helen das Hantieren mit den Säcken, die zwar nicht sonderlich groß, aber schwer waren, gern erspart. So lange, wie ihre Freundin schon langsam Auto fuhr, litt sie nämlich auch unter Schulter- und Nackenschmerzen.

Andererseits würde sie auch froh sein, wenn die Sache schnell erledigt war.

Als sie mit zwei Gläsern Wasser aus der Teeküche zurückkehrte, läutete der Türgong mit einem besonders hässlichen Störgeräusch, und Doktor Kosewitz kam herein.

»Ihnen ist schon klar, dass Sie das da draußen heute noch wegmachen müssen, oder? So kann niemand auf den Parkplatz. Und unabhängig vom Hausmeister ist der Fegedienst für Straße und Bürgersteig vertraglich noch immer Ihre Pflicht.«

Antonia merkte, wie Helen sich versteifte. Sie war kurzzeitig Patientin bei Doktor Kosewitz gewesen, hatte aber die Praxis gewechselt, weil sie von Antonias Schwierigkeiten mit ihr wusste. Was Antonia ihr hoch anrechnete.

»Wir wollten das gleich machen«, sagte Helen. Ihre gespitzten Lippen verrieten ihre Empörung.

Doktor Kosewitz nickte zufrieden. »Aber Sie haben noch geöffnet, oder nicht? Ich möchte eine Schachtel Migränoxal, bitte.«

Antonia konzentrierte sich darauf, die Wassergläser sicher auf dem Tischchen zwischen den Kundensesseln abzustellen, und wandte sich erst danach mit einem tiefen Atemzug und mildem Lächeln an Doktor Kosewitz.

»Natürlich, gern.«

Sie reichte ihr die Migränetabletten, kassierte und verabschiedete sich zuvorkommend, während sie sich insgeheim vorstellte, wie das Leben der überheblichen Ärztin durch ihren Missbrauch von Schmerzmedikamenten aus der Bahn geraten würde, bis sie demütig an der Apothekentür betteln käme.

Helen hatte den Austausch zwischen ihr und Doktor Kosewitz schweigend beobachtet. »Was war das denn?«

»Wenn ich nicht von ihr abhängig wäre, hätte ich mich geweigert, ihr etwas zu verkaufen.«

Während sie die Sandsäcke aufsammelten und den Bürgersteig fegten, erzählte Antonia Helen die Geschichte von Doktor Kosewitz' Zusammenbruch, bis hin zu Carolins Angst vor der Ärztin. »Ich frage mich, ob Carolin deshalb heute solche Magenschmerzen hatte«, endete sie.

Helen schüttelte lachend den Kopf. »Wer weiß, vielleicht hat Patrick sie betrunken gemacht, und sie ist zum ersten Mal in ihrem Leben verkatert.«

Im nächsten Moment versiegte ihr Lachen, die Fröhlichkeit war wie weggeblasen.

Antonia musterte sie besorgt. »Können wir jetzt noch einen Kaffee trinken? Oder musst du gleich los?«

»Ich bin heute sowieso allein. Es soll nur nicht so spät werden, weil ich viel im Haus zu tun habe. Staubsaugen und Wäschewaschen sind überfällig.«

Antonia wurde sofort vom schlechten Gewissen geplagt. »Wird es dir zeitlich zu viel, wenn du morgen zum Helfen zu mir kommst?«

Helen nickte auf eine unentschlossene Art. »Darüber wollte ich auch mit dir reden.«

Ein Anflug von Panik ergriff Antonia, als sie Helen in die Teeküche voranging. Wenn nun auch noch Helen als Helferin absprang, verlor sie den letzten seelischen Beistand bei der Organisation ihrer Feier.

»Ist dir etwas dazwischengekommen? Kannst du mir trotzdem eine Weile helfen, oder gar nicht?«

»Ich möchte dir auf jeden Fall helfen, aber … Wäre es für dich in Ordnung, wenn Tom mitkäme?«

Um Helen nicht vor den Kopf zu stoßen, hätte Antonia ohne zu zögern mit »Aber natürlich« antworten müssen. Das wusste sie, und dennoch schwieg sie. Tom war am Sonntag mit eingeladen, und schon das fand sie schlimm genug. Zuzusehen, wie er sich mit seinem übersprudelnden Charme stundenlang in den Mittelpunkt spielte und dabei immer betrunkener und auch immer peinlicher wurde, war unangenehm. Helen würde sich im Laufe des Tages zunehmend anstrengen, ihre Scham zu überspielen, und dabei immer weniger sie selbst sein. Das konnte Antonia nur schwer aushalten.

Tom schon bei den Vorbereitungen dabeizuhaben, würde es noch anstrengender machen. »Ich kann mir nicht vorstellen, dass Tischdekoration und Girlandenaufhängen sein Fall sind.«

»Darum geht es nicht. Du fändest doch bestimmt noch etwas anderes für ihn zu tun.«

Antonia lächelte gezwungen. »Das klingt ein bisschen so, als wäre er ein Kind, das du nicht allein zu Hause lassen willst. Kann er dir nicht morgen das Staubsaugen und Wäschewaschen abnehmen, während du bei mir bist?«

Zu spät bemerkte sie, dass Helen auch diese Frage als Kritik an ihrem Mann auffassen musste. Nun würde sie ihn wieder verteidigen oder zum Gegenangriff übergehen.

Helen setzte sich an den Küchentisch und stützte den

Kopf in die Hände. »Warum musst du ihn immer angreifen? Es ist doch schon schwierig genug. Ich würde dir gern etwas erzählen, aber auf diese Art kann ich das nicht.«

Antonia hielt beim Reinigen der Kaffeemaschine inne, legte den Filter aus der Hand und setzte sich zu Helen. »Was ist denn los?«

»Erst musst du mir versprechen, dass du dich nicht darüber lustig machst. Keine zynischen Bemerkungen! Diese Sache ist wichtig für mich.«

Helens Miene war so ernst, dass Antonia daran nicht zweifelte. »Gut, ich versprech's. Worum geht es?«

»Tom hat mir geschworen, dass er ab morgen nichts mehr trinken wird. Wir haben uns gestern gestritten, weil er heute wieder zu seinem blöden Stammtisch geht. Wir waren noch nie so … Ich war noch nie so deutlich. Und er hat es tatsächlich eingesehen. Wenigstens hat er das gesagt. Nun ist es aber so, dass ich glaube … Wenn er morgen allein zu Hause ist, wird er nicht widerstehen können. Es wäre besser, wenn ich bei ihm bin.«

Antonia blutete das Herz. Wie verblendet musste Helen sein, dass sie Tom seinen Schwur noch abnahm?

»Er hat das vorher schon mal versprochen, oder?«, fragte sie so behutsam wie möglich.

»Ich glaube, dieses Mal ist es ihm ernst. Er braucht nur etwas Unterstützung.«

»Du kannst doch nicht die ganze Zeit auf ihn aufpassen. Hast du ihm vorgeschlagen, dass er sich professionelle Hilfe suchen könnte?«

»Darauf würde er sich nie einlassen. Wahrscheinlich wäre es auch wirklich übertrieben. Wer weiß, was für Drogenabhängige da herumhängen? Zu denen gehört er doch nicht.«

Nun bereute Antonia, dass kein Kaffee vor ihr stand.

Sie hätte sich an der Tasse festhalten und einen großen Schluck nehmen können, um sich die spitzen Bemerkungen zu verkneifen. Aus beruflichem Interesse hatte sie sich auch mit Drogenabhängigkeit und Alkoholismus beschäftigt. Wenn sie dabei eins gelernt hatte, dann dies: dass ein Mensch zuerst einmal einsehen musste, dass er ein echtes Problem hatte, bevor er sich von seiner Krankheit befreien konnte.

In diesem Fall klang es allerdings so, als ob nicht einmal Helen sich endlich die ganze Wahrheit eingestand.

»Wird er es nicht seltsam finden, wenn du ihn bittest mitzukommen?«

Helen schwieg einen Moment und schien sich nun ebenfalls einen vollen Kaffeebecher zu wünschen.

Doch dann hob sie den Blick und sah Antonia flehend in die Augen. »Ich dachte, du könntest ihn vielleicht darum bitten. Wenn du ihm sagst, dass du noch Hilfe brauchst, wird er sicher nicht nein sagen.«

Antonia musste schlucken. Tom war seit langer Zeit klar, dass sie ihn nicht mochte. Auch Monty war nicht befreundet mit ihm. Um ihn glaubhaft um Hilfe zu bitten, würde sie heucheln und lügen müssen. Wenn sie sich vorstellte, mit ihm zu sprechen und dabei einen Kniefall zu machen, statt ihm um die Ohren zu hauen, was sie von ihm hielt, wurde ihr schlecht.

Andererseits hatte ihr Helen in den sechzehn Jahren, die sie sich kannten, noch nie ihre Hilfe ausgeschlagen. Und vielleicht wusste sie ja doch, was sie tat.

»Also gut. Ich rufe nachher bei euch an und spreche mit ihm.«

Ihre Freundin schien nicht ganz so erleichtert zu sein wie erwartet. »Lieber morgen Vormittag. Heute ist er beim Stammtisch.«

»Wie lange bleibt er denn da? Ich kann auch danach noch anrufen. Morgen Vormittag muss ich noch einiges erledigen.«

»Wenn er nachher vom Stammtisch kommt, wird er bestimmt zu müde sein, um über den Samstag nachdenken zu wollen.«

Antonia musterte sie wortlos. Schon wieder musste sie sich auf die Zunge beißen. *Zu müde?* Oh nein, wahrscheinlich würde er es zur Feier seines Abschieds vom Alkohol noch einmal richtig krachen lassen. Und Helen schützte ihn, so wie sie es immer tat.

Sie seufzte. »Ach, Helen! Ich wünsche dir so sehr, dass es klappt. Aber glaubst du wirklich, dass er es schafft?«

Helen wich ihrem Blick weiterhin nicht aus, was bei diesem Thema ungewöhnlich war. »Wenn er es dieses Mal nicht durchzieht, werde ich ihn verlassen.«

Sie sagte es so ruhig und bestimmt, dass außer Antonia wohl kaum jemand an ihrem Vorsatz gezweifelt hätte.

»Hast du ihm das gesagt?«

Helen schüttelte den Kopf und ließ den Blick ziellos durch die Teeküche schweifen. »Das musste ich nicht. Ich bin sicher, dass er es weiß.«

»Okay. Und dann?«

»Was ›dann‹?«

»Was machst du, wenn du ihn verlassen hast?«

Helens Miene veränderte sich schlagartig von Gelassenheit zu Wut. Sie schlug mit der Hand gegen die Tischkante. »Warum kannst du das nicht lassen? Du gibst ihm überhaupt keine Chance! Ich weiß, dass du ihn nicht magst, aber ich liebe ihn nun mal. Ich glaube, dass er es schaffen wird.«

Hastig hob Antonia beide Hände. »Tut mir leid. Ich wollte nicht … Ich rufe morgen Vormittag bei euch an und bitte ihn, okay? Mir wird schon etwas einfallen, wozu wir seine Hilfe brauchen. Meinst du, er würde den Gartenteich reinigen und den Zaun dahinter ausbessern? Das wollte ich schon seit Wochen tun, bin aber nicht dazu gekommen.«

»Er wird bestimmt tun, worum du ihn bittest. Was macht Monty denn morgen?«

»Die Zapfanlage holen und aufbauen. Wenn er nicht zur Feuerwehr muss. In dem Fall müssten wir das auch noch übernehmen.«

Helen lehnte sich in ihrem Stuhl zurück und verschränkte die Arme. »Herrje, Toni. Ist es wirklich richtig, diese Feier stattfinden zu lassen? Hoffentlich endet es nicht doch so, dass die Hälfte eurer Gäste nicht kommen kann, weil sie beim Hochwasserschutz mitarbeiten oder in ihren Häusern festsitzen.«

»Jetzt fang du nicht auch noch mit der Unkerei an.«

»Na ja, du hast gut reden. Euer Haus und die Apotheke sind sicher.«

»Trotzdem wäre mir die Feier bei so einer Katastrophe bestimmt nicht nur verleidet, weil die Hälfte meiner Gäste nicht kommen kann. Glaubst du, ich würde nicht mit den Betroffenen mitleiden, wenn es so weit käme?«

»Entschuldige, das meinte ich nicht. Ich bin nur nervös. Das Wasser, die Sache mit Tom – und ich fände es wirklich furchtbar, wenn das Fest am Sonntag eine Enttäuschung für dich wird. Du hast so viel Energie hineingesteckt. Wären die Umstände nicht so unglücklich, hätten wir alle jeden Grund, uns auf den Tag zu freuen.«

Zum ersten Mal ging Antonia auf, was ihre Einladung für viele von ihren Gästen derzeit bedeutete. Sie sorgten sich um ihre Häuser, überlegten, ob sie etwas in Sicherheit bringen mussten, beobachteten die Pegelstandsberichte und Voraussagen und engagierten sich beim Hochwasserschutz. *Und am Sonntag müssen wir auch noch zu Kronenbergs. Müssen die ausgerechnet jetzt feiern?*

Hätte sie vielleicht doch alles verschieben sollen? Aber es war schwierig genug gewesen, den Termin zu finden – zwischen Apotheken-Notdiensten, Kieswerk-Nachtschichten und Urlaubsplänen von Freunden und Verwandten. Von der vielen investierten Arbeit und dem Geld ganz abgesehen.

Um jetzt noch abzusagen, war es zu spät. Sie hatte so lange auf dem Termin beharrt, dass sie keinen Rückzieher mehr machen konnte. Das wäre einfach zu peinlich gewesen.

»Es wird schon keine Enttäuschung werden. Du wirst sehen, am Ende waren die ganzen Sorgen unnötig. Man macht sich vorher doch immer zu viele Gedanken.«

Als Antonia die Eingangstür der Apotheke, die zum Lüften offen gestanden hatte, zumachte, bemerkte sie, dass auf der Bank vor dem Schaufenster jemand saß.

»Herr Hartmann? Ist alles in Ordnung?«

Er hatte den einen Fuß auf das Knie des anderen Beins gelegt, was Antonia für sein Alter ziemlich gelenkig fand. Als er sie hörte, stellte er den Fuß hastig wieder ordentlich neben den anderen. Nun sah Antonia, dass neben ihm auf der Bank ein in Cellophan gehüllter Blumentopf mit einer weißen Minirose stand.

»Guten Abend, Frau Kronenberg. Ich bin nur gekommen, um Ihnen dieses Blümchen vor die Tür zu stellen. Zu Ihrem Hochzeitsjubiläum. Aber dann habe ich den offenen Eingang gesehen und gehört, dass noch jemand hier ist. Und …« Er unterbrach sich und sah sie mit nachdenklich gerunzelter Stirn an.

Antonia vermutete, dass ihr Gesicht ihre Entgeisterung verriet. Ihr Hochzeitstag! Sie hatte ihn vergessen. Und das trotz all der Aufregung um die Feier. Oder gerade deshalb? Der Kummer über ihre Unachtsamkeit versetzte ihr einen Stich. Hatte Monty morgens eine Andeutung gemacht? Hatte er nur nichts gesagt, weil sie nichts gesagt hatte? Oder hatte er ihr eigentliches Jubiläum auch vergessen?

Sie starrte die Rose an, und ihre Kehle schnürte sich zu. Herr Hartmann war zu nett, als dass sie ihn so warten lassen durfte. Daher zwang sie sich zu einem Lächeln, obwohl sie nun eigentlich nur noch nach Hause wollte.

»Das mit der Blume ist sehr nett von Ihnen. Sie ist wunderschön.«

Er nickte geistesabwesend. »Ihre Freundin ist auch noch da?«, fragte er.

»Sie spült unsere Gläser ab. Wir wollen gleich gehen.«

»Frau Kronenberg, es ist mir unangenehm, das zuzugeben, aber ich war eben vorne in der Apotheke, als Sie beide sich unterhalten haben. Ich wollte eigentlich rufen, aber dann habe ich gehört, dass Sie ein ernstes Gespräch führen, und mochte Sie nicht unterbrechen. Sie zu belauschen war nicht meine Absicht, das schwöre ich, aber es ist trotzdem etwas zu mir herausgedrungen.« Er brachte sein Geständnis nicht flüssig vor, sondern stockte alle paar Worte und machte tief im Hals ein Geräusch, das zwischen Stöhnen und Räuspern lag. Seine Hände zuckten.

Rasch ließ Antonia ihr Gespräch mit Helen Revue passieren. Was hatte der arme Herr Hartmann gehört, das ihn so betreten machte?

»Der Mann Ihrer Freundin ist ein Trinker«, nahm er ihr die weitere Überlegung ab.

Sie nickte zögerlich.

Herr Hartmann ließ sich von ihrem Nicken anstecken

und hörte gar nicht wieder damit auf, auch nicht, als er weitersprach. »Ob ich es wagen darf, ihr einen Rat zu geben?«

Was für eine Art Rat würde der Rentner Helen geben? »Kennen Sie sich mit dem Problem aus?«

»Oh ja. Aus nächster Nähe. Ich weiß, wie es sich anfühlt, mit einem Alkoholiker zu leben. Und ich weiß, welche Fehler Partner machen. Fehler, die auch Ihre Freundin macht.«

Die Geschichte wühlte ihn sichtlich auf. Mittlerweile war er sogar ins Schwitzen gekommen. War seine Frau alkoholkrank gewesen? Antonia hatte sie nicht oft zu Gesicht bekommen und konnte sich kaum an sie erinnern.

»Toni, kommst du?« Helen kam zur Eingangstür.

Antonia blieb keine Zeit mehr nachzudenken, also winkte sie Helen heran. »Herr Hartmann hat aus Versehen einen Teil von unserem Gespräch mit angehört, und das beschäftigt ihn. Er würde gern mit dir darüber sprechen.«

Helen kniff argwöhnisch die Augen zusammen. Langsam trat sie aus der Apotheke und begrüßte Herrn Hartmann. Mit verschränkten Armen blieb sie in sicherer Entfernung von ihm stehen, als könnte sie so ihre Geheimnisse vor ihm und sich selbst vor seinen Worten schützen.

»Ich habe gehört, dass Ihr Mann zu viel trinkt«, sagte der Rentner. Die Finger seiner beiden Hände waren fest ineinander verknotet.

Helen sagte nichts, sondern sah ihn nur weiter misstrauisch an.

»Sie werden sich denken, das ginge mich nichts an. Und eigentlich haben Sie recht. Aber als Sie eben über Ihren Mann sprachen … Lieben Sie ihn noch?«

Antonia erwartete, dass Helen schnell und eindeutig bejahen würde. Doch ihr Gesicht wirkte verschlossen. »Das geht Sie tatsächlich nichts an.«

Herr Hartmann nickte wieder, auf dieselbe unaufhörliche Weise wie zuvor, und erhob sich. »Richtig. Aber ich sage es Ihnen trotzdem, auch wenn Sie mir nicht zuhören möchten: Wenn Sie Ihren Mann lieben, dann verlassen Sie ihn! Sagen Sie ihm, dass Sie nicht länger mit einem Alkoholkranken zusammenleben möchten, und gehen Sie. Ziehen Sie aus, lassen Sie sich scheiden. Treffen Sie sich nicht mit ihm. Lassen Sie ihn nicht einmal seine Kinder sehen, wenn Sie es verhindern können.«

Helen atmete vor Empörung hörbar tief ein. Abrupt wandte sie sich ab und machte zwei schnelle Schritte zurück zur Tür. Erst von dort aus richtete sie noch einmal das Wort an Herrn Hartmann. »Ich habe Sie nicht um Ihren Rat gebeten.«

Seine Antwort darauf wartete sie nicht ab, sondern stürmte durch den Verkaufsraum ins Hinterzimmer.

Antonia musterte ihren alten Stammkunden besorgt. »Tut mir leid. Aber was Sie da gesagt haben, klang wirklich hart.«

Er schüttelte den Kopf, ebenso unaufhörlich, wie er zuvor genickt hatte. Antonia wurde allmählich schwindlig vom Zusehen.

»Manche Dinge müssen gesagt werden. Vielleicht wird sie später verstehen, was ich meinte.« Er hob den Topf mit der weißen Rose von der Bank auf und reichte ihn Antonia – noch immer kopfschüttelnd. In seiner Miene spiegelte sich sein Gefühlstumult.

»Hat Ihre Frau getrunken?«, fragte sie sanft.

Er sah sie erstaunt an, beendete das Kopfschütteln. Ein Lächeln huschte über sein Gesicht. »Nein. Nicht sie. Ich«, sagte er.

Eine gute Stunde später als üblich schlüpfte Antonia vor dem Schuhregal aus den weißen Arbeitsclogs, in denen sie gedankenverloren nach Hause gegangen war. Aus der Küche drang der gute Geruch von angebratenen Zwiebeln, Knoblauch und Tomatensoße.

Annika steckte den Kopf aus der Tür. »Da bist du ja endlich. Papa hat gekocht. Wir wollten gerade aufhören, auf dich zu warten. Die Nudeln sind bestimmt schon matschig.«

Antonia hätte sich über diesen Empfang freuen sollen. Stattdessen stellte ihr argwöhnisches Unterbewusstsein ihr Fragen. Warum hatte niemand angerufen, um ihr zu sagen, dass sie auf sie warteten? Hatten die drei nur aus Höflichkeit gewartet, oder weil sie gern mit ihr zusammen essen wollten? Oder hatte Monty doch noch eine kleine Überraschung zum Hochzeitstag geplant? Darauf wagte sie nicht zu hoffen.

Als sie nach einem Umweg über das Badezimmer in die Küche kam, standen die gefüllten Pastateller schon auf dem Tisch. Mickie schaufelte sich Parmesankäse darauf, Monty drehte über seinem Teller die Pfeffermühle, und Annika wälzte mit dem Salatbesteck den Inhalt der großen Glasschüssel um, aus der Monty und sie seit zwanzig Jahren ihren Salat aßen.

Sie setzte sich wortlos auf ihren Platz und beobachtete ihren Mann, der sie bisher noch nicht einmal begrüßt, geschweige denn ihren Hochzeitstag in irgendeiner Weise gewürdigt hatte. So wenig wie ihre ältere Tochter. Die beiden tauschten Pfeffermühle und Parmesandose und lachten sich dabei an. Auch darüber hätte sie sich freuen können, wusste sie. Doch sie fühlte sich einfach nur ausgeschlossen.

Sie hätte Monty gern von ihrem Tag erzählt. Von der grässlichen Kosewitz, Carolin, den Sandsäcken, Helens

Sorgen und Herrn Hartmann. Von ihren Zweifeln wegen der Feier. Früher hätte sie das getan. Über einen vergessenen Hochzeitstag hätten sie allenfalls Witze gemacht. Und die Mädchen hätten meistens zugehört, vielleicht ein paar naive oder altkluge Bemerkungen dazu gemacht – wie Kinder das eben taten.

An diesem Abend jedoch wurde sie von dem Gefühl beherrscht, dass sie ein Dreiergespann der Ablehnung gegen sich haben würde, ganz gleich, was sie erzählte.

Niedergeschlagen nahm sie ihre Gabel zur Hand und begann lustlos, ein paar Spaghetti aufzudrehen.

»Mama, geht's dir nicht gut? Ist irgendwas?«, fragte Annika.

Auf einmal hielten alle in ihren Bewegungen inne und sahen sie an.

»Alles in Ordnung?« Monty schien tatsächlich jetzt erst zu bemerken, dass sie da war. Und seine Miene war besorgt. Sowohl besorgt als auch erschöpft.

Sofort schämte sie sich für ihr Selbstmitleid. Trotzdem hatte sie keine Lust, den dreien etwas über ihren Tag zu erzählen. »Alles in Ordnung. Ich bin nur total k. o.«

Mickie sprach an einem Mundvoll Spaghetti vorbei. »Nicht, dass du am Ende krank wirst. Wir haben uns alle morgen frei genommen, um dir zu helfen.«

Das brachte Antonia nun doch zum Lächeln, wie verkorkst die Situation auch sein mochte. »Das finde ich großartig.«

Annika senkte die volle Gabel auf den Teller, bevor sie sich mit von Tomatensoße unbeflecktem Mund zu Wort meldete. »Tja, so sind wir. Die schlechte Nachricht ist: Die Frau vom *Café Elbufer* rief vorhin an. Sie kann den Kuchen nicht liefern. Sie räumen morgen die Küche und lagern die Vorräte aus.«

Auf einmal fühlte sich Antonia sogar von der Aufgabe überfordert, Spaghetti auf ihre Gabel zu wickeln. Müde legte sie das Besteck aus der Hand und griff nach ihrem Wasserglas.

Monty sprach mit wenigstens halb vollem Mund. »Ist doch nicht so schlimm. Kein Mensch braucht unbedingt Kuchen.«

Mickie lachte. »Auch keine Marzipan-Sahne-Torte?«

Er nahm einen tiefen Zug Bier aus seinem Glas und wischte sich den Schaum aus dem Bart. »Besonders keine Marzipan-Sahne-Torte. Ist sowieso schlecht für die Linie. Da genieße ich lieber mein Bier.«

Antonia erhob sich mühsam von ihrem Stuhl. »Entschuldigt, aber ich lege mich lieber hin. Ich bin entsetzlich müde.«

Petra

Petra hockte in ihrem noch ungemachten Bett auf dem Schlafsofa im Wohnzimmer und flickte zum sicher fünften Mal mit kleinen Stichen den Saum ihrer Übergangsjacke. Wenn die Naht wieder geschlossen war, ging die Jacke noch als anständiges Kleidungsstück durch, unter dem sich ein ausgebeultes Sweatshirt einigermaßen verstecken ließ. Für die nächste Wohnungsbesichtigung wollte sie vorbereitet sein – auch wenn sie noch nicht in Aussicht stand.

Draußen fingen die Vögel gerade erst an zu singen, aber sie hatte nicht mehr schlafen können. Kurz hatte sie überlegt, in die Küche zu schleichen, um sich eine Tasse Tee zu kochen.

Fünfzig Beutel in einer Schachtel, die Schachtel zu neunundsechzig Cent, machte pro Beutel … Ihr Taschenrechner lag ebenfalls in der Küche, aber es musste mehr als ein Cent sein. Ein Cent erschien wenig, aber sie wusste zu gut, dass nur hundert davon schon ein Euro waren. Und hundert Mal hatte man eine Gewohnheit schnell wiederholt.

Einen Tee zu kochen wäre nur eine Gewohnheit, sie brauchte ihn nicht wirklich. Stattdessen hatte sie sich mit etwas Nützlichem beschäftigt.

Entgegen ihrem ersten Vorsatz hatte sie drei Tage zuvor ihren Vermieter angerufen und ihm gestanden, dass sie es vielleicht nicht schaffen würde, rechtzeitig eine neue

Wohnung für sich und die Kinder zu finden. Eigentlich hatte sie ihm nur von dem zerstörten Waschbecken berichten wollen, was schlimm genug war. Dann hatte sie sich irgendwie verplappert und schließlich sogar angedeutet, dass er ihr womöglich rein rechtlich gar nicht so ohne Weiteres kündigen konnte, weil Eigenbedarf streng geregelt wäre.

Gleich nachdem sie es gesagt hatte, hatte sie gewusst, wie dumm das gewesen war.

Der Mann war am Telefon ausgeflippt. Am Ende hatte er ihr damit gedroht, das Haus gewaltsam zu räumen und große Container mitzubringen, in die er ihre Habe entsorgen würde. Im Grunde gehöre ihr Ramsch ja ohnehin auf die Deponie, das könne er sich vorstellen.

Nicht daran denken, Petra, mahnte sie sich. Kein Wunder, dass sie nicht schlafen konnte, wenn sie das grauenhafte Gespräch immer wiederkäute wie ein Rind auf der Wiese. Sie hatte davon schon einen miesen Geschmack im Mund.

Die Zahnpastatube war schon wieder leer. Und das, obwohl ihr dieser wunderbare Trick eingefallen war. Sie zog die kleine Verschlussfolie von der Tubenöffnung nicht mehr ab, sondern durchstach sie mit einer Stopfnadel. So war die Öffnung nur ein Viertel so groß, und die Kinder verbrauchten viel weniger, auch wenn sie einen Strang über die ganze Zahnbürste drückten. Ein Glück, dass sie sich alle freiwillig regelmäßig die Zähne putzten. Sie selbst hatte das als Kind nicht gern getan.

Zum Zahnarzt musste sie mit den Kindern trotzdem. Vor allem mit Marvin war ihr das unangenehm. Der Zahnarzt würde wieder davon sprechen, dass der Junge bald eine Zahnspange brauchte. Und sie hatte sich noch nicht erkundigt, wie viel sie so etwas kosten würde.

Eins nach dem anderen. Zuerst die neue Wohnung.

Sorgfältig vernähte sie den Faden und schnitt ihn ab. Was nun? Samstag – die Kinder würden noch lange schlafen.

Sie hätte sicher mehr Sachen zu flicken gefunden, doch dazu hätte sie in den Kinderzimmern nachsehen müssen. 5.30 Uhr. Womit lenkten andere Leute sich ab, wenn sie nicht schlafen konnten und Sorgen hatten? Fernsehen? Lesen? Das war nichts für sie, es machte sie nur noch rastloser.

Kurzentschlossen zog sie sich an, übersah bewusst das übliche Durcheinander von Kinderschuhen und -jacken im Flur und schlüpfte leise aus dem Haus in ihren Garten. Träge knipste sie mit den Fingern tote Blätter von den Dahlien, befestigte eine Ranke der traumhaften blauen Clematis neu, die der Wind von ihrem Gitter losgerissen hatte. Dann fiel ihr Blick auf die Schildchen, die Isa für ihre Irispflanzung gebastelt hatte, und ihr wurde bewusst, dass sie all ihre Pflanzen verlieren würde, wenn sie in eine Wohnung ohne Garten ziehen musste.

Müde setzte sie sich im Schneidersitz auf den vom Tau feuchten Rasen. Selbst in einen neuen Garten würde sie nicht alles umsiedeln können. Eine Pflanze nach der anderen ging sie in Gedanken durch. Die Hortensie, die Rosen, den kleinen rosa Azaleenbusch, die lila Herbstastern …

Ein wohlbekanntes Geräusch ließ sie innehalten und lauschen. Sie hörte das Pochen eines Gehstocks und langsame Schritte, die die Straße heraufkamen.

Petra war nicht nach einem Gespräch am Gartenzaun zumute, auch wenn sie gern gewusst hätte, warum Frau Lilienthal um diese Zeit schon unterwegs war. Sie rückte näher zur Hecke, die sie vor dem Blick ihrer alten Lehrerin verbergen würde. Auch eine freundlich gemeinte Nachfrage nach dem Stand ihrer Wohnungssuche würde sie vor dem Frühstück aus der Fassung bringen. Nichts wäre ihr peinlicher, als der armen, alten Frau Lilienthal an der Gartenpforte stehend etwas vorzuheulen.

Die schlurfenden Schritte näherten sich, gingen an der Hecke vorbei und kamen bei der Pforte zum Stillstand.

Petras Herz schlug schneller, und sie fühlte sich schuldig. Hatte Frau Lilienthal sie entdeckt? Dabei erwischt zu werden, wie sie sich vor ihr versteckte, wäre sogar noch peinlicher, als vor ihr in Tränen auszubrechen. Sollte sie aufstehen oder so tun, als ob sie schliefe?

Frau Lilienthal knisterte mit einer Plastiktüte, und auf einmal begriff Petra: Samstags hing meistens das Katzenfutter an der Pforte. Die Entdeckung versetzte ihr einen Hieb.

Frau Lilienthal kehrte um und wanderte den Berg langsam wieder hinab.

Petra legte die Hände auf ihr Gesicht. Sosehr die Freundlichkeit der alten Frau sie rührte, so sehr schmerzte es, dass auch die sie als Almosenempfängerin betrachtete. Seit vielen Jahren lebte sie mit der Selbstverständlichkeit, dass sie sich Stolz nicht leisten konnte und nehmen musste, was sie bekam. Das Katzenfutter hatte sie all die Monate über dankbar angenommen und nur oberflächlich darüber nachgedacht, wer der Spender sein könnte.

Sie hätte es nicht erklären können. Doch nun, da sie wusste, dass Frau Lilienthal dahintersteckte, fühlte sie sich beschämt. Auf einmal drückte die Last ihrer ewigen Bedürftigkeit sie nieder. Die ständige Pflicht, sich dankbar zu zeigen, ohne es je vergelten zu können, wurde ihr so klar bewusst, dass sie sich völlig kraftlos fühlte.

Sie war mit ihren Kindern der Gesellschaft eine Last. So wie sie Frau Lilienthal eine Last waren, die vor Tagesanbruch eine schwere Tüte den Berg hinaufschleppte, damit sie, Petra, sich den Luxus eines Haustiers leisten konnte.

Insgeheim würde Frau Lilienthal das denken, was alle dachten: *Warum hat diese Frau, die nichts hat und nichts kann, so viele Kinder in die Welt gesetzt? Hätte sie nur eins, könnte sie sich auch das Futter für ein Haustier leisten – egal wie dumm sie ist.*

Tränen der Wut rollten Petra über die Wangen. Ihre Kinder standen ihr deutlich vor Augen. Was war das für eine traurige Welt, die Kinder nicht willkommen hieß?

Sogar auf Frau Lilienthal war sie nun wütend – dafür, dass sie sie mit ihrer Mildtätigkeit beschämte. Ruckartig stand sie auf, schnappte sich die Tüte mit dem Katzenfutter und trat auf den Bürgersteig hinaus. Sie konnte die alte Lehrerin noch sehen, wie sie unten über die Straße ging und in die Altstadtgasse abbog, die sie zu ihrem mit viel Geld und Mühe herausgeputzten Fachwerkhäuschen führen würde. Frau Lilienthal hatte sicher niemals Geldsorgen gekannt.

Wenn sie noch nicht so weit weg gewesen wäre, wäre Petra ihr nachgelaufen und hätte ihr das Katzenfutter wieder in die Hand gedrückt. Doch jetzt, da sie außer Sicht war, verpuffte Petras Antrieb, und sie blieb mit hängenden Schultern stehen.

Kater Konrad erkannte die Plastiktüte und wusste, was darin war. Er kam aus der Hecke geschlüpft, wo Petra ihn gar nicht bemerkt hatte, und rieb seinen Kopf an ihrem Knie. Sie wischte sich mit dem Ärmel die Tränen aus dem Gesicht und sah dem Kater eine Weile tatenlos dabei zu, wie er schnurrend um ihre Aufmerksamkeit warb. Dann griff sie seufzend in die Tüte und holte eine von seinen heißgeliebten Knabberstangen ans Licht.

»Du kannst ja nichts dafür«, sagte sie, während sie ihn damit beglückte.

Antonia

Nachdem Antonia eine Nacht über ihren Frust und Kummer geschlafen hatte, lichtete sich ihre schlechte Laune. Hatte sie ihre Welt am Abend noch untergehen sehen, trank sie ihren Frühstückskaffee schon wieder wesentlich zuversichtlicher. Es war nicht das erste Mal, dass einer von ihnen den Hochzeitstag vergessen hatte. Vielleicht hatte Monty geglaubt, sie würden einfach den ganzen Anlass auf den Festsonntag verschieben. Sie beschloss, bis zum nächsten Tag nicht mehr darüber nachzudenken.

Ihre Familie hatte es noch nicht bis in die Küche geschafft, doch sie hörte sie bereits in ihren Zimmern und im Bad rumoren. Vor ihr lag die Liste von Dingen, die noch zu erledigen und zu besorgen waren.

Bei Tageslicht wusste sie nicht mehr, warum es sie so getroffen hatte, dass das *Café Elbufer* keinen Kuchen liefern würde: Ein schneller Besuch an der Tiefkühltruhe des Supermarkts, und das Problem wäre gelöst. Viele ihrer Gäste würden den Unterschied nicht bemerken.

Monty würde mit ihr das Leihgeschirr abholen und die Einkäufe machen, Mickie den Rasen mähen, Annika die gewöhnlichen Haushaltsaufgaben übernehmen. Und nachmittags konnte sie sich in aller Ruhe gemeinsam mit Helen um die Dekoration kümmern. Oder hätte es in aller Ruhe tun können, wenn die Sache mit Tom nicht gewesen wäre.

Sie blies so entnervt in ihren Kaffee, dass kleine Wellen gegen den Tassenrand brandeten. Das würde der unangenehmste Anruf werden, den sie seit langer Zeit getätigt hatte.

Für eine Weile vergaß sie ihn, als nach und nach ihre Töchter und ihr Mann am Frühstückstisch eintrudelten. Alle waren auffallend nett zu ihr und nett zueinander, was schön war, ihr aber schon wieder das Gefühl gab, dass die drei in einem geheimen Einvernehmen standen, von dem sie ausgeschlossen war. Doch solange es dabei so harmonisch zuging, wollte sie sich nicht beschweren.

Sie verteilte die Aufgaben behutsam, um den Frieden nicht zu gefährden, doch ihre Vorsicht schien unbegründet. Weder beschwerte sich Mickie über das Rasenmähen, das sie gewöhnlich als sinnlos verachtete, noch Annika über das Toilettenputzen, vor dem sie sich sonst oft theatralisch ekelte.

Auch Monty fügte sich ohne viele Worte in ihre Anweisungen und bot sogar an, die Besorgungen ohne sie zu machen, damit sie mehr Zeit für sich hätte. Das Angebot hinterließ bei ihr gemischte Gefühle. Einerseits meinte er es wahrscheinlich nur gut, andererseits schien es ihm um die Gelegenheit, etwas mit ihr zusammen zu unternehmen, wieder nicht leidzutun.

Sie ließ ihn dennoch allein losfahren, räumte die Küche auf und ging dann in den Garten, um Mickie zu helfen.

Ihre Große trug heute schwarze Leggins und ein ausgewaschenes lila Shirt, dessen Ausschnitt so weit war, dass es dauernd von den Schultern rutschte. Sie schob den Rasenmäher mit verbissener Konzentration.

Der Anblick war so fremdartig, dass es Antonia ein wenig gruselte. Als Mickie pausierte, um den Graskorb zu leeren, konnte sie sich eine Bemerkung dazu nicht verkneifen.

»Was ist denn heute bloß in euch gefahren? Ihr seid ja richtig arbeitswütig.«

Mickie rang sich ein Lächeln ab. »Alles für dich, Muttchen. Sollst deine Party haben.«

Nichts wäre geeigneter gewesen als diese Worte, um ihr das Gefühl zu geben, ein eigensinniges Kind zu sein, das auf einem unvernünftigen Wunsch beharrte. Seufzend ließ sie sich auf der nächstgelegenen Bierbank nieder.

»Ist es denn wirklich so blöd, dass ich mir diese Feier wünsche?«

Ihre Tochter zuckte mit den Schultern. »Während um uns herum die halbe Welt Notdeiche aufschüttet und Kellerfenster zunagelt, meinst du? Na ja, geht so.«

»Aber das haben wir alle schon so oft mitgemacht, und es ist nie etwas passiert.«

Mickie bückte sich und nahm den Grasfangkorb vom Mäher ab. »Wir verstehen dich ja«, sagte sie und schenkte ihr ein weiteres gezwungenes Lächeln, bevor sie zum Komposthaufen marschierte.

Woraufhin Antonia sich noch kleiner fühlte.

Mit dem Kopf voller Zweifel hielt Antonia sich wenig später das Telefon ans Ohr und wartete darauf, dass Helen oder Sid ihren Anruf annahm. Tom und Sebastian gingen nur selten freiwillig ans Telefon. Deshalb fühlte sie sich überrumpelt, als sich doch Tom meldete.

»Hallo, Tom. Hier ist Antonia«, brachte sie heraus und fragte sich erneut, warum sie sich auf diese merkwürdige Verschwörung eingelassen hatte.

»Antonia! Grüß dich. Helen hat mir schon erzählt, dass ihr heute noch Unterstützung braucht. Das muss dir doch nicht unangenehm sein. Klar komme ich mit. Wär' doch gelacht, wenn wir eure Bude nicht rechtzeitig partyfein kriegen würden. Ich würde an deiner Stelle nichts auf diese Unkerei geben. Hochwasser: Das haben wir jedes Jahr. Deswegen lassen wir uns doch nicht das Feiern verderben. Wir lassen uns nicht die Laune verregnen, stimmt's?«

Er lachte laut über sein Wortspiel. Dabei klang er so heiser und verkatert, dass Antonia erraten konnte, wie sein Stammtischabend verlaufen war.

In ihr brach der letzte Damm. Wie in einem Traum hörte sie sich sagen: »Das ist toll von dir, Tom. Aber eigentlich rufe ich an, um Helen und dir zu sagen, dass die Party ausfällt. Ich habe mir überlegt, alles abzublasen.«

Das Schweigen am anderen Ende der Leitung gab ihr reichlich Zeit, sich Toms verblüfftes, übernächtigtes Gesicht vorzustellen. Zumindest würde seine Gesellschaft ihr an diesem Tag erspart bleiben, wenn die Absage auch sonst nur Ärger machte.

»Okay. Ich sage es Helen. Die steht gerade in der Küche und macht so eine scheißkomplizierte Torte für dich. Wird sich freuen. Aber nichts für ungut. Deine Entscheidung.«

»Ja. Grüß sie von mir und sag ihr, dass es mir leidtut. Ich rufe sie heute Abend an.«

Nachdem sie aufgelegt hatte, saß sie eine Weile still da und dachte an all die Dinge, die sie rückgängig machen musste. Sie hatte sich so darauf gefreut, mit Helen den Garten, die Zelte und Tische zu schmücken, dass sie sich nicht nur um die Freude der Feier betrogen fühlte. Ein märchenhaftes Bild hatte sie vor Augen gehabt. Weiße Laternen, Laternen in Orange- und Gelbtönen, Fackeln, rote Servietten in Blütenform, Efeuranken auf den Tischen. Dazwischen die Leckereien des Buffets. Helen hatte ein Händchen für Dekorationen und hatte viele Ideen beigesteuert. Was sie schmückte, sah immer originell und edel aus.

Antonia nahm Bleistift und Zettel zur Hand, um die neue Liste von Erledigungen anzulegen. Noch bevor sie den ersten Punkt zu Papier gebracht hatte, legte sie den Stift wieder aus der Hand. Stattdessen nahm sie eine Tafel Vollmilchpraliné aus dem Schrank – die einzige Schokoladensorte, die ihre ganze Familie liebte – und ging auf die Suche nach ihren Töchtern.

Sie fand sie bei ihrem Vater im Carport beim Auto. Der Kofferraum stand offen. Tiefgefrorene Kuchen, Grillfleisch und Getränke warteten darauf, ausgeladen zu werden, doch die drei unterhielten sich nur. Erneut überkam Antonia das Gefühl, aus ihrer Gemeinschaft ausgeschlossen zu sein. Zumal die Unterhaltung verstummte, als die drei sie entdeckten.

»Wollten gerade ausladen«, sagte Monty.

Antonia riss die Schokolade auf und hielt sie auffordernd in die Runde. Zögerlich, beinah misstrauisch bedienten sie sich, nahmen jeder das übliche Viertel.

»Es fällt mir nicht leicht, das zu sagen. Aber ich habe gerade beschlossen, die Party abzusagen.«

Annika, die als Einzige ihr Schokoladenstück noch zwischen den äußersten Kuppen von Zeigefinger und Daumen hielt, um sich möglichst wenig vollzuschmieren, stieß einen überraschten Quiekser aus. »Warum das denn jetzt plötzlich?«

Monty sagte nichts, sondern sah auf die Uhr.

Mickie klatschte in die Hände. »Bravo, Muttchen. Ich bin stolz auf dich. Wenn wir schnell das Zeug hier in die Gefriertruhe bringen, können wir mit dem Tag alle noch etwas anfangen.«

Beherzt schnappte sie sich einen Plastikkorb mit Grillfleisch und machte sich auf den Weg zur Haustür. Bevor sie hineinging, drehte sie sich noch einmal um. »Falls du bald losfährst, Paps, kannst du mich dann bei Felix absetzen?«

Endlich blickte Monty Antonia flüchtig in die Augen, nur um ihrem Blick schuldbewusst gleich wieder auszuweichen. Er kratzte sich den Bart und rückte das Warndreieck im Kofferraum zurecht. »Wir sprechen gleich darüber.«

Annika hopste kurz auf der Stelle wie ein wesentlich kleineres Mädchen und stürzte sich dann auf den verbliebenen Inhalt des Kofferraums. »Ich will auch mit. Könnt ihr warten, bis ich mich umgezogen habe?«

»Muttchen, Telefon für dich!«, rief Mickie aus der Haustür und wedelte mit dem Telefon.

Wortlos drückte Antonia ihrem verlegen dastehenden Mann das zusammengeknüllte Schokoladenpapier in die Hand und ging ins Haus.

Ausnahmsweise setzte Antonia sich mit dem Telefon in ihren Lehnsessel im Wohnzimmer, bevor sie sich meldete. Sie würde sowieso den Rest des Tages mit Telefonieren verbringen.

»Toni, hier ist Inge. Was hat Mickie mir da eben erzählt: Du sagst die Party ab? Ist etwas nicht in Ordnung? Hast du dich mit Monty gestritten? Das passiert ja leicht bei solchen Gelegenheiten. Große Feiern, Urlaub, Hausbau … Ich hatte mich schon damals bei eurem Hausbau gewundert, dass ihr euch nicht in die Haare kriegt. All diese Kompromisse! Nichts Halbes und nichts Ganzes. Niemand bekommt das, was er wirklich gern möchte, sondern immer nur …«

»Inge!«, fuhr Antonia sie an, bremste sich jedoch gleich darauf. Sie holte tief Luft, um nicht ihren ganzen Frust über ihre Mutter zu entladen. »Wir haben uns nicht gestritten. Es herrscht eine extreme Hochwasserbedrohung, falls du davon noch nichts mitbekommen hast. Alle sind sehr nervös, und ich habe heute endlich begriffen, dass die meisten Leute gerade Wichtigeres im Kopf haben, als ein Gartenfest zu feiern.«

Ihre Mutter schnalzte mitfühlend mit der Zunge. »Da hast du natürlich recht. Trotzdem tut es mir leid für dich. Ich hatte den Eindruck, dass dir dieses Fest ausgesprochen wichtig war. Hast du denn so viele Absagen bekommen?«

Antonia hielt verdutzt inne. Keiner ihrer geladenen Gäste hatte abgesagt. Hatten sie das alle bis auf den letzten Drücker aufgeschoben?

»Nein, das nicht. Aber es liegt ja auf der Hand, dass es nicht der richtige Zeitpunkt zum Feiern ist.«

»Ach, Toni, das würde ich nicht sagen. Gerade in schwierigen Zeiten tut es Menschen gut zusammenzurücken, sich etwas Gutes zu tun und dem Schicksal ein wenig Trotz zu bieten. So wie bei uns hier in der WG, weißt du? Wir werden alle alt, und das gefällt keiner von uns, aber gemeinsam können wir es ertragen. Wer weiß, ob es deinen Gästen nicht gutgetan hätte, sich ein paar Stunden bei dir entspannen zu dürfen und sich auszutauschen?«

Allmählich wünschte Antonia, dass sie nie auf die Idee gekommen wäre, dieses Fest zu feiern. »Wir werden es nicht erfahren, denn ich werde jetzt gleich anfangen, allen abzusagen.«

»Sei doch nicht gleich so patzig. Ich verstehe dich ja. Sagst du mir hiermit auch ab? Wir haben uns seit Wochen nicht gesehen. Wie wäre es, wenn ich trotzdem vorbeikäme? Ich habe hier auch noch ein neues veganes Kochbuch für Annika und eine Dose Eiweiß-Super-Konzentrat, damit –«

»Ja, großartig. Komm vorbei, Annika freut sich bestimmt. Ich muss jetzt weitermachen. Wir sehen uns morgen.«

Sie sehnte sich in dieser Situation nicht nach einem Treffen mit ihrer Mutter. Aber sie hatten sich wirklich lange nicht gesehen. Und auf diese Art hätte der ruinierte Sonntag wenigstens noch einen Nutzen. Außerdem war es die schnellste Art, sie jetzt für den Moment loszuwerden.

Da sie sich nun einmal mit dem Telefon niedergelassen hatte, kramte sie die Gästeliste aus dem Papierstapel auf ihrem Lesetischchen und wählte die erste Nummer, ohne noch länger darüber nachzudenken.

Sie war in ein Gespräch mit einer ehemaligen Kollegin vertieft, als Monty den Kopf zur Wohnzimmertür hereinsteckte und ihr zum Abschied zuwinkte. »Wir fahren jetzt.«

Sie spürte einen Stich, weil es weder ihm noch den Mädchen wichtig war, das Drama der gescheiterten Party wenigstens noch mit ihr zu besprechen, bevor sie sich anderen Dingen zuwandten. Doch um das zu erwähnen, war es wieder einmal nicht der passende Moment.

Helen

Helen hatte Antonia ihre späte Absage nicht übelgenommen. Eher war sie froh gewesen, weil sie es ihr erleichterte, Tom im Auge zu behalten.

Und es hatte funktioniert. Obwohl die »Abschiedsfeier« mit seinem Stammtisch ihn verkatert hatte und er sichtlich unter Nachdurst litt, trank er nur Unmengen Mineralwasser.

Kein einziges Mal versuchte er, mit ihr um eine kleine Ausnahme zu feilschen. Nicht einmal Witzeleien über ihre puritanische Strenge leistete er sich. Alles in allem zeigte er eine Entschlossenheit, seinem Vorsatz treu zu bleiben, die Helen so noch nicht an ihm erlebt hatte.

Am Samstagabend hatte sie mit Antonia telefoniert, die erschöpft und traurig geklungen hatte. Ihre Gäste hatten die Absage verständnisvoll aufgenommen und ihr darin beigepflichtet, dass es vermutlich besser wäre, das Fest zu verschieben – angesichts des für die kommenden Tage angekündigten Scheitelpunkts der Flutwelle. Die meisten allerdings hatten auch betont, dass die drohende Katastrophe sie nicht davon abgehalten hätte, zu Antonias Porzellanhochzeit zu kommen. Sie waren entweder nicht direkt betroffen oder längst gut vorbereitet.

Daher hatte Antonia am Ende des Tages wieder daran gezweifelt, ob ihre Entscheidung richtig gewesen war.

Helen hatte beschlossen, dass sie ihre Freundin auf jeden Fall am Sonntag besuchen würde, um sie aufzuheitern. Tom hatte sich angeboten, sie zu begleiten, ohne dass sie darum hatte bitten müssen. Seine Hilfe würde nun ja vielleicht beim Abbauen statt beim Aufbauen gebraucht, meinte er.

Sebastian verließ das Haus am Sonntag gleich nach ihrem gemeinsamen Frühstück ohne Erklärung. Helen konnte Toms Ärger darüber nur mildern, indem sie ihn daran erinnerte, dass die Liebe unwiderstehliche Anziehungskraft hatte.

Sid hatte sich in sein Zimmer zurückgezogen. Helen suchte ihn dort auf, um ihn zu fragen, ob er sie zu Antonia begleiten wollte. An seiner Tür hing seit einem Jahr ein am PC ausgedrucktes Schild, auf dem »Privat. Bitte klopfen« stand, und Helen hielt sich daran.

Ein zögerliches »Ja?« antwortete ihr.

Sid teilte ihre Vorliebe für eine sorgfältig ausgewählte Einrichtung. Zu seinem zehnten Geburtstag hatte er neue Möbel bekommen, weil Helen die alten zu kindlich und das Bett zu klein erschienen waren. Er hatte sich ein schlichtes, stilvolles Jugendzimmer in hellem, blau abgesetztem Birkenholz ausgesucht, wie auch Helen selbst es für ihn gewählt hätte. Es war nicht billig gewesen, doch da in Helen immer das Gefühl mitschwang, an Sid etwas gutmachen zu müssen, hatte sie den Kauf durchgesetzt.

»Wozu braucht er so viele Regale? Er liest doch gar nicht«, hatte Tom sich beschwert.

»Das kommt vielleicht noch. Bis dahin wird ihm schon etwas einfallen, was er hineinstellen kann«, hatte sie erwidert.

Sid war etwas eingefallen, allerdings nicht so, wie Helen es sich vorgestellt hatte. Immer, wenn sie sein Zimmer nun betrat, schauderte sie ein wenig.

»Mein Schatz, möchtest du mit zu Antonia?«, fragte sie.

Er saß an seinem aufgeräumten Schreibtisch und sah sie mit einem geistesabwesenden Ausdruck an. Vor ihm lag eine Kladde, die bereits zur Hälfte mit sauber geschriebenen Listen gefüllt war. Es war das Inventar aller Gegenstände, die er besaß, mit dem Datum, an dem er sie bekommen hatte, einer kurzen Beschreibung und dem Ort, an dem sie sich befanden.

Dazu hatte er seine Regale durchnummeriert und ihre Fächer von oben nach unten mit Buchstaben bezeichnet. An jedem Regalplatz hing ein Schild, auf das er das Ding geschrieben hatte, das dort lag oder stand.

»Nr. 7. Star Wars, Millenium Falcon, gold-weiß«

»Nr. 23, Schukarton, grün, Schleichtiere, 14 Stück«

»So ist es viel leichter, Ordnung zu halten«, sagte er, wenn sie ihn fragte, warum er das tat.

»Geht Papa auch mit?«, fragte Sid jetzt.

»Ja.«

Seine Augen weiteten sich. »Ich bleibe hier.«

Helen entschied sich, nicht nachzuforschen, was das eine mit dem anderen zu tun hatte.

»Antonia würde sich bestimmt freuen, dich zu sehen.«

»Da habe ich aber nichts zu tun.«

»Und hier?«

Sid klopfte grinsend auf seine Kladde. »Hier schon.«

Helen musterte ihn skeptisch. Er schien verdächtig fröhlich bei dem Gedanken, allein zu bleiben. Andererseits machte ihr Kleiner so gut wie nie Unsinn.

»Ich weiß nicht, wann wir zurück sein werden.«

Er zuckte mit den Schultern. »Ihr könnt euch ruhig Zeit lassen. Ist ja genug zu essen im Kühlschrank. Ich esse die Frikadellen von gestern und so. Und wenn etwas los ist, rufe ich dich an.«

Woraufhin ihr kaum etwas anderes übrig blieb, als ihn auf die Wange zu küssen und sich zu verabschieden.

Auf Helens Klingeln an Antonias Haustür hin öffnete niemand, als sie um kurz nach vierzehn Uhr mit einer gelungenen Marzipan-Sahne-Torte dort eintrafen. Doch aus dem Garten waren Stimmen zu hören, denen sie um das Haus herum folgten.

Auf der Rasenfläche zwischen den drei alten Apfelbäumen und Antonias Heilkräuterbeet, rechts und links von ihrem Gartenteich mit dem wasserspeienden kleinen Nilpferd, standen zwei große Partyzelte. Sie waren mit parallel ausgerichteten Biertischen und -bänken bestückt. Der Rasen war kurz gemäht, und alle Gartenmöbel im Freien zu kleinen Sitzgruppen aufgestellt. Mehr war von den vergeblichen Festvorbereitungen nicht sichtbar. Gäste allerdings waren reichlich anwesend. Nicht nur Antonias Mutter Inge saß in einem der bequemen Gartensessel, sondern noch sechs weitere Personen, die Helen nicht alle kannte. Zwei runde Tische, um die man sich niedergelassen hatte, waren provisorisch mit kleinen Leckereien gedeckt, die offenbar die Gäste mitgebracht hatten.

Antonia verschwand gerade mit einem leeren Tablett ins Haus, sodass Helen, die bei solchen Gelegenheiten meist kurz fremdelte, zögerte. Tom nahm ihr die Torte ab, legte seinen freien Arm um ihre Schultern und schob sie auf die Runde der Gäste zu.

»Da kommen wir ja gerade rechtzeitig«, sagte er in seinem charmantesten Tonfall, präsentierte Antonias Gästen die Marzipan-Sahne-Torte und stellte sich und Helen vor.

Helen lächelte, drückte Hände und war heilfroh, als Antonia aus dem Haus zurückkam. Wer wusste, ob diese Leute nicht ein besonderer, geschlossener Kreis waren, den sie kurzfristig statt ihrer Vielzahl von Gästen eingeladen hatte?

Ein Blick in Antonias Gesicht beruhigte sie. Ihre Freundin schien erleichtert darüber zu sein, sie zu sehen.

Als sie wenig später gemeinsam in der Küche standen, um weitere Teller, Kaffee und Besteck zu holen, verlieh Antonia ihrer Anspannung mit einem lauten Schnaufen Ausdruck. »Seit heute Vormittag um elf Uhr geht das so. Leute kommen und gehen. Wollen nur mal sehen, wie es mir geht, sagen sie. Und dafür sorgen, dass ich nicht auf einer Unmenge Kuchen sitzen bleibe. Dabei war der ganze Kuchen doch tiefgefroren. Ich habe heute Vormittag ein paar aus der Kühltruhe genommen, aber die sind immer noch nicht aufgetaut. Ein Glück, dass du die Marzipantorte mitgebracht hast. Du bist wirklich ein Goldstück.«

Geschickt nahm sie zwei von den Tortenstücken von der Platte und legte sie auf einen Kuchenteller, den sie im Kühlschrank verstaute.

»Für Monty?«, fragte Helen.

Antonia blickte ihr in die Augen, und Helen wurde sich bewusst, dass ihre Freundin noch nie vorher so unglücklich ausgesehen hatte. »Dabei will er sie gar nicht mehr«, sagte sie und stieß ein gepresstes, trauriges Lachen aus.

Helen wurde endgültig klar, dass hinter Antonias Partyabsage mehr steckte als die Hochwasserpegelstände. »Wo ist er denn heute? Und wo sind Annika und Mickie?«

»Mickie ist gestern Abend nicht nach Hause gekommen. Angeblich hat sie bei ihrer Freundin übernachtet. Aber ich wette, sie ist bei Felix. Monty ist gleich nach dem Frühstück in Feuerwehrmontur ins Kieswerk gefahren. Und Annika hat er mitgenommen. Entsprechend ist meine Mutter beleidigt, weil ihre Lieblingsenkelin es nicht für nötig hielt, Zeit mit ihr zu verbringen. Schuld bin natürlich

ich, weil ich Annika nicht zurückgehalten habe. Aber als die beiden wegfuhren, kam schon der erste Besuch, und ich habe es in dem Moment einfach vergessen, sie an ihre Oma zu erinnern. Ich weiß auch nicht, warum im Moment alles schiefgeht.«

Helen stellte die letzten Gläser aufs Tablett, verschränkte die Arme und lehnte sich gegen die Spüle. »Du bist doch nicht so verzweifelt, weil deine Mutter beleidigt und Mickie ungezogen ist. Oder weil Monty keine Torte mehr mag. Was ist denn wirklich los?«

Vorübergehend schien Antonias ganze Aufmerksamkeit davon gefesselt, Schachteln von Tiefkühlkuchen flachzudrücken und in die Altpapierkiste zu werfen. Schließlich wandte sie sich Helen zu, und in ihren Augen standen Tränen.

»Diese Feier hat ihn nie interessiert. Und ich glaube, ich interessiere ihn auch überhaupt nicht mehr. Ich fühle mich schrecklich allein.«

Mit hängenden Armen stand sie da und hatte kaum noch Ähnlichkeit mit der tatkräftigen, fröhlichen Frau, als die Helen sie kannte.

Von Mitgefühl überwältigt, nahm Helen ihre Freundin in den Arm. »Aber Toni, du bist doch nicht allein! Selbst wenn Monty sich nicht mehr für dich interessieren sollte – was ich gar nicht glaube –, bist du nicht allein. Oder warum, glaubst du, sind die Leute da draußen heute zu dir gekommen? Doch nicht, um deinen eisigen Kuchen zu essen!«

Antonia ließ sich ihre Umarmung gefallen und schniefte ein paarmal, dann machte sie sich vorsichtig los.

»Ich weiß, was du denken musst. Meine Probleme sind keine echten Probleme. Aber ich habe mir immer gewünscht, mein Leben mit Monty und einer glücklichen Familie zu verbringen. Und nun …«

Sie schniefte und zog mit energischen Bewegungen ein Taschentuch aus einer Packung.

»Soviel ich weiß, hast du dir noch andere Dinge gewünscht als das. Du hast so viel erreicht, worauf du stolz sein kannst«, sagte Helen.

Ihr Trost hatte keine Wirkung auf Antonia. Im Gegenteil: Ihre Schultern sackten noch weiter nach unten. Sie sah zu Boden und schüttelte den Kopf. »Ich glaube, mein Ehrgeiz ist an allem schuld. Vielleicht habe ich damit alles kaputt gemacht. Die ganze Zeit habe ich mich darauf konzentriert, meine eigenen Ziele zu erreichen, während Monty sich um die Mädchen gekümmert hat. Und jetzt ist es zu spät, um es wiedergutzumachen.«

Helen riss gereizt die Klappe von der Packung, als sie ein neues Taschentuch für Antonia herauszog. »Nun hör aber auf. Du bist keine Rabenmutter. Und Monty hat sich nie darüber beschwert, dass du eigene Ziele hast.«

»Ich weiß. Aber jetzt …«

Die Haustürklingel schnarrte dreimal. Antonia machte entsetzte große Augen, ging aber, um zu öffnen.

Helen hörte eine ganze lebhafte Familie hereinplatzen, nahm eine weitere Handvoll Besteck aus der Schublade und ging mit ihrem vollen Tablett wieder in den Garten.

Einer von Antonias männlichen Gästen, dessen Namen sie bereits wieder vergessen hatte, ging mit einer Flasche in der Hand um den Tisch und schenkte ein.

Helen fühlte, wie ihre Schultern sich versteiften. Sie beobachtete Tom, der sich auf seine leutselige Art in dieser wie in jeder anderen Runde zu Hause fühlte. Das hatte sie früher an ihm bewundert – seine Fähigkeit, auch mit Fremden schnell ins Gespräch zu kommen. Inzwischen wusste sie, dass diese Gespräche nie etwas berührten, was sie selbst für wichtig hielt.

Der Mann mit der Flasche schenkte Tom in sein auf dem Tisch stehendes Glas ein, und er wehrte es nicht ab. Tat, als ob er es nicht bemerkte.

Vielleicht war es nur Wasser. Helen schnaubte verächtlich über ihren schwachen Versuch, sich selbst zu belügen. Als sie den Tisch erreichte, setzte sie ein herzliches Lächeln auf, ergänzte fehlendes Geschirr und nahm Tom ohne Aufhebens sein Glas weg.

Mit dem Tablett zusammen stellte sie es auf dem Nachbartisch ab. Bei ihrer Rückkehr zu ihrem Sitzplatz tauschte sie einen langen Blick mit ihrem Mann. Sie hatte erwartet, dass er zumindest ein wenig zerknirscht sein würde. Doch seine Miene war ausdruckslos. Immerhin machte er keine Bemerkung, sodass ihr Eingreifen und ihr kleiner Konflikt die anderen Anwesenden nicht zu einem Kommentar verlockten – falls sie überhaupt etwas davon bemerkt hatten.

Einen Moment später erwischte Helen Antonias Mutter dabei, wie sie Tom scharf musterte. Sie fragte sich, ob Antonia mit Inge über Tom und sie gesprochen hatte. Im Gegensatz zu Helens eigener Mutter war Inge eine querdenkerische Frau. Sie hatte ausgeprägte Ansichten und ließ sich durch Abweichungen von der Norm nicht leicht schockieren. Ihr naturgrauer Kurzhaarschnitt war moderner als der von Antonia.

So eine Mutter hatte Helen sich immer gewünscht – eine erfahrene, weltoffene Frau, die ihr in schwierigen Situationen einen ernstzunehmenden Rat geben konnte. Ihre eigene Mutter war christlich erzogen – eine gläubige Hausfrau und so weltfremd, dass Helen ihr nie von ihren Problemen erzählt hatte. Ein Alkoholiker war für ihre Mutter eine furchteinflößende Abnormität. Ebenso für ihren abstinenten Vater.

Tom hielt sich von ihren Eltern fern.

Ohnehin waren sie inzwischen beide zu alt, um sie mit Sorgen zu behelligen, für die es keine einfache Lösung gab.

Geistesabwesend hatte Helen die Gesprächsteilnehmer der Tischrunde angesehen, ohne zu hören, was sie sagten. Daher schrak sie ein wenig zusammen, als Antonias Mutter sie ansprach.

»Helen, wie ist es denn mit euch? Habt ihr euer Haus gegen das Hochwasser gesichert?«

Tom antwortete schneller, als Helen sich sammeln konnte.

»Bis zu uns ist das Wasser noch nie gekommen. Wir müssen uns keine Sorgen machen.«

Eine ehemalige Arbeitskollegin von Antonia, der Helen schon früher auf ihren Geburtstagsfeiern begegnet war, drohte ihm mit dem Zeigefinger. »Damit sind dieses Mal flussaufwärts schon einige Leute auf die Nase gefallen. Wo liegt euer Haus denn?«

Helen schilderte ihr die idyllische Einzellage ihres Hauses, das sie auf dem Gelände eines alten Bauernhofs neu gebaut hatten. Wieder antwortete ein anderer Gast darauf – ein Mann mit Halbglatze und Brille, der intelligent aussah und möglicherweise Antonias Cousin war. »An eurer Stelle würde ich wenigstens den Keller ausräumen.«

»Wir haben keinen Keller«, erwiderte Tom.

Helen dachte an die Sandsäcke, die sie in der Garage abgelegt hatte. Wenn sie es sich richtig überlegte, hatte sie keine Ahnung, wie man damit am sinnvollsten ein Haus schützte.

»Wie dichtet man denn Türen am besten ab?«, fragte sie.

»Schatz!«, sagte Tom in einem Tonfall, der beruhigend klingen sollte, aber seine Genervtheit verriet.

Die anderen ließen sich davon nicht abhalten, Helen jede ihnen bekannte Methode zu erörtern, mit der man seine Habe vor dem Wasser schützen konnte.

Mittlerweile war auch Antonia mit den neuen Gästen hinzugekommen, die gleich etwas zum Thema beitragen konnten, indem sie die jüngsten Nachrichten zitierten.

Der Scheitelpunkt der Flutwelle, der sich den Fluss hinunter auf Jeetzeburg zubewegte, hatte in den stromaufwärts liegenden Gebieten katastrophale Schäden verursacht.

Helens mulmiges Gefühl verdichtete sich. Es war nicht nur, dass sie an ihrem Zuhause und ihrer Einrichtung hing. Der Gedanke, dass ernste Flutschäden am Haus entstehen könnten, für die keine Versicherung aufkam, machte ihr Angst. Die Baukosten waren noch lange nicht abbezahlt, und von der Vorstellung, einen weiteren Kredit aufnehmen zu müssen, bekam sie Herzrasen.

Am liebsten hätte sie sich sofort verabschiedet, um sich an die Arbeit zu machen und ihre Türen abzudichten. Doch zum einen hatte sie das Gefühl, dass Antonia sie noch brauchte, zum anderen wusste sie, dass Tom sich sträuben würde.

So hielt sie aus und half ihrer Freundin dabei, die wechselnden Gäste zu versorgen.

Kurz vor der Abendbrotzeit bekam Antonia einen Anruf von ihrer Co-Apothekerin Beate, die sie darum bat, ihr den Nacht-Notdienst abzunehmen. Beate wurde als Babysitter für ihr dreijähriges Enkelkind gebraucht, weil ihre schwangere Tochter mit verfrühten Wehen zur Beobachtung in der Klinik war und ihr Schwiegersohn für den Notfall flexibel sein wollte.

Antonia sagte zu, was ihr ähnlich sah. Helen wunderte sich nur darüber, dass sie es nicht zu bedauern schien.

»Willst du wirklich nach diesem Tag die Nacht in der Apotheke verbringen? Ist dir das nicht zu einsam und zu anstrengend?«

Antonia zuckte müde mit den Schultern. »Wir sind verpflichtet, den Notdienst zu machen. Außer Beate und mir käme nur Marianne infrage, und die ist im Urlaub. Die PTAs dürfen es nicht allein. Was soll's, ich habe nichts dagegen. Ehrlich gesagt, bin ich sogar froh, dass ich jetzt einen Grund habe, alle hier rauszuwerfen. In einer Stunde muss ich in der Apotheke sein.«

Als sie wieder zu den Gästen hinausgingen, saß auf einmal Annika auf dem Stuhl neben Inge. Ihre Jeans war dreckig, aus ihren aufgesteckten Haaren hatten sich Strähnen gelöst, die ihr von der Sonne gerötetes Gesicht umspielten, und ihr rosa T-Shirt war verschwitzt. Noch am Vortag hätte Helen geschworen, dass Antonias hübsche Vierzehnjährige sich in so einem Zustand niemals sehen lassen würde, geschweige denn sich zu den Gästen ihrer Mutter gesellen. Doch da saß sie und erzählte angeregt ihrer Oma etwas, bei dem auch alle anderen zuhörten.

Oma Inge wandte sich Antonia zu. »Warum hast du mir das denn nicht gesagt, Toni?«

»Was denn?«

»Na, dass deine Tochter eine freiwillige Hochwasserhelferin ist.«

Antonia blieb stehen, als wäre sie gegen eine unsichtbare Schranke gerannt, und sah Annika an. »Hast du den ganzen Tag bei den freiwilligen Helfern verbracht?«

Annika nickte. »Und bei der Feuerwehr. Wir haben geholfen, einen Notdeich zu bauen. Vor Schondorf. Wenn es funktioniert, bleibt das Dorf vielleicht trocken. Tanja wohnt da, weißt du? Die Leute machen sich alle richtig Sorgen. Das Wasser ist jetzt schon beim Ortsschild.«

Helens Puls beschleunigte sich. »Ich glaube, wir müssen jetzt wirklich gehen. Toni, ich melde mich morgen.«

Als sie Tom im Auto darauf ansprach, dass sie gern die Türen abdichten, einige Möbel aufbocken und Kartons in höhere Regale räumen würde, krampften sich seine Hände ums Lenkrad. »Jetzt hast du dich tatsächlich verrückt machen lassen. Ich sage dir: Das ist alles überflüssige Arbeit. Das Wasser wird höchstens bis zur Straße kommen.«

Helen seufzte. »Dann mache ich es eben allein.«

Er schüttelte den Kopf. »Schränke aufbocken? Türen abdichten? Mit deinen ständigen Rückenschmerzen? Kommt nicht infrage. Wir warten bis morgen früh ab, und wenn es dann unbedingt sein muss, mache ich das mit den Handball-Jungs, während du bei der Arbeit bist. Die wollen sowieso vorbeikommen.«

»Du hast morgen frei?« Warum hatte er frei? Helen fühlte eine kalte Welle von Misstrauen und Furcht. Setzte er seinen Job aufs Spiel?

»Habe ich dir das nicht gesagt? Ich halte es für besser, wenn ich krankmache und mir ein paar Tage den Stress erspare. Du weißt ja, wie angespannt ich nach der Arbeit immer bin. Da fiele es mir schwerer, am Abend auf mein Bierchen zu verzichten.«

»Und du meinst, wenn deine Handballkumpel morgen vorbeikommen, ist das kein Problem für dich?«

»Ach was! Denen habe ich doch erzählt, dass ich mal für eine Weile kürzertrete.«

»Dass du kürzertrittst? Das war nicht unsere Vereinbarung. Du hörst auf zu trinken.«

»Ja, sicher. In der ersten Zeit. Wie du willst. Aber später werde ich ja wohl dann und wann wieder ein Gläschen trinken dürfen. Es ist ja nicht so, als wäre ich ein Junkie!«

Entrüstet und genervt klang er. Früher hätte sie eingelenkt und ihn beschwichtigt. Heute schwieg sie, betrachtete die schillernden Libellen, die über den überfluteten Auwiesen neben der Straße schwirrten, und versuchte, ruhig zu atmen.

Helen rief dem unsichtbaren Sid ein lautes »Hallo« zu, als sie das Haus betraten. Er antwortete nicht, deshalb ging sie gleich zu ihm hinauf.

Als hätte er sich nicht vom Schreibtisch weggerührt, saß er da, hatte nun aber ein Schulheft vor sich und machte seine Matheaufgaben.

Misstrauisch musterte sie ihn. »War dir langweilig?«

Sid schüttelte den Kopf. »Ich habe eine neue Liste gemacht.« Mit dem Zeigefinger tippte er auf ein liniertes Blatt, dessen Ecke unter seinem Heft hervorlugte.

»Und hast du etwas gegessen?«

»Klar. Und fast meine ganzen Hausaufgaben gemacht und die Spülmaschine ausgeräumt. Und den Schuhschrank aufgeräumt.«

»Was war mit dem Schuhschrank nicht in Ordnung?«

»Basti stellt seine dreckigen Stiefel immer auf meine Sneakers. Ich habe die Schuhe jetzt so sortiert, dass alle seine Schuhe in einem anderen Fach stehen als meine. Kannst du ihm sagen, dass er das so lassen soll?«

»Okay. Das hätten wir eigentlich schon längst machen können. Wie ist es mit Mathe? Kommst du damit zurecht, oder soll ich –«

Sie wurde von Tom unterbrochen, der hereinkam, ohne anzuklopfen. In jeder Hand hielt er eine leere Flasche. Whiskey und Ouzo. Seine Augen funkelten wütend.

»Was ist das hier?«, fuhr er Sid an und hielt die Flaschen in die Höhe.

Sid zog die Schultern hoch und schob mit einer winzigen Bewegung das hervorlugende Blatt mit der neuen Liste ganz unter sein Matheheft.

»Tickst du noch ganz richtig? Antworte gefälligst!« Tom wurde mit jedem Wort lauter.

Helen wusste nicht, woher die Flaschen kamen, und dachte für einen unsinnigen, kurzen Augenblick, dass Sid sie heimlich ins Haus gebracht und womöglich daraus getrunken hatte. Dann schalt sie sich für die Vermutung. Sid hatte ihr nie Anlass gegeben, so etwas von ihm zu denken.

Ihr Sohn war inzwischen so weit auf seinem Stuhl zusammengesunken, dass er jeden Moment durch die Sitzfläche nach unten verschwinden musste. Er sah seinen Vater nicht an, als er antwortete. »Ich dachte, das brauchst du ja jetzt nicht mehr. Hab's weggeschüttet.«

Tom wandte sich Helen zu, seine Schläfen pochten. »Hast du ihm gesagt, dass er das tun soll?«

Die weit interessantere Frage war für sie, wo ihr Mann diese Flaschen vor ihr versteckt gehalten und warum er sie gerade jetzt kontrolliert hatte.

»Nein. Aber warum ärgerst du dich so? Er hat es gut gemeint.«

»Weißt du, was so eine Flasche kostet? Das schüttet man doch nicht in den Ausguss!«, schrie er.

»Was tut man sonst damit, wenn man es nicht mehr trinken will?« Ihre Stimme war scharf geworden, ohne dass sie es beabsichtigt hatte.

Sid legte seinen Füller ab und stand auf. »Ich muss mal aufs Klo«, murmelte er und schob sich mit gesenktem Kopf an seinem Vater vorbei aus dem Zimmer.

Tom stand seine Wut noch ins Gesicht geschrieben, doch sie konnte zusehen, wie sich Verlegenheit einschlich. »Ich wollte nichts trinken. Ich wollte …«

»Ich glaube, du lügst.« Sie platzte damit heraus, bevor sie nachdenken konnte.

Todwund getroffen hatte sie ihn mit dieser ach so ungerechten Anschuldigung, teilte sein Blick ihr mit. Er drehte sich auf der eigenen Achse herum und verließ den Raum.

Helen trat an den Schreibtisch und hob Sids Matheheft an, um die Liste lesen zu können.

1. *Hinter den Oltimer-Büchern im Wz: 1 Fl. Wiskey, irisch*
2. *Hinter der alten Bettwäsche in der Jackenschleuse: 3 Fl. Bier*
3. *Im Schlafsofa im Gästezimmer: 1 Fl. Ouzo*
4. *Hinter den Videokasetten: 3 kl. Fl. Schnaps*
5. *Im Einbauschrank im Flur in den Katons mit alten Briefen und so: 1 Fl. Wiskey, schottisch, 1 Fl. Wodka*
6. *In der Garage, in den Katons mit Zeugs: 10 Fl. Bier*
7. *…*

Helen hörte auf zu lesen und schlug sich die Hand vor den Mund. Warum hatte sie nicht begriffen, wie schlimm es wirklich um Tom stand?

Sie spürte mehr, als dass sie es hörte, wie Sid wieder hereinkam. Schweigend stand er hinter ihr, bis sie sich umdrehte und ihn umarmte. »Hast du die alle heute gefunden?«

Er schüttelte den Kopf, während sie ihn noch fest an sich drückte. »Die meisten schon vorher.«

»Und hast du alles ausgegossen?«

Er nickte. »War das blöd?«

Sie küsste ihn auf den Scheitel. »Nein. Überhaupt nicht.«

Carolin

Carolins Enttäuschung darüber, dass Patrick eine andere liebte, hatte sie so niedergeschmettert, dass sie nach der Arbeit am Samstag den ganzen Rest des Wochenendes mit Büchern, Erdnussflips, Gummibärchen und ihrem Laptop im Bett verbracht hatte.

Nicht einmal das Internet konnte sie ablenken. Sollten die Ratsuchenden doch ohne sie klarkommen. Sie konnte zurzeit niemandem helfen. Besuche im Bad oder beim Fernseher waren das Äußerste, was sie sich an Einsatz abringen konnte.

Erst als sie am Sonntagabend zufällig die Nachrichten mit Bildern der Hochwasserkatastrophe sah, fiel ihr ein, dass sie Patrick versprochen hatte, den Wasserstand beim Haus seiner Oma zu beobachten. Ohne diese Nachrichten hätte sie auch für ihren freien Montag keine Pläne gemacht, doch nun drückte sie ihr schlechtes Gewissen.

Gleich ganz früh würde sie zu Frau Lilienthals Haus radeln, um nach dem Rechten zu sehen, nahm sie sich vor.

Trotzdem begleitete ihr schlechtes Gewissen sie in den Schlaf, und in ihren Träumen beherrschte das Gefühl sie, nie etwas richtig zu machen, wenn es um andere Menschen ging. Sie träumte von Patrick, der zu ihr sagte: »Wir können beste Freunde sein. Ich kaufe dir Erdnussflips«, und von der Postkarte an Stefan, die sie geschrieben, aber nicht abgeschickt hatte.

Im Traum tauchte die Karte an allen möglichen Orten

auf, und als sie sie endlich in die Hand nahm, klebte sie an ihren Fingern.

Als der Wecker am Montagmorgen klingelte, war ihr erster Gedanke, dass sie ihr Leben ändern musste.

Zu diesem Beschluss gehörte auch, dass sie ohne weiteren Aufschub die Postkarte bei Stefan einwerfen würde.

Carolin verbot sich jede Tagträumerei, während sie zu Stefans Wohnung fuhr. Als sie ihr Fahrrad auf dem Bürgersteig abstellte und um den Golf herum zur Haustür ging, schlug ihr das Herz bis zum Hals, und die Postkarte klebte tatsächlich an ihren Fingern, weil ihre Hände schwitzig waren.

Nur die Karte einwerfen, wieder aufs Rad steigen und schleunigst zum Haus von Frau Lilienthal, befahl sie sich.

Drei Stufen musste sie hochsteigen, um die Briefkästen erreichen zu können. Sie nahm zwei Stufen auf einmal, streckte die Hand mit der Karte aus und las die Namensschilder auf den beiden Klingeln.

Die Haustür ging auf, und Stefan stand vor ihr – auf dem Kopf seinen Fahrradhelm mit baumelndem Kinnriemen.

»Hoppla. Wen suchen Sie denn?«, fragte er und schloss mit beiden Händen den Riemen.

Er sah ihr direkt in die Augen und zeigte nicht das kleinste Zeichen des Wiedererkennens. Nach sechs Jahren in derselben Schulklasse!

Gebannt starrte sie ihn an. Erst jetzt aus der Nähe bemerkte sie, dass er inzwischen auffallend behaart war. Ihm wuchsen Haare aus dem Ausschnitt seines grünen Polohemds, aus der Nase und aus den Ohren. Und seine Nase war breit. Breiter als die von Patrick.

Sie zog die Hand mit der Postkarte zurück und lächelte.

Nicht nur ihre Mundwinkel, sondern ihr ganzes Gesicht fühlte sich davon verkrampft an. »Ich habe gerade gesehen, dass ich mich im Haus geirrt habe. Tut mir leid.«

Er zuckte mit den Schultern. »Das macht doch nichts. Schicker Helm, übrigens. Aber Sie haben den Kinnriemen verdreht. Oder ist das Absicht?«

Carolin stopfte eilig die Karte in ihre Tasche und nestelte an dem Riemen, während sie die Treppe wieder hinunterging. *Das mit dem »schicken Helm« hat er nicht so gemeint. Er wollte dich nur auf die verdrehten Riemen hinweisen, du Schaf!*

Er folgte ihr, sah sie von der Seite an. »Irgendwie kommen Sie mir bekannt vor. Sind wir uns schon mal begegnet?«

Ihr Herz machte einen Satz, und sie spürte, wie sie rot anlief. Trotzdem gelang es ihr, ihm ruhig ins Gesicht zu sehen. »Ich glaube nicht.«

»Wirklich? Na, vielleicht habe ich Sie mal flüchtig irgendwo gesehen. Ich habe ein enormes Gedächtnis für Personen. Meine Kollegen meinen schon immer, dass das unheimlich wäre. Na ja, ich muss jetzt los. Schönen Tag noch.«

Er nickte ihr zu und wandte sich ab.

Carolin gab sich einen Stoß, wie sie ihn noch nie vorher fertiggebracht hatte. »Vielleicht aus der Schule?«, fragte sie, so emotionslos wie möglich.

Prompt blieb er stehen und betrachtete angestrengt ihr Gesicht. »Wo sind Sie zur Schule gegangen?«

»Soltau«, sagte sie – zu mehr konnte sie ihre ersterbende Stimme nicht zwingen.

»Tatsächlich? Dann könnte es sein. Das ist ja ein irrer Zufall! Toll, wirklich. Leider muss ich jetzt trotzdem los. Wohnst du hier in der Nähe? Dann laufen wir uns bestimmt mal wieder über den Weg. Also, mach's gut.«

Aus der Hast, mit der er sich auf einmal bewegte, und aus seinem perfekt unverbindlichen Tonfall konnte Carolin auf die Wahrheit schließen: Er hatte sich an sie erinnert, er durchschaute, was sie an seiner Tür gewollt hatte, und er legte keinen Wert darauf, die Bekanntschaft mit ihr zu erneuern.

Jahrelang hatte sie diesen Moment gefürchtet. Doch nun machte ihr seine Ablehnung nichts aus.

Sie war nur froh, dass sie die Postkarte nicht eingeworfen hatte. *Lieber Stefan, habe zufällig deine Adresse gefunden. Stell dir vor, mich hat es auch hierher verschlagen. Falls du Lust auf ein Treffen hast* ... Er hätte nicht geantwortet.

Doch nicht einmal, als sie an dem neuen, glänzenden Golf vorbeiging und an die blonde Frau dachte, empfand sie Neid oder Trauer. Im Gegenteil – von Schritt zu Schritt war ihr mehr so, als würde eine Last von ihr abfallen.

Sie brauchte Stefan nicht länger.

Sie brauchte Patrick.

Fröhlich fühlte sie sich nach dieser Erkenntnis nicht gerade, doch zumindest war sie glücklich, an diesem Morgen den ersten Schritt gemacht zu haben, um ihr Leben zu verändern.

Sie nahm den gewohnten Weg zur Apotheke, um von dort aus in die Altstadt hinunterzufahren. Zu ihrer Beunruhigung wurde sie noch vor der Apotheke von drei Feuerwehrfahrzeugen mit Blaulicht überholt. Eines davon kehrte an der nächsten Kreuzung um, kam ihr wieder entgegen und raste stadtauswärts weiter.

Hätte sie doch bloß noch einmal die lokalen Nachrichten gegoogelt, bevor sie losgefahren war. Mit klopfendem Herzen trat sie schneller in die Pedale.

Antonia

Antonia hatte es fertiggebracht, auf ihrer Liege im Notdienstzimmer der Apotheke zu verschlafen.

Erst Beate weckte sie mit dem Geklapper des Schlüssels am Türschloss. Sie hatte ihr Enkelkind beim Frühdienst im Kindergarten abgegeben und bereits beruhigende Nachrichten von ihrem Schwiegersohn bekommen.

Kaum hatten sie sich begrüßt, als es an der Seitentür klingelte und Helen hereinkam.

Auf die Frage hin, was passiert sei, schüttelte sie den gestylten Kopf. »Ich wollte nur kurz nachsehen, wie es dir nach dem verrückten Tag gestern geht, bevor ich ins Büro fahre.«

Antonia war in der Nacht zweimal aufgestanden, um einem Mann mit Zahnschmerzen ein Schmerzmittel zu verkaufen und einer verzweifelten Mutter fiebersenkenden Saft für ihre kleine Tochter. Beide Male hatte sie Schwierigkeiten gehabt, wieder einzuschlafen.

So viele Menschen hatten ihr an diesem Sonntag unerwartet gezeigt, dass sie ihnen etwas bedeutete. Nur ihr eigener Mann, der ein entscheidender Teilnehmer an der Veranstaltung hätte sein sollen, hatte sich den ganzen Tag über nicht gemeldet. Ebenso wie ihre ältere Tochter. Sie hatten sie nicht einmal abends in der Apotheke angerufen. Nur Annika war nachmittags zurückgekommen und hatte wenigstens noch ihre Oma besänftigen können.

Warum hast du mir das denn nicht gesagt, Toni? Dass

deine Tochter eine freiwillige Fluthelferin ist? Weil sie es nicht gewusst hatte. Weil Annika es ihr nicht erzählt hatte.

Antonia hatte keine Ahnung gehabt, womit genau sie, Mickie oder Monty in den vergangenen Wochen ihre Zeit verbracht hatten. Vielleicht war es ihr eigener Fehler, vielleicht hätte sie hartnäckig nachfragen müssen. Früher allerdings hätten die drei freiwillig mit ihr geteilt, was sie beschäftigte.

Ihr Kummer darüber, den Kontakt zu ihnen zu verlieren, war furchtbar, doch es machte sie auch wütend, ausgeschlossen zu werden. Und je länger sie darüber nachdachte, desto übler nahm sie Monty sein Verhalten. Gleichgültig, wie er zu der Feier stand, und ganz egal, wie vereinnahmend die Arbeit für den Hochwasserschutz war, hätte ihm doch wenigstens am Tag der geplatzten Feier auffallen müssen, dass ihm ihr Hochzeitstag, trotz all der Mühe, die sie sich deshalb gegeben hatte, völlig entgangen war. Wenigstens ein paar liebevolle Worte zu dem ganzen Debakel wären wohl in jeder heilen Beziehung normal gewesen.

Sie wurde sich bewusst, dass Helen ihr im Büro gegenübersaß und auf eine Antwort wartete. *Wie ging es ihr?*

»Ich glaube, ich habe einiges zu klären. Aber ich bin einfach zu sauer dazu«, sagte sie.

Das Telefon klingelte, und da Beate vorne im Verkaufsraum beschäftigt war, nahm Antonia den Anruf an.

»Weinberg-Apotheke, guten Morgen. Was kann ich für Sie tun?«

»Frau Kronenberg?«

Antonia erkannte die Stimme von Frau Lilienthal sofort, obwohl sie vorerst nicht mehr sagte als diese beiden Worte. Sie hörte die alte Dame laut atmen, als wäre sie gerade schnell gelaufen.

»Ja, am Apparat. Frau Lilienthal, sind Sie das? Geht es Ihnen gut? Ist etwas passiert?«

»Das Wasser! Frau Kronenberg, das Wasser steht auf einmal in meinem Wohnzimmer. Ich weiß nicht, was ich machen soll. All meine Sachen werden nass! Ich habe die Feuerwehr angerufen, aber die sagen, sie können gerade nichts tun. Patrick ist in Hamburg. Es ist mir peinlich, aber mir fiel in der Eile niemand anderes ein als Sie, den ich anrufen könnte. Ich sitze hier oben und traue mich gar nicht mehr nach unten. Was soll ich machen?«

Erst am Ende schrillte Frau Lilienthals Stimme ein wenig. Die Tatsache, dass die alte Frau allein in ihrem überfluteten Haus festsaß, schockierte Antonia ebenso wie die Nachricht von dem rekordhohen Wasserstand. Offensichtlich behielten die Unken mit ihren Voraussagen dieses Mal doch recht.

»Ich komme zu Ihnen, Frau Lilienthal. In einer Viertelstunde bin ich da.«

Antonia klärte Helen in aller Eile auf, und Helens Reaktion kam ohne Zögern. »Ich gehe mit. Vielleicht können wir zusammen noch ein paar von ihren Sachen retten.«

Noch während sie sprach, zückte sie ihr Handy. Antonia zog sich an und lauschte dem Gespräch. Ihre Freundin begrüßte Tom, der offenbar frei hatte, und kam dann gleich zum Kern ihrer Sorge.

»Tom, du musst das mit dem Hochwasser ernst nehmen. Hier in der Stadt ist es jetzt schon viel schlimmer als sonst. Ich gehe kurz mit Antonia einer alten Dame helfen, und danach komme ich so schnell wie möglich nach Hause, damit wir –«

Toms Anteile am Gespräch kamen nicht so laut durch das Gerät, dass Antonia sie hätte verstehen können.

»Bist du sicher, dass das klappt?«, fragte Helen nun wieder. »… Also gut. Aber bitte, bitte halt dich dran. Und bitte … Ich weiß, dass du es versprochen hast. Aber … Na gut. Aber ins Büro gehe ich nicht. Ich komme auf jeden Fall bald nach Hause … Trotzdem. Also, bis nachher.«

Draußen vor der Apotheke berieten Antonia und Helen kurz, ob es Sinn hatte, ein Stück mit dem Auto zu fahren. Sie hatten sich gerade dagegen entschieden, als Carolin mit ihrem Fahrrad neben ihnen anhielt.

Einen Augenblick lang fragte Antonia sich, ob ihre PTA vergessen hatte, dass sie heute nicht arbeiten musste. Doch trotz all ihrer Verträumtheit hätte ihr das nicht ähnlich gesehen.

»Was hast du denn so früh am Morgen schon vor?«

Carolins Gesicht war leicht gerötet, doch an diesem Morgen wirkte es eher, als wäre sie vom Radfahren erhitzt. Sie öffnete den Mund zu einer Antwort, brachte jedoch nichts heraus. Schließlich holte sie noch einmal Luft wie eine Schwimmerin vor dem letzten, entscheidenden Schwimmstoß. »Ich habe heute mit Stefan gesprochen.«

Antonia pfiff erstaunt. Sie hatte eine Floskel erwartet, etwas wie »Ich habe mir den Sonnenaufgang angesehen« oder »Wieso, muss ich heute etwa nicht arbeiten?«. Carolins Antwort hingegen verlangte nach einem ausgiebigen Gespräch.

»Helen und ich wollen gerade zu Frau Lilienthal. Wir müssen uns beeilen, ihr Erdgeschoss ist überflutet. Willst du mitkommen? Dann kannst du unterwegs von Stefan erzählen.«

Von einer Sekunde auf die andere spiegelte sich Entsetzen in Carolins Gesicht. War sie so betroffen von der Aufforderung mitzukommen oder von Frau Lilienthals Unglück?

»Oh nein! Eigentlich wollte ich … Wissen Sie … Weißt du … Wo ist Patrick? Hat ihm jemand Bescheid gegeben?«

»Frau Lilienthal sagt, er wäre in Hamburg und nicht erreichbar«, gab Antonia Auskunft.

Carolin presste sich eine Hand gegen die Stirn. »Ich hatte ihm versprochen, dass ich ihn anrufe, wenn … Und dann habe ich überhaupt nicht aufgepasst. Ich bin so eine dumme Kuh. Ist es sehr schlimm? Kann man noch etwas retten?«

Antonia fragte sich, ob Patricks Bitte um diese Gefälligkeit zu der Strategie gehörte, mit der er Carolin über ihre Schüchternheit hinweghelfen wollte. Falls es so war, hatte er die Mittel etwas ungeschickt gewählt.

»Komm mit. Wir werden tun, was wir können.«

Sie wartete mit Helen, zum Abmarsch bereit, auf dem Bürgersteig, während Carolin ihr Rad abstellte.

Normalerweise traf um diese Uhrzeit Doktor Kosewitz gemeinsam mit den ersten Patienten ein, die auf das Glück des frühen Vogels hofften, um möglichst wenig Wartezeit in der Praxis zu verbringen. An diesem Montagmorgen allerdings verließ Doktor Kosewitz die Praxis bereits wieder. Sie kam aus der Tür gestürmt, drehte sich auf dem Gitterrost des Fußabstreifers noch einmal um und klebte einen Zettel an die Scheibe. Dabei stellte sie eine große Plastiktüte zwischen ihren Füßen ab, um sie vor dem Umfallen zu bewahren.

Über ihrer Schulter hing eine große hellbraune Ledertasche mit blitzenden Messingteilen: eine Arzttasche für die modebewusste Medizinerin. Obwohl es mit Doktor Kosewitz' Modebewusstsein sonst nicht weit her war. Sie trug Damenanzüge, die ihr perfekt passten, aber vermutlich seit fünfzig Jahren mit demselben Schnitt verkauft wurden.

Mit kurzen, schnellen Schritten eilte die Ärztin über die

Parkplätze. Brüsk nickte sie den wartenden Frauen im Vorübergehen zu und schlug zu Fuß denselben Weg ein, der ihnen bevorstand. Er führte sowohl zu Doktor Kosewitz nach Hause als auch an Frau Lilienthals Haus vorbei.

Antonia ertappte sich bei dem boshaften Wunsch, dass auch die zickige Ärztin in ihrem Haus wenigstens ein bisschen Ärger mit dem Hochwasser haben solle.

Carolin stieß im Laufschritt zu ihnen, und sie folgten Doktor Kosewitz zu dritt.

Auto und Fahrrad zurückzulassen war eine kluge Wahl gewesen, stellte sich bald heraus. Denn als sie die Straße in die Altstadt hinabgingen, errichtete die freiwillige Feuerwehr gerade eine neue Sperre quer über die Fahrbahnen.

Antonia entdeckte Bohni und einen anderen Bekannten unter den Feuerwehrleuten und blieb stehen, um alle zu begrüßen. Sie berichtete den Männern von Frau Lilienthals Anruf. »Könnt ihr da nichts unternehmen?«

Bohni schüttelte den Kopf. »Wir dachten, wir wären gut vorbereitet, aber die Geschwindigkeit, mit der das Wasser gestiegen ist, hat uns doch überrascht. Alle Hilfskräfte sind zurzeit voll ausgelastet. Solange die alte Dame nicht in Lebensgefahr ist, wird sie erst mal aushalten müssen. Sie hätte dem Evakuierungsaufruf von gestern Abend folgen sollen. Habt ihr Handys dabei, falls ihr Hilfe rufen müsst? Der Strom wurde gerade abgestellt. Also dürften die Festnetztelefone ausfallen.«

Helen griff in die Taschen ihrer hellen Sommerjacke. »Mist, ich habe meins in der Apotheke auf dem Schreibtisch liegen lassen.«

Carolin musste ebenfalls passen.

Antonia drückte froh ihre Handtasche an sich. »Ist schon gut. Ich habe eins.«

Bohni warf ihnen noch einen prüfenden Blick zu, während seine Kollegen schon zur Abfahrt drängten. »Aber Gummistiefel habt ihr nicht. Lauft möglichst wenig barfuß im Wasser herum. Da treiben Dinge drin, von denen ihr gar nichts wissen wollt. Jede Menge Zeug, an dem man sich verletzen kann. Ich hoffe, ihr könnt der Frau helfen. Wenn etwas Ernstes los ist, ruft 112, okay?«

Damit kletterte er zu den anderen ins Einsatzfahrzeug, und der Fahrer gab Gas.

Doktor Kosewitz, die ihnen ein Stück voraus war, hatte inzwischen die nächste Abzweigung erreicht. Antonia konnte sehen, wie sie stehen blieb und sich eine Hand gegen die Stirn hielt. Wahrscheinlich hatte sie wieder Kopfschmerzen, aber Mitgefühl empfand Antonia gerade nicht für sie.

Helen, Carolin und sie marschierten zügig, doch bevor sie die Kreuzung erreichten, war Doktor Kosewitz schon weitergegangen.

Als sie schließlich selbst in die Straße einbogen, sahen sie das Wasser. Die Flutlinie zog sich schräg über die Straße, sodass der trockene Bereich immer schmaler wurde, je weiter sie gingen, bis schließlich die ganze Straßenbreite von Wasser bedeckt war. Während in den tiefer gelegenen Altstadtgebieten vorsorglich Hochwasserstege aufgebaut worden waren, fehlten sie hier. In den Häusern der rechten Straßenseite musste das Wasser bereits schienbeinhoch stehen. Antonia schlug sich die Hand vor den Mund, als sie ein Stück weiter Frau Lilienthals Haus sah.

Da die Straße abfiel, lag es noch tiefer im Wasser. Die Haustür stand halb offen, und gerade trieb ein mysteriöser Gegenstand aus dem Haus, wurde von der Strömung ein Stück mitgenommen und blieb dann an einer Hauswand hängen, wo er gemächlich auf den Wellen schaukelte.

Vor ihnen hatte Doktor Kosewitz ihre schicke Tasche abgestellt und ein Paar schwarze Reitstiefel aus der Plastiktüte genommen, die sie sich anzog. Sie war bereits losgewatet, als Antonia, Helen und Carolin ebenfalls die Wasserkante erreichten.

»Die ist vorbereitet«, sagte Helen leise.

Reglos und stumm starrte Carolin zu Frau Lilienthals Haus.

Antonia krempelte ihre Hosenbeine hoch und zog die Schuhe aus. Nun kam sie doch noch zum Barfußlaufen, wenn auch ganz anders, als sie es sich erträumt hatte. Carolin wachte aus ihrer Starre auf und machte ihr alles nach.

Helen hingegen betrachtete kummervoll das Wasser. »Was genau meinte dein Bekannter von der Feuerwehr mit ›jede Menge Zeug, an dem man sich verletzen kann‹? Ich gehe schon nicht in Teichen baden, weil ich den schlammigen Boden ekelhaft finde und nicht weiß, worauf ich vielleicht trete.«

Entschlossen schritt Antonia ins Wasser. »Es ist nicht völlig trüb. Ich gehe vor, dann kann ich euch warnen.«

Überrascht bemerkte sie, dass es im Wasser eine spürbare Strömung gab. Und dass es kalt war.

Was Helen ebenfalls bemerkte und mit einem Quieksen quittierte, als sie ihr und Carolin mit nackten Füßen folgte.

Doktor Kosewitz war mit ihren Reitstiefeln schon an Frau Lilienthals Haus vorübergewatet, als in der Haustür eine Frau erschien, die Antonia an ihrer Größe erkannte.

Petra Ziegler trug pinkfarbene Gummistiefel und eine kurz abgeschnittene, ausgefranste Jeans. Sie sah sich nach beiden Seiten um, entdeckte sowohl Antonia als auch Doktor Kosewitz und winkte mit beiden Armen wie eine Schiffbrüchige auf einer Insel. »Hallo, hierher! Wir brauchen Hilfe, hallo!«

Doktor Kosewitz pflügte schnurstracks durchs Wasser zurück, während auch Antonia ihre Schritte beschleunigte. Beinah gleichzeitig kamen sie bei Petra an.

»Ein medizinischer Notfall?«, fragte Doktor Kosewitz.

Petra hatte ihr die Hand zum Gruß hingehalten, ohne dass die Ärztin sie ergriffen hatte. Nun zog sie sie verlegen zurück und wischte sie an ihrem T-Shirt ab. »Ich weiß es nicht. Frau Lilienthal ist sehr aufgeregt. Sie möchte ihre Sachen retten, kann aber im Wasser nicht laufen. Ich habe Angst, dass sie einen Herzinfarkt bekommt oder so was.«

Doktor Kosewitz schob Petra mit der Hand zur Seite. »Lassen Sie mich durch. Ich sehe nach ihr. Ist sie oben?«

Eine Antwort wartete sie nicht ab. Antonia hörte, wie sie das Wasser mit jedem Schritt so energisch vor sich herschob wie ein Hafenschlepper. *Wusch, wusch.*

»Ein Glück, dass ihr da seid, Antonia. Sie hat gesagt, du würdest kommen, aber ich war nicht sicher, ob ich ihr glauben soll, so durcheinander, wie sie ist«, sagte Petra.

»Hat sie dich auch angerufen?«, fragte Antonia.

Petra trat zur Seite und winkte sie herein. »Nein. Ich hatte so ein komisches Gefühl und bin hergekommen, um nach dem Wasserstand zu gucken, nachdem die Kinder aus dem Haus waren.«

Helen sog erschüttert die Luft ein, als sie durch den Flur ins Wohnzimmer wateten. Teppiche und alte Zeitungen schwebten halb im bräunlichen Wasser. Kleine Möbel wie Hocker und Tischchen, abstrakte Schnitzereien aus Holz und leere Plastikflaschen schwammen an der Oberfläche. Eine rot-weiße Kunststoffschale mit einer Handvoll nasser

Kartoffelchips darin trieb ihnen wie ein kleines Boot entgegen. Petra fischte sie aus dem Wasser und hielt sie auf Armeslänge von sich ab.

»Sollten wir nicht die Haustür schließen?«, fragte Helen zaghaft.

Petra schüttelte den Kopf. »Ich hab's versucht. Sie hat sich verzogen. Wenn wir sie mit Gewalt zumachen, geht sie vielleicht nicht wieder auf.«

Helen stieß einen klagenden Schrei aus und stakste zu einem antiken Bauernschrank, dessen unterste, gemalte Verzierungen bereits im Wasser verschwanden.

»Oh, ist das schrecklich! So schöne Möbel! Können wir nicht wenigstens ein paar nach oben tragen?«

Petra deutete auf die leeren Fächer eines Bücherregals.

»Frau Lilienthal hat mich gebeten, zuerst die Bücher zu retten. Zwei Kisten voll habe ich nach oben geschleppt. Ich weiß nicht, was ihr sonst noch wichtig ist.«

»Ich sehe mal nach, wie es ihr geht, und sage ihr, dass wir hier sind«, sagte Antonia.

Auf dem Weg zur Treppe versuchte Antonia so wenig Geplansche zu verursachen wie möglich. Sie wollte nichts vollspritzen, was noch trocken war, obwohl diese Mühe bereits ein wenig absurd wirkte.

Das Wasser kam ihr nicht mehr so kalt vor wie zu Anfang, trotzdem hätte sie sich wenigstens ein Paar Plastiksandalen oder Badeschuhe gewünscht. Sie war zwar mutig vorangegangen, fand es aber selbst auch unheimlich, nicht genau zu sehen, wohin sie trat.

Im Flur gab es eine schmale Vitrine, in der kleine Kunstwerke aus Holz aufgestellt waren. Im untersten Fach, etwa kniehoch über dem Fußboden, tummelte sich eine ganze Schule von grob geschnitzten, aber schön polierten Delphinen. Antonia fragte sich, ob das Wasser noch so weit steigen würde, dass die hölzernen Meeressäuger Gelegenheit zum Schwimmen bekämen.

Auf der ersten trockenen Stufe der Treppe standen Doktor Kosewitz' Reitstiefel neben einem Paar dunkelgrüner Gummiclogs, die Frau Lilienthal gehören mussten.

Über dem Geländer hing ein rot-grün kariertes Handtuch, das sie befangen dazu benutzte, sich die Füße abzutrocknen.

Oben an der Treppe blieb sie stehen. Hinter einer angelehnten Tür hörte sie die Stimme von Doktor Kosewitz. Sollte sie die ärztliche Untersuchung unterbrechen? Andererseits beruhigte es Frau Lilienthal vielleicht zu hören, dass sie ihrem Hilferuf gefolgt war.

»Hallo, Frau Lilienthal? Hier ist Antonia Kronenberg. Darf ich hereinkommen?«

Doktor Kosewitz erschien mit eisiger Miene im Türspalt. »Können Sie nicht einen Moment warten? Wir sind hier gleich fertig.«

Antonia beschloss, sich auf keinen Fall von ihr provozieren zu lassen. »Tut mir leid. Wie geht es Frau Lilienthal?«

Bevor die Ärztin antworten konnte, wurde die Tür ganz geöffnet, und Antonia blickte in Frau Lilienthals blasses, aber erleichtertes Gesicht. Sie trug einen dunkelblauen Rock mit einem Muster aus blassen Sonnenblumen und dazu nur ein weißes Unterhemd mit Spitzeneinsatz, unter dem die breiten Träger eines stabilen, hautfarbenen Büstenhalters sichtbar waren. Ihre blau geäderten, dünnen Unterschenkel waren nackt, was die alte Frau auf Antonia besonders schutzbedürftig wirken ließ.

»Ach, lassen Sie Frau Kronenberg doch hereinkommen, Doktor Kosewitz. Ich bin froh, dass sie da ist.«

Die Ärztin kniff genervt die Lippen zusammen, trat aber zur Seite.

Der Raum hatte als Schlafzimmer für eine einzelne Person eine luxuriöse Größe, wurde aber durch ein riesiges Doppelbett und einen gewaltigen antiken Eckkleiderschrank verkleinert. Neben diesen großen Möbeln gab es einen Schreibtisch vor dem einen Fenster, einen Lehnsessel vor dem zweiten und eine Menge Unordnung überall. Trotzdem konnte man sich im Raum immerhin noch bewegen, ohne sich zu stoßen.

Die Wände waren in Wischtechnik hell sandfarben und goldgelb gestrichen und sparsam mit stilisierten orangefarbenen Blüten gestempelt. Unregelmäßig über alle freien Wandflächen verteilt hingen Familienfotos in Holzrahmen. Einige in den vergilbten Farben der ersten Farbfotos, andere in Schwarz-Weiß oder in ganz frischen Farben.

Antonia bemühte sich, die Bilder nicht neugierig anzugaffen. Sie kam sich ohnehin schon vor wie ein Eindringling. Mit den Händen zwischen den Knien setzte sie sich auf Frau Lilienthals Wink hin in den Sessel vor dem Fenster. Ihre alte Lehrerin saß mit der Ärztin am Fußende des Doppelbetts.

Das türkisfarbene Bettzeug stand in leuchtendem Kontrast zur Farbe der Wände und zu dem gelb-orange gestreiften Überwurf, der die zweite Bettdecke verbarg. Das Bettzeug war zurückgeschoben, daher nahm Antonia an, dass die beiden dort auch schon vor ihrem Eintreten gesessen hatten. Zeitschriften und leere Verpackungen von verschiedenen Süßigkeiten lagen über das Bett verstreut. Die Zeitschriften waren bei ihren Rätselseiten aufgeschlagen.

Doktor Kosewitz war in der Tat gut auf die Krise vorbereitet. Sie hatte nicht nur Gummistiefel, sondern in ihrer großen braunen Tasche auch eine ärztliche Notfallausrüstung bei sich. Gerade drückte sie ihr Stethoskop an Frau Lilienthals Brust.

Auf dem Schreibtisch lagen ein Blutdruckmessgerät und eine Art Kulturbeutel, aus dem weitere Gerätschaften hervorschimmerten. Doktor Kosewitz stand auf und holte ein Otoskop und eine Lampe aus dem Beutel. Mit einem Blick, der von so weit oben herab kam, dass Antonia sich wie eine Ameise fühlte, wandte die Ärztin sich ihr zu. »Sie könnten Frau Lilienthal etwas zu trinken und zu essen besorgen. Es liegt wohl auf der Hand, dass sie heute nicht zum Frühstücken gekommen ist.«

Obwohl Antonia Doktor Kosewitz mit dem größten Vergnügen aus dem Fenster in die ansteigenden Fluten geschubst hätte, musste sie ihr in diesem Punkt recht geben.

Hals über Kopf zu ihrer Rettungsmission loszumarschieren war nicht das Klügste gewesen. Sie hätten sich besser ausrüsten sollen. Andererseits waren die Zutaten für eine akzeptable Mahlzeit vielleicht noch aus der Küche zu bergen.

Frau Lilienthal hob abwehrend beide Hände. »Ich kann jetzt nichts essen. Aber vielleicht könnten Sie trotzdem in der Küche nachsehen, was noch zu gebrauchen ist. Dann hätte ich Ihnen und Frau Ziegler etwas anzubieten. Falls Sie noch eine Weile bleiben, was ich sehr hoffe.«

Doktor Kosewitz näherte sich mit dem Otoskop Frau Lilienthals Ohr. »Die Frage ist, ob Sie selbst hierbleiben sollten. Das taube Gefühl, das Sie mir beschrieben haben, könnte ein Hörsturz gewesen sein. Sie sollten unter Beobachtung bleiben.«

Das Gemurmel der Frauen unten wurde lauter, Platschen näherte sich der Treppe, die Stufen knackten, es rumste, Carolin schrie erschrocken auf. Besorgt ging Antonia zur Tür.

Petra, Helen und Carolin waren dabei, eine Kommode

die Treppe heraufzuschleppen. Petra hielt das obere Ende, die anderen beiden das untere.

»Was macht ihr da?«, fragte Antonia verdutzt, obwohl das eigentlich genau zu erkennen war.

»Diese Kommode ist wertvoll. So was kann man nicht im Wasser umkommen lassen. Und irgendwo müssen wir anfangen«, schnaufte Helen.

Die untere Schublade musste mit Wasser gefüllt sein, denn es strömte unablässig durch die Ritzen des Möbelstücks die Treppe hinab und durchnässte die Hosen der beiden unten gehenden Frauen. Antonia blieb nichts anderes übrig, als einen Schritt zurückzutreten, um die Möbelschlepperinnen durchzulassen.

Doch sobald die Kommode auf dem oberen Treppenabsatz angekommen war, wurde klar, dass sie nicht um die enge Kurve zwischen Wänden und Treppengeländer passen würde. Stöhnend setzten die drei das schwere Möbelstück ab und verbogen sich dabei wie fortgeschrittene Yogapraktizierende.

»So ein Mist«, fluchte Helen.

Antonia war noch sprachlos, als Frau Lilienthal neben sie trat. »Oh, das ist ja …« Zittrig griff sie nach Antonias Arm.

Helen zeigte keine Verlegenheit. Sie konnte sich nicht an der Kommode vorbeiquetschen, deshalb streckte sie ihre Rechte über das Möbelstück hinweg Frau Lilienthal hin, während sie mit zwei Fingern der Linken den Perlenstecker in ihrem Ohrläppchen drehte.

»Entschuldigen Sie unser Eindringen, Frau Lilienthal. Carolin und ich waren zufällig bei Antonia, als Sie anriefen, und dachten, wir könnten vielleicht helfen, Ihre Sachen zu retten. Wie geht es Ihnen denn?«

Antonia spürte, wie die alte Dame zitterte, und war froh,

dass Doktor Kosewitz anwesend war – so wenig sie auch von ihr hielt.

Frau Lilienthal drückte fest ihren Arm. »Ich bin Ihnen allen so dankbar. Allein wüsste ich überhaupt nicht, was ich tun soll. Aber die Kommode werden Sie hier nur um die Ecke bekommen, wenn Sie sie höher heben können als das Treppengeländer. Ich fürchte, andernfalls muss sie wieder hinunter, auch wenn es mir das Herz bricht. Seit fünfzig Jahren besitze ich diese Kommode, und sie gefällt mir immer noch. So etwas kommt selten vor.«

Helen tauschte einen seelenvollen Blick mit Antonia.

Flüchtig fragte Antonia sich, ob ihre Freundin mehr Mitgefühl mit der alten Frau hatte oder mit dem alten Möbelstück. Seufzend krempelte sie die Ärmel ihrer Bluse hoch.

»Wenn wir zu viert anfassen, können wir sie vielleicht hoch genug heben. Carolin, schaffst du das?«

Carolin wirkte zwar nicht wie die Schwächste von ihnen, doch Antonia argwöhnte, dass sie gerade zum ersten Mal in ihrem Leben mit ihren zarten Händen etwas wirklich Schweres trug.

Ihre PTA wurde prompt rot und blickte auf ihre Finger. »Ich schaff das«, sagte sie dennoch. Woraufhin Antonia mütterlich stolz auf sie war.

Frau Lilienthal presste sich beide Hände aufs Herz und beobachtete mit weit aufgerissenen Augen, wie jede Frau eine der vier Kommodenecken übernahm und der Kraftakt begann.

Bevor die Aufgabe Antonias komplette Aufmerksamkeit beanspruchte, konnte sie noch sehen, wie Doktor Kosewitz sich mit verschränkten Armen hinter Frau Lilienthal stellte. Die Falten zwischen ihren Augenbrauen waren so tief, dass Antonia überlegte, ob ihre Kopfschmerzen vielleicht vom dauernden angestrengten Stirnrunzeln herrührten.

»Auf *Drei* heben wir an«, sagte sie.

»Moment«, sagte Carolin, verließ ihren Posten und flitzte einige Stufen der Treppe hinunter, um das Handtuch zu holen. »Vielleicht können wir hiermit das Wasser aus der Schublade saugen, wenn wir sie schon nicht herausziehen können. Dann ist die Kommode leichter, und es wird nicht alles so nass.«

Alle lobten sie für den Einfall, und sie bemühten sich, die Schublade durch einen Spalt hindurch trockenzulegen. Das aus dem Handtuch gewrungene Wasser lief in Rinnsalen die hölzerne Treppe hinab.

Als sie die Kommode schließlich anhoben, war sie leichter als erwartet. Dennoch neigte sie sich einmal gefährlich der Treppenseite zu, sodass Carolin und Helen erschrocken aufkreischten und Antonia die Luft anhielt.

Ausgerechnet die kleine Petra rettete sie. Blitzschnell streckte sie die rechte Hand aus und brachte das gute Stück wieder ins Gleichgewicht, während sie mit der Linken weiterhin ihren Teil der Last stemmte.

Antonia umarmte sie, nachdem sie die Kommode endlich auf dem oberen Flur abgestellt hatten. »Ohne dich hätten Carolin und ich jetzt dicke Beulen.«

Petra war ein wenig steif vor Verlegenheit, lächelte aber.

»Sie waren großartig. Das hatte ich nicht zu hoffen gewagt. Vielen Dank!«, sagte Frau Lilienthal und applaudierte mit ihren hageren Händen.

Helen, die ihre helle Jacke inzwischen abgelegt hatte, wischte sich die Hände an ihrer ehemals hellen Hose ab. »Das ist aber auch ein schönes Stück, Frau Lilienthal! Was sollen wir als Nächstes holen?«

»Getränke und etwas zu essen für Frau Lilienthal. Wie ich schon einmal bemerkte!« Doktor Kosewitz' Miene blieb grimmig.

Frau Lilienthal schüttelte den Kopf. »Wenn ich Sie wirklich um noch etwas bitten darf … Im Wohnzimmerschrank sind Patricks Puzzle-Schachteln. Er hat diese teuren 3-D-Puzzle gesammelt, wissen Sie? Und mein Nähzeug. Mein Strickzeug … Falls es noch nicht zu spät ist. Wir benutzen das alles nicht mehr häufig, aber wer weiß, wie lange ich hier oben festsitzen werde? Vielleicht sollte man auch den Fernseher … Und die Stereoanlage … Ach Gott, das ist alles viel zu viel!«

»Wir haben ja viele Hände«, sagte Antonia, nahm sich aber vor, zunächst einmal die Küche zu erkunden.

»Können wir alles in das zweite Zimmer da stellen?«, fragte Helen.

Frau Lilienthal nickte. »Zu Patrick, ja. Ich frage mich, ob er heute noch kommen wird.«

Helen

Als Helen Frau Lilienthals Nähkorb, ihr Strickzeug und einen Stapel Rätselhefte geborgen hatte und mit ihrer Beute die Treppe hinaufging, sah sie an der überschwemmten Treppenstufe, dass das Wasser gestiegen war.

Eine der abstrakten kleinen Holzskulpturen, die auf dem Fußboden gestanden haben mussten, ließ sich sacht im Wasser wiegen und klopfte leise an die Kellertür. Der Keller musste völlig unter Wasser stehen. Sie konnten froh sein, dass der Strom bereits abgestellt war, sonst wäre es zu gefährlich gewesen, sich in den überschwemmten Räumen aufzuhalten. Für Frau Lilienthal konnte sie nur hoffen, dass sie im Keller nichts Wichtiges aufbewahrte.

Der modrige Geruch des Wassers stieg ihr in die Nase, und sie vermutete, dass nichts, was längere Zeit in diesem Wasser gelegen hatte, später noch zu gebrauchen sein würde.

Diese Beobachtung ließ ihr einen Schauder über den Rücken laufen. Sie musste unbedingt noch einmal Tom anrufen und sicherstellen, dass er dabei war, sich um ihre Möbel und alles andere zu kümmern.

In Frau Lilienthals Schlafzimmer unterhielt sich die alte Dame noch immer mit der unsympathischen Ärztin. »Gehen Sie ruhig, Doktor Kosewitz. Sehen Sie in Ihrem eigenen Haus nach dem Rechten. Ich bin ja nicht allein.«

»In meinem Haus ist alles gut vorbereitet, und das Wasser kann es noch nicht erreicht haben. Ich werde lieber bleiben, bis ich sicher bin, dass wir für Sie nicht doch den Rettungsdienst rufen müssen.«

Doktor Kosewitz' Stimme war so streng, dass Helen an Frau Lilienthals Stelle nicht zu widersprechen gewagt hätte.

Frau Lilienthal allerdings schien das anders zu empfinden.

»Sie haben schon immer gern andere herumkommandiert, Doktor. Ich erinnere mich noch genau an Sie als kleines Mädchen. Sie hatten gute Ideen und wollten gern bestimmen, aber die anderen ließen Sie nicht. Ich möchte Sie gewiss nicht verärgern, wenn ich es nun wieder so mache, aber kein Rettungsdienst der Welt bringt mich heute aus meinem Haus. Das würde mich weit schlimmer aufregen, als zu bleiben. Das müssen Sie doch einsehen.«

»Nein, das muss ich nicht einsehen. Es könnte aus verschiedenen Gründen gefährlich werden hierzubleiben. Soweit ich feststellen konnte, haben Ihre Nachbarn ihre Häuser schon verlassen. Schließlich ist es doch unangenehm genug, weder Strom noch fließendes Wasser oder eine funktionierende Toilette zu haben. Wie lange wollen Sie das aushalten?«

Dieses Mal schwieg Frau Lilienthal für längere Zeit, und Helen wurde bewusst, dass sie stehen geblieben war, um zu lauschen. Peinlich berührt setzte sie ihren Weg fort, gerade als Petra und Carolin mit ihren Funden am Fuß der Treppe erschienen. Waren Frau Lilienthals Nachbarn wirklich schon aus ihren Häusern geflohen? Sie hatte nicht darauf geachtet. Warum hatte sich niemand um die alte Dame gekümmert?

Helen fand Antonia in der Küche. Behutsam räumte ihre Freundin alles aus den altmodischen Einbauschränken, was noch nicht nass geworden war. Lebensmittel und Geschirr bedeckten die Arbeitsfläche. Messbecher, Schüsseln, ein Rührgerät, ein Satz Tischdeckengewichte in Form blauer Weintrauben.

»Kann ich mir dein Handy leihen, Toni?«, fragte Helen.

»Ich habe die Tasche im Wohnzimmer abgelegt. Nimm es dir einfach. Sieh mal, Caro-Kaffee. Ich wusste gar nicht, dass es den noch gibt. Darauf hätte ich jetzt Lust. Schade, dass wir kein Wasser heiß machen können. Glaubst du, eingeschweißter Zitronenkuchen oder Schwarzbrot sind das Richtige für Frau Lilienthals Frühstück? Das Weißbrot ist leider nass.«

»Ich würde mich für die Heringe in Tomatensoße entscheiden. Für meinen Appetit ist Mittagszeit.« Sie musste nur daran denken, dann knurrte ihr schon der Magen. Doch um ihren eigenen Magen ging es hier nicht, daher watete sie tapfer zum Wohnzimmertisch und kramte Antonias Handy aus ihrer Tasche. Ihr war klar, dass auch die Handtasche einer guten Freundin ein äußerst privater Ort war. Dennoch konnte sie es sich nicht verkneifen, einen Blick auf den Inhalt zu werfen.

Ein ganzes Bündel umschlagloser, offiziell aussehender Briefe trug Antonia mit sich herum, was Helen nicht von ihr erwartet hätte. So brillant, wie Antonia sonst alles organisierte, hätte sie gedacht, dass jedes Dokument noch am Ankunftstag seinen Platz im korrekten Ordner fand. Das Datum auf den obersten Briefen lag jedoch einige Wochen zurück. Helen ging nicht so weit, mehr als die Daten der Briefe zu lesen. Doch das Wort »Rechnung« sprang so ins Auge, dass sie es gar nicht ignorieren konnte. Was für Rechnungen hortete Antonia in ihrer Handtasche? Nachdenklich schob sie das Briefbündel zurück zwischen Taschentücher, Einkaufsbeutel und Haarbürste.

Das Handy war gesperrt, deshalb ging sie damit zurück in die Küche und ließ sich erklären, wie man es entsperrte.

Der Aufwand lohnte sich nicht. Sie ließ es an die zwanzig Mal klingeln, ohne dass zu Hause jemand abnahm. Toms Handy war ausgeschaltet. Kurz überlegte sie, ob sie es auf Sebastians Handy versuchen sollte, doch zu ihrer Schande musste sie sich eingestehen, dass sie dessen Nummer nicht im Kopf hatte. Außerdem war er wahrscheinlich noch in der Schule.

Seufzend legte sie auf. »Soll ich es zurücklegen?«

Antonia steckte mit Kopf und Händen in einem der unteren Schränke und klang dumpf. »Gib es mir lieber. Wen wolltest du denn anrufen? Deinen Chef?«

»Nein, der ist im Urlaub. Ich wäre heute allein im Büro gewesen. Aber es wird sich bestimmt niemand wundern, wenn das Sekretariat der Volkshochschule an so einem Tag nicht besetzt ist. Ich wollte Tom erreichen. Er hat mir zwar versprochen, dass er sich um alles kümmern wird, aber seine Kumpel kommen zu Besuch. Eigentlich sollte ich zu Hause sein. Vielleicht nimmt er die Sache nicht ernst genug.«

Antonia tauchte aus dem Schrank auf und häufte ein großes Holztablett voll mit Dingen, die sich für eine Mahlzeit eigneten.

»Glaubst du, er könnte straucheln?«

Helen merkte genau, dass Antonia ihren Tonfall bewusst sachlich hielt. Trotzdem fühlte sie sich angegriffen. Der unverschämte Herr Hartmann mit seinem aufgedrängten Ratschlag fiel ihr wieder ein. Warum glaubten alle, ihren Mann beurteilen zu können, obwohl sie ihn nicht halb so gut kannten wie sie?

»Das ganze Wochenende hat er keinen Tropfen angerührt.«

Sie war selbst überrascht, wie aggressiv sie klang.

Antonia ließ sich heute nicht davon aus der Fassung bringen. Sie stellte zwei Flaschen Mineralwasser aufs Tablett, ohne Helen anzusehen. »Weil du gut auf ihn aufgepasst hast«, sagte sie.

Vor Helens innerem Auge erschien die Liste, die Sid von Toms Flaschenverstecken gemacht hatte, und sie schämte sich. Es war eine Sache, dass sie aufpasste, doch eine völlig andere, wenn ihr Sohn es tat.

Aber vielleicht würden sie es dieses Mal schaffen, und dann würde auch für Sid endlich alles wieder normal werden.

»Gut – dann muss ich eben auf ihn aufpassen. Na und? Immerhin versucht er es.«

Nun sah Antonia sie an und ließ ihre Hände auf den Griffen des Tabletts ruhen. Ihre Hände waren so gut gepolstert wie ihre Hüften. Die Griffe des Tabletts sahen zu klein für sie aus. Weich, aber stark – so war alles an Antonia. Manchmal beneidete Helen sie.

»Ich will dich nicht ärgern, Helen. Aber wie lange willst du es durchhalten, auf ihn aufzupassen?«

Helen spürte, wie ihr Herz schneller schlug, ein Gefühl von Gehetztheit und Angst ergriff sie. »So lange, wie es dauert«, sagte sie bockig.

Antonia seufzte. »Mir kommt es vor, als würde es schon sehr lange dauern.«

Helen streckte ihr das Handy entgegen. »Das ist meine Sache«, sagte sie. Doch sie gestand sich ein, dass es ihr tatsächlich nicht für längere Zeit möglich sein würde, Tom so zu überwachen, wie sie es für nötig hielt. Und dass sie sich außerdem innerlich dagegen sträubte. Sie wollte ihrem Mann vertrauen können. Wenn er ihr sein Wort gab, dann wollte und musste sie glauben, dass er es halten würde.

Antonia griff nach ihrem Handy. Zu früh ließ Helen es los, sodass ihre Freundin es nicht zu fassen bekam. Ungeschickt haschten sie beide nach dem fallenden Gerät, doch es versank mit leisem Glucksen im Wasser.

Sie stießen mit den Köpfen zusammen, als sie es eilig vom gefliesten Grund des Küchenozeans hoben. Alle Eile half nichts: Das Display war schon tot.

Antonia fuhr sich mit der nassen Hand durchs Haar, sodass es nach allen Seiten abstand. »Verdammter Mist!«

Helen fühlte sich wie das tölpelhafteste Huhn auf Erden und entschuldigte sich in atemlosem Tempo sicher sieben Mal.

Antonia gab ihr keine Schuld, trotzdem machte sie einen verstimmten Eindruck.

Petra

Petra war froh, dass die anderen Frauen gekommen waren – und gleichzeitig auch wieder nicht. Frau Lilienthals Zustand hatte ihr vorübergehend Angst gemacht, und sie war erleichtert, die Verantwortung für sie nun nicht mehr allein tragen zu müssen. Was den Rest anging, hatte sie widerstreitende Gefühle. Ihrer alten Lehrerin allein zu helfen wäre eine Art Genugtuung gewesen, denn in Petra gärte noch immer die schwer erklärliche Wut über deren heimliche Mildtätigkeit. Durch das Erscheinen der anderen war ihre Helferrolle jedoch so geschrumpft, dass sie sich wieder einmal unbedeutend fühlte.

Andererseits wünschte Petra der alten Frau bei allem Ärger kein solches Unglück, wie es nun geschehen war. Sie sah ein, dass so viel Hilfe wie möglich gebraucht wurde. Während die anderen Frauen Kleinigkeiten aus dem Wasser fischten oder aus den Schränken nahmen und ins Obergeschoss trugen, verstopfte sie im Nachhinein die Abflüsse, durch die das schmutzige Abwasser hervordrängte. Anschließend machte sie sich daran, aus einigen alten Decken eine Art Filter für die offene Haustür zu bauen, der den gröbsten Schmutz draußen halten sollte. Zu ihrem Kummer lag Frau Lilienthals Werkzeug jedoch im versunkenen Keller, und mit ihren behelfsmäßigen Mitteln brachte sie nichts Stabiles zustande.

Sie konzentrierte sich so auf ihre Aufgabe, dass sie zusammenzuckte, als Carolin sie ansprach.

»Frau Lilienthal hatte einen Camping-Gaskocher oben in der Abstellkammer. Sie macht gerade Wasser heiß und möchte wissen, ob Sie lieber Kaffee oder Tee hätten.«

Kaffee! Sehnsuchtsvoll atmete Petra ein, als könne sie ihn schon riechen. Seit wie vielen Monaten verzichtete sie auf Kaffee?

Aus einem Teebeutel konnte man zur Not sogar zwei Tassen Tee aufbrühen, und der Geschmack war ihr egal. Mit Kaffee war es eine ganz andere Sache. Sogar die billigen Sorten waren teurer als Tee, schmeckten ihr aber nicht halb so gut wie ihre kostspieligen Lieblingssorten. Und bei jeder Tasse fiel es ihr auf. Daher hatte sie beschlossen, lieber gar keinen Kaffee zu trinken als solchen, den sie nicht genießen konnte.

Nun bot Frau Lilienthal ihr Kaffee an. Wenn es eine der billigen Sorten war, wäre die Enttäuschung schmerzhaft. Doch danach fragen konnte sie unmöglich. Immerhin gehörte sie zu den Leuten, über die andere sich empörten, wenn sie sich wählerisch verhielten. Sie hatte keinen Anspruch auf teuren Kaffee.

Gequält rang sie sich ein Lächeln ab. »Tee, bitte«, sagte sie.

Carolin ging nicht, sondern blickte auf ihre nackten Füße. Einen davon ließ sie spielerisch durchs Wasser gleiten. »Frau Lilienthal wollte darauf wetten, dass Sie Kaffee trinken.«

»So? Wie kam sie darauf?«

»Ich weiß nicht. Trinken Sie nie Kaffee?«

Das Mädchen sprach, als wäre jedes Wort ein Risiko – zaghaft und errötend. Ganz anders, als sie sonst in der Apotheke bediente. Wenn sie ihr ein paar Wochen zuvor dieselbe harmlose Frage gestellt hätte, hätte Petra ihr beruhigend den Arm getätschelt und eine unverfängliche

Antwort gegeben, damit die Kleine sich nicht schlecht fühlte. Doch heute fühlte sie sich gereizt.

»Die Sorten, die ich mag, kann ich mir nicht leisten. Da trinke ich lieber gar keinen.«

Binnen einer Sekunde wurde Carolin tiefrot und sah verwirrt aus. Doch dann nickte sie und sagte leise etwas, womit sie ihrerseits Petra verblüffte.

»Welche Sorten mögen Sie denn? Ich weiß, welche Frau Lilienthal hat.«

So leise sagte sie es, dass es beinah nur ein Flüstern war. Und da musste Petra lächeln.

Carolin

Frau Lilienthals Schlafzimmer verwandelte sich in ein Ersatzwohnzimmer. Es roch nach einer Mischung aus Kaffee, Propangas, feuchtem Papier, verschiedenen Deoduftnoten und einem Strauß eingestaubter orientalischer Räucherstäbchen, die in einem Glas auf der Fensterbank standen.

Wenn sie das Sofa und die Polsterstühle aus dem Erdgeschoss auch nicht hatten retten können, so doch wenigstens eine Menge blauer und rostroter Kissen und Decken. Die lagen nun auf dem Fußboden zwischen den Fenstern ausgebreitet, wo Antonia es sich mit ihrem rosengeblümten Kaffeebecher gemütlich gemacht hatte.

Doktor Kosewitz thronte zurückgelehnt, aber doch nicht entspannt im Sessel. Carolin fand, dass Füße in Nylonstrümpfen ohne Schuhe immer komisch aussahen – die Zehen in dem durchsichtigen Gewebe wie eingepackte dicke Würmer. Doktor Kosewitz' nylonbestrumpfte Füße, die sie ordentlich nebeneinandergestellt hatte, sahen zu ihrer seriösen grauen Hose und der Bluse besonders unpassend aus. Vielleicht war das der Grund dafür, dass sie als einzige der Frauen ihre Hosenbeine wieder heruntergekrempelt hatte.

Carolin hatte noch immer Angst vor ihr, obwohl die Ärztin die Angelegenheit mit dem Rettungswagen nicht mehr erwähnt hatte und sie gar nicht zur Kenntnis nahm.

Auch jetzt blickte sie nicht auf, als Carolin zusammen mit Petra den Raum betrat.

Frau Lilienthal stand am Schreibtisch, auf dem sie die provisorische Küche eingerichtet hatte, nahm den dampfenden kleinen Kessel vom Campingkocher und goss zwei Becher Tee auf. Antonias Freundin Helen beobachtete sie besorgt dabei, als könne der alten Dame jeden Moment der Kessel aus der Hand fallen.

Petra bewegte sich mit hochgezogenen Schultern durch den Raum, ohne jemandem in die Augen zu sehen, so wie Carolin selbst es meistens tat.

Auch Petras Füße boten einen lustigen Anblick, denn ihre Socken gehörten nicht zusammen und waren mit buntem Garn gestopft. Die pinkfarbenen Gummistiefel, die eigentlich ihrer ältesten Tochter gehörten, wie sie Carolin auf der Treppe erzählt hatte, standen draußen bei Doktor Kosewitz' hohen Reitstiefeln und Carolins weißen Turnschuhen.

Um sich bei Frau Lilienthal für den Tee bedanken zu können, musste Petra sich vorher räuspern. Carolin konnte sich wunderbar in ihre Lage versetzen. Sie war sicher, dass Petra sich ähnlich fühlte wie sie selbst häufig. Den anderen unterlegen, hin- und hergerissen zwischen dem Wunsch, lieber unsichtbar sein zu wollen, und der Sehnsucht, wahrgenommen zu werden. Warum?

Sie hätte gern neben der vielfachen Mutter gesessen, die auch heute wieder keinen guten Kaffee bekam. Doch Petra Ziegler ließ sich neben Antonia auf den Sofakissen am Boden nieder. Als sie die Beine zum Schneidersitz überkreuzte, sah Carolin, dass die Sohlen der ungleichen Socken durchgelaufen waren. Da würde auch kein Stopfen mehr helfen.

Da der Drehstuhl am Schreibtisch für Frau Lilienthal reserviert war und Carolin sich nicht zu Antonia und Petra auf die Kissen zwängen wollte, setzte sie sich auf die Ecke des großen Doppelbetts und überlegte, wie lange Frau Lilienthal schon allein in diesem Bett schlief.

Ihre eigene Mutter hatte ihr Ehebett noch drei Jahre lang behalten, nachdem ihr Vater ausgezogen war. Danach hatte sie sich das gleiche schmale, weiß lackierte Eisenbettgestell gekauft, das auch in Carolins Jugendzimmer stand. Es hatte kugelförmige Zierknäufe, die zum Streicheln verlockten, dann aber durch ihre kratzigen Fehler in der Lackierung enttäuschten. Das Bett wirkte in dem sonst unveränderten Schlafzimmer ihrer Mutter zu klein und fehl am Platz.

Carolin war schon siebzehn gewesen, als ihre Mutter das Ehebett verkaufte, und hatte nicht mehr daran geglaubt, dass ihr Vater zurückkehren könnte. Nicht einmal daran, dass ihre Mutter einen neuen Mann kennenlernen würde, denn daran glaubte ihre Mutter selbst nicht. Und Carolin wünschte es sich auch nicht. Sie hatte sich nie vorstellen können, dass ein fremder Mann in ihrer Wohnung ein und aus ging. Trotzdem war sie nicht einverstanden gewesen, als ihre Mutter das neue Bett anschaffte. Es erschien ihr, als würde sie damit jede Hoffnung aufgeben.

Und tatsächlich machte das neue, schmale Bett ihre Mutter noch melancholischer und verbitterter, als sie es vorher schon gewesen war. Carolin mochte nicht daran denken, wie es ihr jetzt ging. Seit drei Wochen hatte sie nicht mit ihr gesprochen. Beim nächsten Anruf würde sie sich ein kolossales Klagelied anhören müssen.

Frau Lilienthal wirkte nicht melancholisch und auch nicht mehr so verstört wie bei ihrer Ankunft. Sie hatte sich vor einer Weile eine ärmellose gelbe Leinenbluse übergezogen und schnitt gerade den Zitronenkuchen in Scheiben. Die schlaffen Hautfalten an ihrem Hals bebten dabei.

Carolin hatte keine ihrer Omas richtig gekannt und

fragte sich, ob es anders war, bei so einer alten Frau aufzuwachsen, als bei einer fast dreißig Jahre jüngeren. Darüber hätte sie gern mit Patrick gesprochen.

Frau Lilienthal drehte sich zu ihr um und reichte ihr einen Becher Tee. Sie bedankte sich automatisch und stellte sich Patrick in diesem Zimmer vor. Auch sein Zimmer hatte sie verstohlen erforscht, doch die Einrichtung sagte nicht viel aus. Außer einem schwarzen Jugendbett mit Schubladen und angestoßenen Ecken, einem Kleiderschrank und ein paar alten Postern schien er alles mitgenommen zu haben, als er nach Hamburg gezogen war.

Ihr Herz schlug schneller, wenn sie an ihn dachte. Ebenso, wie es das in den zurückliegenden Jahren getan hatte, wenn sie an Stefan dachte. Der Unterschied war allerdings, dass sie in der gleichen Situation in Stefans Haus früher schon die Schubladen des Betts geöffnet und deren Inhalt durchwühlt hätte. Womöglich hätte sie sogar eine Kleinigkeit eingesteckt. Wenn sie sich das jetzt vorstellte, wurde ihr übel vor Scham.

Sie sah wieder Stefans Gesicht vom Morgen vor sich und konnte nicht mehr verstehen, wie sie so gefesselt von ihm hatte sein können. Jetzt kam es ihr so vor, als wäre Stefan die ganze Zeit nur der Platzhalter für Patrick gewesen, den sie in Wahrheit liebte. Den sie schon immer geliebt hätte, wenn er ihr früher begegnet wäre.

Die Erinnerung an ihre gemeinsame Stunde auf der Spielplatzbank und die Offenbarung, dass er eine Freundin hatte, versetzte ihr jedes Mal einen schmerzhaften Stich. Doch wer wusste, ob diese Freundin umgekehrt nicht nur ein Platzhalter für sie – Carolin – war? Vielleicht dauerte es bloß noch eine Weile, bis er sich dessen bewusst wurde.

Sie war auf dem Weg nicht dazu gekommen, Antonia von ihrem Erlebnis mit Stefan zu erzählen, auch weil es ihr dieser Helen gegenüber peinlich gewesen wäre. Helen hatte ihr gleich das »du« angeboten und schien nett zu sein, schüchterte sie aber durch ihr Äußeres ein.

So schöne, perfekt zurechtgemachte Frauen waren es, die am Ende jeden Mann bekamen. Wie Stefan. Und wahrscheinlich war auch Patricks Platzhalter-Freundin so eine tolle Frau. Sogar Helens Füße waren gepflegt und hübsch. Unwillkürlich versteckte Carolin ihren einen Fuß mit seinen unlackierten, viereckig geschnittenen Nägeln unter dem anderen. Als würden sie das Auge weniger beleidigen, wenn man nur einen sah.

Sie konnte mit solchen Frauen nicht konkurrieren. Ihr blieb nur, auf das Wunder der wahren Liebe zu hoffen, bei der es nicht auf das Äußere ankam.

Und darauf, dass Patrick ihr verzieh, wie sie die Sache mit seiner Oma verbockt hatte. Hätte sie doch bloß besser aufgepasst und Patrick schon am Vortag gewarnt. Er wäre nach Jeetzeburg gekommen, und sie hätten gemeinsam seiner Oma geholfen, ihre Sachen zu retten. Vielleicht hätte sie Frau Lilienthal sogar überreden können, in eine Notunterkunft zu ziehen. Sie konnte förmlich spüren, wie dankbar Patrick ihr gewesen wäre.

Hör auf! Du hättest mit ihm allein nicht einmal die verdammte Kommode tragen können. Und Frau Lilienthal hätte sich von dir zu gar nichts überreden lassen. Werd endlich wach!

Carolin blies auf ihren Tee und nahm sich zwei Atemzüge lang Zeit, um Mut zu sammeln, während die anderen damit beschäftigt waren, den Kuchen zu verteilen und Frau Lilienthals praktische Campingausrüstung zu loben. Dann räusperte sie sich.

»Ist das Wasser eigentlich über Nacht so hoch gestiegen? Bis wohin reichte es gestern?«

Frau Lilienthal gab ihr einen Kuchenteller, den sie von da an unbeholfen auf den Knien balancierte, weil sie sich nicht traute, ihn aufs Bett zu stellen.

»Als ich gestern Vormittag mit Detlef im Garten gestanden habe, war das Wasser noch gar nicht zu sehen«, sagte Frau Lilienthal. Sie griff nach der Tischkante, setzte sich vorsichtig auf den Schreibtischstuhl und drehte ihn so, dass sie alle Anwesenden im Blick hatte.

Carolin sah, wie ihre Chefin beim Kauen stockte und sichtbar schluckte.

»Detlef? Sie meinen Patrick, oder nicht?«, fragte Antonia.

Frau Lilienthal sah sie verwirrt an. »Habe ich Detlef gesagt? Natürlich meinte ich Patrick. Das passiert mir manchmal. Patrick ähnelt seinem Vater. Gut, dass er nicht hier ist. Er ärgert sich immer, wenn ich ihn Detlef nenne.«

Carolin hielt ihren Teebecher mit beiden Händen fest, damit er nicht zitterte. »War Patrick denn gestern noch hier? Ich dachte, er wäre am Samstag schon nach Hamburg gefahren.«

Frau Lilienthal nickte. »Samstag, ja. Was haben wir denn heute?«

»Heute ist schon Montag, Frau Lilienthal«, sagte Antonia.

Frau Lilienthals Verwirrung erschreckte sie alle. Petra starrte die alte Frau mit weit aufgerissenen Augen an. Doktor Kosewitz lehnte sich im Sessel vor und lauschte dem Wortwechsel wachsam, ohne etwas beizusteuern.

Frau Lilienthal schüttelte den Kopf und prustete belustigt. »Ist das wahr? Ja, so ist das im Alter. Da gibt es keinen Stundenplan mehr, der einem den Tag verrät, ob man will oder nicht. Was habe ich denn dann gestern gemacht, wenn Patrick schon am Samstag weggefahren ist? Ich weiß es nicht mehr.«

Ihr Blick wanderte zur gegenüberliegenden Wand – der Stirnseite ihres Bettes –, wo besonders viele Fotos hingen. Eines der größten zeigte Patrick als Teenager mit seinem Vater. Besonders auffällig fand Carolin die Ähnlichkeit zwischen den beiden nicht.

Sie sah sich verstohlen auch die anderen Bilder an. Die meisten waren Schnappschüsse von Kindern beim Spielen, beim Lesen oder im Schlaf. Nur von Patricks Vater, einem älteren Mann und einer jungen Frau gab es Bilder im Erwachsenenalter.

»Patrick möchte, dass ich das Haus verkaufe«, sagte Frau Lilienthal unvermittelt und klang dabei verletzlicher als noch einen Moment zuvor.

Antonia sah sie mitfühlend an. »Er macht sich Sorgen um Sie. Ihre Treppe hier ist wirklich schmal und steil.«

Ihre Chefin hatte eine wohltuend warme Stimme, das hatte Carolin schon von Anfang an so empfunden. Wenn man nur ihre Stimme hörte, würde man nicht glauben, zu welch einer energischen Organisatorin sie gehörte.

Frau Lilienthal schüttelte den Kopf, als wehrte sie sich dagegen, sich von dieser Stimme einlullen zu lassen. »Patrick ist jung und will seine Freiheit. Er will sich keine Gedanken um seine Oma machen müssen. Aber warum soll es mir anders gehen? Ich bin zwar alt, trotzdem will ich auch meine Freiheit. Und meine Freiheit behalte ich, wenn ich so lange wie möglich in meinem Haus wohnen bleibe.«

Doktor Kosewitz kündigte mit einem lauten »Hm!« herrisch an, dass sie sich zu Wort melden würde. »Das dürfte in nächster Zeit schwierig werden. Ich vermute, dass ein erheblicher Aufwand auf Sie zukommt. Dieses Haus wieder trockenzulegen und anschließend zu renovieren wird langwierig. Wahrscheinlich müssen Sie die Fußböden herausreißen lassen. Und wer weiß, wie lange es überhaupt dauert, bis man mit den Arbeiten beginnen kann? Es wird Wochen oder sogar Monate dauern, bis Sie hier wieder normal wohnen können. Ganz abgesehen von den Kosten.«

Sie presste sich so angestrengt die Fingerkuppen der linken Hand gegen die Schläfe, dass die Finger weiße Stellen bekamen. Sprach sie überhaupt von Frau Lilienthals Haus? Oder eher von ihrem eigenen?

Helen, die ebenfalls angespannt wirkte, teilte ihre Gedanken. »Wird das in Ihrem eigenen Haus dasselbe Problem sein?«, fragte sie. Distanziert klang sie dabei, als fragte sie nur aus Höflichkeit.

»Kein Zweifel, dass es ärgerlich genug wird«, erwiderte Doktor Kosewitz.

Frau Lilienthals Hände waren unruhig, ihre knochigen Finger tippten sinnlose Morsezeichen auf ihre Oberschenkel.

Carolin fand es grob von Doktor Kosewitz, so auf den katastrophalen Schäden herumzureiten, die Frau Lilienthal an ihrem Haus zu erwarten hatte. Die alte Frau war doch schon erschüttert genug.

»Ich hatte das nicht erwartet. Aber ich hätte es mir denken können«, sagte Frau Lilienthal, ganz offensichtlich mehr zu sich selbst als zu ihren Gästen.

»Was denn?«, fragte Antonia.

Carolin betrachtete zum ersten Mal an diesem Tag das Gesicht ihrer Chefin genauer. Normalerweise war es rosig und glatt wie das einer Werbespot-Mutter, die ihren Kindern vor der Kamera den besonders gesunden Multivitaminsaft eingießt. Heute hatte sie Schatten unter den Augen, und ihre Falten wirkten tiefer.

Frau Lilienthal rieb sich gedankenverloren ihre Knie.

»Mein ganzes Leben lang sind mir immer wieder diese Dinge passiert, von denen ich glaubte, sie würden nur anderen Leuten passieren.«

Antonia

Antonia wusste, was Frau Lilienthal meinte. Sie hatte zum ersten Mal in ihrem Leben eine Ahnung davon, wie sich das anfühlte.

Wenn ihre Ehe zerbrach und sie ihre heile Familie verlor. Wenn sie ihre geliebte Apotheke aufgeben musste, weil die verdammten Zahlenkolonnen unrettbar aus dem Gleichgewicht gekommen waren. Das waren Dinge, die eigentlich nur anderen passierten. War Frau Lilienthals Leben wirklich voll davon gewesen? Oder hob das neue Unglück die vergangenen in der Erinnerung hervor?

»Das klingt schrecklich«, sagte sie.

Doch Frau Lilienthal wirkte überhaupt nicht niedergeschlagen. Ihr Auflachen klang etwas brüchig, aber dennoch lebensfroh.

»Vieles war schrecklich, aber nicht alles. Mir fiel eine Berufsausbildung in den Schoß, als meine Freundinnen noch höchstens von der Hauswirtschaftsschule träumten! Und das, obwohl meine Eltern der Meinung waren, dass Mädchen keinen Grund hätten, eine Ausbildung zu machen. Bis ich siebzehn war, hätte ich es nicht geglaubt, wenn mir jemand erzählt hätte, dass ich einmal Lehrerin werden würde. Aber zu meinem Glück herrschte Lehrermangel. Vom ersten bis zum letzten Tag habe ich meinen Beruf geliebt. Dabei hätte ich ihn zwischendurch einmal fast aufgegeben.«

Sie nahm einen Schluck aus ihrem Becher und verzog das Gesicht.

Trank sie Kaffee oder Tee? Antonia hatte nicht darauf geachtet. Sie war müde und froh, dass sie sich eine Weile gegen die mit Kissen gepolsterte Wand lehnen und der alten Frau zuhören durfte. »Wann war das denn? Dass Sie aufgeben wollten?«

»Nach Detlefs Geburt. Mit drei Kindern, dachte ich, würde ich es nicht schaffen, wieder als Lehrerin zu arbeiten. Das waren die Fünfzigerjahre. Als berufstätige Ehefrau und Mutter wurde man schief angesehen.«

»Ausgerottet ist das immer noch nicht«, sagte Helen. »Wenn mit den Kindern alles gut läuft, gilt die berufstätige Mutter als toll. Sobald aber etwas hakt, liegt es daran, dass dieselbe Mutter sich offenbar nicht genug Zeit nimmt, sich um ihre Kinder zu kümmern.«

Antonia lehnte ihren Kopf gegen die Wand und betrachtete Helen. Ihre Freundin war seit Sids erstem Kindergartentag in Teilzeit berufstätig, doch da es mit ihren Söhnen nie irgendwo ernsthaft »gehakt« hatte, kannte sie solche Vorwürfe eigentlich nicht aus erster Hand. Warum ereiferte sie sich also plötzlich so? Es wirkte, als wolle sie sich selbst überzeugen.

Obwohl es sicher nicht so gemeint war, fühlte Antonia sich gerade dadurch gekränkt. Sie selbst war die berufstätige Mutter, die auf ihrem Karriereweg den guten Draht zu ihren Kindern verloren hatte. Allein dass Helen erwähnte, wie oberflächlich die Gesellschaft urteilte, wirkte auf Antonia wie eine unterschwellige Anschuldigung.

Sie hätte heulen können, weil sie sich so zerrissen fühlte. Ihr Leben lang war sie für das Recht der Frauen eingetreten, Mutterschaft, Familie und Berufstätigkeit zu vereinbaren. Doch die vorangegangenen Wochen hatten ihrer Überzeugung Risse verpasst.

Neben ihr rückte Petra Ziegler unbehaglich auf den Kissen herum. Sie stellte ihren Teebecher vor sich auf dem Boden ab und zupfte an ihren verschiedenfarbigen Socken. »Aber stimmt das denn nicht?«, fragte sie mit leiser Stimme.

Nun kam der Angriff von zwei Seiten! Antonia sah Petra fassungslos an. »Dass die Mütter schuld sind?«, entfuhr es ihr.

Petra zuckte mit den Schultern. »Ich weiß nicht, wie es ist, wenn man nur ein Kind hat. Aber bei mehreren ist immer etwas zu erledigen, was wichtig ist, damit die Kinder zurechtkommen. Man muss darauf achten, dass sie ihre Hausaufgaben machen, oder ihnen helfen, wenn sie ein Schulbuch nicht finden können. Oder sie haben auf dem Schulweg ihre Jacke verloren oder ihre Handschuhe, und man muss los, um sie zu suchen. Oder sie sind krank, und man muss da sein, um sie zu trösten. Oder sie haben Angst und trauen sich nicht allein zum Spielplatz oder zum Fußball.«

»Aber es müssen doch nicht immer die Mütter sein, die das alles machen!«, protestierte Helen.

Erneut hieb sie in die Kerbe ihres merkwürdigen Protests. Helen hatte selbst all diese Aufgaben zusätzlich zu ihrer Teilzeitarbeit übernommen. Tom hatte sich für seine Söhne nie auch nur halb so sehr engagiert, wie zum Beispiel Monty es für seine Töchter getan hatte. Und Helen hatte das immer hingenommen wie ein Naturgesetz.

Antonia war sich bewusst, wie viel Glück sie mit Monty gehabt hatte. Sie hatte nie mit ihm darüber streiten müssen, dass er seinen Anteil an der Familienarbeit übernahm. Er hatte es ganz selbstverständlich getan.

Er war für seine Töchter der Vater gewesen, den Antonia sich in ihrer Kindheit selbst gewünscht hätte. Ihr eigener Vater hatte wenig Zeit mit ihr verbracht. Er war politisch aktiv gewesen und im Laufe der Jahre immer konservativer geworden, bis er sogar die Partei gewechselt hatte. Noch Jahre nach ihrer Trennung, bis zu seinem Tod, war das ein Anlass für Streit zwischen ihren Eltern gewesen, und der Grund, warum Antonia sich von der Politik ferngehalten hatte. Wodurch sie für ihren Vater uninteressant geworden war. Jedenfalls hatten sie sich nie viel zu sagen gehabt.

Montys Verhältnis zu Mickie und Annika war anders. Antonias ganzes Studium hindurch und in ihrem ersten Jahr mit der neu erworbenen Apotheke war er mehr für die Mädchen da gewesen als sie. Erst als Anfang des Jahres ihre finanziellen Schwierigkeiten mit der Apotheke zunahmen, hatte sie zu Hause wieder mehr Aufgaben übernommen. Sogar auf sie selbst wirkte das widersinnig, aber es hatte sie dazu gedrängt. Warum? Hatte sie tatsächlich schon vor Monaten das Gefühl gehabt, dass sich ihre Familie von ihr entfernte und sie etwas wiedergutmachen musste?

Oder hatte sie Monty schon im Voraus beweisen wollen, dass sie nützlich und unentbehrlich war, auch wenn sie mit ihrer Selbstständigkeit scheiterte?

Petra schnaufte abfällig. »Die meisten Männer interessiert das doch nicht. Die wissen gar nicht, was sie tun müssen, wenn sie sich um die Kinder und das Haus kümmern sollen.«

Dieses Urteil fand Frau Lilienthal zu hart. Sie gab ein paar beschwichtigende Laute von sich. »Es gibt Ausnahmen. Wir wollen die Männer nicht alle über einen Kamm scheren. Mein Paul hat mir mehr dabei geholfen, für meine beiden Kinder zu sorgen, als der leibliche Vater. Er wusste genau, wie man einem Kind mit Bauchschmerzen eine Wärmflasche macht. Und er hat mich immer darin bestärkt, dass es richtig war, meinen Beruf wieder aufzunehmen. Nicht, dass ich eine Wahl gehabt hätte. Meine Güte, dieser Kaffee schmeckt wie ausgekochte Schnürsenkel. Was hat Patrick denn da bloß eingekauft? Ich trinke ja sonst gar keinen Kaffee mehr, wegen meinem Herz. Und wenn jeder Kaffee so schmeckte wie dieser, wäre das kein Verlust. Wahrlich nicht! Verzeihen Sie, dass ich Ihnen nichts Besseres anbieten kann.«

Antonia schmunzelte über Frau Lilienthals verzogenes Gesicht ebenso wie über ihren Themenwechsel.

Sie selbst konnte hundert Schokoladensorten am Geschmack erkennen, war aber kein Gourmet, was Kaffee anging. Hauptsache, es war Koffein darin, dann erfüllte er seinen Zweck.

»Warum hatten Sie denn keine Wahl, ob Sie wieder in den Beruf einsteigen wollten?«, fragte sie.

Gleichzeitig hatte Carolin – die aus lauter Schüchternheit wahrscheinlich bis zum Aufbruch ihren leeren Kuchenteller auf dem Schoß behalten würde, wenn ihn ihr niemand abnahm – tapfer ihre Schultern durchgedrückt, um ebenfalls eine Frage zu stellen. »Wie viele Kinder hatten Sie?«

Und Carolin war es, die eine Antwort bekam.

»Drei. Ich hatte drei kleine Kinder. Vor langer, langer Zeit. Heute habe ich wenigstens noch einen Enkelsohn. Aber nun habe ich genug von mir gesprochen. Carolin, wissen Sie, dass ich Ihre Chefin, genau wie Frau Ziegler und Frau Doktor Kosewitz, in der Grundschule unterrichtet habe? Kleine Mädchen, die zu schüchtern waren, sich allein beim Eiswagen ein Eis zu kaufen. Ich musste sie an die Hand nehmen. Und nun sehen Sie mal, was aus ihnen geworden ist.«

Carolin lächelte scheu und linste unter gesenkten Lidern hervor zu Doktor Kosewitz.

Die schüttelte den Kopf. »Ich kann mich nicht daran erinnern, dass es zu meiner Grundschulzeit schon Eiswagen gegeben hat.«

»Oh, zu meiner schon«, platzte Helen heraus. »Und was würde ich jetzt für drei schöne Kugeln Eis geben. Waldmeister, Zitrone und Stracciatella.«

Alle außer Doktor Kosewitz und Frau Lilienthal lachten.

»Wie schade, dass der Gefrierschrank untergegangen ist. Sonst hätte ich vielleicht noch ein Eis für Sie gehabt. Wären Sie doch nur ein paar Tage früher gekommen.«

Helen nickte. »Das wäre gut gewesen. Dann hätten wir Ihnen nicht nur dabei helfen können, schnell noch das Eis aufzuessen.«

»Ich mag Eis gar nicht so gern«, sagte Carolin auf ihre leise Art.

Antonia sah sie verdutzt an. Das war womöglich das erste Mal, dass sie Carolin ausdrücken hörte, was sie nicht mochte. Und ausgerechnet ihre Abneigung gegen Eis war ihr so wichtig, dass sie sich deshalb zu Wort meldete?

Frau Lilienthal stand auf und stöberte durch die Lebensmittel, die Antonia auf dem Tablett versammelt hatte. »Da sind Sie aber etwas Außergewöhnliches, meine Liebe. Patrick kann ich mit Eis überallhin locken. Das hat sich nicht geändert, seit er aus den Windeln heraus ist. Was der Junge wohl macht, dass ich ihn nicht erreichen konnte? Jetzt ist mein Telefon ja tot. Na, wahrscheinlich hat er sein Handy ausgeschaltet, damit er mit seiner neuen Freundin ungestört ist. Ist ja hin und weg von dem Mädchen. Seine große Liebe, sagt er. Als könne er das in dem Alter schon beurteilen.«

»Glauben Sie nicht, dass man das kann?«, fragte Carolin, ihr Gesicht wieder einmal rot und die Stimme zittrig. Sie meldete sich ungewöhnlich oft zu Wort, fand Antonia.

Die Situation schien sie sehr aufzuwühlen. Oder war es das Erlebnis mit ihrem Stefan? Davon hatte sie noch immer nichts erzählt.

Frau Lilienthal hatte ihre Erkundung der Lebensmittel beendet, ohne sich für etwas zu entscheiden, und wandte sich nun lächelnd Carolin zu.

»Als ich meinen ersten Mann geheiratet habe, war ich überzeugt, dass er meine große Liebe ist. Ich dachte das schon nach wenigen Tagen. Es dauerte sechs Jahre, bis ich ihn durchschaut hatte und begriff, dass er es nicht war. Erst durch die Entscheidungen, die ein Mensch in schwierigen Lagen trifft, lernen wir ihn kennen. Erst wenn gehandelt werden muss, sehen wir, ob wir uns auf jemanden verlassen können. Ob wir stolz auf unseren Mann sein dürfen.«

Antonia hatte nie darüber nachgedacht, ob Monty ihre große Liebe war. Sie war siebzehn gewesen und er neunzehn, als sie ein Paar wurden. Vom ersten Tag an hatten sie sich zusammen wohlgefühlt. Sie gingen zu Konzerten, fuhren an die See und schliefen am Strand, spielten nächtelang mit Freunden Brettspiele und tasteten sich an wunderbaren Sex heran. Sie hatten sich ihre erste gemeinsame Wohnung gesucht, als Antonia nach dem Abi ihre Ausbildung anfing, obwohl Inge nicht müde geworden war, ihr Schwierigkeiten zu prophezeien. Antonia hatte es darauf geschoben, dass ihre Mutter sich kurz zuvor von ihrem Vater getrennt hatte und frustriert war. Tot wäre die Beziehung gewesen, hatte sie gesagt. Erstarrt. Den Veränderungen des Lebens nicht mehr anzupassen. *Eines Tages wird es dir ebenso ergehen, Toni. Mach dich darauf gefasst! Wenn du schon mit ihm zusammenziehen musst, pass um Himmels willen auf, dass du dich nicht abhängig von ihm machst! Keine Frau sollte wirtschaftlich abhängig von ihrem Mann sein.*

Über zwanzig Jahre lang hatte sie die Warnungen ihrer Mutter belächelt und war unwillkürlich dennoch ihrem Rat gefolgt. All die Jahre über wäre sie immer in der Lage gewesen, für sich selbst zu sorgen.

Ihr zwanzigstes Ehejahr war das erste, in dem sie das nicht mehr ohne Weiteres von sich behaupten durfte. Und dieses Jahr war ausgerechnet auch das erste, in dem sie sich der Beziehung zu ihrem Mann nicht mehr sicher fühlte.

»Also sollte man nicht auf sein Gefühl vertrauen, wenn man sich verliebt?«, fragte Carolin.

Helen zog ihre hochgekrempelten Hosenaufschläge glatt. Nur bei ihr sah es aus, als hätte eine Designerin die Hose mit aufgekrempelten Beinen entworfen. »Liebe ist nun mal ein Risiko. Man kann nicht alles voraussehen. Deshalb musst du erst mal daran glauben, dass der andere dein Vertrauen verdient. Man kann doch eine Beziehung nicht mit Misstrauen anfangen.«

»Trotzdem muss man ja nicht gleich heiraten. Damit kann man sich auch Zeit lassen«, sagte Antonia.

Doktor Kosewitz saß inzwischen mit geschlossenen Augen da, die Finger an der Schläfe, als wären sie dort festgewachsen. Das Gespräch schien sie ungeheuer zu langweilen.

Wie ungerecht es auch sein mochte – aber alles, was die Ärztin tat, ging Antonia mittlerweile gegen den Strich. Je länger sie darüber nachdachte, desto stärker wurde ihre Abneigung gegen die Frau. Mit ihr in einem Raum festzusitzen war einer der schlechten Witze des Lebens.

»Jetzt klingst du wie deine Mutter«, sagte Helen.

Manchmal, wenn sie übermüdet war, fühlte Antonia sich paradoxerweise zappelig. Die Müdigkeit kribbelte und juckte in ihren Armen und Beinen, ja sogar im Rücken, wie

Mückenstiche von innen. Musste Helen da auch noch den Finger in eine ihrer Wunden legen? Gab es überhaupt eine Tochter auf der Welt, die klingen wollte wie ihre Mutter?

»Vielleicht bin ich ja doch noch in das Alter gekommen, in dem ich einsehe, dass meine Mutter mit dem einen oder anderen recht hatte, was sie mir früher vorgehalten hat«, sagte sie. Nicht einmal Mickie hätte widerwilliger klingen können.

»Aber Sie bereuen doch nicht Ihre Ehe?«, fragte Frau Lilienthal.

»Das nicht. Ich frage mich nur gerade, wie es für mich und meine Familie weitergeht, wenn unsere Ehe am Ende ist. Wir stecken in einer schwierigen Phase.«

»Solchen Pessimismus hätte ich gerade von Ihnen aber nicht erwartet. Sie waren immer so positiv eingestellt. Schon als Kind. Genau wie Frau Ziegler. Die hat sich auch durch nichts unterkriegen lassen«, sagte Frau Lilienthal.

Petra, die schweigsam neben Antonia gesessen hatte, ohne ihren Teebecher noch einmal in die Hand zu nehmen, erstarrte. Mit einer steifen Bewegung wandte sie sich ihrer alten Lehrerin zu.

»Woher wollen Sie das eigentlich wissen? Woher wollen Sie wissen, dass ich mich nicht habe unterkriegen lassen? Wenn Sie es wissen wollen: Manchmal in meinem Leben dachte ich, noch weiter runter geht es gar nicht. Wenn man mit dem Neugeborenen mit dem Taxi aus dem Krankenhaus kommt, und zu Hause wartet ein Mann vom Jugendamt, weil die Nachbarn solchen Lärm im Haus gehört haben. Und der Mann sagt: So geht es nicht, Frau Ziegler, damit muss jetzt Schluss sein. Sechs Kinder sind wirklich genug. Warum lassen Sie sich nicht sterilisieren, wenn es mit der Verhütung nicht klappt? Das sagt der Mann vom Jugendamt, während ich meine neugeborene

Tochter im Arm habe und meine Kinder zuhören. Würden Sie dem noch glauben, dass er Kinder gernhat? Ich nicht. Und wenn man so was hört … Als ich das gehört habe, da dachte ich: Petra, weiter runter geht es nicht. Sechs Kinder und keinen Mann, der bei dir geblieben ist – nun bist du der letzte Dreck.«

Das Schweigen im Raum vibrierte von gemischten Gefühlen.

»Hattest du die Kinder denn allein gelassen?«, fragte Antonia. Ihr Entsetzen musste hörbar gewesen sein, denn Petra warf ihr einen finsteren Blick zu.

»Der Mann vom Jugendamt hat das geglaubt. Hat mich nicht einmal gefragt. Als ob ich das hätte tun können! Marvin war erst zwei, Nadine vier, und Dennis, mein Großer, gerade mal vierzehn. Er ist ein toller Junge, aber ich hätte ihn bestimmt nicht mit all seinen kleinen Geschwistern allein gelassen. Nein. Marvins und Isas Vater hätte da sein sollen. Aber er hat sich verdrückt. Das war das letzte Mal, dass ich einem Mann vertraut habe.«

Antonia versuchte, ihr unbehagliches Gefühl zu lindern, indem sie die Kissen in ihrem Rücken neu arrangierte. Offenbar hatten alle Frauen im Raum heute ein Problem mit ihrem Mann oder den Männern im Allgemeinen.

Petras Verbitterung saß womöglich am tiefsten. Dabei hatte Antonia sie immer für eine Frohnatur gehalten.

»Warum war dein Mann nicht da? Wollte er seine neugeborene Tochter etwa nicht sehen?«, fragte Antonia.

Wie durch eine Lupe sah sie hinter Petras dunklen Haaren den aufgeriebenen Saum am Halsausschnitt ihres dunkelgrünen T-Shirts. Die beiden Stofflagen klafften auseinander.

Petras Blick wanderte über das orientalische Muster von Frau Lilienthals Schlafzimmerteppich. »Er hat Isas Geburt mit seinen Freunden gefeiert. In einer Gartenlaube. Da haben sie immer zusammengehockt. Als er nach Hause getorkelt kam, habe ich ihn gar nicht erst wieder hereingelassen. Wahrscheinlich ist er in die Gartenlaube zurückgegangen und hat da geschlafen. Eine Woche später kam er und hat seine Sachen abgeholt. Mit einer wie mir könnte er nicht zusammenbleiben, hat er gesagt. Eine, die ihm die Tür nicht aufmacht und ihn seine Kinder nicht sehen lässt. Er hat ein Riesentheater gemacht. Dass er ein Recht darauf hätte, seine Kinder zu sehen, und so weiter … Obwohl ich gar nichts dagegen gesagt hatte. Aber das kannte ich schon von den anderen beiden. Erst verlangen sie ihr Recht, und nach einer Weile interessieren sie sich nicht mehr dafür. Ihren Freunden erzählen sie, ich hätte ihnen die Kinder fremd gemacht. Ich bin jetzt fertig damit. Ich will keinen Mann mehr. Es geht auch ohne.«

Antonia suchte noch nach klugen Worten, da hatte Frau Lilienthal sie schon gefunden.

»Aber natürlich. Natürlich geht es auch ohne Mann. Das haben schon viele großartige Frauen bewiesen. Und ich glaube, Sie alle hier sind großartige Frauen. Ich frage mich, ob eine von Ihnen noch einmal ins Wohnzimmer hinuntergehen würde. Im Fernsehschrank steht eine Flasche Sekt, zu der ich Sie einladen möchte. Vielleicht sind auch die Süßigkeiten noch trocken. Für ein bisschen Lakritze wäre ich jetzt sehr zu haben.«

Helen erhob sich und stellte ihr Geschirr auf den Schreibtisch. »Ich hole Ihnen gern den Sekt, aber dann muss ich mich verabschieden. Es sei denn, wir können noch etwas für Sie tun. Gibt es noch mehr Möbel oder andere Sachen, die Sie heraufholen möchten?«

Helens Aufpasserjob rief, das war deutlich. Sie konnte

ihre Unruhe nicht mehr zügeln. Antonia war sicher, dass Helen alle fünf Minuten versucht hätte, Tom anzurufen, wenn das Handy nicht ins Wasser geplumpst wäre. *Hältst du dein Versprechen, Tom? Hältst du es auch wirklich?* Wahrscheinlich war es besser, wenn ihre Freundin nach Hause fuhr. Sollte sie ruhig weiter mit beiden Händen ihren Mann auf dem kippligen Podest stützen, auf das sie ihn gestellt hatte. Vielleicht würde ihr dann umso schneller auffallen, welche Belastung sie sich zumutete.

Schwerfällig stand Antonia ebenfalls auf, um Helen die Treppe hinunterzubegleiten und sich von ihr zu verabschieden.

Zusammen betrachteten sie von der untersten trockenen Treppenstufe aus das sonderbare Bild des überfluteten Flurs. Das Wasser war trüber geworden und roch fauliger. Petras Idee mit der Decke als Filter vor der Haustür schien nicht zu funktionieren.

Helen spitzte angeekelt die Lippen. »Wenn ich doch schon wieder auf dem Trockenen wäre. Ich würde gern meine Schuhe anziehen, auch wenn sie danach ruiniert sind. Schade, dass ich sie im Wohnzimmer gelassen habe.«

Sie sah so kummervoll aus, dass Antonia sich für ihre gemeinen Gedanken über sie schämte. »Warte, ich gehe und hole sie dir.«

Ohne Helens Einspruch abzuwarten, watete sie los ins Wohnzimmer. Obwohl sie nur eine halbe Stunde in Frau Lilienthals Schlafzimmer verbracht hatten, hatte sich der Anblick des Wohnzimmers schon wieder verändert. Das Wasser war noch ein wenig gestiegen – vor allem aber hatte es endgültig die Tapeten durchweicht, die sich nun langsam von den Wänden abschälten.

Auf dem Weg zum Regal geriet Antonia ein treibender Flickenteppich zwischen die Füße, und sie musste sich fest sagen, dass das nasse Ding kein Grund war, in Panik zu geraten.

Wenn sie ein paar Minuten später gekommen wäre, hätte das Wasser auch das Regalfach überschwemmt, in dem Helen ihre Schuhe abgestellt hatte. Die Schuhsohlen waren bereits nass. Mit den taubenblauen Ballerinas in einer Hand ging sie weiter zum Fernsehschrank, nahm die Sektflasche heraus und sah sich nach einem Gefäß um, in dem sie die Süßigkeiten nach oben tragen konnte. Eine altmodische, große Glasbowle fiel ihr ins Auge. Kurzentschlossen füllte sie sie mit den Gummibärchen, Lakritztalern aus ihrer Apotheke, Pfefferminzbonbons und Schokoladentafeln und legte noch ein paar Sektgläser obenauf.

Bepackt mit Bowle, Flasche und Schuhen machte sie sich auf den Rückweg. Absichtlich schlug sie einen Bogen um die Stelle mit dem Flickenteppich. Doch offenbar hatte der seine Position verändert, denn wieder berührte etwas ihre nackten Beine.

Sie schauderte, machte den nächsten Schritt und erstarrte. Was auch immer ihre Beine streifte, bewegte sich.

Bewegte sich wie etwas Lebendiges.

Mit einem Aufschrei zog sie das Bein aus dem Wasser, als wäre sie auf einem Bein stehend sicherer.

Prompt streifte das Ding ihr zweites Bein – pulsierend, flatternd, jedenfalls eindeutig lebendig. Wasserschlangen! Antonia schrie wieder und ließ die Sektflasche fallen, die mit einem dumpfen *Gluck* versank.

»Antonia? Alles in Ordnung?« Helen kam ins Wohnzimmer gestelzt. In ihren erschrocken aufgerissenen Augen spiegelte sich Antonias eigenes Entsetzen.

»Gibt es Schlangen in der Elbe?«, fragte sie. Ihre Stimme schrillte, doch sonst regte sie sich nicht. Sie hatte nicht gewusst, dass sie so lange auf einem Bein stehen konnte.

Dabei umklammerte sie die Bowle und Helens Schuhe wie einen Rettungsring.

Helens Bewegungen froren ebenfalls ein, und sie blickte schockiert ins trübe Wasser. »Schlangen?«

Antonia nickte. »So was schwimmt hier.«

Von der Treppe her hörten sie Petra und Carolin, die Antonias Schrei alarmiert hatte.

»Was ist los? Braucht ihr Hilfe?«, rief Petra.

Antonia schätzte die Entfernung zum nächsten Möbelstück ab. »Kommt nicht her. Hier ist ein Tier im Wasser!«

Drei Schritte bis zu den Stühlen am Esstisch. Und wahrscheinlich handelte es sich bei dem Untier nur um einen Fisch, der vor ihr fliehen würde, machte sie sich Mut.

»Wir steigen auf die Stühle«, sagte sie.

Allerdings war der Weg für Helen weiter als für sie. Zehn Schritte mindestens.

»Ich gehe keinen Schritt«, piepste Helen.

Wortlos wandte Antonia sich dem Tisch zu und setzte ihren zweiten Fuß ins Wasser. Sie biss die Zähne so fest zusammen, dass ihr Kiefer schmerzte. Ein Schritt – keine Schlange. Noch ein Schritt – nichts Lebendiges. Ein letzter Schritt – nur die Teppichkante. Und nun auf die nasse Sitzfläche des Stuhls. In Sicherheit!

Sie stellte aufatmend die Glasbowle und Helens Schuhe auf den Tisch, kletterte auf den nächsten Stuhl, packte den ersten an der Lehne und hob ihn aus dem Wasser, um ihn ein Stück weiter wieder abzusetzen und auf ihn umzusteigen. Wie bei einem Partyspiel bewegte sie sich auf den beiden Stühlen durch den überfluteten Raum bis vor Helens Nase.

»Aufsteigen«, sagte sie und streckte ihrer Freundin eine Hand entgegen.

Solange Helen noch einen Fuß im Wasser hatte, blieb

ihr Gesicht ernst. Doch dann fing sie an, hysterisch zu kichern.

Petra hatte nicht auf Antonia gehört, sondern ihre pinkfarbenen Gummistiefel angezogen. Und obwohl der Wasserstand nun höher war als die Stiefel und das Wasser ihr oben in die Stiefelschäfte hineinlief, stapfte sie unerschrocken los. In der Hand hielt sie eine Taschenlampe, mit der sie in das Wasser leuchtete.

»Ich glaube nicht, dass es in der Elbe Schlangen gibt. Vielleicht ist es ein Aal«, sagte sie.

Helen, die mit dem Kichern nicht aufhören konnte, klammerte sich mit beiden Händen an Antonia und schnappte nach Luft. »Ein Aal!«

Antonia hingegen entspannte sich ein wenig. Ein Aal war weder eine Anakonda noch ein weißer Hai. Vor gewöhnlichen Fischen sollte sie wirklich keine Angst haben. Hatte sich einer in die Wohnung verirrt, war eher das Tier zu bedauern.

»Wo war es denn? Ich sehe mal nach«, sagte Petra.

Sie strahlte eine wunderbare Ruhe aus – ungeachtet der Tatsache, dass ihr das Wasser inzwischen bis zu den Fransen ihrer Shorts reichte und es ein merkwürdiges Gefühl sein musste, in den vollgelaufenen Stiefeln zu gehen.

Antonia zeigte ihr die Stelle, wo sie dem unheimlichen Tier begegnet war. Gebannt beobachtete sie, wie Petra durchs Zimmer watete und im Strahl der Taschenlampe das Wasser absuchte.

»Hier ist jedenfalls eine Flasche Schampus«, sagte sie und angelte die Sektflasche aus den aalverseuchten Gewässern, obwohl ihr Arm dabei bis zur Schulter nass wurde. Ihre Unerschrockenheit ließ Antonia den Atem stillstehen.

Petra stellte die tropfende Flasche neben die Bowle und

Helens Schuhe auf den Tisch und setzte ihre Forschungsreise fort.

Nach einer Runde durchs Wohnzimmer hob sie ratlos die Hände. »Hier ist nichts«, sagte sie, spähte aber trotzdem noch durch eine halb offene Schranktür in den unter Wasser stehenden altmodischen Buffetschrank. Für einen Augenblick blieb sie reglos stehen, dann gluckste sie vergnügt.

»Das gibt's doch nicht.«

Antonia lehnte sich gemeinsam mit Helen so weit vor, dass sie beinah von ihren Stühlen gefallen wären.

»Ein Aal?«, fragte sie.

Petra schüttelte den Kopf. »Da drin ist ein Goldfisch. Ein ganz hübscher, mit einem Schleierschwanz. Sieht aus, als hätte er Angst.«

»Oh nein, der Arme«, sagte Antonia, stieg vom Stuhl und ging auf Petra zu. Wie hatte sie nur wegen eines kleinen Goldfisches in Panik geraten können?

»Sollen wir ihn einfangen? Er kann doch da im Schrank nicht überleben«, sagte Petra.

Antonia lagerte im Vorübergehen die Gläser und Süßigkeiten aus der Glasbowle auf den Tisch um und nahm das Gefäß mit. »Meinst du, wir erwischen ihn hiermit?«

Sie machten sich keine großen Hoffnungen, doch es gelang Petra verblüffend leicht, den Goldfisch aus dem Buffet zu schöpfen.

Während sie triumphierend die Bowle mit dem Fisch präsentierte, hielt Helen sich auf dem Stuhl mit einer Hand den Bauch. Die andere presste sie vor den Mund, und ihre Augen sprangen ihr vor unterdrücktem Lachen fast aus den Höhlen. »Unsere Fische haben keine Schuppen, sondern nur …«, keuchte sie.

Antonia formte aus der Vorderseite ihres rot-weiß gestreiften T-Shirts einen Beutel, sammelte vorsichtig die Schätze vom Wohnzimmertisch hinein und lachte. »… sondern nur Schränke«, ergänzte sie.

Petra ging prustend mit dem Fisch im Glas zur Treppe, um ihn Carolin zu zeigen, die gespannt wartete.

Helen zog sich ihre Schuhe an, während sie weiter auf dem Stuhl balancierte und sich mit einer Hand auf Antonias Schulter abstützte. Erst dann stieg sie hinunter und tastete sich mit vorsichtigen Schritten in Richtung Haustür vor. Sie seufzte und blieb stehen.

»Ich weiß gar nicht, ob ich mich jetzt noch allein auf die Straße wage.«

»In den Verkehrsfluss, meinst du?«, fragte Antonia, woraufhin sie beide lachten.

»Genau. Wer weiß, was da jetzt noch alles auf der Straße herumtreibt.«

»Ich komme noch mit zur Tür, damit ich dich warnen kann, falls dir ein Krokodil die Vorfahrt nehmen will.«

Herumalbernd wateten sie den Flur entlang – Antonia noch immer mit ihrem T-Shirt-Brustbeutel voll Leckereien und Gläsern vor dem Bauch und der Sektflasche in der Hand. Für den Moment hatte sie jede Vorsicht vergessen.

Völlig überraschend traf sie ein brennender Schmerz.

Wie ein Biss durchfuhr er ihren Fuß und ließ sie aufschreien. Gegen jede Vernunft hielt sie ihren Beutel weiter vor dem Bauch fest und blieb stehen. »Mein Fuß!«

Mit entsetztem Gesicht drehte Helen sich zu ihr um und starrte ins Wasser. »Du blutest!« Heldenhaft ihre Angst vor dem bissigen Wassergetier überwindend, kam ihre Freundin ihr zu Hilfe.

Auf Helen gestützt gelang es Antonia, den Fuß lange genug aus dem Wasser zu heben, um die Wunde sehen zu können. Sie war nicht gebissen worden, sondern auf etwas Spitzes getreten.

Helen holte mit ihrem eigenen Fuß vorsichtig eins von Frau Lilienthals abstrakten Holzkunstwerken aus der Tiefe empor, das einen Sockel aus Kupfer und mehrere dornenartige Verästelungen besaß.

»Immerhin kein Piranha«, sagte Antonia. Doch eigentlich war ihr die Heiterkeit vergangen. Sie war froh, dass Helen ihr zur Treppe zurückhalf.

Carolin stand noch immer auf der untersten trockenen Stufe und wartete ängstlich auf sie. In einer Hand hielt sie einen von Doktor Kosewitz' Reitstiefeln, als wäre sie kurz davor gewesen, ihn anzuziehen und ihnen zu Hilfe zu eilen. Nun drückte sie sich mit dem Rücken eng gegen die Wand, um sie durchzulassen.

Eingehüllt von aufgeregtem Stimmengewirr fand sich Antonia in Frau Lilienthals Schlafzimmer wieder und auf dem Schreibtischstuhl platziert.

»Ach, du meine Güte! Ach, du meine Güte, das tut mir so leid«, wiederholte ihre alte Lehrerin immer wieder, als sie den blutigen Fuß betrachtete und Helen ihr das schuldige Kunstwerk zeigte, das sie aus unerfindlichem Grund mitgeschleppt hatte.

»Lassen Sie mich mal sehen«, befahl Doktor Kosewitz.

Unwillkürlich zog Antonia ihren vor Schmerz pochenden Fuß zurück. »Ist nicht so schlimm. Ich brauche nur –«

Energisch öffnete Doktor Kosewitz ihre große Tasche. »Das können Sie in Ihrem Zustand gar nicht beurteilen. Sie können natürlich meinen ärztlichen Rat ablehnen und selbst an sich herumpfuschen. Aber wenn Sie dann morgen mit einer Entzündung oder gar Sepsis dastehen, kommen Sie doch angehumpelt und brauchen die Verschreibung für ein Antibiotikum.«

Antonia ballte die Fäuste und wünschte, sie hätte die Sektflasche noch in der Hand, um sie nach der Ärztin zu werfen. Doch Helen hatte die Flasche auf die Fensterbank neben die Gläser und Süßigkeiten gestellt.

»Zu einem Pharmaziestudium gehört eine umfangreiche medizinische Ausbildung. Auch wenn Sie das offenbar nicht glauben wollen: Ich weiß so gut wie Sie, wie eine Entzündung entsteht, was eine Sepsis ist und wie man beidem vorbeugt.«

Wenn sowieso ihr ganzes Leben den Bach runterging, gab es auch keinen Grund mehr, vor Doktor Kosewitz zu katzbuckeln, wurde ihr klar. An ihrem Verhältnis war ohnehin nichts zu retten.

Doktor Kosewitz richtete sich auf und reckte ihren Hals, sodass sie Antonia noch besser von oben herab betrachten konnte. »Ihr zwanzig Jahre altes medizinisches Grundwissen reicht sicher aus, um Beipackzettel verstehen zu können. Das Problem ist, dass Sie sich deshalb gleich als praktizierende Medizinerin betrachten. Ich habe Sie neulich schon einmal darauf hingewiesen, dass Sie besser daran täten, sich auf Ihre Kernkompetenz zu beschränken.«

Antonia atmete durch und entschied sich dagegen, die Ärztin zu beschimpfen. Betont ruhig wandte sie sich an Frau Lilienthal. »Haben Sie vielleicht etwas in Ihrem Medizinschränkchen, mit dem ich die Verletzung desinfizieren kann? Alkohol oder –«

»Carolin kann doch nachsehen«, fiel Helen ihr ins Wort.

»Wo ist sie denn?«, fragte Antonia.

Petra, die den Goldfisch in seiner Glasbowle voll trübem Wasser auf Frau Lilienthals Nachttisch abgestellt hatte, ging eilig zur Tür. »Noch auf der Treppe. Ich sage ihr Bescheid.«

Antonia hörte, wie Petra langsam die Treppe hinunterging – seltsamerweise, ohne Carolin anzusprechen. Dann verstummte auch das Knarren der Treppenstufen. Möglicherweise machte der Schmerz in ihrem Fuß sie überempfindlich, doch ihre Nackenhaare stellten sich auf, als würde sie eine der Szenen aus einem Horrorfilm sehen, in denen man genau wusste, dass gleich das Monster aus dem Schrank springt.

Auch den anderen Frauen schien die Stille aufgefallen zu sein. Sie blickten besorgt zur Tür.

»Helen, kannst du mal nachsehen, was sie machen?«, fragte Antonia. Ihre Stimme schwankte. Sie stand wohl doch stärker unter Schock, als sie zuerst gedacht hatte.

Helen setzte sich so zögerlich in Bewegung, dass Doktor Kosewitz einen ungeduldigen Schnalzlaut ausstieß und sie auf dem Weg zur Tür überholte.

Beide blieben auf dem Treppenabsatz plötzlich stehen und schlichen erst einen Atemzug später weiter. Als sie die erste Stufe hinunterstiegen, verschwanden sie aus Antonias Sichtfeld.

Verletzter Fuß hin oder her: Sie wechselte einen Blick mit Frau Lilienthal, stand auf und hinkte Arm in Arm mit der alten Dame zur Treppe. »Was ist los?«, flüsterte sie.

Die vier anderen standen auf den Stufen und starrten gebannt ins Wasser.

Petra sah Antonia kurz an und zeigte auf eine Stelle dicht neben der Kellertür. »Es gibt doch Schlangen in der Elbe. Oder jedenfalls in diesem Haus. Ein Aal ist das nicht.«

Antonia fiel auf, dass Petra und Carolin nicht mehr auf der untersten, sondern einige Stufen höher standen, als hätten sie bereits einen Sicherheitsabstand zwischen sich und das Tier gebracht. Dann versuchte auch sie zu entdecken, was die anderen für eine Schlange hielten.

Ihr stockte der Atem, und sie stand ebenfalls still wie eine Statue. Ein Python war es nicht, aber unverwechselbar eine Schlange, die sich träge durchs Wasser wand und die Winkel des Hausflurs erkundete. Sollte es etwa doch dieses Tier gewesen sein, das im Wohnzimmer ihre Beine gestreift hatte? Bei dem Gedanken glaubte Antonia die Berührung noch einmal zu spüren, und sie schauderte.

»Ob die giftig ist?«, fragte Helen, die ebenso elend aussah.

Frau Lilienthal lehnte sich so weit über das Treppengeländer, dass Antonia sie unwillkürlich am Arm festhielt.

»Sind Sie sicher, dass es eine Schlange ist? Ich sehe gar nichts. Vielleicht ist es nur ein altes Seil oder ein Kabel?«, fragte ihre ehemalige Lehrerin.

Antonia zeigte auf die Schlange. »Da ist sie. Viel zu beweglich für ein Kabel. Gibt es in Deutschland giftige Wasserschlangen?«

Frau Lilienthal kniff die Augen zusammen und blickte weiter angestrengt ins Wasser. »Ich bin nicht ängstlich. Aber wenn das tatsächlich eine Schlange ist, hoffe ich, dass sie nicht Treppen steigen kann. Einheimische Giftschlangen gibt es in der Elbe zwar nicht, aber wer weiß, ob sie nicht aus einem Terrarium ausgebüxt ist? Die neuen Mieter im übernächsten Haus haben so etwas. Die Frau hat mir davon erzählt.«

Helen, die sich am Treppengeländer festhielt, als hätte sie weiche Knie, warf Antonia einen Blick zu. Ihre Augen funkelten verräterisch. Waren das Tränen, oder lauerte da schon der nächste hysterische Lachanfall? »Ein Glück, dass wir den Fisch erwischt haben, bevor die Schlange es getan hat.«

Doktor Kosewitz, die nie ihre Hand von der Schläfe nahm und vom häufigen Zusammenkneifen ihrer Lippen ganz blasse Mundwinkel hatte, räusperte sich. »Frau Lilienthal, nun werden Sie mir recht geben, wenn ich darauf bestehe, dass Sie sich evakuieren lassen. Wenn Sie einwilligen, könnte die Feuerwehr uns alle aufs Trockene bringen.«

Frau Lilienthal blickte erstaunt auf. »Sie können sich auch unabhängig von mir von der Feuerwehr abholen lassen. Es ist doch selbstverständlich, dass Sie nicht hierbleiben werden.«

Helen nickte heftig. »Wir sollten auf jeden Fall die Feuerwehr rufen. Durchs Wasser wate ich jedenfalls nicht noch mal. Wenn ich daran denke, dass diese Schlange vorhin schon …« Sie unterbrach ihren Satz und schüttelte sich.

Antonia überlegte, ob ihr verletzter Fuß ein ausreichend dringender Grund war, die überlastete Feuerwehr zu rufen. Durch das Wasser waten würde auch sie nicht mehr, selbst wenn da keine Schlange wäre.

Carolin hatte die ganze Zeit neben Petra gestanden und das schwimmende Reptil im Auge behalten. »Könnten wir nicht herausfinden, was für eine Schlangenart das ist? Wenn sie nicht giftig ist, wäre sie doch harmlos. Wir könnten sie einfangen.«

»Ich sehe sie immer noch nicht«, seufzte Frau Lilienthal, was Antonia stutzig machte. Obgleich die Schlange ein braungraues Tarnmuster trug, war sie nicht zu übersehen.

»Haben Sie eine Brille im Schlafzimmer?«, fragte sie.

Frau Lilienthal zuckte mit den Schultern. »Ach, das alte Ding. Das bringt gar nichts.«

»Warum lassen Sie sich keine neue machen?«

»Wissen Sie, wenn man alt ist und nicht aufpasst, wird man von einem Arzt zum anderen geschickt. Und nichts gegen Sie, Doktor Kosewitz – aber ich fühle mich beim Arzt immer erst richtig krank. Wenn ich in eine Praxis gehe oder in ein Krankenhaus, wird mir schwindlig, und mein Blutdruck schießt in die Höhe. Sogar wenn ich nur jemanden besuchen möchte, geht es mir schlecht. Ich habe zu viele schlimme Erinnerungen. Junge Menschen verstehen das vielleicht nicht.«

»Ich glaube, dass ich es verstehe. Seit mein Vater gestorben ist, fühle ich mich in Krankenhäusern auch schlecht. Aber wegen dieser Angst müssen Sie doch nicht auf eine neue Brille verzichten. Da gibt es bestimmt eine Lösung. Vielleicht müssen Sie dafür gar nicht zum Arzt.«

Frau Lilienthal sah sie an, seufzte tief und lächelte. »Na, heute wird das jedenfalls nichts mehr. Ich werde darauf vertrauen, dass eine von Ihnen mich warnt, wenn die Schlange angekrochen kommt. Und nun sollten wir uns erst einmal um Ihren armen Fuß kümmern, oder meinen Sie nicht?«

Frau Lilienthal hatte Antonia nicht an ihre Verletzung erinnern müssen, denn ihr Fuß schmerzte, als würde jemand den Dorn in der Wunde herumdrehen.

Carolin ließ sich von Frau Lilienthal den Medizinschrank zeigen und kam kurz darauf mit einer Wundheilsalbe und einem Mullverband zu Antonia. Sie warf einen unsicheren Blick zu Doktor Kosewitz hinüber, die sich mit Frau Lilienthal über ein Naturbuch beugte und nach der Schlangenart suchte, die sich mit Vorliebe in überschwemmten Häusern aufhielt.

»Siehst du bitte nach, ob Splitter oder anderer Dreck in der Wunde stecken?«, bat Antonia.

Der Auftrag nahm Carolin die Scheu. Wunderbar sanft und mit sicherer Hand untersuchte und verband sie Antonias Fuß. Gewissenhafter hätte es auch die Ärztin unter den Umständen nicht tun können. So unsicher Carolin auch in vielen anderen Situationen war – in allem, was mit Medizin und Krankenpflege zu tun hatte, fühlte sie sich sichtlich zu Hause.

Eine Weile war Antonia so mit ihrem Fuß und Carolin beschäftigt, dass sie nicht aufblickte. Als sie es nun tat, bemerkte sie, dass Doktor Kosewitz sie beide über den Rand ihrer Lesebrille hinweg beobachtete.

Ihre Blicke begegneten sich, Doktor Kosewitz schob sich die Brille auf der Nase höher und widmete sich wieder dem Buch. »Lassen Sie so schnell wie möglich Ihre Tetanusimpfung auffrischen. Halten Sie den Fuß von dem schmutzigen Wasser fern, und lassen Sie sich von Ihrem Arzt ein vernünftiges Antiseptikum verschreiben.«

Carolin lächelte Antonia scheu zu. »Ich glaube, es ist nicht so schlimm«, flüsterte sie.

Antonia erwiderte ihr Lächeln dankbar, konnte sich einen Hieb gegen die Ärztin aber nicht länger verkneifen.

»Falls Sie glauben, dass Sie als Ärztin auch noch einen besseren Überblick über die erhältlichen Medikamente haben als wir in der Apotheke, dann irren Sie sich. Seien Sie froh, dass ich mich nicht jedes Mal bei Ihrer Praxis beschwere, wenn Sie wieder etwas verschrieben haben, was überhaupt nicht mehr lieferbar ist. Ich suche jeden zweiten Tag für einen Kunden einen passenden Ersatz heraus, der die Kassenrichtlinien ebenso erfüllt wie den medizinischen Zweck. Es fällt mir nicht schwer, die beste Behandlung für meinen Fuß selbst zu bestimmen.«

Doktor Kosewitz wandte sich ihr mit grimmigem Blick zu und nahm die Hand von der Schläfe. »Mir ist die Überheblichkeit Ihres Berufsstandes sehr wohl bewusst. Und ich habe vom ersten Tag an geahnt, dass Sie die Apotheke im Geist Ihres Vorgängers weiterführen werden. Schon

Herr Uhlenhop hat durch seine Arroganz der Selbstmedikation von Patienten Tür und Tor geöffnet. Sie ermutigen die Leute, sich im Internet oder am Stammtisch eine Krankheit auszusuchen und ihr Geld für unnütze Wundermittel auszugeben. Hauptsache rezeptfrei, damit kein Arzt ins Spiel kommt und die Diagnose richtigstellt, nicht wahr? Ich weiß genau, wie Herr Uhlenhop gegen mich intrigiert und das Vertrauen von Patienten in mich zerstört hat. Und Ihre ganze Art weist darauf hin, dass Sie sich von Ihrem vormaligen Arbeitgeber haben indoktrinieren lassen. Ich warte auf den Tag, an dem man Ihnen die Schuld an der Zustandsverschlechterung eines Patienten nachweisen wird, weil Sie eine ärztliche Verordnung nicht respektiert und deshalb falsch beraten haben!«

Antonia spürte, wie ihr das Blut aus den Wangen wich. Vor Fassungslosigkeit bekam sie kaum Luft. Sie wusste gar nicht, an welcher Stelle sie anfangen sollte, gegen Doktor Kosewitz' ungeheuerliche Unterstellung zu protestieren. »Ich habe niemals Patienten gegen Sie oder Ihre Verschreibungen beeinflusst. Auch nicht gegen andere Ärzte.«

Doktor Kosewitz stach mit dem Zeigefinger in Antonias Richtung, wie eine wütende Raubkatze, die mit der Tatze in die Luft schlug. »Ha! Glauben Sie, meine Praxishelferinnen berichten mir nicht, wie oft Sie oder eine von Ihren Mitarbeiterinnen anrufen, um eine Verschreibung anzuzweifeln? Und natürlich tun Sie das vor dem Patienten, erzählen Sie mir nichts! Das hat doch Methode!«

Antonia schnappte nach Luft. »Diese Anrufe wären nicht nötig, wenn Sie bei Ihren Verschreibungen darauf achten würden, im Bereich des Möglichen zu bleiben, wie ich es eben schon gesagt habe. Außerdem sollte Ihnen klar sein, dass ich im schlimmsten Fall mithafte, wenn Sie einen Fehler machen. Es ist ja wohl selbstverständlich, dass ich mir in Zweifelsfällen ein Rezept noch einmal bestätigen lasse. Ich handle dabei immer nach bestem Wissen und zum Wohl meiner Kunden.«

Doktor Kosewitz machte eine Geste, die besagte: Da sehen Sie! »Und immer halten Sie dabei Ihr bestes Wissen für besser als meins! Obwohl Sie nicht entsprechend qualifiziert sind. Jede meiner sorgfältig ausgewählten Praxishelferinnen ist qualifizierter als Sie. Wenn ich mehr Zeit hätte, mich mit solchen Dingen zu befassen, hätte ich längst einen neuen Mieter für die Apotheke gesucht.«

Antonias Hände zitterten. »Das werden Sie wohl ohnehin bald müssen. Sie tun ja schon Ihr Bestes, um mich loszuwerden. Ich dachte, Ihre unverschämten Mieterhöhungen und die Sache mit dem Hausmeister wären einfach Rücksichtslosigkeit. Nun begreife ich, dass Sie mir bewusst schaden wollen. Wie armselig, dass Sie nicht gleich offen mit Ihrer Meinung herausgerückt sind.«

Doktor Kosewitz zog ihren Raubtierkrallenfinger zurück und hob gleichzeitig die andere Hand wieder an die Schläfe. »Welche Mieterhöhungen? Die Firma meines Schwagers, Axel Schröder Immobilien, verwaltet das Gebäude. Ich habe damit nichts zu tun. Wie ich gerade sagte: Ich habe keine Zeit für solche Dinge. Es sollte mich allerdings sehr wundern, wenn Ihr Umsatz nicht ausreichte, eine gewöhnliche Mieterhöhung zu decken.«

»Diese Mieterhöhungen waren nicht gewöhnlich. Und sie treffen mein Unternehmen in einer schwierigen Zeit. Offenbar haben Sie auch davon nichts mitbekommen, aber seit der Neuordnung des Arzneimittelmarkts kämpfen die meisten freien, kleinen Apotheken um ihre Existenz. Anfang des Jahres musste ich auch noch in neue Laborgeräte investieren. Um es noch deutlicher zu sagen: Sie müssen sich eigentlich gar keine weitere Mühe mehr geben, mich loszuwerden. Wenn Sie bei Ihrer Mietforderung bleiben und weiter darauf bestehen, dass ich diesen viel zu teuren, unfreundlichen Schrat von einem Hausmeister mit seiner Höllenmaschine mitbezahle, steht die Weinberg-Apotheke ohnehin vor dem Aus. Sie können sich dann auf die Suche nach jemandem machen, der den Standort noch für rentabel hält.«

Ihre Verzweiflung war aus Antonia herausgesprudelt, bevor sie sich hatte besinnen können. Mit einem mulmigen Gefühl im Bauch warf sie Carolin einen Blick zu. Ihre junge PTA sah sie mit großen Augen und offenem Mund an.

»Tut mir leid, Carolin. Ich wollte niemandem etwas davon sagen, solange ich die Hoffnung noch nicht aufgegeben habe.«

Carolin hatte die Hände ineinander verschränkt wie eine erschrockene Klosterschülerin. »Aber … Gibt es denn keine Hoffnung mehr? Die Kunden kommen so gern zu uns. Das merkt man doch. Vielleicht müssten wir nur mehr Werbung machen. Oder noch mehr Service anbieten. Oder wir veranstalten Kurse in Ernährungskunde oder Rückenschule. Oder Erste Hilfe. Da kann man sich fortbilden, darüber hat man uns in der Ausbildung einiges erzählt.«

Antonia rieb sich die Arme. Die Müdigkeit reichte bis in ihre Seele. Natürlich hatte Carolin recht damit, dass noch nicht alle Möglichkeiten ausgeschöpft waren. Aber allein die Vorstellung, auf Kosten ihrer Familie noch mehr Zeit und Energie für ihre Arbeit aufbringen zu müssen, gab Antonia ein bleischweres Gefühl.

»Das kostet alles erst mal Geld. Und wer sollte das machen? Meinst du, es wäre dein Fall, Kurse zu geben? Du müsstest allein vorn stehen und zu den Leuten sprechen.«

Carolin wurde rot und senkte den Blick.

Frau Lilienthal stieß ein tadelndes »Ts, ts!« aus. »Also,

Frau Kronenberg, das könnte Frau Pfeiffer doch lernen. Ich dachte auch zuerst, ich könnte keine Lehrerin sein. Aber wenn man sich sein Fach gut angeeignet hat und sich darin zu Hause fühlt, dann lernt man auch zu unterrichten.«

Carolin schüttelte seufzend den Kopf. »Ich würde bestimmt keinen Ton herausbringen.«

Doktor Kosewitz war still geworden. Langsam ließ sie sich im Sessel nieder – so steif, als wäre sie ebenfalls eine alte Frau mit zermürbten Knien.

Antonia wunderte sich darüber, dass die Weißkittelfurie nicht weiterstritt, nicht das Eingeständnis ihrer großen Niederlage nutzte, um noch mehr kränkende Bemerkungen abzufeuern. *Also haben Sie komplett versagt. Wen überrascht das? Haben Sie selbst etwas anderes erwartet?*

Nein, sie hatte nichts anderes erwartet. Seit sie das Pharmaziestudium angefangen hatte, hatte sie heimlich befürchtet, dass sie zu hoch gegriffen hatte. Dass sie am Ende versagen würde. Sie hatte alles haben wollen: ihre Eigenständigkeit, eine spannende Karriere, die Erfüllung ihres beruflichen Traums, den liebenden Mann, die harmonische Familie. Nun verlor sie alles.

Und zur Krönung hatte sie sich den Fuß aufgespießt und saß zusammen mit ihrer Erzfeindin in einem Haus ohne Toilette fest, das von Wasserschlangen belagert wurde.

Vielleicht wurde es wirklich Zeit, Hilfe zu rufen. Sie nahm ihr Handy aus der Hosentasche, doch das Display war immer noch tot.

»Hat Petra ein Handy?«, fragte sie in das beklommene Schweigen der anderen Frauen hinein.

Helen schüttelte den Kopf. »Nein. Ich habe sie schon gefragt.«

Doktor Kosewitz holte tief Luft. »Ich habe ein Telefon.

Aber ich möchte noch kurz etwas sagen. Mir war tatsächlich nicht bewusst, dass die Apotheke in Existenznot ist. Und ich wusste nichts von den Mieterhöhungen. Hätte ich mich dafür entschieden, Ihnen zu kündigen, hätte ich das ganz offen getan. Würde es einen nennenswerten Unterschied machen, die Erhöhung zurückzunehmen und vorerst auszusetzen?«

Antonia schnaubte. »Sie haben doch zugegeben, dass Sie mich gern los wären. Warum sollten Sie jetzt so großzügig sein?«

»Nun … Für eine insolvente Apotheke fände sich schwieriger ein Nachmieter. Grundsätzlich sehe ich es aber als werbewirksamen Vorteil, eine Apotheke im Praxisgebäude zu haben.«

»Sogar, wenn ich sie führe?«

»Das ist immerhin besser als ein Leerstand.«

Wenn das keine aufmunternden Worte waren! Wer wäre für diese Art Großzügigkeit nicht dankbar gewesen? Antonia zwang sich, ruhig zu bleiben.

»Und wenn ich es mir nach Ihren Angriffen nicht mehr vorstellen kann, Ihre Mieterin zu bleiben? Ich habe mir früher eine harmonische Zusammenarbeit mit Ihnen erhofft und hatte nicht vor, die Spannungen zwischen Ihnen und Herrn Uhlenhop zu übernehmen. Aber Sie haben mir keine Chance gegeben, sondern meine Arbeit und die meiner Mitarbeiterinnen von Anfang an verachtet. Wahrscheinlich haben Sie sogar Ihre Praxishelferinnen gegen uns aufgehetzt. Das würde deren Unhöflichkeit erklären.«

Doktor Kosewitz schwieg und kniff die Augen zu. Antonia vermutete, dass ihr Kopf heftig schmerzte.

»Ich gebe zu, dass ich möglicherweise gleich das Gespräch mit Ihnen hätte suchen sollen, nachdem Herr Uhlenhop die Apotheke an Sie übergeben hat. Vielleicht hätten wir gewisse Verhaltensregeln festschreiben können, die der Zusammenarbeit förderlich gewesen wären.«

Obwohl die Ärztin damit einlenkte, empfand Antonia ihre Worte weiterhin als Hohn. Sie konnte sich vorstellen, wie so ein Gespräch verlaufen wäre. Doktor Kosewitz hätte ihr eine Liste von Regeln überreicht, die ihr vorgeschrieben hätten, wie sie ihre Apotheke zu führen hatte. Und sie hätte sich eine solche Einmischung verbeten.

»Mein Problem ist, dass Sie meine Ausbildung und meine Arbeit nicht respektieren«, sagte sie.

Doktor Kosewitz schwieg eine Weile und betrachtete nachdenklich den Goldfisch. Das Tier regte sich kaum und wirkte so unglücklich, wie ein Fisch nur wirken kann. Was Antonia ihm nicht verdenken konnte. Lange durfte ihr Schützling in dem engen Gefäß mit ungesundem Wasser und ohne Futter nicht bleiben.

Was sie daran erinnerte, dass sie allmählich dringend auf die Toilette musste. Sie fragte sich, ob es den anderen auch so ging und ob schon jemand eine Idee hatte, wie man dem Notstand abhelfen konnte.

»Das ist auch mein Problem mit Ihnen. Allerdings halte ich es jetzt für möglich, dass meine schlechten Erfahrungen mit Ihrem Vorgänger mich verleitet haben, Ihr Verhalten nicht objektiv zu betrachten.«

Sollte das eine Entschuldigung sein? War es überhaupt denkbar, dass diese engstirnige Frau eingestand, falschgelegen zu haben? Und welche schlechten Erfahrungen meinte sie bloß? In all den Jahren, in denen Antonia noch als PTA in der Weinberg-Apotheke gearbeitet hatte, war ihr nie aufgefallen, dass Herr Uhlenhop der Ärztin geschadet hätte. Großen Respekt hatte er nicht vor ihr gehabt, aber das hatte wohl eher daran gelegen, dass er grundsätzlich wenig von weiblicher Leistungsfähigkeit hielt. Auch ihr gegenüber hatte er nie einen Hehl daraus gemacht, was er von ihren großen Plänen hielt. »Wozu willst du dich denn mit diesem Studium herumschlagen, Mädel? Damit du hinterher eine eigene Apotheke am Hals hast, die dir keine Zeit mehr für deine Familie lässt? All die Paukerei, und dann die Last der Geschäftsleitung – das ist doch nichts für eine Frau! Dein Mann verdient doch nicht so schlecht, dass du das nötig hättest.«

Männern seiner Generation konnte man manche Dinge einfach nicht mehr vermitteln. Selbst nachdem sie bewiesen hatte, dass sie »die Paukerei« bewältigen konnte, war er skeptisch geblieben. Als sie die Apotheke von ihm übernommen hatte, schüttelte er sogar noch bei der Vertragsunterzeichnung den Kopf über sie.

Damals hatte das ihren Ehrgeiz beflügelt. Jetzt war sie erleichtert, dass ihr ehemaliger Arbeitgeber seinen Ruhestand überwiegend im Ausland genoss und somit ihre Niederlage nicht zur Kenntnis nehmen würde. Von welcher ihr unbekannten Seite hatte Doktor Kosewitz ihn gekannt?

»Ich wusste nicht, dass Ihr Verhältnis zu Herrn Uhlenhop so schlecht war. Mir gegenüber hat er das nie erwähnt.«

»Herr Uhlenhop ist ein bösartiger Chauvinist, der meine Kompetenz vom Tag meiner Praxisgründung an bei jeder Gelegenheit angezweifelt hat. Wenn Sie das nicht bemerkt haben, müssen Sie blind und taub gewesen sein.«

Ein dumpfer Knall ließ Antonia zusammenzucken. Eine Explosion?

Ihr Herz raste noch, als sie die wahre Ursache schon entdeckt hatte: Frau Lilienthal stand vor dem Fenster und fing ein wenig zittrig mit einem Glas den sprudelnden Sekt aus der gerade entkorkten Flasche auf. Resolut drückte sie

Antonia einen vollen Kelch in die Hand, dann Doktor Kosewitz und schließlich den anderen.

Petra blieb mit ihrem Sekt in der einen und einem Schrubber in der anderen Hand auf der Treppe stehen, um nötigenfalls die Schlange abzuwehren.

Frau Lilienthal prostete erst Antonia, dann Doktor Kosewitz zu. »Sie beide sollten einmal in Ruhe miteinander über Herrn Uhlenhop und Ihre Berufe reden. Ich habe so eine Ahnung, dass Ihnen das helfen könnte. Übrigens sind Sie sich ähnlicher, als Sie glauben. Ich finde das ganz interessant. Sie haben beide so viele Hindernisse überwunden, an denen andere gescheitert wären. Es wäre eine Schande, wenn eine von Ihnen jetzt aufgeben würde.«

Antonia nahm ihren Sektkelch wieder von den Lippen. »Ich möchte ja nicht aufgeben. Aber die Apotheke wirft schon seit einem Jahr nicht mehr so viel ab, dass ich langfristig davon leben könnte. Wenn ich weitermachen würde, ginge das auf Kosten des Familieneinkommens. Für Investitionen müsste unser Erspartes herhalten. Im schlimmsten Fall würden wir vielleicht sogar unser Haus verlieren, wenn ich mich mit der Apotheke zu sehr verschulde. Gerade jetzt kann ich meinen Mann um so etwas nicht bitten.«

»Weiß er, wie schlecht es der Weinberg-Apotheke geht?«, fragte Helen. Sie hielt ihr Glas mit beiden Händen am Stiel und hatte noch keinen Schluck getrunken.

Antonia schüttelte den Kopf und sah zu Boden. Drei verschiedene Paare leicht abgenutzte Pantoffeln sahen unter dem Bett hervor. Zwei davon hatten flauschiges Futter und die zu Frau Lilienthals Füßen passende Größe. Das dritte waren große, braun karierte Herrenhausschuhe.

Seit wie vielen Jahren war Frau Lilienthal jetzt alleinstehend?

Auf einmal zog sich Antonia die Brust zusammen, weil

sie daran denken musste, wie es sein würde, ohne ihren Mann zu leben. Keine schwarzen Socken mehr auf dem Schlafzimmerboden, kein Rasierzeug im Bad, kein liebevoller Scherz zur Begrüßung. Aber den Scherz gab es ja ohnehin schon seit einer Weile nicht mehr.

»Nein, ich habe es ihm nicht erzählt«, sagte sie und klang jämmerlich.

Helen seufzte. Ob aus Mitgefühl oder aus Missbilligung, war nicht festzustellen. »Aber du weißt es doch schon so lange.«

Antonia warf ihr einen kläglichen Blick zu. »Ich dachte, ich bekomme es in den Griff. Aber wenn ich diesen Monat alle Rechnungen bezahle, bin ich endgültig in den roten Zahlen.«

»Du solltest mit ihm reden«, sagte Helen.

Mehr als ein Schulterzucken fiel Antonia dazu nicht ein. Es war ja nicht so, als ob sie das nicht selbst gewusst hätte.

Helen hob ihr das Glas entgegen und nahm einen großen Schluck.

Antonia hielt mit und sah, dass auch die anderen sich anstecken ließen. Auch Carolin trank, sah allerdings nicht aus, als würde sie es genießen.

Petra kam mit ihrem leeren Glas ins Schlafzimmer. »So guten Sekt hatte ich zum letzten Mal bei meiner Schulabschlussfeier. Aber damals habe ich davon keine Schlangen und Goldfische gesehen«, sagte sie.

Zu Antonias Erstaunen zuckte sogar Doktor Kosewitz' Mundwinkel.

Als Petra ihr Glas auf dem Schreibtisch abstellen wollte, hielt Frau Lilienthal sie auf und goss ihr noch etwas mehr ein. »Vielleicht verschwindet das Viehzeug dann wieder.«

Eine Flasche Sekt war nicht viel für sechs Frauen und schnell geleert. Doch da sie alle wenig gegessen hatten, waren sie trotzdem beschwipst.

Helen gab das den Mut auszusprechen, was Antonia schon die ganze Zeit quälte. »Wir müssen ganz schnell die Feuerwehr rufen. Oder einen Eimer finden. Ich halte es nämlich nicht mehr lange ohne Toilette aus.«

»Ein Eimer wäre gut. Ich glaube nicht, dass die Feuerwehr schnell genug für mich sein wird«, sagte Petra von ihrem Wachtposten auf dem Treppenabsatz aus.

Antonia musste kichern, was ein untrügliches Zeichen dafür war, dass sie ihren Sekt zu schnell getrunken hatte. »Ich weiß auch gar nicht, ob die Feuerwehr überhaupt auf diese Art Notfall eingestellt ist.«

Carolin kicherte nicht, sah aber aus, als hätte sie zu lange in der Hochsommersonne gestanden. »Gibt es hier oben einen Eimer, Frau Lilienthal?«

Frau Lilienthal, die sich damit beschäftigte, Süßigkeitentüten aufzureißen, verneinte bedauernd. »Mein Putzeimer steht in der Abstellkammer unter der Treppe.«

»Wo die Schlange züngelt«, sagte Antonia. Sie hätte ein weiteres Glas Sekt gebrauchen können. Andererseits musste sie auch so schon dringend.

»Sie ist da nicht mehr. Ich glaube, sie ist ins Wohnzimmer geschwommen«, widersprach Petra von draußen.

Doktor Kosewitz hielt das Naturbuch auf den Knien. Es gehörte zu den vergilbten Exemplaren aus der lange zurückliegenden Zeit, als mit Bildern noch gegeizt wurde. »Es könnte eine Würfelnatter sein. Eine einheimische, ungiftige Schlange. Allerdings ist sie äußerst selten.«

Carolin linste aus der Entfernung auf die Buchseiten. Offenbar war sie noch immer darauf bedacht, Doktor Kosewitz nicht zu nahe zu kommen. »Schade, dass wir kein Internet haben. Da würden wir Bilder finden. Dann wüssten wir schnell Bescheid.«

Doktor Kosewitz' verächtlicher Blick verriet ihre vernichtende Meinung über Informationen aus dem Internet. Doch eine Bemerkung war ihr die Sache anscheinend nicht wert.

Helen konnte nicht mehr stillsitzen. Sie hibbelte auf ihrem Platz auf dem Bett von einer Pobacke auf die andere und kniff die Lippen zusammen. »Auch wenn das Viech ungiftig ist, möchte ich ihm nicht noch einmal begegnen. Reptilien machen mir eine Höllenangst. Ich finde sogar Schildkröten unheimlich. Aber –«

Petra steckte den Kopf ins Schlafzimmer und unterbrach Helen. »Also, mir ist das jetzt egal. Ich muss so dringend, dass ich es auch mit einer Riesenschlange aufnehmen würde. Wenn ich den Schrubber dabeihabe, kann ich sie bestimmt von mir fernhalten. Bis zur Abstellkammer sind es ja nur ein paar Schritte.«

Frau Lilienthal, die gerade mit der Gummibärchentüte unterwegs zu Carolin war, hielt inne. »Tun Sie das nicht. Wir wissen nicht, ob sie nicht doch giftig ist. Und Sie werden beide Hände brauchen, um die Tür zu öffnen.«

Carolin stand auf. Antonia glaubte, sie leicht schwanken zu sehen. Doch auch auf sie hatte der Alkohol noch eine andere Wirkung und machte sie wagemutig.

»Ich gehe mit und übernehme den Schrubber. Vielleicht könnte ich mir Ihre Reitstiefel leihen, Doktor Kosewitz?«

Beim zweiten Satz brach ihre Stimme, als würde sie sich plötzlich über ihren eigenen Mut erschrecken. Dennoch war ihr anzusehen, dass sie es ernst meinte.

Doktor Kosewitz klappte das Buch zu und hängte sich tiefer in den Sessel. Sie wirkte mindestens so erschöpft, wie Antonia sich fühlte. »Ja, ja. Meinetwegen können Sie

sie auch behalten. Es war nur Zufall, dass ich sie noch nicht weggeworfen hatte.«

»Sind Sie früher geritten?«, fragte Helen.

»Ja. Sehr gern. Aber für solche aufwendigen Hobbys habe ich keine Zeit mehr. Die Praxis braucht meine ganze Aufmerksamkeit.«

Carolin verließ den Raum, und Antonia hielt es nicht mehr auf ihrem Stuhl, obwohl ihr Fuß schmerzte. Sie hinkte Carolin nach, hielt sich am Treppengeländer fest und hüpfte auf einem Bein einige Stufen hinunter, bis sie den unteren Flur überblicken konnte.

Die Abstellkammer war nur eine Art niedriger Einbauschrank in der holzverkleideten Schräge der Treppe. Petra musste um den Pfosten des Treppengeländers herum- und zwei Schritte durchs Wasser gehen, dann würde sie die Schranktür erreichen können.

Während sie und Carolin sich die Stiefel anzogen, erschien Helen neben Antonia. »Siehst du die Schlange?«, flüsterte sie. Als könnte das Tier dadurch angelockt werden, dass man es erwähnte.

»Nein. Wer weiß, vielleicht hat sie längst das Haus verlassen und jagt Fische in den tiefer gelegenen Vorgärten.«

Carolin watete mit dem erhobenen Schrubber voraus. Petra beeilte sich, die fast komplett geflutete Abstellkammer zu öffnen und den Eimer herauszunehmen. Als sie ihn ausgoss und in die Höhe hielt, lächelte sie strahlend und wirkte auf Antonia zum ersten Mal an diesem Tag wieder wie die lebenslustige Frau, für die sie sie immer gehalten hatte.

Froh zeigte Antonia ihr einen aufwärtsgerichteten Daumen. Im selben Moment schrie Carolin auf und drosch mit dem Schrubber aufs Wasser. »Da ist sie!«

Hektisch planschten sie und Petra zur Treppe.

Tatsächlich war die Schlange zielstrebig näher gekommen, ließ sich jedoch durch Carolins Schrubberattacken abschrecken und kehrte um.

Unter halb schamhaftem, halb erleichtertem Gelächter brachten sie den Eimer im Badezimmer unter und wechselten sich mit der Benutzung ab.

Mit einem tiefen Seufzer der Zufriedenheit kehrte Frau Lilienthal als Letzte ins Schlafzimmer zurück.

»Wie viel Freude die kleinen Dinge machen können. Möchte noch jemand Lakritze?«

Helen seufzte und streckte die Hand aus. »Gern. Wenn sie mich glücklich macht.«

»Sind Sie etwa auch unglücklich?«, fragte Frau Lilienthal und schüttete ihr Lakritztaler in die Hand.

Helen zuckte mit den Schultern. »Ist man denn jemals ganz glücklich? Irgendwas ist doch immer.«

»Ich habe in meinem Leben schon viel darüber nachgedacht, wann ein Mensch glücklich ist. Oder warum manche Menschen viel Unglück erleben können und trotzdem ihre Lebensfreude nicht verlieren. Und andere schon nach einer kleinen Pechsträhne nur noch schwarzsehen.«

»Und haben Sie die Erklärung gefunden?«, erkundigte Antonia sich. Ein Rezept für Lebensfreude hätte sie jetzt gut gebrauchen können.

»Ich bin keine Philosophin. Aber drei gute Methoden, um Glück zu erleben, kann ich Ihnen verraten. Die erste ist, glücklich verliebt zu sein. Die zweite ist, immer ein Ziel zu haben. Und die dritte, der richtigen Beschäftigung nachzugehen. Etwas zu tun, das uns liegt und das wir gut beherrschen, in dem wir uns aber selbst immer wieder neue Aufgaben stellen können. Kleine oder große Herausforderungen, für die wir uns anstrengen müssen. Im Gegensatz zum Verliebtsein ist das ein einfacher Weg zum Glück, denn wir können allein darüber bestimmen. Zum glücklichen Verliebtsein muss noch jemand mitmachen.«

Sie lächelte und wartete mit der geneigten Lakritztüte darauf, dass auch Antonia ihre Hand aufhielt.

Doch Antonia fühlte sich nicht nach Lakritze. Sie spürte, wie ihr die Tränen in die Augen stiegen. »Meine Apotheke hat mich glücklich gemacht. Sie war mein Ziel und meine Beschäftigung.«

Sogar Doktor Kosewitz sah sie mitleidig an, was es nicht leichter machte. Mühsam schluckte Antonia, konnte aber nicht verhindern, dass ihr eine Träne über die Wange rollte.

»Ich liebe die Apotheke auch. Meistens fühle ich mich bei der Arbeit wohler als zu Hause«, sagte Carolin.

Als Antonia lächelte, fing sich ihre Träne im Mundwinkel, und sie schmeckte einen Hauch von Salz. »Obwohl es auch die grässlichen Kunden gibt? Wie unsere Freundin mit den Warzen?«

Carolin lachte. »Ja, trotzdem.«

»Was war denn mit der?«, wollte Helen wissen.

Antonia erzählte die Anekdote und wandte sich zum Schluss an Doktor Kosewitz, um ihr ein kleines Friedensangebot zu machen. »Sie sind ihr auf dem Parkplatz begegnet, Doktor Kosewitz. Die Frau im rosa Blazer. Was wollte sie denn von Ihnen? Hat sie sich darüber beschwert, dass der Fußboden in der Apotheke so rutschig ist?«

»Ich wüsste nicht, wann sie mir begegnet sein sollte.«

»Es war an dem Tag, als wir für Sie …« Antonia unterbrach sich, weil ihr jetzt einfiel, dass es wahrscheinlich nicht gut für die Stimmung war, die Ärztin an ihre Meinungsverschiedenheit wegen des Rettungswagens zu erinnern.

»Sie irren sich. An dem Tag war da niemand«, sagte Doktor Kosewitz.

»Doch. Wir haben durchs Fenster gesehen, wie die Frau auf Sie eingeredet hat«, widersprach Carolin.

Noch fester presste Doktor Kosewitz die Finger ihrer rechten Hand gegen die Schläfe, während ihre linke schlaff in ihrem Schoß lag. Sie schloss die Augen. Ihr blasses Gesicht wies bläuliche Schatten auf. »Unsinn. Das ist … Ich würde … Sein. Nein. Oh Gott, mein Kopf. Ich möchte jetzt nach Hause.« Sie klang jämmerlich und bedeckte ihr Gesicht mit der Handfläche.

Antonia fühlte sich auf einmal so nüchtern, als hätte jemand sie mit kaltem Wasser übergossen. »Wir rufen sofort die Feuerwehr. Wo ist Ihr Handy?«

Doktor Kosewitz öffnete die Augen, rang mit verzweifeltem Gesicht um Worte und zeigte dann mit ihrer rechten Hand auf ihre Tasche. Die linke ließ sie reglos liegen.

Carolin war noch schneller als Antonia, fand das Handy und reichte es ihr.

»Wie ist die PIN für die Tastensperre? Oder wollen Sie lieber selbst anrufen?« Sie hielt der Ärztin das Handy hin und beobachtete angespannt ihre Reaktion.

Doktor Kosewitz wehrte ungelenk mit der rechten Hand ab. »Ich weiß nicht«, sagte sie.

Antonias Hände begannen zu schwitzen. War es ein Schlaganfall? Lag sie dieses Mal richtig? Sie durften keine Zeit verlieren. Wenn sie recht hatte, war jede Sekunde kostbar. »Bitte, versuchen Sie sich zu erinnern.«

Doch die Ärztin schluchzte nur trocken.

Antonia zögerte nicht länger. »Wir müssen Hilfe holen. Doktor Kosewitz muss sofort ins Krankenhaus. Ich –«

»Ich laufe los«, sagte Carolin und war schon unterwegs zur Tür, als Frau Lilienthal sie aufhielt.

»Warten Sie! Patrick hat mir mal so ein Gerät gegeben, mit dem Senioren sich Hilfe rufen können. Wenn der Akku nicht leer ist … Ich habe es in eine Schublade gelegt. Wollte es gar nicht haben. Aber jetzt …«

Auch Helen sprang auf und half mit Carolin zusammen bei der Suche nach dem Notrufgerät, während Antonia sich neben Doktor Kosewitz kniete. Die Ärztin weinte und wiegte sich vor und zurück.

Antonia legte ihr die Hand auf den Arm. »Lehnen Sie sich zurück und bleiben Sie ganz ruhig. Wir schaffen das.«

Zu ihrer Erleichterung dauerte es nur Sekunden, bis Helen eine Art klobiges Handy mit großen Tasten und einem roten Knopf daran hochhielt. »Ist es das?«

Aufgeregt nahm Frau Lilienthal es ihr aus der Hand. »Ja. Hier sollte ich drücken. Das ist der Notruf, hat Patrick gesagt.«

Sie drückte den Knopf und hielt das Gerät ans Ohr, nahm es dann aber wieder herunter und hielt es Antonia hin. »Es funktioniert. Machen Sie das bitte. Ich bin zu aufgeregt.«

Antonia nahm sich stumm vor, Patrick für seine Voraussicht zu danken.

Kurz darauf war der Rettungsdienst alarmiert und unterwegs zu ihnen.

Dieses Mal protestierte Doktor Kosewitz nicht. Mit ängstlichem Gesicht griff sie nach Antonias Arm. »Meine Tasche.«

Antonia sah sich nach der großen Tasche um. »Möchten Sie die Tasche mit in die Klinik nehmen?«

»Nicht die. In meinem Haus.«

Das Sprechen fiel der Ärztin so schwer, dass Antonias Kehle sich zuschnürte. »In Ihrem Haus steht eine Tasche, die wir Ihnen bringen sollen?«

»Ja.«

Antonia hoffte, dass die Tasche leicht zu finden war. Sie wollte nicht nachhaken, um Doktor Kosewitz nicht noch mehr anzustrengen.

»Das werde ich tun. Machen Sie sich keine Sorgen.«

Nach nur zwanzig Minuten Wartezeit, die sich für Antonia dennoch anfühlten wie zwei Tage, trafen ein Rettungswagen und ein Einsatzfahrzeug der Feuerwehr ein.

Zwei mit achselhohen Anglerhosen ausgerüstete Feuerwehrmänner ließen ein Schlauchboot zu Wasser und brachten es bis vor die Haustür. Sie trugen Doktor Kosewitz in einer Art Campingstuhl mit Tragegriffen die Treppe hinunter und durch den Flur nach draußen.

Aus dem Schlafzimmerfenster konnten die Frauen beobachten, wie einer der beiden Feuerwehrmänner das Boot die Straße entlangschob und schließlich im flachen Wasser auf dem Asphalt auflaufen ließ, während der andere den Stuhl mit Doktor Kosewitz darin festhielt.

Der Rettungswagen parkte mit weit offenen Hintertüren nah an der Wasserkante. Daneben warteten der Fahrer und zwei Sanitäter, die energisch eine Gruppe von Schaulustigen mit gezückten Kameras und Handys auf Abstand hielten.

Behutsam hoben die Retter den Stuhl mit Doktor Kosewitz aus dem Boot in den Wagen. Die Eile, mit der der Fahrer Blaulicht und Sirene einschaltete und abfuhr, bestätigte Antonia darin, dass die Rettungskräfte ihre Befürchtung teilten.

Die neugierigen Zuschauer auf dem trockenen Teil der Straße ließen sich nicht von der Abfahrt des Rettungswagens entmutigen, sondern hielten ihre Kameras weiter bereit. Schließlich machte die Anwesenheit der Feuerwehr ihnen Hoffnung auf weitere aufregende Bilder. Tatsächlich kamen die beiden Feuerwehrmänner mit dem Boot zurück zur Haustür.

»Jetzt sind wir dran«, stellte Antonia fest.

»Sie haben uns das mit der Schlange nicht geglaubt, oder? Ob sie uns trotzdem alle nach draußen ins Boot tragen?«, fragte Helen.

»Mich werden sie nirgends hintragen«, sagte Frau Lilienthal und begann, das benutzte Geschirr zusammenzuräumen, als würde ein gewöhnliches Kaffeekränzchen zu Ende gehen.

Antonia fühlte eine Mischung aus Fassungslosigkeit und Bewunderung. »Sie haben Ihre Meinung trotz allem nicht geändert?«

Petra zeigte ihre Sorge am deutlichsten. »Das geht doch nicht, Frau Lilienthal.«

»Warum denn nicht? Mir fehlt hier nichts. Was Sie mir aus der Küche gebracht haben, reicht für drei Tage. Und einen Eimer habe ich auch!«

Der verschmitzte Klang ihrer Worte sollte sie alle beruhigen. Doch Antonia ließ sich nicht täuschen. Andere Zeichen deuteten darauf hin, dass die Seniorin sich erschöpft fühlte.

»Was ist mit der Schlange? Wer soll Sie vor ihr warnen, wenn Sie allein hierbleiben?«, warf Helen ein.

»Ich mache meine Tür zu und sperre das Tier aus. Falls es überhaupt die Treppe hochkommt.«

»Wenn Sie hierbleiben, bleibe ich auch.« Carolin trat so entschlossen auf, dass wohl auch aus Überraschung niemand widersprach. Antonia staunte und freute sich über die tatkräftige Seite ihrer sonst so schüchternen Angestellten. Doppelt schade fand sie es nun, dass sie auch Carolin verlieren würde, wenn sie die Apotheke aufgab.

Die Feuerwehrleute hatten die Treppe erreicht. »Hallo, die Damen! Das Taxi ist da!«

Petra blickte von Frau Lilienthal zu Carolin und wieder zurück. »Ich würde auch bleiben. Aber ich muss nach Hause zu meinen Kindern.«

Der Gedanke an ihre Heimkehr in ein höchstwahrscheinlich menschenleeres Haus entschied die Sache für Antonia. »Ich bleibe noch eine Weile hier.«

Helen wandte sich ihr erschrocken zu. »Kommt nicht infrage. Du mit deinem verletzten Fuß! Du kommst mit. Wie willst du es denn später allein aufs Trockene schaffen?«

»Wenn du Monty Bescheid sagst, könnte er mich heute Abend mit dem Kanu abholen.«

»Halloo?« Die Feuerwehrleute wurden ungeduldig.

Petra beeilte sich, Frau Lilienthal, Antonia, Carolin und Helen die Hand zu geben und ihnen Glück zu wünschen, bevor sie die Treppe hinunterlief und sich von den Männern ins Boot bringen ließ.

Helen verschränkte die Arme. »Oh nein, meine Liebe. Wenn du hierbleibst, dann bleibe ich auch!«

Ihr Make-up saß nach wie vor so perfekt, dass man ein Kosmetik-Werbefoto von ihr hätte schießen können. Und ihre strähnchengefärbte Frisur wirkte im zerzausten Look noch interessanter.

Antonia hinkte einen Schritt näher zu ihr und umarmte sie. »Red keinen Unsinn. Es ist besser, wenn du jetzt nach Hause fährst. Das wolltest du doch die ganze Zeit schon. Und es würde mir wirklich mehr helfen, wenn du Monty Bescheid sagst. Mit meinem Fuß müsste ich mich sonst von der Feuerwehr direkt bis nach Hause bringen lassen. Das wäre mir unangenehm.«

Helen erwiderte die Umarmung. »Na gut. Aber versprich mir, nicht noch einmal durchs Wasser zu waten.«

»Und der Schlange zu begegnen? Nein danke! Da kannst du beruhigt sein.«

Ohne viel Federlesens umarmte Helen auch Carolin und Frau Lilienthal zum Abschied und stellte sich auf die Treppe, um dort auf die Feuerwehr zu warten.

Antonia sah Frau Lilienthal an. »Es ist Ihnen doch recht, wenn Carolin und ich noch bleiben? Wir sind auch ganz leise, falls Sie ein Mittagsschläfchen halten möchten.«

Frau Lilienthal schmunzelte. »Sie hoffen, dass Sie mich umstimmen können.«

»Ich wäre froh, wenn mir das gelänge. Aber ich werde Sie bestimmt nicht drängen. Wir würden Ihnen einfach Gesellschaft leisten. Und wenn mein Mann mich abholt, können Sie sich noch einmal überlegen, ob Sie nicht doch mitkommen möchten.«

Mit steifen Bewegungen schlang Frau Lilienthal Gummibänder um offene Süßigkeitentüten, in denen noch Reste übrig waren. »Sie machen sich zu viele Gedanken um mich. Aber ich fände es schön, wenn Sie noch ein Weilchen blieben. Es war so ein netter Vormittag. Bis auf das Unglück mit Doktor Kosewitz natürlich. Hoffentlich geht die Sache für sie gut aus.«

Helen tauchte noch einmal im Türrahmen auf. »Apropos Doktor Kosewitz: Wer kümmert sich um die Tasche?«

Antonias Gewissen warf ihr vor, dass sie so erbost mit der kranken Ärztin gestritten hatte. Es war wohl das Mindeste, dass sie ihr als Wiedergutmachung ihre Tasche ins Krankenhaus brachte.

»Das mache ich. Monty und ich können auf dem Heimweg bei ihrem Haus vorbeifahren.«

Helen winkte erneut, und gleich darauf hörten sie launige Bemerkungen und Gelächter, als die beiden Feuerwehrmänner sie durchs Wasser zum Boot trugen.

Durchs Fenster sah Antonia zu, wie Helen und Petra mit den Feuerwehrleuten und Schaulustigen auf der trockenen Straße standen. An Gesten, Blicken und dem Kopfschütteln der Männer war zu erkennen, dass Helen ihnen erklärte, warum die drei übrigen Frauen im Haus bleiben wollten.

Antonia winkte der Gruppe beruhigend zu, als alle zu Frau Lilienthals Haus sahen. Helen und einer der Männer winkten zurück.

Der Einsatz war beendet, die Straße leerte sich, und Antonia nahm auf dem Drehstuhl Platz, während Frau Lilienthal sich im Sessel niederließ.

Carolin blieb in der Nähe der Tür stehen. Sie verschränkte die Arme und entschränkte sie wieder, um mit einer Hand die Finger der anderen festzuhalten. Sie zupfte den Saum ihres honiggelben Kragenshirts zurecht und äugte durch die Tür zur Treppe.

Frau Lilienthal lehnte sich in ihrem Sessel zurück.

»Möchten Sie sich nicht hinlegen?«, fragte Antonia.

Die alte Dame winkte ab. »Ich habe schon viele Nächte in diesem Sessel verbracht. Im Bett zu bleiben, wenn ich nicht schlafen kann, zermürbt mich zu sehr. Ich setze mich dann lieber her und nehme mir eins von meinen Rätseln vor. Das hält die traurigen Gedanken fern. Und meistens schlafe ich dabei hier im Sessel ein.«

»Ist das denn bequem genug?«

Frau Lilienthal griff nach den Armlehnen und betätigte einen Mechanismus, der Antonia entgangen war, um den Sessel in die Liegeposition zu bringen und die Fußstütze auszufahren. Dann hob sie eine Decke auf, die neben dem Sessel gelegen hatte, und deckte ihre Beine damit zu.

»Sehr bequem. Ich bräuchte eigentlich gar kein Bett«,

sagte sie und seufzte zufrieden. »Frau Pfeiffer, setzen Sie sich zu uns. Sie machen mich sonst nervös. Wovor fürchten Sie sich denn so? Doch nicht vor der Schlange?«

Carolin riss entsetzt die Augen auf. »Tut mir leid. Das wollte ich nicht. Sie nervös machen, meine ich. Es ist nur … Vielleicht hätten wir doch lieber … Ich verstehe ja, dass Sie bleiben möchten, ganz ehrlich. Aber wenn wir jetzt tatsächlich noch einmal den Rettungsdienst bräuchten, dann wären die bestimmt nicht gerade begeistert.«

»Aha. Sie machen sich Sorgen, weil Sie jetzt allein die Verantwortung für uns zwei sture Invaliden tragen. Das brauchen Sie nicht. Wir sind beide erwachsen. Und ich glaube nicht, dass eine von uns heute noch ein medizinischer Notfall wird. Nun kommen Sie, setzen Sie sich. Erzählen Sie doch mal, was Sie heute eigentlich vorgehabt hätten, wenn Ihnen nicht die alte Frau mit ihrem überfluteten Haus in die Quere gekommen wäre.«

Ein letzter unsicherer Blick zur Treppe, dann fiel ein wenig Spannung von Carolin ab, und sie setzte sich aufs Bett. »Ich wäre einkaufen gegangen. Und sonst … nichts Besonderes.«

»Haben Sie keinen Freund?«

Carolin zog die Schultern hoch. »Noch nicht.«

»Noch nicht? Haben Sie schon jemanden ins Auge gefasst?«

Frau Lilienthals Tonfall klang neckend, doch auch neugierig.

Carolins Verlegenheit wurde immer offensichtlicher. »Eigentlich nicht«, sagte sie.

Doch Antonia hätte darauf gewettet, dass das gelogen war.

Petra

Helen wirkte auf den ersten Blick wie eine Frau, mit der Petra wenig anfangen konnte. Der Wert, den Helen auf ihr Äußeres legte, befremdete sie. Es musste Unmengen Zeit und Geld kosten, sich so perfekt zu stylen.

Allerdings musste sie zugeben, dass der Aufwand eine Wirkung hatte. Die Feuerwehrmänner waren so von Helen bezaubert, dass sie ihr ihre volle Aufmerksamkeit schenkten. Elegant nutzte sie ihren Charme, um sie davon zu überzeugen, dass es kein Problem war, wenn die übrigen Frauen in Frau Lilienthals Haus blieben. Wenn Petra das Gleiche versucht hätte, hätten die Männer wahrscheinlich nicht zugehört, sondern ihr Boot gleich wieder ins Wasser geschoben.

Sie ging mit Helen zusammen in Richtung Apotheke, wo deren Auto stand, weil ihr der kürzeste Heimweg durch das Wasser versperrt war. Als das Einsatzfahrzeug der Feuerwehr an ihnen vorüberfuhr, gab sie sich einen Ruck.

»Du kannst das gut – mit Leuten reden«, sagte sie.

Helen hob ihren Blick nicht vom Pflaster des Bürgersteigs. »Meinst du? Na ja, in der Art Überzeugungsarbeit habe ich wohl Übung.«

Das klang eher ironisch als stolz, und Petra schwieg, weil sie den Eindruck hatte, einen wunden Punkt bei Helen getroffen zu haben.

»Ich möchte dir auch etwas sagen«, fuhr Helen fort. »Ich hätte auch gern mehr Kinder gehabt. Aber ich hatte nicht genug Kraft. Ich bewundere dich dafür, dass du das so schaffst.«

Petra musterte sie misstrauisch. Helen war nicht die Erste, die etwas in der Art zu ihr sagte. Doch meistens kamen ihr die Worte unehrlich vor. Wie eine Art Verpackung für das, was die Frauen eigentlich meinten: Wie konnte man nur so dumm sein, sich so viele Kinder anzuschaffen, dass man die Verantwortung für sie nicht allein tragen konnte? Denn dass Petra es in Wahrheit nicht allein schaffte, wussten sie ja alle.

Bei allen anderen hätte sie bescheiden gelächelt und sich bedankt. Doch sie wollte nicht, dass Helen war wie alle anderen. Dazu war dieser Vormittag zu besonders gewesen.

»Ich wollte immer viele Kinder haben. Das ist meine glückliche Beschäftigung. Mir ging es immer richtig gut, wenn ich schwanger war. Habe auf mich achtgegeben, damit die Kleinen gesund wachsen können. Und wenn sie auf der Welt waren … Solange sie noch klein waren, habe ich mich nie gefragt, was mein Leben für einen Sinn hat. Ich hab einfach nur gemacht, was ich am liebsten mache: den Kleinen beim Wachsen helfen. Versuchen, dass sie es gut haben, dass sie satt und sauber sind. Ihnen Sorgen abnehmen und aufpassen, dass sie lachen können. Das ist mir wichtig.«

Sie gingen an der Straßensperre vorbei und kassierten böse Blicke von einer Gruppe von Anwohnern, die sich vor einer Haustür versammelt hatten. Wahrscheinlich hielten die Leute sie für Katastrophentouristen. Dabei hätten sie an Helens durchweichten Schuhen und ihrer nassen Hose sehen können, dass das nicht fair war. Wie viele Schaulustige gingen schon freiwillig mit ihren teuren Schuhen ins Wasser? Petra erwiderte die grimmigen Blicke mit böse zusammengezogenen Brauen.

Helen lachte und schüttelte den Kopf. »Weißt du was?

Ich bin froh, dass ich dich kennengelernt habe. Wollen wir uns nicht mal verabreden und einen Kaffee zusammen trinken?«

Die Kaffeefrage. Petra war nicht zu stolz, um zuzugeben, dass sie es sich nicht leisten konnte, in ein Café zu gehen oder guten Kaffee zu kaufen. Aber sie wusste genau, dass Helen dann anbieten würde, sie einzuladen. Und da sich ihre Lage nie ändern würde, würde es immer so ablaufen. Das anzunehmen – dazu war sie doch zu stolz.

Das wusste sie spätestens seit ihrer Wut über Frau Lilienthals Katzenfutter-Spenden. Wobei diese Wut im Laufe des Vormittags verflogen war. Es war unmöglich, der alten Dame auf Dauer wegen so etwas böse zu sein. Sie war einfach zu nett.

Petras langes Schweigen hätte Helen vor den Kopf stoßen können, doch sie fasste es richtig auf. Und sie sagte nicht etwa *»Ich lade dich ein«* oder *»Ich bezahle«*.

»Mir geht es nicht um den Kaffee. Ich dachte nur …«

Sie näherten sich der Apotheke. Sobald Helen die dort geparkten Autos sah, beschleunigte sie ihre Schritte. Als wäre ihr gerade wieder eingefallen, dass es einen Grund gab, sich zu beeilen.

In dem Moment wusste Petra, dass es niemals dazu kommen würde, dass sie sich trafen. Helen würde in ihr Auto steigen, winken, aufs Gas treten. Und je näher sie ihrem perfekten Zuhause mit ihrem gut verdienenden Mann und den zwei Kindern kam, die alles hatten, desto schwächer würde die Erinnerung an den unterhaltsamen Vormittag werden. Zurück in ihrem Alltag, würde Helen vielleicht noch zwei-, dreimal an Petra denken, doch für einen Anruf würde die Zeit nie reichen.

Petra fühlte sich nicht bitter bei dem Gedanken. So war das Leben eben. Sie reichte Helen zum Abschied die Hand.

»Einen Tee kann ich immer anbieten. Komm einfach vorbei, wenn du magst.«

Helen hielt ihre Hand länger fest als üblich. Ihr Lächeln wirkte, als würde sie sich über das Angebot ehrlich freuen. »Einfach so?«, fragte sie.

Petra nickte. »Einfach so.«

Auf dem letzten Stück ihres Heimwegs begegneten Petra ungewöhnlich viele Fußgänger. Auch die Menge der geparkten Autos fiel ihr auf. Die Fahrer hatten jede Lücke genutzt, und den Kennzeichen nach waren sie von weit her angereist. Etliche wohl, um sich das Live-Erlebnis des Flutspektakels nicht entgehen zu lassen, aber einige sicher auch, um zu helfen. Gerade am Vorabend hatte der lokale Radiosender wieder Berichte über die freiwilligen Helfer gebracht, die an allen Orten zupackten, wo es nötig war. Dennis, ihr Ältester, hatte ihr am Telefon erzählt, dass er nach Feierabend auch jeden Tag zu den Helfern gestoßen war.

Umso überraschter war sie, als sie ihn jetzt mit seinen Geschwistern auf dem Bürgersteig vor dem Haus stehen sah. Die Kinder hatten offenbar Ausschau nach ihr gehalten, denn sie kamen ihr entgegen, kaum dass sie sie entdeckt hatten. Ihr Gewissen zwickte Petra, weil sie so lange weggeblieben war, ohne daran zu denken, dass die Unterrichtszeit sich durch das Hochwasser möglicherweise verkürzt hatte. Nicht einmal einen Zettel hatte sie hinterlassen.

Als sie auf ihre Kinder traf, war sie im Nu in ein Knäuel von Umarmungen verstrickt. »Ein Glück!« – »Da bist du ja!« – »Wo warst du denn?«

»Alles in Ordnung«, sagte sie. »Ich war bei Frau Lilienthal. Eigentlich wollte ich nur nach dem Rechten sehen.

Dann konnten wir plötzlich nicht mehr weg, weil uns eine Wasserschlange belagert hat.«

Wie erwartet, gerieten ihre sechs Sprösslinge außer sich vor Aufregung und gaben keine Ruhe, bis sie ihnen am Mittagstisch die ganze Geschichte in allen Einzelheiten erzählte. Dennis, der frei hatte und auf einen ratlosen Anruf seiner Geschwister hin gekommen war, um notfalls auf die Suche nach seiner Mutter zu gehen, lachte am lautesten. Petra merkte ihm an, wie erleichtert er war.

»Diese Carolin würde ich gern mal kennenlernen. Wie sie da mit dem Schrubber mit dir zusammen ins Wasser gestiegen ist, wegen dem Eimer … Cool.« Er grinste und ließ es gutmütig zu, dass sein kleiner Bruder ihm die letzten Bratkartoffeln vom Teller stibitzte.

»Carolin ist nett. Und ziemlich mutig«, sagte Petra.

Isa sprang von ihrem Platz neben Petra auf und fiel ihr um den Hals. »Aber nicht so mutig wie du!«

Petra drückte ihr Küken an sich. »Mütter müssen doch mutig sein«, sagte sie.

Carolin

Carolin saß auf dem Bett, lauschte mit einem Ohr der ruhigen, leisen Unterhaltung zwischen Antonia und Frau Lilienthal und beobachtete den unglücklichen Goldfisch in seiner Bowle. In einem Raum mit ihnen und doch allein in seiner eigenen, zu engen Welt. Sie spürte den dringenden Wunsch, den Fisch an einem schönen Ort freizulassen.

»Ich habe Ihre Mutter sehr gemocht. Sie war immer so erfrischend. Wenn sie zum Elternsprechtag kam, hat sie angefangen, über Schulpolitik und gesellschaftliche Probleme zu sprechen, während die meisten anderen Anekdoten von ihren Kindern erzählten. Verstehen Sie mich nicht falsch: Sie war daran interessiert, wie Sie sich machten. Aber sie hat immer auch das große Ganze sehen wollen. Es hat mir Freude gemacht, mit ihr zu diskutieren, wenn wir auch nie mehr als ein paar Minuten Zeit dafür hatten. Ist sie immer noch so kritisch?«

Der Goldfisch hatte eine hübsche, kräftig orangerot und weiß marmorierte Färbung. Er stupste zart von unten an die Wasseroberfläche. Als wäre auch er schüchtern.

Carolin neigte sich näher zum Nachttisch, um den Fisch genauer zu betrachten. Das Tier drehte sich und schwamm so nah an das gewölbte Glas, als würde es umgekehrt auch sie betrachten.

Die beiden anderen Frauen unterbrachen ihr Gespräch.

»Wir sollten dem Fisch einen Namen geben«, schlug Antonia vor.

Frau Lilienthal schmunzelte. »Er muss heißen wie ein Entdeckungsreisender. Columbus, Cook oder Peary.«

Carolin schüttelte den Kopf. »Ich glaube, es ist ein Weibchen. Gab es auch weibliche Entdeckungsreisende?«

Frau Lilienthal drückte nachdenklich mit Daumen und Zeigefinger ihre von feinen Falten durchzogene Unterlippe zusammen. »Schwierig. Maria Sibylla Merian vielleicht. Sie war eine Insektenforscherin. Ihr Bild war früher auf einem Geldschein. Ich habe vergessen, auf welchem.«

»Sibylla finde ich schön«, stimmte Carolin zu.

Antonia lachte. »Meine Töchter werden begeistert sein. Bald haben wir eine große Entdeckungsreisende in unserem Gartenteich.«

Es versetzte Carolin einen kleinen Stich, dass Antonia den Fisch mitnehmen wollte. Sie würde also nicht miterleben, wie Sibylla freigelassen wurde. Schließlich gehörte sie nicht zu Antonias Familie. Und wenn ihre Chefin die Apotheke tatsächlich aufgeben musste, würden sie wahrscheinlich bald den Kontakt verlieren.

»Ich bin jedenfalls keine Entdeckungsreisende. Mir sind Abenteuer zu aufregend. Ich brauche nicht dauernd Abwechslung und Veränderungen«, sagte sie leise.

Doch als sie es ausgesprochen hatte, zweifelte sie an ihren Worten. Wie lange wäre sie noch bei ihrer Mutter geblieben und hätte in ihrem Mädchenzimmer gelebt, wenn sie nicht ihrem angebeteten Stefan gefolgt wäre? War sie zufrieden gewesen? Oder hätte nur ihr Gewissen sie dort festgehalten – das Gefühl, ihre Mutter nicht allein lassen zu dürfen? Nein, sie war stolz, den Schritt ins Abenteuer gewagt zu haben, auch wenn es nun keinen Stefan mehr für sie gab. Sogar wenn sie ihren Job verlor, würde sie es nicht bereuen. Auch wenn sie sich manchmal einsam fühlte.

Sie wollte nicht zurück zu ihrer Mutter, damit alles wurde wie früher. Sie wollte nicht wieder täglich deren Sorgen teilen und jeden Kummer anhören. Auf keinen Fall.

Vielleicht war sie doch eine Entdeckungsreisende.

»Liebe Frau Pfeiffer, das Leben ist in dieser Hinsicht rücksichtslos. Es fragt uns nicht, ob wir uns wünschen, dass es sich verändert. Sobald Sie im Leben denken, dass alles gerade wunderbar ist, sollten Sie den Moment auskosten und in Ihrem Herzen für schlechte Zeiten aufbewahren. Vielleicht schleicht sich die Veränderung schon an, vielleicht wird sie mit einem Donnerschlag kommen. Mal geschieht sie zum Besseren, mal zum Schlechteren. Aber verändern wird sich Ihr Leben auf jeden Fall. Das ist die Natur des Lebens.«

Carolin musste nicht nachfragen, um zu wissen, dass Frau Lilienthal viele schwere Schläge erlebt hatte. Drei Kinder hatte sie verloren, und ihren zweiten Mann, dessen Pantoffeln noch unter ihrem Bett standen. Sie mochte sich nicht ausmalen, wie Frau Lilienthal das alles ertragen hatte. Im Vergleich mit den Sorgen, von denen sie an diesem Tag gehört hatte, waren ihre eigenen nicht der Rede wert.

Die Goldfischin Sibylla hatte sich abgewandt, war eine Runde durch die Bowle geschwommen und verharrte nun wieder in deren Mitte. In Sicherheit, aber machtlos.

Glücklich ist man, wenn man ein Ziel hat und die richtige Beschäftigung.

Carolin atmete tief durch und wandte sich an Antonia. »Ich würde wirklich alles tun, um dir dabei zu helfen, die Apotheke zu behalten.«

Antonias Augen glänzten. »Das weiß ich zu schätzen. Du wärst ganz sicher eine große Hilfe.«

Frau Lilienthal seufzte tief. »Ich würde gern Frau Ziegler helfen. Wie schade, dass ich kein großes Haus zu vermieten habe.«

»Ja, das wäre gut. Einen Hausmeister bräuchten Sie dann nicht mehr. Ich glaube, Petra kann alles selbst machen. Und für den Garten wäre auch gesorgt«, pflichtete Antonia ihr bei.

Helen

Kein Wölkchen befleckte den klaren, blauen Himmel über Helens Traumhaus. Die Mittagssonne tat so heiter, als hätte sie nie etwas von Sorgen und Hochwasser gehört. Trotzdem verkrampfte sich Helens Nackenmuskulatur noch stärker, wurde ihre Brust noch enger, als sie durch die Windschutzscheibe in der Ferne das dunkle Ziegeldach mit der Balkongaube sah.

Der Balkon am Schlafzimmer war ihre Idee gewesen. So viele Gedanken hatte sie sich beim Bau und bei der Einrichtung ihres Hauses gemacht. Das meiste war gelungen.

Sie hielt an, wo die lange Auffahrt von der Straße abzweigte. Nur noch die Halmspitzen des seit Wochen ungemähten Rasens ragten aus der Wasserfläche. Der Anblick erinnerte Helen an ein indonesisches Reisfeld. Sie fühlte sich seltsam schwerelos, als sie feststellte, dass ihre Befürchtungen wahr geworden waren.

Wie das Wasser ihren Garten erreicht hatte, ohne die Straße zu überfluten, war ihr nicht klar. Vielleicht war es durch geheimnisvolle Kanäle unter dem Straßendamm geflossen, oder der Grundwasserspiegel war so weit angestiegen, dass es einfach aus dem Boden quoll.

Sie parkte ihr Auto auf der Straße und stieg aus. Toms Audi stand unter dem Carport – die Räder bis zur Achse im Wasser. An der Wand lagen nutzlos die Sandsäcke, die sie mitgebracht hatte. Mehr musste sie nicht sehen, um zu ahnen, was sie im Haus erwartete.

Den ganzen Vormittag über hatte sie vor sich selbst und den anderen Frauen so getan, als glaubte sie daran, dass ihr Haus sicher wäre. Als sie nun neben ihrem Auto auf dem noch trockenen Asphalt stand und ihren ertrinkenden Garten betrachtete, gestand sie sich ein, dass sie die ganze Zeit über gewusst hatte, was passieren würde.

Sie machte sich nicht die Mühe, ihre Schuhe auszuziehen oder die Hosenbeine wieder aufzukrempeln, die ohnehin noch nass waren.

Auf der Zufahrt zum Grundstück reichte ihr das Wasser an der tiefsten Stelle bis zum Schienbein. Auf dem mit Sandstein gepflasterten Weg zur Veranda und zur Haustür war es knöcheltief. Genau wie auf der Stufe, die zur Außentür des Hauswirtschaftsraums führte – ihrer Jackenschleuse, durch die sie ein und aus gingen.

Ein letzter Funken Hoffnung ließ sie durch die Scheibengardine spähen, um festzustellen, ob die Tür von innen abgedichtet und gesichert war.

Sie konnte nichts entdecken. Auch abgeschlossen war die Tür nicht. Die Hoffnung glomm erneut auf, als sie bemerkte, dass das unterste Fach des Schuhregals, das gerade noch oberhalb der Wasserlinie lag, ausgeräumt war. Hatte Tom doch vorgesorgt – wenn auch nicht so, wie sie es sich gewünscht hätte?

Helens Hoffnung erstarb endgültig, als sie in der Küche Sids Schultasche auf einem Stuhl stehen sah. Natürlich war er es gewesen, der seine sorgfältig sortierten Schuhe aus dem Regal genommen hatte. Ihr Herzrhythmus überschlug sich. Ihr Sohn sollte eigentlich noch nicht zu Hause sein. Entweder hatte die Schule den Unterricht früher beendet, oder Sid war krank.

»Sid?«, rief sie und ging dabei aus der Küche in den Flur. Das Wasser auf dem Fußboden war klarer als das im Haus von Frau Lilienthal, und das Sonnenlicht, das durch die großen Fenster und die Glastüren hereinschien, brachte die kleinen Wellen vor Helens Füßen zum Glitzern. Durch die Linse aus klarem Wasser betrachtet, wölbten und wellten sich die Ränder der Korkfliesen. Helen hätte es hübsch gefunden, wenn nicht ihre Möbel in diesem Wasser gestanden hätten.

Ihre Schritte verursachten in der Stille des Hauses, in dem kein Kühlschrank und keine Heizungsanlage mehr brummten, ein friedliches Plätschern.

Als sie das Wohnzimmer betrat, sah sie Sid. Mit dem Rücken zu ihr und halb von der Sofagarnitur verdeckt, machte er sich an den Kartons zu schaffen, in die sie die Sachen aus der alten Schrankwand zwischengelagert hatte. Sie standen neben dem neuen Sekretär auf dem Boden, weil sie noch nicht dazu gekommen war, einen besseren Platz zu finden. Wie hatte sie das vergessen können? Die Kartons mussten durchweicht sein.

Sid drehte sich zu ihr um. In den Armen hielt er einen Stapel tropfender Fotoalben. Seine weit aufgerissenen Augen glänzten, und sein Mund war verzogen, als verkniffe er sich das Weinen.

»Ich wollte den Karton hochheben. Aber er ist auseinandergefallen.« Er klang verzweifelt.

Helen fühlte sich, als würden ihre Gefühle durch eine dicke Watteschicht gedämpft. Als würde sie in tragfähigem Salzwasser treiben, das genau die Temperatur ihrer Haut hatte. Sie spürte keinen Grund unter den Füßen, doch auch keine Angst oder Aufregung.

Sid zuliebe half sie ihm zügig dabei, den Inhalt der Kartons aus dem Wasser zu fischen und auf der Glasplatte des Couchtisches auszubreiten. Fotoalben, alte Videokassetten mit Lieblingsfilmen, von denen sie sich nicht hatte trennen können, Basteleien und Muttertagsgeschenke von ihren Jungs, Toms Bierdeckelsammlung, Sebastians alter Gameboy mit seinen Spielen, ihre Mappe mit Einrichtungs- und Modetipps, die sie aus Zeitschriften ausgerissen hatte.

Die benutzten Bier- und Schnapsgläser, das Colaglas, die leeren Flaschen, die zerknüllte Zigarettenschachtel und die Untersetzer, auf denen die von den Gläsern hinterlassenen Ringe noch feucht waren, schoben sie auf dem Tisch zur Seite. Die aufgeschlagene Programmzeitschrift zierte ein mit Kugelschreiber gezeichnetes Strichmännchen. Es trug einen strahlenden Heiligenschein und wehrte mit der Hand eine Bierflasche ab. Daneben stand unter einem Pfeil: »Tom«.

Helen roch den Bierdunst, der von den Flaschen und Gläsern ausging, und wurde sich bewusst, dass sie den Geruch verabscheute.

Während sie mit ihrem Sohn zusammen rettete, was sie konnten, schwiegen sie beide. Am Ende jedoch umarmte Sid sie und drückte sein Gesicht in ihren Bauch. »Tut mir leid, Mama. Ich dachte, ich könnte den Karton einfach hochheben und auf den Tisch stellen.«

Helen legte die Arme um ihn und blickte über ihn hinweg auf die geölten, gedrechselten Beine ihres neuen, antiken Sekretärs, die sich vermutlich gerade mit Wasser vollsogen.

Sie hatte zu lange gewartet.

»Sid, wenn hier jemand an etwas Schuld hat, dann bist das nicht du. Das hier war nicht deine Aufgabe. Ich danke dir, dass du dich darum gekümmert hast, aber eigentlich sollte Papa das tun. Weißt du, wo er ist?«

Sid ließ sie nicht los, sondern lehnte sich weiter an sie, wie er es getan hatte, als er noch jünger war. »Bestimmt oben. Es war nicht abgeschlossen. Ich bin gerade erst gekommen. Sie haben uns früher gehen lassen, aber der Bus musste einen Umweg fahren, und ich bin vom Dorf aus zu Fuß gelaufen. Ich habe versucht anzurufen, aber es ist niemand rangegangen.«

Helen nickte und streichelte ihm den Rücken. »Entschuldige. Mein Handy lag … Mein Handy liegt bei Antonia in der Apotheke.«

Ihr Sohn sah sie an, und wieder einmal fand sie seinen Blick zu erwachsen für einen Elfjährigen. »Papa muss aufhören zu trinken«, sagte er.

Sie fühlte sich weiterhin leicht, doch auf einmal hatte sie Grund unter den Füßen. »Ja. Da hast du recht. Komm, wir packen ein paar Sachen zusammen. Wir fahren nachher zu Oma und Opa. Hier können wir nicht bleiben.«

Tom lag im Bett und schlief in der Wolke aus Alkoholfahne und Schweiß, die sie nie wieder riechen wollte.

Er wachte nicht von allein auf, während sie ihren Koffer packte, und sie verschob es, ihn zu wecken. Sein eigenes Schnarchen riss ihn aus dem Tiefschlaf, und sie trat näher zum Bett, doch er drehte sich bloß um und murmelte dabei etwas Unverständliches.

Helen hörte in der Ferne das wespenhafte Motorengeräusch von Sebastians Roller und verließ das Schlafzimmer, um aus dem Fenster der Galerie zu sehen. Ihr Großer stellte den Roller hinter ihrem Auto ab und marschierte mit seinen Turnschuhen durchs Wasser zum Haus, ohne ein Zeichen von Überraschung zu zeigen.

Sie ging ihm entgegen und traf ihn in der Küche, wo er vor dem offenen Kühlschrank stand, der nicht mehr kühlte.

Er blickte sich kurz über die Schulter nach ihr um und

gab ein desinteressiertes »Hallo« von sich, als wäre das Wasser im Haus völlig gewöhnlich oder zumindest für ihn ohne Bedeutung.

Das Wattepolster um Helens Gefühle lichtete sich, und sie spürte ihre Wut hochkochen. »Wo warst du? In der Schule?«, fragte sie und erschrak selbst darüber, wie eisig ihre Stimme klang.

»Fiel aus. Hatte heute Morgen 'nen Anruf von der Telefonkette.«

»Und da dachtest du, du nutzt den freien Tag und machst dir einen netten Vormittag.«

Er drehte sich langsam zu ihr um und schubste die Kühlschranktür mit der Schulter zu. Gelassen sah er ihr in die Augen.

»Ich war mit Nelly Sandsäcke schippen. Wie übrigens meine halbe Schulklasse. Mickie und ihr Felix waren auch da. Sogar Annika, das Püppchen. War wie 'ne Riesenparty, aber wir haben echt was geschafft. Und was hätte ich hier schon allein tun können, mit Papa besoffen im Bett? Deinen Sekretär in eine Plastiktüte packen?«

»Du hättest ihn vielleicht dieses Mal davon abhalten können, so viel zu trinken. Er hätte sich bestimmt zusammengerissen, wenn du da gewesen wärst und –«

»Hör auf mit dem Mist! Den Schuh zieh ich mir nicht an, verstehst du? Wenn du ihn dir anziehen willst, ist es deine Sache. Hast du mir selbst gesagt, weißt du noch? Ich kann nichts dafür, dass er säuft. Und es ist nicht mein Job, ihn davon abzuhalten. Ich spiele nicht seinen Babysitter. Ich habe mein eigenes Leben. Außerdem ist ja Siddi jetzt alt genug, um dir bei deiner Lügerei zu helfen.«

Helen setzte sich tief durchatmend auf einen Küchenstuhl.

Die Entscheidung war in ihr gereift, ohne dass sie sich

dessen bewusst gewesen war. Nun stieg sie wie eine Blase im Wasser empor, die an der Oberfläche platzte.

»Sebastian, ich werde mich von Papa trennen.«

Einen Wimpernschlag lang schwieg er.

»Gut«, sagte er dann.

Mehr nicht.

Sebastian fuhr später nicht mit zu Helens Eltern, was sie ihm nicht verdenken konnte, da sie selbst ungern dort um Obdach bettelte.

Er würde für ein paar Tage zu seiner Freundin Nelly ziehen, sagte er. Ihre Eltern wären tolerant.

Bevor sie das Haus verließen, half er ihr noch, ihren Sekretär mit den Beinen in Eimer zu stellen.

Alles andere überließen sie sich selbst.

Carolin

Carolin legte ihr Rätselheft aus der Hand und ging zur Treppe, als sie unten jemanden ins Haus kommen hörte.

»Ach du Scheiße. Heiliges Blech! Oma! Oma? Bist du oben? Antworte doch! Grundgütiger!«

Es war Patrick.

Carolin lehnte sich über das Geländer, um ihn auf sich aufmerksam zu machen. »Psst! Sie ist hier oben, aber sie schläft.«

»Sie schläft? Was macht sie noch hier? Sie sollte längst in der Notunterkunft sein. Oder irgendwo auf dem Trockenen, aber doch nicht hier! Konntest du ihr das nicht klarmachen?«

»Sei doch nicht so laut. Sie war schrecklich müde. Und Antonia schläft auch.«

»Die Apothekerin ist auch da? Und ihr konntet Oma nicht mal zu zweit überreden?« Patrick sah erhitzt aus und stapfte sichtlich schlecht gelaunt zu Carolin auf die Treppe.

Zu ihrer Erleichterung griff er sie nicht als Erstes dafür an, dass sie ihn nicht früher alarmiert hatte. »Sie möchte nicht aus dem Haus. Ich glaube, sie hat Angst, herumgeschubst zu werden, wenn sie ihre eigenen vier Wände aufgibt. Übrigens … Ich … Ich freue mich, dich zu sehen.«

Ihr zaghafter Versuch, an die Vertrautheit von der Spielplatzbank anzuknüpfen, fiel nicht auf fruchtbaren Boden.

»Ja, ja, ich mich auch. Hallo. Keiner hat vor, Oma herumzuschubsen. Aber sie muss endlich einsehen, dass sie nicht allein weiter hier wohnen kann. So gesehen, ist das Hochwasser ein Segen. Ich hoffe, dass es sie zur Vernunft bringt. Ich schaffe das einfach nicht mehr, immer sofort hierherzurasen, wenn sie ein Problem hat. Das muss jetzt anders gelöst werden.«

Ernüchtert begriff sie, dass er sie kaum wahrnahm. Es war, als spräche er mit sich selbst. Ein Verdacht drängte sich ihr auf.

»Hast du dir vorher schon gedacht, dass das Wasser so hoch steigen würde?«, fragte sie.

Er schwieg länger, als nötig gewesen wäre, um die einfache Frage zu beantworten. »Nein. Nein, natürlich nicht.«

Sie vermied es, ihn direkt anzusehen. Andernfalls hätte sie nicht aussprechen können, was sie dachte. Auch so brachte sie kaum mehr als ein Flüstern zustande. »Das wäre sonst auch eine furchtbare Gemeinheit gewesen.«

Wütend starrte er sie an. »Willst du damit sagen, dass ich meine eigene Oma absichtlich absaufen lasse? Hast du vergessen, dass ich dich extra gebeten hatte, aufzupassen?«

»Nein. Ich will das nicht sagen. Aber du kennst mich eigentlich gar nicht. Du konntest doch nicht wissen, ob ich aufpasse. Außerdem bist du nicht ans Telefon gegangen. Deine Oma hat versucht, dich anzurufen.«

Er schlug mit der Faust aufs Treppengeländer. »Herrgott, ich hatte etwas anderes zu tun. Und genau das meine ich ja. Ich kann diese Verantwortung nicht mehr tragen. Ich habe mein eigenes Leben! Es muss sich etwas verändern.« Seine Stimme zischte, weil er sich jetzt bemühte, leiser zu sprechen, sein Ärger es ihm aber schwermachte.

»Das versteht deine Oma doch.«

»Warum benimmt sie sich dann so unvernünftig?«

»Aus deiner Sicht ist es unvernünftig. Aus ihrer nicht.«

»Willst du damit sagen, dass du es in Ordnung findest, wenn sie hierbleibt? Spinnst du? Ich bleibe jedenfalls nicht, das ist ja wohl klar. Ich muss zurück nach Hamburg.«

»Dann bleibe ich eben hier. Oder ich sehe wenigstens nach ihr.« Sie hatte nicht über dieses Angebot nachgedacht, meinte es aber ernst damit. Allerdings ging es ihr dabei nicht mehr darum, Patrick einen Gefallen zu tun.

So oder so überzeugte sie ihn nicht.

»Kann ich mir nicht vorstellen. Auf jeden Fall muss ich erst mal mit ihr sprechen. Und zwar jetzt.«

Nur zehn Minuten hatte es dieses Mal gedauert, sich zu entlieben. Eine extreme Steigerung zum letzten Mal, stellte Carolin fest. Am Aussehen lag es nicht. Patrick trug einen Dreitagebart und wirkte damit noch attraktiver.

Doch von seiner Aufmerksamkeit ihr gegenüber, die den Schmetterlingen in ihrem Bauch solchen Aufwind gegeben hatte, war nichts mehr zu spüren. Sein Interesse an ihr war nur ein Spielchen für ihn gewesen. Und sie sah jetzt ein, dass sie nur in das Gefühl verliebt gewesen war, von ihm wahrgenommen zu werden.

Sie glaubte trotz seines Leugnens, dass er wenigstens unbewusst auf die Katastrophe gehofft hatte, die tatsächlich eingetreten war, und versucht hatte, einen Teil seines schlechten Gewissens auf sie abzuwälzen. Sie verurteilte ihn nicht dafür, dass er die Verantwortung für seine Oma nicht tragen wollte. Sie erkannte sich selbst und ihre Gefühle ihrer Mutter gegenüber darin. Es ärgerte sie auch nicht, dass sie in die Geschichte hineingezogen worden war. Im Gegenteil: Sie hielt den Tag für einen der besten, die sie je erlebt hatte, seit sie den Schlüssel für ihre erste eigene Wohnung bekommen hatte.

Patricks unfreundliche Art stieß sie jedoch ab. Sie mochte seinen Auftrag nicht erfüllt haben – doch so, wie sie es nun sah, war er ohnehin nicht zu erfüllen gewesen. Es hätte nur wenig geändert, wenn sie am Vortag allein vor Frau Lilienthals Haus gestanden hätte.

Sie folgte ihm die Treppe hinauf in das Schlafzimmer seiner Oma. Antonia, die sich aufs Bett gelegt hatte, rappelte sich verschlafen auf. Ihr Gespräch musste sie geweckt haben.

»Hallo, Patrick. Vielleicht solltest du deine Oma noch ein bisschen schlafen lassen«, sagte sie leise.

Patrick sprach weiterhin laut. »Ich habe keine Zeit. Ich muss Oma in die Notunterkunft bringen und heute noch zurück nach Hamburg.«

Frau Lilienthal schlug ihre Augen auf und sah sich benommen im Raum um. Carolin bemerkte den milchigen Schleier auf ihrer blauen Iris. Was erkannte die alte Dame mit ihrer schwachen Sehkraft überhaupt? Waren sie am Ende alle nur verschwommene Schemen für sie? Vielleicht war auch das ein Grund, warum sie in ihrem eigenen Haus bleiben wollte, wo sie sich auskannte.

»Patrick!«, sagte die alte Dame mit vom Schlaf rauer Stimme.

Patrick trat näher zu ihr und blickte auf sie hinunter. Ein wenig bedrohlich wirkte es, wie er da neben ihr aufragte, den Rücken steif vor Ärger.

»Hallo, Oma. Warum bist du noch hier? Hast du nicht mitbekommen, dass die Häuser der ganzen Straße geräumt werden sollten? Die Polizei an der Straßensperre meinte, das wäre schon gestern Abend durchgesagt worden.«

»Davon habe ich nichts gehört. Sonst hätte ich gleich

meine Sachen nach oben getragen und meinen lieben Helferinnen die Mühe erspart.«

Antonia setzte sich auf, belastete vorsichtig ihren verletzten Fuß und verzog das Gesicht. »Das wäre schrecklich gewesen. Dann hätten wir heute Sibylla nicht retten können. Entweder hätte die Schlange sie gefressen, oder Sie hätten sie nach dem Hochwasser beim Aufräumen tot in Ihrem Wohnzimmerschrank gefunden. Stellen Sie sich vor, was das für ein Schreck gewesen wäre. Da ist es doch besser so.«

Carolins Chefin wollte mit ihrem Scherz die angespannte Situation ein wenig entschärfen, doch es gelang ihr nicht. Frau Lilienthal lächelte gezwungen, und Patrick ließ sich nicht einmal zu der Nachfrage verleiten, was der Quatsch bedeuten sollte.

»Hör auf damit, Oma! Du weißt genau, worum es geht. All die Jahre hältst du mir Vorträge über Vernunft. Und jetzt weigerst du dich, dein Haus zu verlassen, obwohl alle vernünftigen Menschen das längst getan hätten. Du kannst nicht hierbleiben. Am Ende muss die Feuerwehr doch kommen und dich hier rausschleppen. Glaubst du, die freuen sich über den Extra-Aufwand?«

Frau Lilienthal richtete sich auf und erhob ihre Hand mit ausgestrecktem Zeigefinger. Auf einmal sah Carolin sie als Lehrerin vor sich.

»Hör du auf, in diesem Ton mit mir zu sprechen!«

Der Tadel wirkte. Patrick trat zurück und setzte sich mit einem erschöpften Schnauben aufs Bett.

»Ich sollte eigentlich in der Uni sein. Und Sabrina wartet draußen. Sie hat mich hergefahren, weil ich dich nicht erreichen konnte. Wir haben heute Morgen Bilder von Jeetzeburg in den Nachrichten gesehen.«

»Wie nett von deiner Freundin. Und wo wolltet ihr mich

hinbringen, bevor ihr schnell wieder nach Hamburg zurückfahrt? Ich glaube nicht, dass es mir gut bekommen wird, in einer Turnhalle auf dem Feldbett zu schlafen. Jedenfalls nicht besser, als hierzubleiben. Es ist nicht so, dass ich nicht darüber nachgedacht hätte, das Haus zu verlassen, Patrick.«

»Es muss für ältere Menschen auch bequemere Notunterkünfte geben. Oder ich frage Tante Mia, ob du ein paar Tage bei ihr wohnen kannst«, wandte er ein. Wobei sein zweiter Vorschlag so halbherzig klang, als wäre er sich ganz und gar nicht sicher, was Tante Mia von seiner Idee halten würde.

Antonia stand auf, hinkte zum Schreibtisch und steckte sich ein Gummibärchen in den Mund. »Wenn es nur um eine bequeme Notunterkunft ginge, könnte ich –«

Frau Lilienthal unterbrach sie. »Nein. Darum geht es nicht nur. Ich hänge an diesem Haus. Es hütet meine Erinnerungen. Sie werden verblassen, wenn ich diesen Ort nicht mehr habe. Ich kenne das schon. So Hals über Kopf Abschied nehmen, ohne einen guten Grund zu haben, das ist …« Ihr Blick glitt in die Ferne, in das Stück klarblauen Himmel hinein, das sie vom Sessel aus durchs Fenster sehen konnte.

»Aber Sie kommen doch wieder hierher zurück«, sagte Carolin.

Frau Lilienthals Lippen strafften sich zu einem matten Lächeln. »In Ihrem Alter hätte ich das auch geglaubt. Heute weiß ich, wie schnell Veränderungen mitunter zuschlagen.«

Patrick warf Carolin einen kühlen Blick zu. Sie wusste, was er dachte: Wie konnte sie seiner Großmutter Hoffnungen auf etwas machen, von dem er sich selbst wünschte, dass es nicht geschehen würde?

Aber wie konnte er seinerseits so wenig Verständnis für seine Oma haben? Er hatte doch selbst seine Eltern verloren und musste wissen, wie hart es war, sich von Erinnerungen zu trennen.

Antonia ging neben Frau Lilienthal in die Hocke und legte ihre Hand auf die Armlehne. Die alte Dame brachte seufzend ihren Sessel in die aufrechte Position und wandte sich ihr zu.

»Heißt das, Sie wären grundsätzlich bereit, das Haus zu verlassen? Wenn Sie nur noch etwas Zeit brauchen, dann ... Was glauben Sie, wie lange Sie noch hierbleiben möchten?«

»Bis ich eine gute Idee habe, wohin ich gehen werde. Ein kleiner Urlaub wäre nicht schlecht. Aber ich fahre nicht mehr gern allein weg, wegen ...« Sie tippte sich mit dem Finger auf ihr knochiges Jochbein, knapp unterhalb des Auges.

Carolin fragte sich, ob auch Patrick wusste, dass sie auf ihre Sehkraft anspielte.

Er ging nicht darauf ein. »Es dauert viel zu lange, so etwas vorzubereiten. Du musst so schnell wie möglich hier raus.«

Carolin wünschte, er wäre nicht gekommen. Sie hatte das Gefühl, dass es Antonia sonst gelungen wäre, in aller Ruhe mit seiner Oma eine Lösung zu finden. Und wenn es auch tatsächlich erst am nächsten Tag geschehen wäre. Denn im Grunde hatte die alte Dame ja recht: Das Haus würde nicht über Nacht einstürzen. Was sollte also Schlimmes geschehen, solange kein medizinischer Notfall eintrat?

»Patrick, warte doch mal –«

»Misch du dich nicht ein«, fuhr er ihr über den Mund.

Seine Grobheit verschlug ihr die Sprache. *Misch du dich*

doch einfach nicht ein, du Idiot, wollte sie sagen. *Fahr mit deiner tollen Freundin in dein bescheuertes Hamburg zurück und lass deine Oma in Ruhe.* Doch natürlich brachte sie nichts davon heraus. Auch er war ja im Recht. Warum mischte sie sich ein? Was verstand sie schon von seinem Problem?

Sie dachte an ihre Mutter, die jede Gelegenheit nutzte, um ihr zu verstehen zu geben, dass ihre Tochter ihr als Gegenleistung für ihre Geburt etwas schuldig war. Patrick hatte keine Ahnung, wie glücklich er sich schätzen konnte, dass seine Oma seine Fürsorge nicht einforderte. Sie warf ihm nicht vor, dass er sich seine Freiheit wünschte. Wenn er es so empfand, dann war nur sein eigenes Gewissen daran schuld. Und vor lauter Gewissensbissen übersah er, was Antonia und Carolin an diesem Vormittag allmählich begriffen hatten: Neben den verlorenen Erinnerungen war die größte Sorge seiner Oma, dass der Abschied von ihrem Haus der erste Schritt in den Strudel war, der ihr ihre Freiheit entreißen würde. Jedes Drängen musste diese Sorge verstärken.

Aber da sie sich nicht einmischen sollte, konnte sie es Patrick nicht erklären. Wahrscheinlich hätte sie sowieso nur herumgestottert.

Auf einmal fühlte sie sich müde, und sie wäre gern eine Weile allein gewesen. Ihr Computer fehlte ihr – ihre kleine Welt der einfachen Fragen und Antworten, in der man ihr Respekt zollte und die sie abschalten konnte, wenn es ihr zu viel wurde.

Frau Lilienthal schalt Patrick mit einem erbosten »Ts, ts! Das ist keine Art!« für seine Patzigkeit.

Er zuckte mit den Schultern und entschuldigte sich, ohne es zu meinen.

Carolin verließ den Raum und setzte sich auf die Treppe. Bis Patrick kam, hatte sie sich nützlich und zuversichtlich gefühlt. Nun sank ihre Stimmung. Was würde sie mit ihrem Leben anfangen, wenn Antonia die Apotheke schloss? Würde sie früher oder später etwa zu ihrer Mutter zurückkehren müssen, weil sie sich nichts anderes leisten konnte? Schon der Gedanke, sich um eine neue Stelle zu bewerben, ließ sie schaudern. Sie war so stolz und erleichtert gewesen, dass sie das hinter sich hatte.

Trübsinnig sah sie zwischen den Holzstäben des Treppengeländers hindurch ins Wasser. Halb erwartete sie, die Schlange dort zu entdecken, und prompt nahm sie eine Bewegung wahr. Sie stand auf, lehnte sich über das Geländer und versuchte, den Ursprung genauer zu erkennen.

Ein orangegelber Fischschwanz verschwand durch den Türspalt der Abstellkammer.

Carolin hätte nun laut nach Antonia und Frau Lilienthal rufen können oder ihnen zumindest schnellstens von ihrer Entdeckung berichten. Doch etwas sagte ihr, dass sie diesen Fisch selbst fangen musste – und zwar allein.

Sie hatte nicht weniger Angst vor der Schlange als vorher, doch immerhin hatten es auch Patrick und die Feuerwehrleute durchs Wasser geschafft, ohne ihr zu begegnen.

Was den Fisch anging, hatte sie bereits einen Plan. Entschlossen stieg sie in die Reitstiefel von Doktor Kosewitz und schritt so langsam und geschmeidig durchs Wasser, dass sie keine Geräusche verursachte. In der Küche nahm sie die Gardine vom Fenster ab und beschwerte sie an einer Kante mit den blauen Plastiktrauben von Frau Lilienthals Gartentischdecke. Zusätzlich rüstete sie sich mit einer Salatschüssel aus.

So bewaffnet, schlich sie zurück zur Abstellkammer. Zu ihrem Leidwesen war es schon im Flur recht dunkel, in der

Kammer jedoch stockfinster. Zu ärgerlich, dass sie nicht an die Taschenlampe gedacht hatte, mit der Petra am Vormittag auf Schlangen- und Fischjagd gegangen war. Sorgfältig ließ sie ihr improvisiertes Fischernetz mit der beschwerten Seite ins Wasser gleiten und breitete es aus, bevor sie die Tür der Abstellkammer weiter öffnete.

Antonia

Antonia hatte längst erkannt, dass es bei dem Streit zwischen Frau Lilienthal und ihrem Enkelsohn nicht nur um das Hochwasser ging.

Wie es so oft geschah, benutzten die beiden nur diesen Einzelfall, um einen großen Streit über etwas Grundsätzliches weiterzuführen. Sie stritten so, wie sie selbst mit Mickie stritt. Für Mickie war es ein Kampf um ihre Unabhängigkeit, für sie selbst der Kampf, ihrer beschützenden Mutterrolle gerecht zu werden.

Sowohl für Patrick als auch für sie ging es dabei auch darum, Erwartungen von anderen zu erfüllen, die sie zu spüren glaubten. Erwarteten nicht Mickies Lehrer und die Eltern ihrer Freundinnen, dass ihre Mutter sie davon abbrachte, sich von einem Junkie im Leichenwagen zur Schule kutschieren zu lassen? Erwarteten nicht alle, dass Patrick sich um seine alte Oma kümmerte und sie dazu brachte, zu ihrem eigenen Besten ihre Halsstarrigkeit aufzugeben?

Patrick hockte auf dem Bett und hatte seinen Kopf in den Händen vergraben. Auch für ihn mussten Erinnerungen an diesem Haus hängen. An seine Kindheit, seine toten Eltern, sein verlorenes Elternhaus, seinen toten Opa. Erinnerungen konnten auch eine Last sein, die man gern loslassen wollte, um in ein neues Leben zu starten.

Frau Lilienthal saß in ihrem Sessel und blickte stumm aus dem Fenster. Antonia streichelte ihren Arm.

»Alles verändert sich. Ob wir es wollen oder nicht. Manchmal ist es besser, etwas loszulassen, auch wenn wir daran hängen«, erinnerte Antonia ihre ehemalige Lehrerin an ihre eigenen Worte. »Alles ist im Fluss. Ganz besonders heute.«

Frau Lilienthals Blick kehrte aus der blauen Ferne vor dem Fenster zu ihr zurück. Ihr Lächeln zeigte deutlich, woher sie die meisten ihrer Falten hatte. »Na, das können Sie laut sagen.«

Sie schmunzelten beide über den Scherz, als etwas mit dumpfem Rumsen gegen eine der Hauswände prallte. Sie spürten die Erschütterung als leichtes Beben des Fußbodens. Dem Geräusch folgte der laute Ruf einer tiefen Männerstimme. »Halloo?«

Antonias Herz schlug schneller. Die Stimme kannte sie, und trotz aller Ungewissheiten gab es keine, die sie jetzt lieber gehört hätte. Sie stand auf, humpelte zur Treppe und sah hinunter in den Flur.

Durch die Haustür war ihr Familienkanu hereingekommen, besetzt von Monty, der wie üblich zu groß für die Sitzbank wirkte, und einem blonden, jungen Mann mit dünnem Schnurrbart, den sie nicht kannte.

Der Bug des Kanus war noch zwei, drei Meter entfernt von der offenen Tür der Abstellkammer unter der Treppe. Halb in der Kammer steckte Carolin, die offenbar in der Finsternis etwas suchte. Antonia staunte noch darüber, dass Carolin dafür ihre Angst vor der Schlange überwunden hatte, als ihre junge PTA mit einem triumphierenden »Ja! Ich hab ihn!« rückwärts aus der Kammer wankte. Sie zog mit einer Hand eine zusammengeknüllte, nasse Gardine durchs Wasser. In der anderen hielt sie eine grüne Salatschüssel.

Die Schüssel war Antonia aufgefallen, als sie die Küchenschränke ausräumte, weil sie handgetöpfert war und ein interessantes Dekor aus Hanfblättern hatte. Während Antonia sich noch fragte, was Carolin damit wollte, stieß die mit dem Bug des Kanus zusammen, das sie offenbar übersehen hatte. Sie riss den Arm hoch, ohne die Schüssel loszulassen, und schwang ihn Halt suchend über die Reling des Boots. Dabei schlug sie dem jungen Mann die Schüssel vor die Brust.

Er fing sowohl die Schüssel als auch Carolin mit beiden Armen auf und half der Gestrauchelten, ihr Gleichgewicht wiederzufinden. »Wow! Du musst Carolin sein«, sagte er und grinste.

Erst jetzt kam Antonia dazu, ihren Mann anzusehen, der das Kanu mit derselben Leichtigkeit im Gleichgewicht hielt, mit der er das schon bei ihren Familienausflügen getan hatte, als ihre Töchter noch klein waren und darin herumkletterten. Er trug die blaue Hose seiner Feuerwehruniform, die am Bauch zurzeit ein bisschen kniff, wie Antonia wusste. Dazu nur ein fleckiges hellblaues Hemd mit aufgekrempelten Ärmeln und weit offenem Kragen. Zerzaust und verschwitzt sah er aus, aber munter. In seinem Haar hing eine staubige Spinnwebe, wahrscheinlich aus der Garage, wo er das Kanu vom Haken genommen hatte.

Er war gekommen. Mehr konnte sie nicht denken, aber ihre Erleichterung verriet ihr, dass sie tief im Inneren befürchtet hatte, er könnte es nicht tun.

Er blickte auf und entdeckte sie. »Toni! Du bist noch hier, ein Glück! Ist alles in Ordnung da oben?«

»Ich habe mich am Fuß verletzt. Bin auf ein Kunstwerk getreten«, sagte sie.

Komm und nimm mich in den Arm, dachte sie. *Nichts auf der Welt ist gerade jetzt so wichtig.*

Er steuerte das Kanu zum Fuß der Treppe und stieß

dabei sacht mit dem Paddel gegen die Vitrine, in der die Holzdelphine inzwischen tatsächlich in echtem Wasser schwammen.

Der junge Mann stieg zuerst aus und streckte die Hand Carolin entgegen, um ihr aus dem Wasser auf die Stufen zu helfen. Doch sie zögerte und musterte ihren Gardinensack, der noch im Wasser hing.

Der Junge legte es wohl als Misstrauen aus, denn nun beeilte er sich damit, sich vorzustellen. »Ich bin Dennis. Der Sohn von Petra Ziegler. Ich wollte mal nachsehen, ob ihr hier noch Hilfe braucht. Was hast du denn da?«

Carolin warf ihm einen kurzen Blick zu, wurde rot, lachte dann aber auf ihre gehemmte Art. »Einen Goldfisch.«

Dennis, der in ihre Richtung geneigt dastand und die ganze Zeit in ihr Gesicht sah, strahlte. »Noch einen? Da wird sich der erste aber freuen, dass er Gesellschaft kriegt.«

Nun wagte Carolin es, ihm in die Augen zu sehen. »Ja, das glaube ich auch. Dass sie sich freuen wird.«

»Soll ich dir helfen?«, fragte er, und sie nickte.

Antonia nahm staunend zur Kenntnis, wie er Carolin dabei half, den Fisch behutsam aus der Gardine zu befreien und in die Salatschüssel umzuquartieren.

Monty stieg nun ebenfalls aus dem Kanu, das er am Treppengeländer festband. Mit einem Korb in der Hand kam er die Treppe hoch.

»Hat Helen dich angerufen?«, fragte sie.

Er schüttelte den Kopf. »Lange Geschichte«, sagte er und hob die Hand, um Patrick zu grüßen, der in der Tür zum Schlafzimmer aufgetaucht war.

Antonia blieb ihrem Mann im Weg stehen, hoffte auf eine Umarmung, machte aber nicht den Anfang.

Frau Lilienthal erschien neben Patrick. »Herr Kronenberg! Nett von Ihnen, dass Sie kommen. Ich hoffe, Sie sind mir nicht böse, dass ich Ihre Frau den ganzen Tag hier festgehalten habe.«

Sie trat vor, und Monty schüttelte ihr die Hand – statt seine Frau zu umarmen. Unwillkürlich verschränkte Antonia die Arme.

»Guten Tag, Frau Lilienthal. Schlimme Sache, das mit Ihrem Haus. Tut mir leid«, sagte er.

»Herr Kronenberg, wissen Sie, ich wollte mein Herz nie an Dinge hängen. Die Sorge um all das Zeug ist auch eine Last, und an vielem hängt man über die Jahre doch nur noch aus Gewohnheit. So habe ich immer gedacht. Und nun merke ich, wie schwer mir trotzdem das Loslassen fällt.«

»Damit sind Sie heute nicht allein. Ich habe seit meinem Frühstück eine Menge nasse Erinnerungsstücke gesehen, die in die Mülltonne müssen. Aber Sie sind gesund, Frau Lilienthal, das ist die Hauptsache. Sie werden bald wieder neue Andenken sammeln. Die Zeit wird es heilen.«

Frau Lilienthal schüttelte den Kopf. »Das sagt man nur so. Manches heilt die Zeit nie. Man lernt nur, damit zu leben.«

Dennis und Carolin kamen nebeneinander die Treppe hoch, sodass Antonia nun doch Platz machen musste. Sie wich in den Flur aus und streifte dabei ihren Mann. Monty streckte den Arm aus und legte ihn ihr um die Taille, ohne sie anzusehen.

War die Geste für sie gemeint oder für die anderen? Angespannt hielt sie die Arme verschränkt.

»Sehen Sie mal, Frau Lilienthal! Ein zweiter Goldfisch. Er hatte sich in der Abstellkammer versteckt.«

Stolz zeigte Carolin die grüne Schüssel mit dem auffallend schönen, goldrot und weiß gefleckten Fisch darin.

Frau Lilienthals Gesicht leuchtete auf. »Also, meine liebe Frau Pfeiffer, das ist ja ein Prachtstück. Ob wir ihn zu unserer Sibylla in die Bowle tun können?«

Patrick stöhnte gereizt und marschierte zu Frau Lilienthals Kleiderschrank.

»Goldfische retten! Ich fass es nicht! Es reicht, ich habe die Nase voll«, sagte er und riss aus einem der oberen Schrankfächer einen alten Koffer.

Geöffnet warf er ihn auf die mit Rätselheften bedeckte ungenutzte Betthälfte. »Bequemer wird es nicht, Oma. Herr Kronenberg ist mit dem Boot da. Er wird dich aufs Trockene rudern, und Sabrina und ich bringen dich, wohin du willst. Du kannst meinetwegen auch in ein Hotel, wenn dir das lieber ist. Aber du kommst auf jeden Fall mit hier raus. Lass uns ein paar Sachen für dich packen, und dann los.«

»Nein«, sagte Frau Lilienthal entschieden.

»Oma!« Patrick faltete die Hände und bat sie flehentlich.

Auch wenn er sich an diesem Tag ein bisschen danebenbenommen hatte, tat er Antonia leid. So zerrissen, wie er sich auch fühlen mochte, war er doch vor allem hergekommen, weil er seine Oma liebte.

Monty zog sie noch ein bisschen enger zu sich heran. »Ich dachte, wir setzen uns noch einen Moment und stärken uns erst mal. Mein Magen knurrt schon seit Stunden. Um zu essen, war zu viel los. Aber unsere Annika hat heute Mittag bei einem von den Verpflegungsständen für die Helfer mitgearbeitet und mir einen Korb voll leckeren belegten Brötchen mitgegeben.«

Patrick fuhr sich mit beiden Händen durchs Haar. »Oh nein. Bitte nicht! Meine Freundin wartet beim Auto. Ich habe ihr gesagt, dass ich gleich mit Oma wieder da wäre.«

»Ist sie das mit dem gelben Twingo? Dann telefoniert sie gerade mit einer Freundin. Sah nicht so aus, als ob sie sich langweilt«, beruhigte Monty ihn.

Frau Lilienthal winkte sie ins Schlafzimmer. »Kommen Sie. Ich koche uns noch einen Kaffee, wenn ich auch leider zugeben muss, dass es kein guter sein wird. Oder ich koche lieber nur Ihnen einen, sonst kann ich heute Nacht nicht schlafen.«

Die Brötchen waren schon etwas weich, aber liebevoll belegt, schmeckten ausgezeichnet und reichten für alle. Sogar Patrick, der Stellung beim Fenster bezogen hatte und immer wieder zum Auto seiner Freundin blickte, biss in ein Salamibrötchen.

Carolin und Dennis saßen rechts und links von der Fischbowle auf Bett und Sessel und überlegten, ob sie die beiden Fische ins selbe Glas tun durften.

Frau Lilienthal hatte sich auf den Schreibtischstuhl gesetzt, Antonia auf die Sofakissen am Boden, und Monty hockte ihr gegenüber auf dem Bett.

»Ich kann verstehen, dass Sie nicht gehen wollen. Sie haben es wirklich gemütlich hier«, sagte er.

Eilig ergriff Antonia das Wort, bevor Patrick den Streit mit seiner Oma wieder entfachte. »Frau Lilienthal denkt darüber nach, wo sie vorübergehend wohnen könnte. Die typischen Notunterkünfte kommen nicht infrage. Fällt dir etwas ein?«

Sie hatte geglaubt, er würde die Ausweichunterkünfte aufzählen, die er kannte, oder die Möglichkeiten, die er auch allen anderen Flutopfern nannte, die ihn als Feuerwehrmann um Rat fragten. Doch sein Vorschlag war überraschend.

»Was ist mit deiner Mutter? Die Ladys aus der Villa Eule haben doch ein schickes Gästezimmer.«

Warum war sie nicht selbst darauf gekommen? »Frau Lilienthal, das ist eine erstklassige Idee! Was halten Sie davon? Ich könnte meine Mutter anrufen und fragen, ob das Zimmer frei ist. Das heißt … falls du dein Handy dabeihast. Meins ist nämlich ins Wasser gefallen«, wandte sie sich an ihren Mann.

Er hatte es schon aus der Tasche genommen und hielt es ihr hin, bevor sie den Satz beendet hatte.

Frau Lilienthal biss ein kleines Stück von ihrem Brötchen ab und strich nachdenklich ihren Rock über den Knien glatt. Mit den Zehenspitzen stieß sie sich vom Boden ab und drehte den Stuhl ein wenig hin und her.

»Hm«, sagte sie, vorgeblich mit Kauen beschäftigt.

Freudige Zustimmung klang anders, aber entschiedene Ablehnung auch.

»Wissen Sie was? Ich rufe an und frage nach. Wenn das Zimmer frei ist, können Sie es sich immer noch überlegen.«

Frau Lilienthal schluckte und nickte. »Falls ich gehe … Warum nicht? Ich würde mich freuen, Ihre Mutter mal wieder zu treffen.«

Antonia erreichte ihre Mutter nicht, dafür aber eine ihrer Mitbewohnerinnen, die sofort zusagte.

Frau Lilienthal dankte ihr, äußerte sich allerdings weiterhin nicht dazu, ob sie gehen wollte. Ihr Blick wanderte von Antonia zu Monty. »Sie beide passen wunderbar zusammen«, sagte sie und sah dann wieder aus dem Fenster – ihr angebissenes Brötchen vergessen in der Hand.

Antonia erhob den Blick zu ihrem Mann. Er sah ihr in die Augen, lächelte aber zu ihrem Kummer nicht. Kein kleines Verschwörerlächeln war da in seinen Augenwinkeln zu entdecken, dessen sie sich früher so sicher hätte sein dürfen.

Traurig erwiderte sie seinen Blick. Monty schluckte seinen Bissen Brötchen herunter und räusperte sich. »Sie meinen, weil Toni alle meine Schwächen durch ihre Stärken ausgleicht? Da haben Sie recht.«

Er sagte es so ernsthaft, dass Antonia vergaß, Luft zu holen. Etwas so Nettes hatte sie seit Monaten nicht von ihm gehört. Da war es für den Moment Nebensache, ob er es wirklich meinte.

Sie wünschte nur, er hätte es fröhlicher gesagt. Stattdessen hatte es fast vorwurfsvoll geklungen. Oder bildete sie sich das nur ein?

»Und umgekehrt«, sagte sie.

Nun lächelte er, doch zurückhaltend und höflich. »Du hast keine Schwächen.«

Frau Lilienthal legte ihr Brötchen weg und leckte sich etwas Frischkäse von den Fingern. »Zum Glück haben wir alle Fehler, sonst wären wir unerträglich. Manchmal ist unsere größte Schwäche, unsere Schwächen zu verbergen. Denken Sie doch an unsere Doktor Kosewitz! Ich habe den Eindruck, es fiel ihr sogar schwer, sich selbst einzugestehen, dass sie krank ist. Wir hätten schon früher Hilfe für sie rufen sollen. Meinen Sie, wir könnten in Erfahrung bringen, wie es ihr geht?«

»Ich werde es versuchen, wenn ich ihre Tasche gefunden habe. Wir können doch auf dem Heimweg bei Doktor Kosewitz' Haus vorbeifahren – oder, Monty?«

»Was immer du für nötig hältst«, sagte er und verunsicherte sie damit schon wieder.

»Doktor Kosewitz hatte wahrscheinlich einen Schlaganfall«, sagte sie und erzählte ihm und Patrick ungefragt und mit Frau Lilienthals und Carolins Unterstützung die ganze Geschichte. Wobei sich herausstellte, dass ihr Mann einen Teil der Ereignisse doch schon von Helen gehört hatte. Seltsam wortkarg behandelte er sein Telefonat mit Helen, als hätte es ihn verärgert. Antonia hoffte, dass ihre Freundin keine dunklen Andeutungen über sie gemacht hatte.

Auch Petras Sohn Dennis hatte die Geschichte von ihrem feuchten Vormittag schon gehört. Er ergänzte sie dann und wann mit den Kommentaren, die seine Mutter dazu abgegeben hatte.

»Meine Ma meinte, sie hätte es richtig schade gefunden, dass sie gehen musste, weil es so nett mit Ihnen allen war. Aber es ist gut, dass sie nach Hause gekommen ist. Wir hatten sie schon vermisst. Bestimmt wartet sie jetzt zu Hause bei den Kleinen, dass ich komme und berichte, wie es hier weitergegangen ist.«

»Na großartig! Hochwasser als Unterhaltungsprogramm«, murmelte Patrick und bestrafte ihn mit einem abfälligen Blick.

Dennis lachte. »Alter! Klar ist das hier schlimm. Aber es hilft auch niemandem, wenn wir deshalb alle depressiv durch die Gegend schleichen. Lieber lachen und mit anpacken. Helfen darf doch auch Spaß machen. Oder, Herr Kronenberg?«

Monty knüllte die Serviette zusammen, mit der er sein Brötchen gehalten hatte. »Sicher. Allerdings können manche Betroffenen mit der guten Laune von Helfern schlecht umgehen. Darauf muss man gefasst sein. Und, ehrlich gesagt, bleibt einem das Lachen oft im Hals stecken, bei all dem Elend, das man sieht.«

»Ich habe die gute Laune meiner Helferinnen genossen. Und ich …« Frau Lilienthal hörte auf zu sprechen und sah fasziniert Dennis an, als würde sie ihn gerade erst bemerken.

Dennis hingegen betrachtete Carolin, die ihrerseits Sibylla in der Fischbowle beobachtete.

Frau Lilienthal erhob sich und wandte sich Patrick zu. »Jetzt habe ich eine Idee! Komm, Detlef … Patrick, hilf mir packen. Und, Frau Kronenberg, ich würde gern Ihr Angebot annehmen und vorübergehend in das Gästezimmer Ihrer Mutter ziehen. Natürlich werde ich dafür Miete zahlen.«

Erleichterung und Staunen durchströmten Antonia. Sie hätte zu gern gewusst, welche Idee Frau Lilienthals Sinneswandel bewirkt hatte, wollte ihr aber jetzt nicht den Schwung nehmen. »Darüber werden Sie sich bestimmt einig.«

Carolin

Carolin machte sich Sorgen um ihre schwimmenden Schützlinge. Mit Dennis' Hilfe brachte sie sie samt Wasser in zwei Plastik-Brotbeuteln unter und vereinbarte mit Antonia, dass sie vorausgehen und sie im Gartenteich der Kronenbergs aussetzen würde, während die sich noch um Doktor Kosewitz' Tasche kümmerten.

Zu ihrer Überraschung bot Dennis sich an, sie zu begleiten. »Dann kann ich meiner Mutter nachher erzählen, wie die Sache für die Fische ausging«, meinte er.

Eine Dreiviertelstunde später knieten sie nebeneinander am Teich und schütteten die Fische vorsichtig aus ihren Tüten in ihr neues Zuhause, aus dem sie garantiert kein Hochwasser wieder davontragen würde. Gespannt beobachteten sie, ob die beiden sich vertrugen.

Sibylla tauchte unter und versteckte sich sofort unter den breiten, schwimmenden Blättern des hellgrünen Froschbisses. Der zweite Fisch folgte ihr, drehte aber kurz vor dem Versteck ab und verharrte so unter dem Strahl des wasserspeienden Nilpferds, dass er die Menschen am Teich im Auge behalten konnte.

Als wollte er Sibylla beschützen, dachte Carolin. So einfach ging es mit der Liebe bei den Fischen. Warum nicht bei ihr?

Wahrscheinlich fand auch Petras Sohn sie in Wahrheit nur irgendwie ulkig und würde seinen Freunden später lachend von ihr erzählen. Stellt euch vor, wie die da mit der Gardine im Wasser rumgehampelt hat. Total durchgeknallt, die Alte …

Sie spürte, wie sie bei der Vorstellung rot wurde und ihre Kehle sich zuschnürte. Doch dann hatte sie auf einmal die Stimme ihrer Chefin im Ohr, und sie wusste, was zu tun war. Sie musste ihr Leben ändern.

»Wozu haben Fische Schuppen?«, fragte sie.

Damit hatte sie Dennis überrumpelt. »Hm?«, erkundigte er sich.

»Warum haben Fische Schuppen?«, wiederholte sie.

»Ach so.« Er zuckte mit den Schultern. »Keine Ahnung.«

»Damit sie ihre Fahrräder unterstellen können«, sagte sie und sah ihm in die Augen.

Er lachte laut heraus, stand auf und reichte ihr die Hand, um ihr aufzuhelfen.

»Du hast ein total schönes Lachen«, sagte sie, ohne nachzudenken.

Was sie damit auslöste, gefiel ihr ebenso gut wie sein Lachen: Er wurde rot. Rot wie reife Sauerkirschen mit Sahne.

»Danke. An dir ist alles Mögliche schön.« Er brachte es ein wenig stotternd hervor und lachte über sich selbst.

Carolin staunte, wie ruhig sie sich fühlte, obwohl sie gerade ihr erstes Kompliment von einem Mann in ihrem Alter bekommen hatte. Ihr war, als hätte dieser Tag für sie eine Tür weit geöffnet. Sie musste nur hindurchgehen.

»Nett, dass du das sagst«, sagte sie.

»Wow. Sag mal, hast du Lust, noch mit zu uns zu kommen? Meine Mutter freut sich bestimmt. Und … Ich würde dich nach Hause bringen, falls es dir zu spät wird. Also … Falls du möchtest.«

Sie nickte und löste behutsam ihre Hand aus seiner. *Langsam*, ermahnte sie sich.

»Gern. Können wir beim Supermarkt vorbeigehen? Ich würde deiner Mutter gern etwas mitbringen.«

»Klar. Was denn?«

»Kaffee.«

Antonia

Monty holte Antonia als Letzte aus Frau Lilienthals Haus. Sie saß neben Doktor Kosewitz' schicker Arzttasche auf der Treppe und wartete auf ihn. Die feuchtwarme Luft roch modrig, und Mücken tanzten vor ihrer Nase. Wenn das Hochwasser lange anhielt, würden sich die kleinen Biester zu einer Plage auswachsen. Sie musste unbedingt einen großen Vorrat Mückenspray und Juckreizstiller für die Apotheke bestellen. *Die Apotheke …*

Sie seufzte.

Frau Lilienthal hatte ihre brillante Idee nicht verraten, war aber ohne Widerworte mit ihrem wichtigsten Gepäck zu Patrick und seiner Freundin ins Auto gestiegen. Die beiden würden sie zu Inge und ihren Mitbewohnerinnen bringen, wo sie vorerst gut aufgehoben war. Sie hatte Antonia einen Zweitschlüssel zum Haus überlassen.

Carolin, mit der an diesem Tag eine bemerkenswerte Wandlung vor sich gegangen war, hatte sich mit einer unbeholfenen Umarmung von ihr verabschiedet – in der linken Hand die Butterbrottüte mit einem der Goldfische. Den zweiten Fisch trug Petras fröhlicher Sohn.

Antonia lächelte über ihre eigene Neugier. Sie freute sich schon darauf, Carolin am nächsten Tag in der Apotheke auszufragen, wie die Fischfreilassung mit dem blonden Dennis zusammen gelaufen war.

Die Apotheke. Antonia hörte das Plätschern von Montys Paddel vor der Haustür. Ihr verletzter Fuß tat ihr weh.

Würde sie damit überhaupt arbeiten können? Doktor Kosewitz' Praxis würde geschlossen bleiben. Der Allgemeinmediziner in der Altstadt, der üblicherweise die Vertretung übernahm, würde wohl auch keinen Dienst tun können. Ein weiteres Umsatzproblem für sie.

Warum hatte sie ihre eigenen Schuhe nicht gleich mitgebracht, als sie früher am Tag die von Helen aus dem Wohnzimmer geholt hatte? Wenigstens den linken hätte sie anziehen können. Vom Barfußlaufen hatte sie vorerst die Nase voll.

Monty legte am Fuß der Treppe an. »Können wir?«

Sie hüpfte auf einem Bein die letzten Stufen hinunter und überlegte, wie sie ins Kanu steigen konnte, ohne den schmerzenden Fuß zu belasten. Mit beiden Händen am Geländer und auf dem gesunden Fuß balancierend, setzte sie gerade zum entscheidenden Schritt an, als Monty genervt die Luft ausstieß. Sie zog das Bein zurück und sah ihn an.

»Frag mich doch einfach«, sagte er in einem Tonfall, der verärgert, aber auch ein wenig traurig klang.

Er stand auf und stabilisierte mit einer Hand am Treppengeländer das Kanu, während er sie mit dem freien Arm zu sich hereinschwang.

»Du bist so unglaublich stur«, fügte er hinzu.

Er half ihr noch dabei, sich zu setzen, dann wendete er mit den Händen an Treppe, Türrahmen und Wänden das Kanu.

Antonia sank auf ihrem schwankenden Sitz in sich zusammen. »Früher mochtest du das«, sagte sie.

Seufzend nahm er ihr gegenüber Platz – das Paddel quer auf dem Schoß. »Da hast du das auch nicht gegen mich gerichtet.«

Antonia sah ihm verblüfft in die Augen. »Wieso gegen dich? Das mache ich doch gar nicht.«

»Es fühlt sich aber verflixt danach an. Ich habe keine Ahnung, was ich falsch gemacht habe, aber schon seit einem Dreivierteljahr habe ich das Gefühl, dass du mich für irgendetwas bestrafst. Auf diese Frauenart. Erzählst mir nichts mehr, schweigst mich an, lässt mich außen vor. Diskutierst auf eine halbherzige Art mit mir, als wäre ich die Anstrengung nicht wert. Am Ende entscheidest du sowieso allein. Alles versuchst du allein zu machen, sogar in dieses verdammte Kanu zu steigen, obwohl du auf einem Bein hüpfen musst. Sag es mir doch einfach, wenn du mich nicht mehr willst, Toni!«

Antonia konnte ihn nur mit offenem Mund anstarren. Das war womöglich einer der wortreichsten Gefühlsausbrüche, die sie je von ihrem Mann gehört hatte. Und sie begriff gar nichts.

Er senkte den Blick auf den nassen Boden des Kanus und tauchte mit finsterer Miene das Paddel ins Wasser.

»Schon gut. Ich bringe dich trotzdem noch aufs Trockene, keine Sorge. Kannst es mir auch da sagen.«

Mit der Gewandtheit, die bei seiner bärenhaften Gestalt immer wieder überraschte und die sie schon anziehend gefunden hatte, noch bevor er zu seiner vollen Bärenhaftigkeit herangewachsen war, steuerte er das Kanu in Richtung Haustür.

»Wie kannst du das glauben? Natürlich will ich dich noch. Du bist doch derjenige, der mich nicht mehr will«, brachte sie endlich heraus.

Er ließ das Paddel ruhen und starrte nun seinerseits sie an. Langsam glitten sie an der Wohnzimmertür vorbei.

»Und überhaupt muss ich noch mal ins Wohnzimmer. Meine Schuhe stehen im Bücherregal.«

Monty war zu perplex, um gleich zu reagieren. Ungebremst rammten sie die halb offen stehende Haustür und kamen ins Schwanken. Hastig machte er seinen Fehler wieder gut, paddelte rückwärts und bog ins Wohnzimmer ab.

Dieses Mal klappte es weniger geschmeidig, und sie rumpelten links und rechts gegen den Türrahmen.

»Rudern konntest du auch schon mal besser«, sagte sie.

Er hielt kurz inne und funkelte sie grimmig an. »Ich verpasse dir gleich eine Dusche.«

Aber das würde er nicht tun. Das Alter, in dem sie sich beim Baden untergetaucht hatten, lag lange hinter ihnen. Antonia spürte einen Hauch von Erleichterung, weil sie ihren Mann noch nicht ganz verloren hatte. Doch das Schlimmste war noch nicht geklärt.

»Du hast dich mit den Mädchen regelrecht verbündet und mich ausgeschlossen«, sagte sie und verschob das Schlimmste damit ein weiteres Mal.

»Du hattest keine Zeit, um überhaupt zu bemerken, was unsere Töchter gerade beschäftigt.«

Das verschlug ihr für einen Augenblick die Sprache, weil er zu ihrem Leidwesen damit recht hatte.

Er nutzte ihre Pause. »Du hast für nichts mehr Zeit, außer für die Apotheke. Und immer, wenn ich denke, es wird gerade etwas besser, dann nimmst du dir ein neues Projekt vor – wie diese Party. Und sobald du mit deinem Plan loslegst, haben wir sowieso alle nur noch das Gefühl, dass wir im Weg stehen. Da muss man schon dankbar sein, wenn man auch nur den Marschbefehl zum Getränkeeinkaufen von dir bekommt.«

Eine mit Schuldgefühlen gemischte Wut sprudelte in Antonia auf. Sie wollte hundert Dinge gleichzeitig sagen, ihm ihren Ärger über sein fehlendes Interesse an der Party um die Ohren hauen – über sein fehlendes Interesse an ihr –, ihm klarmachen, wie sehr sie sich von ihm verlassen gefühlt hatte.

Aber er hatte ja recht: Sie hatte ihn ausgeschlossen und nur ihre Apotheke im Kopf gehabt. Und obendrein hatte sie ihm auch noch die Möglichkeit vorenthalten, über etwas mitzuentscheiden, was für die ganze Familie wichtig war. Vor Monaten hätte sie schon mit ihm über ihr Problem reden sollen. Lange, bevor sie auf die Idee mit der Party gekommen war.

»Ich wollte diese blödsinnige Party doch nur, um …« Der Satz verlor sich, während sie ihn aussprach. Warum hatte sie die Party gewollt? Um ihm zu zeigen, dass sie ihn noch liebte? Um sie beide davon zu überzeugen, wie toll es war, dass sie zusammengehörten? Beides war wahr, doch nicht ihr eigentlicher Antrieb gewesen, das erkannte sie jetzt. Tränen traten ihr in die Augen. »… um zu erfahren, ob du mich noch liebst. Und das ist völlig nach hinten losgegangen.«

Schneller, als sie reagieren konnte, hatte er ihr mit dem langen Paddel eine Fuhre Wasser in den Nacken gespritzt, und sie schrie auf. »Du Mistkerl!«

»Ich will dich schon seit zehn Jahren mal wieder im nassen T-Shirt sehen«, sagte er.

Dann kam er zu ihrer Bank balanciert und hockte sich vor sie. Das Kanu schwankte bedenklich, und einen Augenblick mussten sie aufpassen, nicht zu kentern. »Ich verstehe das alles nicht. Was geht da in deinem Kopf vor? Am wenigsten verstehe ich, wie du darauf gekommen bist, dass ich dich nicht mehr liebe. Warum hast du nicht früher mit mir geredet? Du hast doch auch gemerkt, dass etwas nicht in Ordnung ist. Wenn du den Anfang gemacht hättest, hätte ich vielleicht …«

Er sah ihr in die Augen, wie er es früher getan hatte. Mit der besonderen Zuversicht, die ihr wortlos sagte: »Wir packen das schon.« *Wir.*

Sie hätte ihn gern geküsst und so getan, als ob damit alles wieder gut wäre. Die paar Missverständnisse, das nasse T-Shirt – das wäre alles schnell verziehen.

Doch in Wahrheit käme sie damit nicht weit. Sie holte tief Luft. »Ich muss die Apotheke aufgeben«, sagte sie und atmete laut aus.

Endlich war es heraus.

Ihr Mann fuhr zurück, als hätte sie ihn geschubst. »Du musst *was*? Warte mal, so habe ich das doch nicht gemeint. Ich ärgere mich vielleicht, weil du so wenig Zeit hast, aber deshalb würde ich doch nicht von dir erwarten, dass du deinen Lebenstraum aufgibst. Du hast so viel Arbeit in die Apotheke gesteckt! He, mir würde sie genauso fehlen wie dir. Oder hast du dich so verändert, dass du sie nicht mehr willst, und ich habe das verpasst?«

Noch immer trug er die staubige Spinnwebe im Haar und einen Brötchenkrümel im Bart. Antonia war versucht, ihre Hand auszustrecken und beides behutsam wegzufegen, doch sie wusste, dass sie sich nicht ablenken lassen durfte. Sie hatte diesen Moment so sehr gefürchtet und diese Angst so gründlich verdrängt, dass es ihr jetzt schwerfiel, sich auf das Problem zu konzentrieren.

»Ich kann vom Umsatz gerade noch meine Mitarbeiterinnen und die absolut notwendigen Rechnungen bezahlen. Für meinen Unterhalt bleibt mir nichts, und für die fälligen größeren Ausgaben ist natürlich auch keine Reserve da. Ich habe es verbockt, Monty.«

Er wich zurück und setzte sich auf die mittlere Bank. Die Knie seiner blauen Uniformhose waren nass.

»Wie lange trägst du das schon mit dir herum?«

»Seit Anfang des Jahres wurden die Zahlen immer schlechter. Vor drei Monaten hat Doktor Kosewitz … Nein, hat die Hausverwaltung die Miete erhöht. Vor einer Weile hat Doktor Kosewitz dann noch diesen Hausmeisterdienst beauftragt … Ich dachte die ganze Zeit, dass ich es noch schaffen kann, aber ein Schlag folgte dem anderen. Es geht nicht mehr.«

Er schüttelte fassungslos den Kopf und kratzte sich den Bart. Den Krümel erwischte er dabei nicht. »Und ich Idiot dachte noch, du würdest dich freuen, dass du nicht mehr selber fegen musst. Wo es doch immer nur Gemecker deshalb gab. Aber warum … Warum bist du nicht zu mir gekommen, damit wir das alles mal in Ruhe durchrechnen?«

Sie zuckte mit den Schultern. Das Kanu war an den beiden Stühlen, auf denen sie bis zu Helen geturnt war, vorbei- und bis zum Esstisch getrieben. Nun hing es an den Tischbeinen fest, und sie hätte nur die Hand ausstrecken müssen, um ihre Handtasche vom Tisch zu nehmen, die sie um ein Haar dort vergessen hätte. Sie tat es nicht.

»Weil … Weil ich nur die Möglichkeit sehe, dass du für mich aufkommst. Und das fände ich nicht richtig.«

Sie seufzte, weil ihre Erklärung nicht einmal die Hälfte ihrer komplizierten Empfindungen wiedergab. Denn einerseits fand sie es nicht richtig, andererseits würde es ihr das Herz brechen, wenn er ihr einfach recht gab und ihren großen Traum abschrieb.

»Da hast du's! Warum lässt du mich nicht selbst entscheiden, ob ich das tun möchte?«

»Weil ich dein Angebot sowieso ablehnen würde. Und das würde dich wahrscheinlich kränken. Dann wärst du sauer auf mich, weil ich lieber unglücklich bin, statt deine Hilfe anzunehmen. Und –«

»Warum, zum Teufel, würdest du es nicht annehmen?« Vor Ärger ruckelte er auf seiner Bank hin und her, sodass das Kanu wackelte, sich von den Tischbeinen löste und weitertrieb.

Im letzten Moment schnappte Antonia sich ihre Tasche

vom Tisch und verstaute sie zu ihren Füßen. »Ich würde dir auf der Tasche liegen und nichts mehr zu unserem Familieneinkommen beitragen. Und abhängig von dir sein.«

»Und was wäre so schlimm daran? Das hatten wir während deiner Ausbildung doch auch schon mal. Und wir haben es gut überstanden. Wir würden eben sparsamer leben.«

»Dieses Mal glaube ich aber nicht, dass es sich wieder ändern wird. Und das könnte ich nicht lange ertragen.«

»Dann müssen wir eben dafür sorgen, dass es sich wieder ändert. Sei nicht so dickköpfig! Wir werden doch wohl einen Weg finden, deine Apotheke aus den roten Zahlen zu holen.«

»Und wenn nicht? Wenn ich hochverschuldet pleitegehe?«

»Dann hätten wir es wenigstens versucht! Meine Güte, Toni, wo ist meine Optimistin hin? Ich erkenne dich ja nicht wieder!«

Antonias Herz schlug ihr bis zum Hals. Sie liebte diesen Mann aus vielen Gründen. In diesem Augenblick liebte sie ihn dafür, dass er so sauer auf sie war.

Und auf einmal – endlich – hatte sie das Gefühl, dass doch alles wieder gut werden würde, wenn sie ihn einfach küsste.

Das Kanu stieß gegen Frau Lilienthals durchweichtes blaues Cordsofa. Antonia gab sich einen Ruck und erhob sich von ihrem Sitz, um sich zwischen Montys auseinandergestellte Füße zu knien. Sie umfasste seine kräftigen Oberarme, um sich in die richtige Position für den entscheidenden Kuss zu bringen.

Er legte die Hände um ihre Hüften, hielt sie von sich ab und wich ihrem Mund aus. Statt sie zu küssen, starrte er aufs Sofa. »Ist sie das?«, fragte er leise.

Antonia hielt vor Schreck die Luft an. Langsam, als säße ein Skorpion auf ihrer Schulter, sah sie sich um.

Auf der vom Wasser überspülten Sitzfläche des Sofas lag zusammengerollt die Schlange.

»Ja«, sagte sie und schauderte, obwohl das Reptil auf diese Art friedlich wirkte.

»Ganz schön groß«, sagte er, und sie merkte ihm an, dass auch er sich so nah bei dem Tier nicht wohlfühlte.

»Weißt du, was das für eine ist?«, fragte sie.

»Eine Würfelnatter. Die waren an der Elbe mal ausgestorben, wurden aber am Oberlauf wieder angesiedelt. Hab's mal in der Zeitung gelesen. Die Flut muss diese hier mitgerissen haben.«

Würfelnatter. Ungiftig, laut Doktor Kosewitz, erinnerte sich Antonia. »Was machen wir jetzt? Wir können sie doch nicht hier im Haus lassen.«

Sie spürte, wie der Griff seiner Hände sanfter wurde.

»Ich bin nicht gerade scharf darauf, sie anzufassen«, sagte er.

»Das verstehe ich.«

»Wogegen ich das hier …« Er zog sie näher an sich heran und gab ihr einen zärtlichen Kuss. »… sehr gern anfasse.«

Sie ließ ihre Hand in seinen Nacken wandern und streichelte ihn. Das Kanu dümpelte sacht gegen das Sofa, doch die Schlange rührte sich nicht. Sie schien zu schlafen.

Antonia beugte sich vor und widmete sich dem entscheidenden Kuss. Wie den Neunzehnjährigen nach ihrer ersten gemeinsamen Nacht auf dem staubigen Zeltplatz küsste sie ihn. Wie den Siebenundzwanzigjährigen, nachdem sie ihm am ersten Morgen in ihrem selbst gebauten, noch ungestrichenen Haus erzählt hatte, dass sie schwanger war. Wie den Siebenunddreißigjährigen, als er ihr darin zugestimmt hatte, dass es eine gute Idee war, mit sechsunddreißig noch Pharmazie zu studieren. Wie den Dreiundvierzigjährigen, mit dem sie zwar noch lange nicht alle Missverständnisse des vergangenen Jahres ausgeräumt hatte, den sie aber für alles liebte, was er war. Und mit dem sie endlich im Bett wieder etwas anderes tun wollte, als Sudokus zu lösen.

»Wenn du das so gern anfasst, warum hast du es dann so lange nicht getan?«

»Ich habe jeden Tag damit gerechnet, dass du mit mir Schluss machst. Das ist nicht gerade ein Aphrodisiakum.« Seine Hand war von ihrer Hüfte aufwärtsgerutscht, und nun strich er mit dem Daumen über ihre Brust. »Aber ich habe es vermisst.«

Antonia seufzte aus mehr als einem Grund. »Ich auch.«

Sie küssten sich wieder, und Antonia hätte alle Hinderungsgründe vergessen, um sofort mit ihrem Mann zu schlafen, wenn das Kanu nicht so unbequem gewesen wäre.

Und wenn nicht das Reptil auf dem Sofa gelegen hätte.

Der Gedanke ernüchterte Antonia, und sie ließ widerwillig von Monty ab.

»Was wird jetzt mit der Anakonda?«, fragte sie.

Er schnaubte belustigt. »Nur dass ich sie nicht gern anfasse, heißt nicht, dass ich es nicht tun werde. Du solltest mir ruhig zutrauen, dass ich mal über meinen Schatten springe. Was ist in der großen Tasche da? Kannst du die ausleeren?«

Antonias Puls beschleunigte sich bei dem Gedanken, die Schlange zu fangen. Sie betrachtete die teure Ledertasche mit ihrer glänzenden Schließleiste, den Scharnieren und Zierschnallen aus Messing. »Die gehört Doktor Kosewitz. Das geht nicht.«

»Ach was, leer sie aus. Wir tun alles später wieder hinein, wenn … Sie wird gar nichts davon bemerken.«

»Du bist verrückt«, sagte sie, leerte aber folgsam mit fahrigen Händen die Tasche und untersuchte ihr sandfarbenes Futter auf Löcher.

Ihr Mann ließ ihr keine Zeit, länger nachzudenken. »Halt sie auf«, ordnete er an, lehnte sich aus dem Kanu über das Sofa und fasste so schnell zu, dass Antonia zusammenzuckte. Mit sicherem Griff hielt er die armlange Würfelnatter dicht hinter dem Kopf fest und hob sie ins Boot.

Starr vor Schreck hielt Antonia mit steifen Armen Doktor Kosewitz' Tasche vor sich auf.

Monty nahm die linke Hand zu Hilfe, um die sich windende Schlange hineinzubugsieren.

»Jetzt zumachen!«

Blitzschnell zog er seine Hände aus der Tasche und half Antonia dabei, den Scharnierverschluss zuzuklappen, ohne das Tier einzuklemmen.

Er grinste breit. »Na, siehst du? Wir packen das.«

Sein tiefes Lachen schüttelte seinen Brustkorb. Er griff nach dem Paddel, schob sie erst zu dem Regal, in dem ihre Schuhe standen, und paddelte dann hinaus, während sie verkrampft, mit leicht ausgestreckten Armen die Tasche festhielt. Zu ihrer Erleichterung beruhigte sich die Natter und hielt bald still.

Das helle Sonnenlicht blendete Antonia, als sie durch die Haustür nach draußen glitten, obwohl es inzwischen später Nachmittag war. Sie musste blinzeln und nieste.

Wieder spritzte ihr Mann sie übermütig mit dem Paddel nass. »Hauptsache, du hast jetzt den Hausschlüssel nicht unten in Doktor Kosewitz' Tasche vergessen!«

Antonia und Monty ließen die bei näherer Betrachtung tatsächlich ein wenig gewürfelt aussehende Schlange in einem überfluteten Auwäldchen am Stadtrand frei, bevor sie zu Doktor Kosewitz' Haus fuhren.

Das Tier brauchte Ermutigung, um die dunkle Tasche wieder zu verlassen, glitt dann aber im flachen Wasser zwischen den Weiden und Birken rasch in sein neues Reich.

Die Tasche hatte nicht nennenswert unter ihrer Aufgabe gelitten. Nur das helle Futter hatte dunkle, feuchte Flecken, die aber beim Trocknen sicher verschwinden würden.

Wie vorausgesehen, hatte Antonia in Doktor Kosewitz' Tasche auch deren Hausschlüssel gefunden.

Obwohl Monty ihr anbot, dass sie im Auto sitzen bleiben könne, während er sich rasch nach der gepackten Reisetasche umsah, humpelte sie, auf ihn gestützt, mit zur Haustür.

Das Wasser war noch nicht einmal bis zum Grundstück der Nachbarn vorgedrungen. Erst im übernächsten Garten schimmerten ungewöhnlich große Pfützen. Der Vorgarten und das Haus von Doktor Kosewitz entsprachen ihrer Besitzerin. Symmetrisch angeordnet, standen beschnittene Koniferen und niedriger Bambus in Rindenmulch und Kiesflächen. Ein Miniaturteich aus dunkelgrauem Stein enthielt eine Seerose und bildete die Mitte des Musters.

Der gepflasterte Weg zur Tür war mit zylindrischen Solarlaternen in regelmäßigen Abständen gesäumt. Die strenge Ordnung wurde nur von einer großen Rolle Plastikfolie und zwei Stapeln von Sandsäcken gestört, die an der Hauswand lehnten. Wahrscheinlich hatte Doktor Kosewitz dieses Material vorgesehen, um nach ihrer Heimkehr die Haustür gegen das Wasser zu sichern.

Das fleckenfreie Klingelschild aus mattem Edelstahl, die moderne Lampe über der Tür und das Vordach aus Glas –

alles verriet den schlichten Stil, das Streben nach Perfektion und das sichere Einkommen der Ärztin.

Antonia tauschte mit ihrem Mann einen Blick, als sie über die Schwelle traten wie Kinder, die auf unbekanntes, verbotenes Terrain vorstießen.

»Wo würdest du so eine Tasche hinstellen?«, fragte Monty.

»Ins Schlafzimmer.«

»In Ordnung. Ich suche das Schlafzimmer. Du kannst dich solange hinsetzen.«

»Wenn du mich zum Telefontisch bringst, sehe ich nach, ob ich ein Adressbuch finde. Ich glaube nicht, dass Doktor Kosewitz in der Lage war … Mir wäre wohler, wenn ich wüsste, dass ihre Angehörigen benachrichtigt wurden.«

Monty ging mit ihr zu dem kleinen Tisch aus Glas und Mahagoni. »Einen Mann hat sie nicht, oder?«

Antonia zuckte mit den Schultern. »Ich weiß eigentlich gar nichts über sie.«

»Dafür, dass du sie nicht ausstehen kannst, machst du dir ziemlich große Sorgen um sie.«

Der Ledersitz des Hockers neben dem Telefontisch war hart, trotzdem ließ Antonia sich dort nieder. »Das ist doch nur eine Selbstverständlichkeit.«

Monty gab ihr zur Antwort einen Kuss und ließ sie allein in dem kühl eingerichteten Wohnzimmer zurück, um auf der Suche nach der Tasche alle möglichen Türen zu öffnen.

Kurz ließ sie den Blick über die edlen Souvenirs von exotischen Urlaubsreisen schweifen, die den Raum sparsam schmückten.

Sie brauchte nicht lange, um zu überblicken, dass auf der Ablage des Telefontischs außer Telefonbüchern nichts lag. Kurzerhand schnappte sie sich das schnurlose Telefon und studierte Tasten und Display. Sie drückte eine Taste, um die eingespeicherte Nummernliste sichtbar zu machen. Stattdessen hörte sie leise eine Stimme aus dem Lautsprecher und hielt ihn sich ans Ohr. Gleichzeitig begriff sie, was das blinkende Symbol auf dem Display ihr hatte sagen wollen: Auf dem Anrufbeantworter gab es eine Nachricht.

Eine hohe Frauenstimme drang an ihr Ohr. »… du hast nicht zurückgerufen, also versuche ich es noch einmal. Wir würden uns wirklich sehr freuen, wenn du am Wochenende kommen würdest. Axel hätte auch noch etwas Geschäftliches mit dir zu besprechen, wegen der neuen Versicherung für die Gebäude. Er braucht dafür Unterschriften von dir. Außerdem tut dir ein Kulissenwechsel gut. Du hörst ja überhaupt nicht mehr auf zu arbeiten. Also bitte, bitte, ruf mich heute zurück, auch wenn es spät wird, und sag, dass du kommen wirst. Dann kann ich dir noch rechtzeitig ein Zimmer buchen.«

Die automatische Ansage des Anrufbeantworters verriet Antonia, dass der Anruf nur eine halbe Stunde zurücklag. Sie hatte die Nachricht gebannt bis zum Ende angehört, obwohl sie schon nach den ersten Sätzen das ungute Gefühl hatte, in Doktor Kosewitz' Privatangelegenheiten herumzuschnüffeln. Andererseits hatte sie nun einen Hinweis darauf, welche Angehörige sie benachrichtigen konnte.

Ein paar Experimente mit den Telefontasten führten sie zur gespeicherten Nummer der Anruferin. Die Vorwahl wies auf eine Stadt in Süddeutschland hin. Sorgfältig notierte sie die Nummer am Rand der Gelben Seiten. Anschließend rief sie im Krankenhaus an und erkundigte sich nach der Zimmernummer von Doktor Kosewitz, als hätte sie jedes Recht auf diese Information.

»Frau Kosewitz ist noch auf der Intensivstation. Sie wird voraussichtlich morgen früh in ein Zimmer verlegt. Sie müssten sich bitte dann noch einmal erkundigen«, bekam sie zur Auskunft.

Antonia bedankte sich, legte auf und staunte, wie erleichtert sie darüber war, dass die Ärztin noch lebte.

Monty hatte die Zimmer im Erdgeschoss überprüft und winkte ihr auf seinem Weg zur Wendeltreppe, die ins Obergeschoss führte.

Einen Atemzug lang zögerte sie, dann räusperte sie sich und wählte die notierte Nummer.

»Karin Schröder. Hallo?«, meldete sich die hohe Stimme, die sie vom Anrufbeantworter kannte.

»Guten Abend, hier ist Antonia Kronenberg. Entschuldigen Sie die Störung, aber sind Sie die Schwester von Doktor Elke Kosewitz?«

»Jaa?« Das misstrauische Ja war gleichzeitig die Frage nach dem Warum.

»Doktor Kosewitz wurde heute Mittag ins Krankenhaus eingeliefert. Sie hatte wahrscheinlich einen Schlaganfall. Leider kann ich Ihnen nicht sagen, wie es ihr inzwischen geht. Ich weiß nur, dass sie im städtischen Klinikum in Lüneburg liegt und morgen die Intensivstation verlassen wird. Ich bin gerade in ihrem Haus, um ihre Tasche zu holen.«

Karin Schröder schwieg sekundenlang. Antonia hörte das laute Rauschen einer Dunstabzugshaube und das Schnorcheln einer Kaffeemaschine durch die Leitung. Prompt knurrte ihr Magen. Annikas belegte Brötchen waren nur eine vorübergehende Linderung gewesen. Sie fragte sich, ob Frau Schröder aus Süddeutschland anreisen würde, um ihre Schwester zu besuchen, und ob sie dann auch die verderblichen Lebensmittel wegräumen würde und tun, was man sonst mit einem Haus tat, das eine Weile leer stehen würde.

»Das ist ja furchtbar. Leider kann ich hier im Moment nur ganz schlecht weg. Wir haben eine wichtige große Feier am Wochenende, wissen Sie? Aber ich danke Ihnen ganz herzlich für Ihren Anruf. Natürlich werde ich mich sofort in der Klinik nach meiner Schwester erkundigen. Wenn Sie ihr ihre Sachen bringen könnten, wäre ich Ihnen wirklich dankbar. Normalerweise hätte sich natürlich Elkes Mann darum gekümmert. Aber die beiden sind gerade … Also, im Vertrauen: Elke nennt es eine Auszeit. Aber Martin hat eine Jüngere kennengelernt und ist zu ihr gezogen. Ich gehöre nicht zu denen, die einen Mann dafür grundsätzlich verurteilen. Solche Dinge geschehen eben, nicht wahr? Und Elke hat es eigentlich auch recht gelassen aufgenommen. Vielleicht hat sie ja auch recht, und er kehrt zu ihr zurück. Aber es ist jetzt schon ein Dreivierteljahr her. Und jetzt denke ich, das Ganze hat sie sicher doch mehr belastet, als sie gezeigt hat. So etwas kann ja auch sehr auf die Gesundheit schlagen. Und dann die viele Arbeit … Ihre Patienten gehen ihr ja einfach über alles. Ich sage ihr schon seit Jahren, dass sie sich eine Partnerin für die Praxis suchen soll. Sagen Sie, könnten Sie so nett sein und mir Ihre Telefonnummer geben? Falls noch etwas zu klären ist?«

Antonia tat ihr den Gefallen, obwohl sie sich fragte, wie ausgerechnet sie in die Lage geraten war, zur Ansprechpartnerin für Doktor Kosewitz' Angehörige zu werden. Unangenehm berührt fühlte sie sich außerdem davon, dass Frau Schröder ihre wichtige Feier mehr bedeutete als ein Besuch bei ihrer möglicherweise lebensbedrohlich erkrankten Schwester. Es erinnerte Antonia daran, wie blind ihre eigenen Festvorbereitungen sie für das gemacht hatten, was um sie herum vorging.

Als sie das Telefonat beendet hatte, kam Monty mit einer Reisetasche aus jagdgrünem Nylon in der Hand die Wendeltreppe herunter. »Wenn du es die Treppe hinauf schaffst, würde ich dir gern etwas zeigen«, sagte er.

Sie sah ihn fragend an, doch seine Miene verriet nichts. Er stellte die Tasche ab und legte einen Arm um sie, sodass er sie mehr trug, als dass sie selbst lief.

Zuerst führte er sie in die auf Hochglanz polierte Edelstahlküche, in der es nicht nur so aussah, als gäbe es darin keine verderblichen Lebensmittel, sondern so, als gäbe es darin überhaupt keine. Neben der auf Brusthöhe an der Wand installierten Mikrowelle gab es eine dunkle Tür, die zu einem Nebenraum führte. Wortlos stieß Monty sie auf.

Unwillkürlich zuckte Antonia zurück, weil sie halb mit dem Anblick einer verwesenden Leiche rechnete. Dann musste sie lachen.

Doktor Kosewitz' Hauswirtschaftsraum beherbergte das Chaos, für das es im restlichen Haus keinen Platz gab. Ihr Bügelbrett war unter einem Berg ungebügelter Wäsche begraben. Die ungewaschene Wäsche lag in mehreren Haufen zwischen Stapeln von alten Zeitungen und Kisten voller Altglas. Schmutzige und saubere Jacken für alle Jahreszeiten hingen nicht nur an Haken, sondern auch an halb offenen Schranktüren, durch die Antonia Schrankfächer sah, die mit Putzmitteln, Plastikdosen und Kerzenresten bis zum Überquellen vollgestopft waren. Ein Schuhregal sah aus, als wäre es explodiert, und ein halb gefüllter Altkleidersack wies auf den vergeblichen Versuch hin, des Chaos Herr zu werden.

»Das macht sie sympathischer, findest du nicht?«, fragte Antonia.

»Warte, bis du mit mir oben warst«, erwiderte er.

Das Obergeschoss war ebenso kühl und ordentlich eingerichtet wie das untere. Monty führte sie an der offenen Schlafzimmertür vorbei zum angrenzenden Raum.

»Was für Bettwäsche hat sie?«, fragte Antonia, halb im Scherz.

Ihr Mann ließ sich nicht in Verlegenheit bringen. »Dieses glänzende Zeug. Satin. Dunkelrot.«

Antonia hatte wenig Zeit, über ihn zu staunen. Wieder öffnete er die Tür für sie.

Sie betraten ein Gästezimmer, das ebenfalls schlicht, aber wärmer ausgestattet war als der Rest des Hauses. Auf den ersten Blick herrschte auch hier Unordnung. Doch Antonia begriff schnell, was Doktor Kosewitz in diesem Zimmer versammelt hatte: Herrenschuhe, zwei Kisten voll Sachbücher und Thriller, einen Anzug, der noch in der Schutzhülle aus der Reinigung auf dem Bett lag, Hochzeitsfotos und ein paar andere gerahmte Bilder auf dem kleinen Schreibtisch. Ein achtsam zusammengelegter Pyjama, ein Karton mit Toilettenartikeln für Männer. Eine Handvoll CDs, die auf der kleinen Nachtkommode zu einem gleichmäßig aufgefächerten Turm aufgestapelt waren. Daneben eine Herrenuhr.

Alles aus ihrem Leben aussortiert, doch keinesfalls zum Abholen oder für den Müll zusammengepackt. All diese Dinge, die ihr Besitzer vielleicht schon längst nicht mehr vermisste, warteten hier liebevoll behütet auf seine Rückkehr.

Antonia fühlte einen schmerzhaften Stich des Mitgefühls. Ein kleiner Kloß bildete sich in ihrer Kehle.

»Würdest du das mit meinen Sachen auch machen?«, fragte Monty sie, ohne den kleinsten Anflug von Scherz.

»Ich weiß es nicht. Aber ich möchte es auf keinen Fall ausprobieren, wenn es dir recht ist«, sagte sie und sah ihm in die Augen.

»Das beruhigt mich«, sagte er.

In der Nacht nach dem Kaffeekränzchen in Frau Lilienthals Schlafzimmer erreichte das Wasser seinen Höchststand. Und am nächsten Morgen verkündeten die Nachrichten vom Oberlauf des Flusses die allmähliche Entspannung der Lage.

Vielleicht hätte Antonia an diesem Tag auch mit dem verletzten Fuß arbeiten können, denn sein Zustand hatte sich etwas gebessert. Doch ihre verlässliche Beate, deren Haus vom Hochwasser verschont geblieben war, vertrat sie bereitwillig in der Apotheke.

Gerade bei dem Gespräch mit Beate spürte Antonia, welche Last von ihr abgefallen war. Monatelang hatte sie die Vorstellung gepeinigt, ihren Mitarbeiterinnen kündigen zu müssen. Keiner von ihnen hatte sie verraten, wie es um die Apotheke stand. Sie hatte es vor sich selbst damit gerechtfertigt, dass sie niemanden beunruhigen wollte, bevor es unausweichlich wurde. Inzwischen wusste sie, dass sie vor allem zu viel Angst davor gehabt hatte, ihre große Niederlage einzugestehen. Erst jetzt hatte sie begriffen, wie sehr ihre Tatkraft und ihr Urteilsvermögen unter dem Geheimnis gelitten hatten. Es auszusprechen hatte sie von dem Bann befreit.

Ihre Apotheke zu retten blieb eine gewaltige Herausforderung, doch endlich hatte sie wieder den Mut, sich ihr zu stellen.

Ihrer Vermutung nach trug dazu auch bei, dass sie sich nach der vorangegangenen Nacht ohne Sudoku und Kreuzworträtsel wieder so jung fühlte, wie sie war.

»Du siehst im nassen T-Shirt verdammt gut aus. Warum ziehst du so was nicht öfter an?«, hatte Monty gesagt, als sie nach ihrer Heimkehr gemeinsam unter die Dusche gingen, ohne auch nur nachzusehen, ob ihre Töchter im Haus waren.

Wenn ein nasses T-Shirt diese Wirkung hatte, würde sie in Zukunft jeden Tag voll bekleidet unter die Dusche gehen, bevor sie sich ihrem Mann zeigte, beschloss sie. Ihre Haut prickelte noch immer an all den Stellen ihres Körpers, die er mit seinem Bart gestreift hatte. Eigentlich gab es kaum eine Stelle, die nicht prickelte.

»Weißt du, was mich völlig fertiggemacht hat?«, hatte er gemurmelt, als er nach dem Abebben der ersten Leidenschaft mit dem Kopf auf ihren Brüsten dalag.

»Was?«

»Die zwei Stück Marzipantorte im Kühlschrank. Ich habe sie erst heute Morgen gesehen und den ganzen Tag überlegt, ob du die für mich aufgehoben hast, weil du mich doch noch liebst, oder ob es nur Gewohnheit war.«

»Und was glaubst du jetzt?«, erkundigte sie sich und rieb ihm zärtlich den Rücken.

»Wunderbare, wahre Liebe war das. Ich hätte es gleich begreifen sollen, als ich sie gegessen habe.«

Morgens beim Frühstück erzählte Monty ihr, wie er erfahren hatte, dass sie in Frau Lilienthals Haus auf ihn wartete. Bei einer Feuerwehr-Einsatzbesprechung hatte ihm sein Freund Bohni von der Begegnung mit ihr an der Straßensperre erzählt, und er hatte versucht, sie zu erreichen. Als ihm das nicht gelang, erkundigte er sich in der Apotheke nach Frau Lilienthals Adresse. Bei der Gelegenheit erzählte ihm Beate, dass Helen kurz zuvor ihr vergessenes Handy abgeholt und dabei erwähnt hätte, dass Antonia noch bei Frau Lilienthal sei. Als er vor der Apotheke wieder ins Auto stieg, hatte er einen verpassten Anruf von Helen auf seinem Telefon gesehen und sie zurückgerufen.

»Sie hat Tom verlassen. War gerade mit Sid unterwegs zu ihren Eltern.«

Er stellte es so sachlich fest, als wäre es etwas ganz Gewöhnliches und nicht eine der Nachrichten, auf die Antonia seit Monaten wartete. Sie wünschte ihrer Freundin so sehr ein Leben, das nicht darum kreiste, Toms Sucht vor der Welt zu verstecken.

»Gestern hatte ich den Eindruck, dass du sauer auf Helen bist. Ärgerst du dich über ihre Entscheidung?«

Monty kratzte sich verlegen den Bart. »Ich habe doch gedacht, du willst mich auch verlassen. Als hättet ihr euch verabredet oder so. Das hat mich schon geärgert. Hab mir vorgestellt, wie ihr euch zusammen über eure blöden Männer auslasst. Was Helen und Tom angeht … Keine Ahnung, ob Helen im Recht ist. Wird Tom sicher ganz schön fertigmachen, dass sie weg ist. Aber eins ist klar: Er fängt deshalb nicht an zu saufen.«

Auch an diesem Morgen stieg Mickie in den schwarzen Leichenwagen, um sich von Felix in die Schule mitnehmen zu lassen. Und auch an diesem Morgen sah Felix noch aus wie etwas, das der Hund aus der Mülltonne gezerrt hatte.

Doch Antonia konnte entspannt zusehen, wie Mickie ihn zur Begrüßung küsste. Ein Junge, der es bis zum Führerschein gebracht hatte und der wusste, wie man Sandsäcke füllte, wenn es darauf ankam, konnte so schlecht nicht sein. Worin Helen ihr zustimmte, als sie kurz darauf mit ihr telefonierte.

Oder vielmehr stimmte Helen ihr darin zu, dass ein Mann, der nicht einmal wusste, wie man Sandsäcke füllte, wenn es wirklich darauf ankam, ein triftiger Grund für Kummer war.

Sie hatte Tom nicht einmal so wach bekommen, dass er ihr etwas Sinnvolles hätte antworten können, als sie ihm gesagt hatte, dass sie ihn verließ.

»Und was hast du nun vor?«

Helen schnaubte. »Nun suche ich mir eine Wohnung. Es geht auch ohne Männer. Zumindest habe ich gestern davon gehört.«

Sie klang entschlossen – doch nicht so hart, wie sie wohl gern geklungen hätte.

»Und wenn Tom aufhört zu trinken?«, fragte Antonia.

»Ich habe gestern Nachmittag bei der Suchtberatung angerufen. Sie haben mir ein paar Telefonnummern und Adressen von Fachleuten gegeben, die sich mit Alkoholkranken auskennen. Ich werde Tom raten, sich mit denen in Verbindung zu setzen. Und wenn er wirklich trocken wird …«

»… dann kehrst du zu ihm zurück?«

»… dann sehen wir weiter«, widersprach Helen.

»Aber du würdest gern?«, beharrte Antonia.

»Was soll ich sagen? Ich bin so daran gewöhnt zu glauben, dass ich ihn liebe, dass ich erst mal herausfinden muss, ob das noch wahr ist. Wer ist er denn, wenn er nicht mehr trinkt? Der Gleiche wie früher? Und wer bin ich, wenn es in meinem Leben nicht mehr dauernd um ihn geht? Ich weiß es nicht, Toni. Ich brauche Zeit.«

Antonia gab ihr recht und wechselte das Thema. »Du hast nicht trotz allem zufällig Zeit, heute mit mir ins Krankenhaus zu fahren? Ich würde gern Doktor Kosewitz ihre Tasche bringen. Monty hat mir zwar das Auto dagelassen, aber ich fühle mich nicht wohl dabei, mit dem Loch im Fuß selbst zu fahren.«

Das war immerhin die halbe Wahrheit. Der zweite Grund war, dass sie der Ärztin ungern allein gegenübertreten wollte. Im Grunde hatte Doktor Kosewitz ja gar nicht sie persönlich um Hilfe gebeten. Wer wusste, ob sie ihr in ihrem Zustand überhaupt willkommen war?

»Oh, verflixt, daran habe ich gar nicht mehr gedacht.

Tut mir leid, aber ich habe mir eine Woche frei genommen und muss heute noch ins Büro, um alles für meine Vertretung vorzubereiten. Ich könnte höchstens –«

Auf keinen Fall wollte Antonia, dass Helen sich an diesem Tag schon wieder zerriss, um es anderen recht zu machen. »Nein, nein, lass nur. Regel du mal in Ruhe deine Angelegenheiten. Ich bekomme das schon anders hin.«

Nachdem sie aufgelegt hatte, bereitete sie sich innerlich darauf vor, die Fahrt zum Krankenhaus allein anzutreten, als Mickie die Küche betrat.

»Schule fällt aus, ich bin schon wieder da. Entschuldige, Mams, aber ich habe mitgehört. Felix und ich wollen nach Lüneburg. Willst du mit? Felix kann dich bei der Klinik absetzen.«

Eine Sekunde lang überlegte Antonia, ob ihr neu gewonnenes Vertrauen in Felix so weit reichte, dann nickte sie.

»Gern. Solange ich nicht hinten mitfahren muss.«

Woraufhin ihre Tochter doch tatsächlich lachte.

Dass es einen merkwürdigen Eindruck machen könnte, in einem Leichenwagen beim Krankenhaus vorzufahren, fiel Antonia erst ein, als sie schon vor dem Besuchereingang hielten.

Nach einem Rippenstoß von Mickie stieg Felix aus, kam ums Auto herum, öffnete Antonia die Tür und half ihr beim Aussteigen. Mit einem angedeuteten Diener quittierte er ihren Dank dafür.

Mickie rutschte aus der Mitte auf den frei gewordenen Platz der Sitzbank und lachte sich halb tot. Sie wirkte so glücklich, ihre dunkel geschminkte und abgerissen gekleidete Tochter, dass Antonia lächeln musste.

Sie beugte sich für einen Abschiedskuss in den Wagen und bekam ihn.

»Was meintest du eigentlich neulich mit meinen Haaren? Was würdest du denn damit machen?«, fragte sie.

Mickie streckte die Hand aus und wuschelte durch Antonias Frisur. »Ach, Muttchen. Heute sehen sie doch gar nicht so schlecht aus. Wir holen dich in einer Stunde wieder ab, okay?«

Ohne auf die missbilligenden Blicke zu achten, die einige der anderen Krankenhausbesucher ihr zuwarfen, blieb sie mit Doktor Kosewitz' Reisetasche zwischen den Knien stehen und winkte dem abfahrenden Leichenwagen, bis er nicht mehr zu sehen war.

Vielleicht wäre Antonia gar nicht zu Elke Kosewitz vorgelassen worden, wenn sie nicht die Tasche für sie gebracht hätte. Später dachte sie oft, dass ihre weitere Beziehung zu der Ärztin sich anders entwickelt hätte, wenn sie nicht um diese Tasche gebeten hätte, die sie nach ihrer ersten, unnötigen Einlieferung in die Klinik mit Nachthemd, Zahnbürste und sauberer Unterwäsche gepackt hatte.

Sie wäre nicht in Elke Kosewitz' Haus gehumpelt und hätte nicht die beiden Zimmer gesehen, die ihr so viel über deren Schwächen verrieten. Sie hätte nicht mit ihrer Schwester telefoniert und den Eindruck gewonnen, dass die Ärztin auf sich allein gestellt war.

Sie wäre nicht in die Klinik gefahren und hätte an die Zimmertür geklopft, ohne eine Antwort zu bekommen.

Sie hätte nicht vorsichtig und mit klopfendem Herzen trotzdem die Tür geöffnet und den Kopf ins Zimmer gesteckt.

Elke Kosewitz schlief, gegen das schräg gestellte Kopfteil ihres Krankenbetts gelehnt, zwischen Infusionsschläuchen und Messkabeln. Ihr Gesicht war grau und sah im

Schlaf nicht jünger aus, wie man das so gern von Menschen behauptete.

Vielmehr wirkten ihre Falten tiefer, und das fehlende Make-up machte sich bemerkbar. Altersflecken, geplatzte Äderchen und Schatten unter den Augen verrieten ihr wahres Alter. Man hatte ihr das Haar stoppelkurz geschoren – in Vorbereitung auf eine Operation, die augenscheinlich noch nicht stattgefunden hatte.

Antonia stellte behutsam die Tasche bei dem Rollwagentisch neben Elke Kosewitz' Bett ab und überlegte, ob sie gleich wieder gehen sollte. Doch ihre alte Feindin wirkte so schutzlos und einsam in ihrem Einzelzimmerbett, dass sie es nicht über sich brachte. Leise setzte sie sich auf den Besucherstuhl, um ihren Fuß zu entlasten.

Eine halbe Stunde würde sie warten, ob die Kranke aufwachte, nahm sie sich vor.

Zehn Minuten darauf wurde die Zimmertür mit lautem Klopfen aufgerissen. Lebhafte Stimmen und das Scheppern von Geschirr drangen vom Flur herein, und eine Krankenpflegerin brachte ein Tablett zum Bett. »Mittagessen, Frau Kosewitz!«

Der Lärm weckte die Ärztin. Ihr Blick blieb jedoch unstet, als hätte sie Mühe, ihn auf etwas scharfzustellen.

»Werde nichts essen«, nuschelte sie.

»Na, aber versuchen werden Sie es doch. Freuen Sie sich, dass Sie noch dürfen. Und Sie haben ja sogar Besuch, der Ihnen beim Essen Gesellschaft leistet«, sagte die energische Pflegerin, richtete im Eiltempo das Kopfteil des Bettes steiler auf, brachte den Rolltisch in Position und stürmte wieder hinaus.

Elke Kosewitz sah Antonia an, als wüsste sie keinen Grund, sie an ihrem Bett zu sehen.

»Ich habe Ihre Tasche gebracht«, erinnerte Antonia sie.

Einen Augenblick schwieg die Ärztin noch und musterte sie nur angestrengt, dann zeigte sich der Anflug eines Lächelns in ihrem rechten Mundwinkel, während der linke hängen blieb.

»Das ist nett von Ihnen. Aber ich weiß gerade überhaupt nicht, wer Sie sind.«

Obwohl der Schreck Antonia traf wie ein schmerzhafter Stoß, bewahrte sie äußerlich die Fassung. Sie zwang sich zu einem Lächeln, in das sie all das Mitgefühl und all die Freundschaft legte, die sie in den vergangenen vierundzwanzig Stunden für die Ärztin entdeckt hatte.

»Das wird schon wieder«, sagte sie.

Und sie hoffte von ganzem Herzen, dass es so sein würde.

Antonia

Antonia ließ sich die Maisonne ins Gesicht scheinen und grub wohlig ihre nackten Zehen ins Gras.

Die lange Hecke aus weißen und violetten Fliederbüschen, die das Grundstück begrenzte, stand in voller Blüte. Ihr Duft wetteiferte mit dem von Helens selbst gebackenem Zitronenkuchen mit Quarkhaube. Wildwüchsige Akelei, Hornveilchen und die letzten Tulpen sorgten am Boden für Farbenpracht.

Sid hatte Antonia einen Cocktail gemixt, an dem sie nippte, während sie sich ein paar Minuten Besinnung gönnte.

Die jüngeren Kinder hatten sich extra ein Rezeptbuch besorgt, um eine kleine Bar mit alkoholfreien Cocktails anbieten zu können. Mit Feuereifer rührten und schüttelten sie. Die »Kunden« konnten ihnen gar nicht schnell genug kommen. Antonia hatte sich eine Mischung aus Holunderblütensirup, Minze, Limettenscheiben, Mineralwasser und zerstoßenem Eis ausgesucht und hätte sie gegen kein anderes Getränk eingetauscht. Das Blütenaroma passte in diese Jahreszeit, in der das Versprechen von Früchten, Wärme und langen, hellen Nächten in der Luft lag.

Sie schlenderte weiter und ließ ihre Fußsohlen vom weichen Boden kitzeln.

In diesem Jahr würde sie den Sommer genießen, das hatte sie sich fest vorgenommen. Mochten Zeit und Geld für einen Urlaub vielleicht auch nicht ausreichen, so konnte sie doch mit ihrem Mann lange Spaziergänge und Kanufahrten machen und in der Dämmerung im Fluss baden – nackt oder vielleicht auch im T-Shirt.

Sie schmunzelte. Wie hatte sie je glauben können, dass Monty sie nicht mehr wollte?

Vor einem besonderen Blumenbeet blieb sie stehen. Majestätisch aufrechte Stängel trugen Knospen, die kurz vor dem Aufbrechen standen. Zwischen ihren Wurzeln steckten bemalte Eisstiele in der Erde.

Das war also Isabells Schwertlilienbeet. Nun würde es nur noch wenige Tage dauern, bis Petras Jüngste die Blüten ihrer Lieblingsblumen bewundern konnte.

Vermutlich gab es nur wenige Menschen, die einen Umzug mit sechs Kindern bewältigen und dabei noch daran denken konnten, Wurzelstöcke vom alten in den neuen Garten umzubetten. Aber Petra hätte eher ihre Möbel zurückgelassen als ihre Pflanzen.

Aus ihrem neuen Garten hatte sie innerhalb der wenigen Monate seit ihrem Einzug schon ein Paradies gemacht. Ihr grüner Daumen war eine echte Gabe. Sogar Antonias ewig kränkelnde Kletterrose an der Apotheke wirkte zum ersten Mal gesund und sattgrün, seit Petra sich ihr gewidmet hatte.

Neben Isabells Lilienbeet ragte eine hüfthohe Kunststeinsäule auf. Helen hatte die undichte Vogeltränke, die darauf gethront hatte, durch die schönste von Frau Lilienthals abstrakten Holzschnitzereien ersetzt.

Es war nicht das dornige Ding, an dem Antonia ihren Fuß verletzt hatte, sondern ein Stück Wurzelholz, das einem Wesen mit weit ausgebreiteten Flügeln glich. Dieser skurrile Engel war eins von Frau Lilienthals frühen Werken, das sie geschnitzt hatte, nachdem ihre kleine Tochter gestorben war. Die Skulptur hier neben Isabells Beet zu sehen hätte der alten Dame gefallen.

Doch selbst wenn sie diesen Tag noch erlebt hätte, wäre der Anblick des Gartens für sie nur ein Nebel aus Farben, Licht und Schatten gewesen. Denn nicht einmal Inge und ihren Mitbewohnerinnen war es gelungen, Waltraud Lilienthal von einer Operation an ihren Augen zu überzeugen, obwohl die Frauen sich gut verstanden hatten. Immerhin hatten sie in Frau Lilienthals letztem Lebensmonat noch eine gemeinsame Reise nach Kreta unternommen und antike Ruinen besucht. Inge schwärmte oft davon.

Nach ihrer Rückkehr im November hatte Frau Lilienthal noch zwei Wochen gelebt, bevor ihr Herz versagte. Ihre Mitbewohnerinnen fanden sie erst in ihrem Zimmer, als sie die Augen schon für immer geschlossen hatte.

So behaupteten sie zumindest einhellig. Nur wusste Antonia, dass Inge und ihre Mitbewohnerinnen einen Bund geschlossen und einander versprochen hatten, unter bestimmten Umständen keine medizinische Hilfe zu rufen. Sie waren ebenso freiheitsliebend wie Frau Lilienthal, und Antonia glaubte, dass ihre alte Lehrerin sich dem Bund angeschlossen hatte.

Für sie selbst war es unvorstellbarer denn je, in einem medizinischen Notfall keine Hilfe zu rufen.

Sie blickte auf und sah sich nach Elke Kosewitz um.

Elke saß neben der jungen Ärztin, die sie mit Antonias Unterstützung als Partnerin für ihre Praxis gefunden hatte. Ihre geschürzten Lippen verrieten Missbilligung, was Antonia sich leicht erklären konnte, denn den beiden Medizinerinnen gegenüber saßen Mickie und Felix. Sie fläzten sich auf einer kuriosen Gartenbank aus Treibholz, die Antonias Erfahrung nach bequemer war, als sie aussah. Die Fünfte in der Runde war Helen – wunderschön wie immer, doch seit dem letzten Sommer um einige Sorgenfalten reicher.

Elke lehnte sich hoheitsvoll in ihrem Gartenstuhl zurück und entgegnete Felix etwas. Sosehr sie auch von ihm abgestoßen war, ließ sie sich doch auf das Gespräch ein. Vielleicht weil Antonia ihr versichert hatte, dass es sich lohnte, wenn man sich dazu überwand.

An Felix' Stelle antwortete Mickie. Es musste irgendeine schlagfertige Dreistigkeit gewesen sein, denn Helen und Doktor Inufi lachten laut heraus. Auch Elke würde Mickie ihre Frechheit nicht ernsthaft übelnehmen. Es war eines der großen ungelösten Rätsel für Antonia, warum ausgerechnet ihre vorlaute Tochter und die perfektionistische Ärztin sich zueinander hingezogen fühlten. Mickie hatte sie sogar aus freien Stücken regelmäßig begleitet, wenn sie in die Reha-Klinik zu Elke gefahren war.

Damit war es nun vorbei. Elkes endgültige Entlassung aus der Reha war einer der Anlässe für das kleine Gartenfest.

Wer sie vorher nicht gekannt hatte, hätte nicht angenommen, dass sie einen Schlaganfall überwunden hatte. Elke selbst war oft unzufrieden mit sich, weil sie sich weniger belastbar fühlte als früher und weil ihr Konzentrationsvermögen sie manchmal im Stich ließ. Mitten im Satz verstummte sie und ließ ein Thema einfach fallen, wenn das geschah. Antonia musste ihr immer wieder versichern, dass es genug gesunde Menschen gab, für die solche Ausrutscher völlig normal waren. Trotzdem war sie froh, dass Doktor Inufi ihrer alten Erzfeindin und neuen Freundin in der Praxis beistand und sie entlastete.

Der zweite Anlass für die Feier war Helens neuer Job. Sie hatte eine Vollzeitstelle im Büro einer großen Autowerkstatt angenommen. Ihr Traumjob war es nicht, aber zumindest bedeutete er finanzielle Sicherheit.

Um Sid musste sie sich dabei keine Sorgen machen.

Der war bei Petra und ihren Sprösslingen gut aufgehoben, wenn Helen nicht zu Hause war. Petra arbeitete zwar ein paar Stunden in der Woche als Hausmeisterin, hatte sich bei ihren Arbeitgeberinnen aber zeitliche Flexibilität ausbedungen, um jederzeit für die Kinder da sein zu können.

Im Gegenzug hatte Petra versprochen, zum Fegen der Straße keine Maschinen einzusetzen. Allerdings wäre sie Antonia sogar dann noch lieber gewesen als der vorherige Hausmeister, wenn sie die Straße mit einem düsenbetriebenen Aufsitzlaubsauger gereinigt hätte. Ihre gute Laune war einfach ansteckend.

Für Petra war Frau Lilienthals Prophezeiung in Erfüllung gegangen: Sie hatte ihr altes Haus verloren und war nun froh, dass es so gekommen war. Frau Lilienthal hatte einen großen Teil dazu beigetragen. Ihre brillante Idee war es gewesen, das Haus mit den zwei Wohnungen zu mieten, das Petra bei ihrer vergeblichen Besichtigung so gut gefallen hatte. Ursprünglich hatte sie dort mit Petra und ihren Kindern einziehen und ihr Altstadthäuschen verkaufen wollen.

Dieser Plan war nicht ganz aufgegangen. Zum einen hatte Petra zwar zugestimmt, war aber nicht so begeistert gewesen, wie Frau Lilienthal erwartete.

Zum anderen hatte Frau Lilienthal sich schnell in der Wohngemeinschaft eingelebt und die Gesellschaft der gleichaltrigen Frauen genossen. Während ihrer ersten Wochen in der Villa Eule wurde eine der Bewohnerinnen dauerhaft zum Pflegefall und zog schweren Herzens in ein Heim um. Die verbleibenden Frauen baten Frau Lilienthal wärmstens darum, die freie Wohnung zu übernehmen.

Trotzdem hätte sie wohl auf ihrem ursprünglichen Vorhaben beharrt, wenn nicht noch ein weiterer Umstand eingetreten wäre: Helen suchte eine Wohnung für sich, Sid und zeitweise auch für Sebastian.

So ergab es sich, dass Frau Lilienthal die letzten Wochen ihres Lebens glücklich mit den Frauen der Villa Eule verbrachte, während Petra und Helen mit ihren Kindern in das Zweifamilienhaus zogen.

Weder Petra noch Helen hatten bei dieser Entscheidung gezögert.

Antonia ließ ihren Blick in den hinteren Teil des Gartens wandern, wo Petra Inge und einer ihrer Freundinnen die Obstbäume zeigte. Zwischen ihnen stolzierte mit steil aufgerichtetem Schwanz Petras rot-weißer Tigerkater und inspizierte verstohlen die Johannisbeerbüsche auf Vögel und Mäuse.

Sid und seine Barkeeper-Kollegen verloren die Geduld mit ihrer trägen Kundschaft. Sie nahmen fertige Cocktails in die Hände und spazierten zu dem Pulk der anderen jungen Leute, um sie dort anzubieten.

Der Nachwuchs saß auf dem Rasen und alberte herum. Annika war dabei, Sebastian und Nelly, Dennis mit seiner neuen Freundin, Petras restliche Kinder und ein paar von ihren Freunden. Und Carolin.

Carolin unterhielt sich mit einem Kumpel von Dennis und war vom Lachen brombeerrot. Sie war noch immer Single, aber nicht mehr die Gleiche wie ein Jahr zuvor. Sich mit Petra und ihren Kindern anzufreunden hatte sie ebenso verändert wie ihr medaillenreifes Engagement für die Apotheke.

Antonia war sich sicher, dass sie es ohne ihre jüngste PTA nicht geschafft hätte, die Apotheke aus den schlimmsten Schwierigkeiten herauszuholen.

Carolin hatte mit ihr zusammen Lehrgänge und Beratungstermine des Apothekerverbands besucht und Schlachtpläne entworfen. Sie hatte Fortbildungen mitgemacht, eine Website für die Apotheke aufgebaut und nach neuen Einnahmequellen geforscht. Es war ihr Vorschlag gewesen, mit Altenpflegeheimen zusammenzuarbeiten und die Medikamentendosierungen für die Heimbewohner vorzubereiten. Der Einfall hatte sich zu ihrem erfolgreichsten Projekt gemausert, das ein sicheres Standbein für die Apotheke darstellte.

Bei anderen Experimenten blieb abzuwarten, ob sie sich auszahlen und die Apotheke langfristig retten würden.

Antonia staunte noch immer darüber, wie stark ihre Familie, ihre Freunde und Bekannten an sie glaubten. Manchmal machte sie das atemlos, als würde sie auf einem Hochseil balancieren.

Doch Angst hatte sie nicht mehr, denn unter ihr standen all diese Menschen und hielten ein Netz für sie auf.

Es gab wieder Hoffnung.

Und alles war im Fluss.

Nachwort

Immer neue Hochwasser-Rekorde prägten in den vergangenen Jahren die Elbufer-Regionen. Für viele Menschen kam es zu niederschmetternden Schäden an ihren Häusern und Besitztümern. Die Berichte von diesen Katastrophen zu verfolgen und das Unheil aus der Nähe zu beobachten war eine erschütternde Erfahrung. Ich wünsche allen Betroffenen von Herzen, dass der Hochwasserschutz sie in Zukunft besser vor den Fluten bewahrt, und hoffe, dass sie mir den mitunter heiteren Ton von »Kaffeeklatsch mit Goldfisch« nicht übelnehmen.

So furchtbar die extremen Überflutungen waren, so großartig war die Hilfsbereitschaft, die sie auslösten. Tatsächlich trafen sich ganze Schulklassen, um gemeinsam Sandsäcke zu füllen, wurden Nachbarn und Bekannte, aber auch Wildfremde zu freiwilligen Helfern.

Ihnen widme ich dieses Buch, denn meine Freude an ihrer Warmherzigkeit gab mir ein, es zu schreiben.

Dafür, dass die Goldfische den Weg in die Geschichte gefunden haben, danke ich einer Freundin, die einen wunderschönen, nahe der Elbe gelegenen Garten mit einem kleinen Fischteich besitzt. Ich war so fasziniert von der Idee abenteuerlustig auswandernder Fische, dass ich einem der Goldfische in einer früheren Fassung des Manuskripts sogar eine eigene Erzählstimme verlieh. In die endgültige Fassung haben diese Passagen es nicht geschafft. Wer trotzdem neugierig darauf ist, warum die Goldfische zum Kaffeeklatsch kamen, wird die »Fischperspektive« demnächst auf meiner Website lesen können.

Besonders erwähnen möchte ich hier noch Inken Weiseth, die mir liebenswerterweise etliche Stunden ihrer Zeit schenkte, um mir spannende Einblicke in das Leben einer Apothekerin zu gewähren. Vielen herzlichen Dank dafür! (Natürlich haben die fiktiven Personen und die problembeladene Apotheke des Romans nichts mit ihr zu tun.)

Außerdem gilt mein Dank wieder einmal meinen fabelhaften Testlesern und meinen Lektorinnen, die mir zur Seite standen, damit auch mein erster Ausflug ins neue Genre zu einem Vergnügen für mich und hoffentlich auch für alle Leser wird.

Martha Sophie Marcus

geboren 1972 im Landkreis Schaumburg, studierte Germanistik, Soziologie und Pädagogik und verbrachte anschließend zwei Jahre in Cambridge. Heute lebt sie mit ihrer Familie in Lüneburg. Mit »Herrin wider Willen«, ihrem ersten Roman, feierte sie ein grandioses Debüt, dem weitere erfolgreiche Romane folgten.

GOLDMANN
Lesen erleben